仲國鑾詩文集

仲學人

仲力为　主编

沈伟东　沈秋农　副主编

中国文史出版社

生命在于运动。运动是各种各样新式样的思维和动力运动。运动是健康长寿的根本。

我的运动，以终身代替生命的宗旨，使自己的心情欢畅，珍惜宝贵的时光，让生活更加美好。

这是事情亲历的生活剪影

这辑影集之一

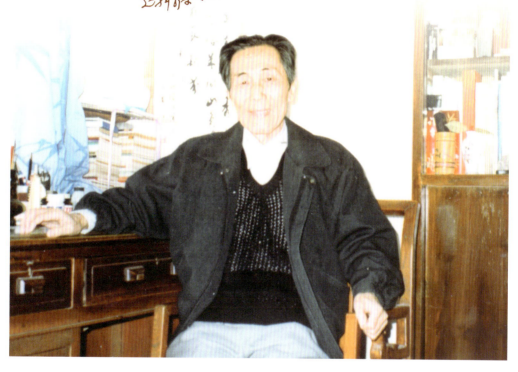

仲国銮晚年照

1939 年时的仲国銮　　　　　　1946 年任中共沙洲县特派员
　　　　　　　　　　　　　　　　时的仲国銮

苏州革命博物馆展出的"刘寿华医寓"（刘寿华是抗战时期仲国銮的化名）

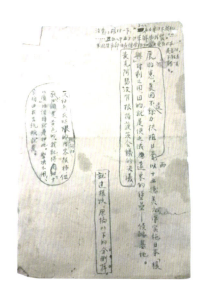

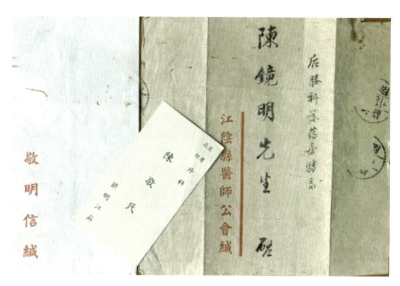

仲国鋬为抗日期刊《朝霞》所作的修改稿（苏州革命博物馆藏）

1946 年，仲国鋬任沙洲县特派员时，在江阴后塍"科发药房"设立"健康诊所"，化名为陈敬民、陈敬明、陈镜明

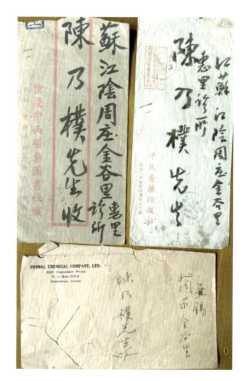

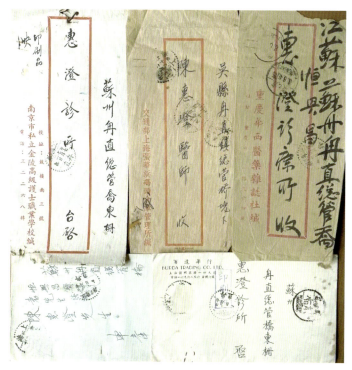

1946 年，仲国鋬任沙洲县特派员时，在江阴周庄金谷里开设"惠里诊所"，化名为陈乃朴

仲国鋬任中共九地委江南工委特派员时，在甪直开设"惠澄诊所"，化名陈惠澄

仲国鋆军装照

仲国鋆夫人徐增

1949年3月渡江战役前夕，仲国鋆与失联三年的弟弟仲国球相遇并合影留念

1949 年中国人民解放军刚接管常熟时期（左一为仲国鋆）

1949 年 6 月，在常熟支塘镇。前排左起：胡福生、徐增；后排左起：刘智余、仲国鋆、陈行、郑文鸿

新中国成立初期的仲国鋆

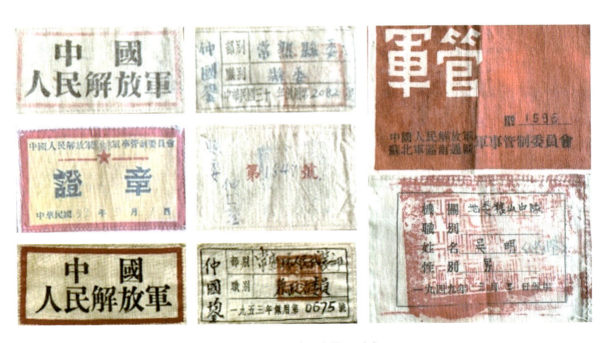

仲国鋆佩用过的胸牌及臂章

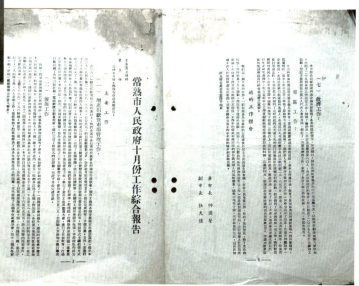

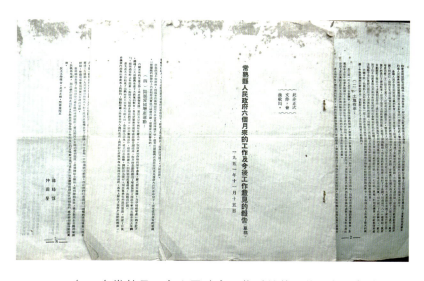

1951 年，在常熟县、市人民政府工作时的仲国鋆及相关报告

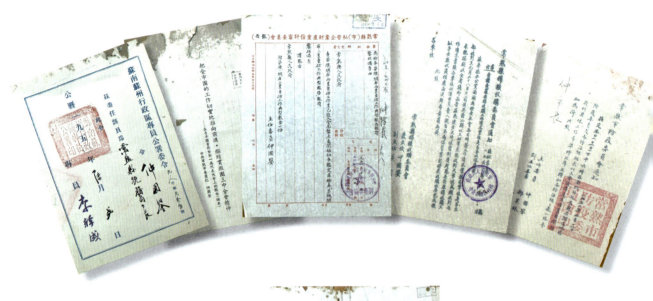

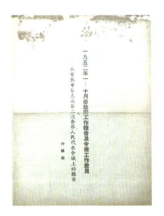

仲国鋆在常熟任职时的公告文书

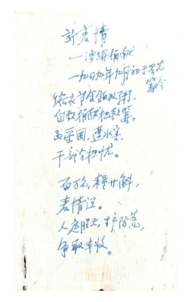

仲国鋆誊写在香烟纸上的诗作

《奇袭吴市》书影（江苏苏州
人民出版社 1959 年版）

发表在《雨花》1958 年第 8 期上的《虞山长青》

20 世纪 50 年代，仲国鋆（谷
军为笔名）在《常熟县报》上发表
的革命回忆文章

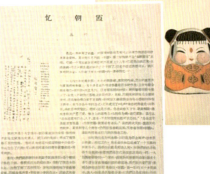

发表在《上海文学》1962 年第 2 期上的《特派员》

发表在《雨花》1962 年
第 6 期上的《忆朝霞》

发表在《上海文学》1962 年第 4 期上的《脱险》

根据仲国鋆作品改编的沪剧《特派员》海报

收录在《星火燎原》1981
年第五辑中的《春城飞花》

（"丛竹"是仲国鋆笔名之一）

1977年冬，在常熟吴市仲家老宅与家人合影

1978年10月，"文化大革命"平反后恢复工作的仲国鎏

1980年，仲国鋆（左）与徐迟在苏州司徒庙

1981年清明节，在常熟祭奠烈士墓。右起：席炎林、支兰生、顾政、吴鹤、夏明波、杨浩庐、仲国鋆、包瑞强、黄绳之、朱英

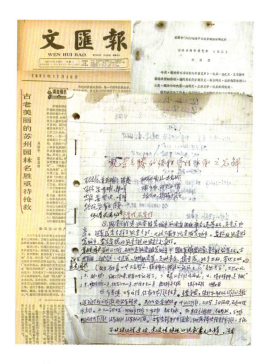

仲国鎜有关苏州园林保护与管理的文稿、讲义

收录在《历代名人咏常熟》中的仲国鎜诗作

在苏州市园林管理处工作时的仲国鎜

1985 年，仲国鎜在故乡的留影

仲国鋆故居（中国美术家协会会员、江苏省中国画学会理事、苏州美术院院委张文来作）

序　无畏的革命者　可敬的文学人

何建明

在我的故乡苏州、常熟一带，有许多关于中国共产党早期活动以及包括《沙家浜》在内的革命斗争英雄史诗，一直陪伴着我这一代人成长。这些革命史中的人物和先烈，有不少人是我从小特别敬佩的英雄。他们的那些传奇故事和英勇精神曾经是我成长过程中不可缺少的精神支撑。我的祖父辈、亲戚中也有好几位是这块土地上支援革命的进步群众或者本身就是革命者，但似乎还没有一个人的名字像他那样让我记了几十年。就是到了去年我写《革命者》这部书时，还闪现出他的名字。这个人就是仲国鋆。我幼年时关系非常好的一位邻居大哥哥，让我了解和知晓了家乡土地有这样一位革命的"大官"，并且是《沙家浜》原型之一的重要人物。

"仲国鋆"的名字就是这样深深地烙在我的心坎上……

没承想半个多世纪之后的今天，我有幸见到了这位老革命家的子女们送来的这部《仲国鋆诗文集》。这既让我惊喜，又令我吃惊，因为在这之前我只知道仲国鋆是家乡的一位与《沙家浜》故事有关的革命者，是解放初家乡的一名"大官"，但我竟然不知道他还是一位与徐迟等文学

1

前辈是挚友的革命文学人。

关于仲国鋆和当年江南大地上的抗战故事以及中国共产党人领导下的人民革命斗争史，我们可以另一种方式去大书特书，但仅我所见到的仲国鋆的这部诗文集，以及一些对他革命斗争与文艺成果所介绍的文章内容，就足以让我这个干了近半个世纪的文学工作者，难抑心头的惊喜与敬佩之情。作为长期在中国作家协会工作，历任四届中国作家协会副主席、出任过几个国家级文学期刊和出版社负责人，同时自己又是一名作家的我，在看完前辈仲国鋆的作品和他的创作经历之后，心头常常有一种"设想"：假如仲国鋆先生在解放后专注文学艺术创作，那么凭他的才华和作品，会与《红岩》《暴风骤雨》《野火春风斗古城》等作者一样，赫然名列中国当代著名作家！只是由于他太谦虚并且可能顾忌自己当领导的缘故，他竟然退到了文学艺术大家的后面……而他其实一直是像徐迟等同龄文学大家和革命者的挚友。20世纪五六十年代，仲国鋆在《星火燎原》《上海文学》《雨花》《萌芽》等书刊上发表了众多有影响的小说和纪实作品，如《特派员》《脱险》《水上英雄》《战斗在敌人心脏》《一个侦察员的生命》《张家浜战斗》等。可以肯定的是：没有仲国鋆的这些作品，上海沪剧团可能不会诞生《芦荡火种》这部舞台剧，以及后来由汪曾祺等改编的京剧《沙家浜》。我发表于上海《新民晚报》的《〈沙家浜〉里一个没有出场的主角》一文，详细介绍了仲国鋆的创作与《沙家浜》之间的关系。

仲国鋆先生被家乡的乡亲们誉为"好郎中"，他年轻时就是十里八乡都知晓的名医。参加革命后他一直以治病救人的医生身份出现在公众面前，实际上他是地下革命组织的重要联络人，他的诊所就是中共地下党和新四军的交通情报站。他工作在敌人的鼻子底下，异常惊险，异常艰难，常常需要冒生命危险。而仲国鋆也确实在一次情报战中被日军抓捕了。之后敌人用尽毒刑，然而这位看上去很瘦弱的"郎中"，骨头却比钢铁还坚硬。无奈，日军只好将其投入大牢……好在抗日战争胜利了，但几个月的残酷折磨反而使这位新四军地下情报员和游击队队长的革命意志更加坚韧与顽强。在之后的解放战争时期，仲国鋆随部队在长江南北千里辗转，一直到新中国成立。这过程中，他也便成了《沙家浜》里的原型人物之一。

新中国成立后，仲国鋬出任我家乡常熟县（市）主要领导，后又调苏州地委工作。在繁忙的工作之余，这位热爱文学的革命者带着对当年并肩战斗而牺牲在战场上的战友们的怀念之情和出生入死的革命经历，以饱满的激情，利用业余时间投入文学创作，写下了一篇又一篇、一部又一部的作品……这些作品是新中国成立之初的五六十年代我国新文学事业中的具有一定地位的优秀作品，发表于多个文学刊物上，成为介绍江南一带革命英雄史的重要读物。同时，这些作品先后被常熟、苏州的文艺剧团改编并搬上舞台，受到广大群众的喜爱。

在《仲国鋬诗文集》一书中，我们可以了解到这位前辈的革命生涯，也可以清晰地看到他的作品如何一步步演绎成被他人推到红色经典的过程，有据有史，明明白白地告诉了我们许多真相。所以我认为，出版《仲国鋬诗文集》的意义至少有二：一是让我们认识了一位信仰坚定、忠贞不渝的优秀革命者，二是让我们的地方文学史上补上一位非常重要的作家，乃至中国当代革命文学史里应该有"仲国鋬"这个名字和他的作品名录。

历史是后人写的，然而有些真实的历史已经被"人化"和神化了，而真相我们并不是太清楚。但我对仲国鋬这样的老革命者怀有深深的敬意，是因为有一件看起来是他的家事，却令我感动不已的事：解放后，为了纪念他的那些与他一起战斗而牺牲了的战友，并激励自己和孩子们继续革命到底的意志，仲国鋬竟然将平时工作中常说的一句话，用来为自己儿女们起名，这话叫"为人民立功勋"。他和妻子后来真的生了六个孩子，于是分别取名为仲力为、仲学人、仲昊民、仲立、仲卫功、仲丹勋。六个孩子名字中的最后一个字，组成了这位老战士的一个崇高心愿。仅凭这一点，我对这位老革命者所记述的每个革命历史都视为崇高与真实。而我知道，在"文化大革命"中，他被"造反派"打成"反革命集团头目、大叛徒、大特务"，其妻子——新四军女战士受冤迫害致死……全家人受尽折磨的情况下，仲国鋬依然抱定"跟共产党走"的信仰，一直到生命的最后一刻，他仍在为家乡建设倾心倾情。

毫无疑问,《仲国鋆诗文集》的出版,是一件十分有意义的事。它对家乡的革命史是一个重要的补充和丰富,它对中国文学史同样是一个重要的补充和丰富。相信广大读者也会喜爱这部作品。

2021 年 12 月于北京

(何建明,第十二届全国政协委员。中国作家协会第七、八、九届驻会副主席、书记处书记、党组成员,中国报告文学学会会长,中华文学基金会理事长)

仲国鋆生平与作品简介

仲国鋆，1922 年 3 月 25 日出生于江苏常熟一个中农家庭。6 岁进学校学习国文，14 岁拜何市"江恒益国药号"江月华为师，学习中医。

1938 年春，16 岁。仲国鋆学医期满，回常熟吴市老家开设"国医仲国均内外科大方脉"诊所，又名"半半诊所"（寓意为"半积阴德半为己"）。种植中草药圃，起名"还是园"。同年 10 月，他弃医从戎，参加中共领导的常熟人民抗日自卫队（简称"民抗"），编入"民抗"训练班。作有《咏梅二首》《山坞即景》《新篁》《倾心》《五情热六首》等诗歌及民谣。

1939 年 1 月，17 岁。任常熟吴徐常备队军事指导员、"民抗"政治部特务队分队副兼小队长。同年夏，仲国鋆按照"民抗"司令员任天石、参谋长薛惠民的指示，以"半半诊所"为基地，秘密建立了直属"民抗"总部的首个情报联络站。开启了他以行医为掩护、在隐蔽战线的革命经历。曾使用过仲国均、吴明、华民、葛军、赵志春、刘瑞华、柯振寰、陈镜明、陈敬民、陈惠澄、丛竹、仲国鉴、谷军、大依、仲国鑑、石松、颂梅、颂竹、柯兆瑜、刘宜先（二先生）、陈乃朴、平平、金辉等 20 多个化名或笔名。同年 8 月，担任常熟何市常备队队长。作有《迎春》

《咏梅二首》《花朝节有感六首》《痴思四首》《花畦》《中秋》《清平乐·渔家季女梅花》等诗词。

1940年，18岁。任常熟医师抗日协会理事及县代表。同年8月，当选为常熟县人民抗日自卫会执行委员。同年11月，加入中国共产党。作有《一枝秾艳露凝香十四首》《咏梅二首》《长相思·我心与君同》《十六字令·契友将离去》等诗词。

1941年—1942年11月，19—20岁。任常熟雪长区区长、新四军六师江南办事处管理科科长、通海行署工农科科长。作有《宿营二里湾》《原野拾翠》《如梦令·出诊夜行遇雷雨》《竹林遗兴》《忆江南》等诗词。

1942年11月—1945年3月，20—23岁。任中共苏州县特派员，中共昆山县特派员，苏常太武工队武装委员、代理书记。作有《答友人并寄〈花瓣〉诗刊二首》《浣溪沙·爱之情》《七绝·悼陈岳章等一百多同志》《咏梅二首》《纪事》《蝶恋花·彩蝶与白兰花》等诗词和民谣。

1945年3月，仲国鋆被捕，关押在常熟日军宪兵司令部，受尽酷刑，被折磨至奄奄一息，但英勇坚贞，决不吐露丝毫机密，保护了上下级和周围几十位同志的生命安全。8月，日本投降后获救。9月至11月，任常熟县吴淞区区长。国共两党签订双十协定后，同年11月至1946年1月担任中共苏常太地区党政军北撤第一大队大队长。作有《留言》《北撤三首》《浣溪沙·瞻念前景》《西江月·赠友人》《望江南》等诗词。

1946年1月—1949年3月，24—26岁。任中共苏中地委党校整风队队长，中共江南工委秘工训练班支书，中共沙洲县特派员，中共九地委江南工委调研组、训练队组长兼指导员。作有《醉心》《药橱》《中秋二首》《七绝·悼念樊秋声和潘新同志》《七绝·悼徐叶林三同志》《渔歌子·去接收》《十六字令·进常熟城》等诗词。

在此期间，仲国鋆以"惠澄"的化名，在国民党控制的《娄江日报》上发表《漫谈霍乱》《茶神陆羽望而却步》《二种急救办法》《急救小药箱》《你吸烟吗》《忠告你，崇拜不得》等科普短文，并通过这种方式传递中共地下党组织的有关信息。还在《新华日报》《江海报》发表《扁担颂》《枪诗》

《军民欢笑乐融融》等文章。

1949 年 3 月—1955 年 11 月，27—33 岁。在江苏常熟县、市工作，曾任常熟县委代理书记、常熟市委书记、常熟市市长。

1955 年 11 月—1958 年 8 月，33—36 岁。任苏州地（地委）专（专员公署）机关业余政治学校校长。其间，因病休养一年，开始持续关注苏州园林研究。

1958 年 9 月—1962 年 9 月，36—40 岁。任苏州医学专科学校校长。对苏州古典园林室内陈设布置进行考察、研究，撰写《风景名胜的保护管理方面之见解》《园林陈设学》（大纲初稿）。

20 世纪五六十年代，仲国鎏响应号召，撰写了数十篇革命回忆文章，发表在《常熟县报》和《上海文学》《雨花》《萌芽》《收获》《少年文艺》等报刊及相关史料专辑上，引起了广泛反响。其多篇革命斗争故事作品，先后被改编为现代沪剧《特派员》、苏州评话《江南红》等。他与周瘦鹃、范烟桥、程小青、滕凤章、刘开荣、陆文夫、杨柳，是当时苏州市仅有的八位江苏省作家协会会员。

1962 年 10 月—1968 年 2 月，40—46 岁。任苏州市园林管理处处长、党组书记，苏州市人民委员会副秘书长。撰写《可爱的苏州》系列文章。

1968 年 3 月—1978 年 9 月，46—56 岁。"文化大革命"中受到隔离审查，先被关押，后下放至苏州冶金厂监督劳动，后期经批准回老家休养。发挥特长，为工人、农民诊病，送医送药。撰写《还是园中草药歌诀》第一、二分册，《生理病理诊断治疗和药性》，《良方一二》（残留处方 52 张），《中草药性能简介》等医药类文章。

1978 年 10 月—1985 年 3 月，56—63 岁。"文化大革命"结束后，再任苏州市园林管理处处长、党组书记，后任苏州市建设委员会顾问，苏州市人大常委会专职委员、城乡建设委员会副主任。其间，他为抢救苏州园林，保护古城建筑，阻止"建设性破坏和破坏性建设"撰文写稿，奔走呼吁，可谓呕心沥血，贡献良多。撰写完成《苏州是"江南园林甲天下，姑苏园林冠江南"的园林风景城市》《苏州是历史悠久的文化古城》《苏州园林驰名中外》

《苏州园林室内布置艺术》等文章。受邀为《中国大百科全书》撰写园林方面的辞条。

1981年7月17日生病住院时，曾给苏州市委、市政府提出八点书面建议：一、扩大苏州市郊区；二、市长亲自领导城市建设；三、成立市规划局；四、加强文管工作；五、筹建市旅游局；六、建立市旅游服务公司；七、努力增加风景点（旅游点）；八、建立城市建设委员会。

与陈从周教授等人共同为在美国纽约大都会博物馆建造"明轩"提出设计方案；撰写《关于在塞内加尔建造一个"中国庭院"的方案》等，为苏州园林走出国门开辟了一条发展道路。

1985年3月，65岁。离休后，继续撰写革命回忆文章，并开始整理不同时期创作的《针锋相对》《长江的女儿》《群芳庐传奇》《红色堡垒》《昭雪》等电影、戏剧文学剧本。

兼任中国建筑学会园林绿化学术委员会委员，江苏省园林绿化学会副主任，太湖风景区建设委员会委员、办公室副主任，苏州市园林学会理事长，苏州城市规划学会副理事长等职，撰写了《江苏省太湖风景区、常熟虞山景区》《对太湖风光解说词的想法与意见》《太湖风景区资源分析》《对退思园修复方案的几点意见》《太湖东山风景区》等系列文章。1979年，应邀为北京紫竹院、钓鱼台国宾馆等修缮改建提出建议并参与工程监督，撰写《我对古钓台景区的认识和规划设想》《古钓台景区假山驳岸的施工提要》《钓鱼台东门内假山障景的施工方案提要》。先后为云南西双版纳、湖南长沙、湖北武汉、辽宁鞍山以及山东、浙江等多地的园林绿化、古建筑修缮工作出谋划策，撰写论证文章。

1992年1月9日，在为常熟城市规划撰写《抓住特点，保护风貌》一文时，突发心脏病，不幸离世，为党和人民事业战斗到了最后一刻。享年70岁。

仲国翌的一生始于医、忠于民、勤于文、归于园，六名子女名字最后一字相连，即"为人民立功勋"。这既是他的美好愿望，也是毕生的革命追求。

（仲力为　编撰）

目　录

辑二　英雄礼赞

辑三　岁月吟唱

1946 年至 1949 年诗作

新中国成立后诗作

辑四　园林漫笔

辑五　百年纪念

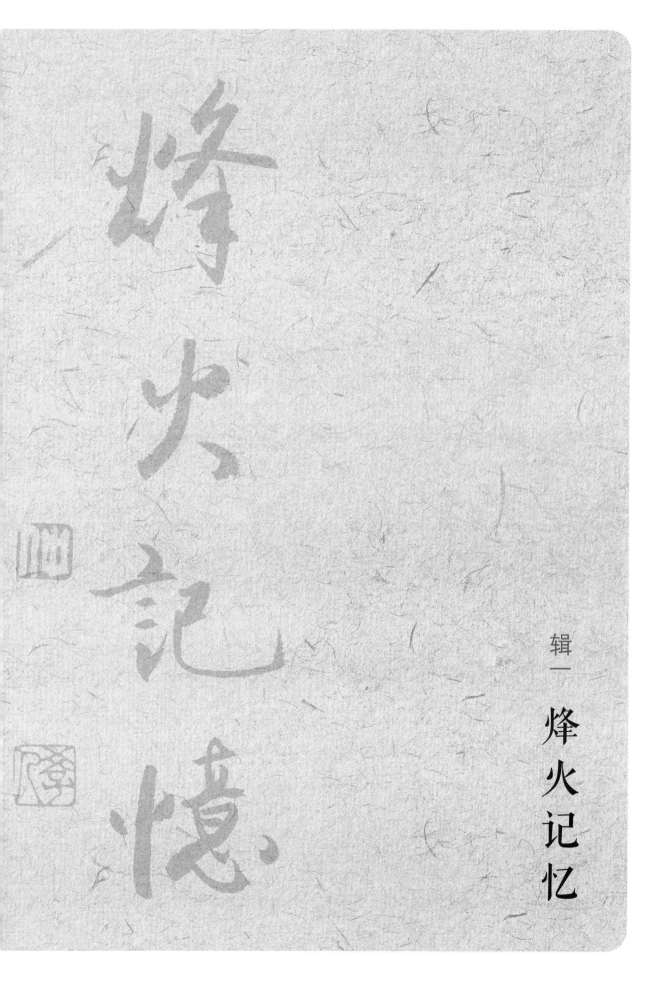

辑一　烽火记忆

一支人民抗日队伍的兴起

一、人民在血泊中呻吟挣扎

20 年前，抗日战争全面爆发，日本帝国主义企图侵吞全中国，"八一三"日寇大举进攻上海，并向南京和长江流域进犯。旧历十月十一日清晨 4 点多钟，本县吴市区高浦口忽然出现了一群日本鬼子，他们在炮火掩护下爬上了沙滩，像疯狂的野兽一样开进来了。扼守在沿江一带的国民党军第四十师，在这以前一直打着"坚壁清野、焦土抗战"的旗帜，不少群众受了欺骗，出钱出力，并自动献出树木、门板，日夜帮助国民党军队修路筑壕。可是，当日寇登陆的消息刚一传来，他们就忽然一变，仿佛变成一个被发觉了的小偷，提心吊胆，踮起脚尖，逃了。

100 多万善良的人民，从此就落在可怕的魔掌之中。

鬼子一上岸，见人杀人，见房子烧房子，烟雾腾腾，日夜不息。全县有 3 万户人家的房子化为灰烬，有 3000 多人惨遭杀害，单是唐家湾和包家湾那两个一共只有 24 户的小小村庄，就被杀死 16 人，捕去 2 人。青年们白天晚上常常躲在杆稞里面，妇女们在脸上搽上锅底灰，弄得人不像人鬼不像鬼。

敌人进了城，立刻收买了各处地主恶霸、土匪、地痞流氓，如归子嘉、沈炯、王昆山等，设立了伪维持会。这些坏蛋们勾结敌人，为虎作伥，遍地设立关卡。扳着指头替他们仔细算算：田亩捐、树捐、猪捐、酱缸捐、户口捐、门牌捐、壮丁捐、船牌捐，等等，名目很多，好几十种。还有不少土匪，像赵培芝、张慕芳、小大兴、仲炳炎、乐三、乐四等人，盘踞一方，各自封王，公开强赊强买，挨户硬摊私盐，今天3担，明天5担，上午这帮土匪派3担，下午那帮土匪派5担，稍有违背，就抓去关押上刑，刑罚的名目听了也叫人害怕，什么蜘蛛栅吊、老虎凳、白鹤飞、灌盐水、胡椒水、石灰水、上杠子、烫奶头、火烧屁股等。

人民生活在敌伪、土匪、恶霸地主的重重压迫下，生命财产朝不保夕。

二、受灾受难的人民好比重见天日

鬼子来了以后，人民过着奴隶一般的悲惨生活。城市和乡村到处流传着反抗侵略的歌谣。人民喊出了"寒天吃冷水，点点在头""官不抵抗民抵抗，受辱的百姓是火炼的心"。每一个正直的人民的心头，都升起了愤怒的火焰。

当民族危急存亡的关头，失望与痛苦折磨着人民心灵的时候，在我们党领导下，一支人民抗日队伍，代表着人民的意志，背负着人民的希望，站起来了——常熟县人民抗日军司令部于1938年7月1日宣告成立。这就是以后发展成为战斗在大江南北、机智神勇的一支强大的人民武装——江南抗日义勇军的前身。

"民抗"成立之初，已有280多个健儿，他们都是来自工农商学各界人民中，他们是武装起来的老百姓。在司令部成立大会上，大队长茅鹏华、徐少川，参谋长赵伯华，分队长薛惠民、陈振华、陈光洪、萧启文、李文魁等。在半年前，他们还是不会用枪的老百姓，经过苦学钻研和战斗的锻炼，现在已成为能打仗、能指挥的军事干部了。

大会开始时，党的领导人杨浩庐、李建模等同志先后作了指示，分析了国内外情况和常熟的斗争形势，对开展敌后游击战，领导全县人民反土匪、保家乡，建立抗日民主根据地的任务作了阐述。接着由任天石司令讲了话，他说："鬼子、汉奸和土匪无恶不作，敌人的暴行使我们心头燃烧起了万丈怒火，我们要从焦土上建立新屋，要为被惨杀的同胞复仇。我虽是一个医生，我也要拿起枪来和全体同志一起，与敌人誓不两立。"薛分队长在发言中说："我向全县人民宣誓，我是一个共产党员，我永远为人民的利益而奋斗，在任何情况下，不动摇、不妥协、不怕牺牲，愿为抗日贡献出我的生命。"会上还有战士和来宾纷纷作了发言。

从此以后，"民抗"像把锋利的钢刀，插在敌人的胸膛。到1938年底，"民抗"扩大到500多人。在"民抗"建立的同时，又相继建立了县、区、乡政权组织和县职工、妇女、青年、教联、医工等抗日协会，出版了《队声报》《大众报》《东进报》及《江南杂志》等，在1941年鬼子"清乡"前，抗日根据地扩展到东至太仓县界，西至福山塘，南至州塘和吴县，北至长江，南北长达40华里，东西30华里，受保护的人口58.6万多人。在人民武装和政权建立和扩大后，受灾受难的人民好比重见了天日，暂时总算得到了一个喘息的机会。

（原载《常熟县报》1957年1月13日、16日）

水 上 英 雄

——长江常备队战斗片段

1937年日寇侵占常熟后，本县沿江一带，经常遭到海匪骚扰，生命财产，朝不保夕。在"民抗"组织的领导下，一支水上武装在1939年正式建立了，积极领导群众开展"防匪反盗"斗争，不断打击海匪，使沿江一带抢案大大减少。

这支水上武装，就是有名的长江常备队。

长江常备队初成立时，共60多人，武器不好，除每人有一把大刀外，只有两条步枪和十几只手榴弹。当初群众对长江常备队这个番号还不太熟悉，但提起大刀队，没有一个不翘起大拇指说："呱呱叫，能文能武、智勇双全的好队伍。"

一天晚上，一股海盗企图在杨家湾抢掠，当海盗刚刚登陆进入村庄，周围群众立即敲盆发出警报，大家拿起了乌号、铁铳、木棍、扁担，把海盗团团围在杨家湾。这时，长江常备队亦闻警赶到，带领群众用大刀同海盗展开搏斗，在声势浩大众寡悬殊的情况下，10个海盗有7个被活擒，匪首吊眼老四和其余两人被砍死，缴获长短枪5支、土造枪4支、木帆船1艘和贼物一大堆。土造枪和木帆船送给了当地群众，无主贼物分发给贫苦农民。这一次战斗，提高了群众的斗争信心，并使长江常备队的威名传遍澄虞和常太江边地区。

长江常备队为了主动打击海匪，逐渐由陆上防守转入向江中匪巢进攻。

江心波浪滔天，水流急速，不少队员开始不习惯江上生活，上了船就觉得头昏眼花，不思茶饭，甚至呕吐成病。

上级提出："旱脚黄牛要变成水上英雄。"经过一个时期的勤学苦练，终于战胜了困难，熟悉了沙滩、暗礁等一切秘密。共产党员王化良听水声就可预知江水浅深和有无暗沙，新入伍的大学生宫大伟善观"气"色，看水浪就知风力大小。在大雾和黑夜里航行不会迷失方向，他们已由"外行"变成了"内行"。

有一次，长江常备队发现 1 艘民船在北沙脚给海匪缠住了，立即扬帆出救，在江上展开激烈的战斗，40 多个海匪杀伤过半大败而回。常备队亦有 4 人受伤，并牺牲了 1 个小队长。那只民船原是从苏北装猪子过来的，长江常备队救了他们，真是感激不尽，一定要拿出一笔现金作为小队长丧葬之费，把数条大毛猪作为慰劳品，常备队的吴队长婉言谢绝了。约定今后如再碰到海匪，白天在桅杆上挂白布，夜间挂双灯。从此，在南岸和北脚的外河船户，经常受到长江常备队的掩护，无数次地打击了海匪的抢劫行为。船户们后来都称长江常备队为"海军"，说有了"海军"我们什么也不怕了。

解放后，在梅李区镇压的赵培芝和南通竹行镇陈长基，当时都是势力较大的海匪。有一次他们两股匪部联合行动，集结匪船 20 多只和 200 多匪徒，配备精良武器，企图消灭长江常备队。长江常备队采取了声东击西、迷惑敌人的游击战术。数天后，海匪一无所获，正打算收兵回巢，有两条匪船在白茆口外老鼠沙里被常备队包围了起来，经半小时左右的行动，一条匪船的桅杆被手榴弹炸断，一条匪船在暗沙搁浅，但匪徒凭着优势的火力仍拼命顽抗。当常备队船靠近匪船时，李大队长即下命令："用手榴弹解决匪船。"一阵轰轰震耳的爆炸声，硝烟直冒，匪徒的机枪和步枪全部变成了哑巴，侥幸活着的海匪不是举手投降，就是不知死活地向长江中乱跳，变成"落水鬼"，匪队长小九子也落水身亡。常备队缴到机枪 3 挺、长短枪 20 支，毙匪30 多人，俘 20 人。从此，海匪赵培芝等再也不敢像以前那样作威作福糟蹋百姓了。

　　以后，在一个大雾弥漫的夜里，长江常备队又直捣大安港匪巢，歼匪数十，并先后在竖积洪、高浦口、塘港等处的江中，歼灭大批海匪。船民和渔民把常备队在江中活动的地区称为安全地区。常备队在那些艰苦的岁月里，留下了不朽的英雄事迹。

　　　　　　　　　　（原载《常熟县报》1957 年 6 月 11 日、14 日、17 日）

徐市反击战

　　1939年4月，新四军东进纵队从江阴、无锡进入常熟，当时的番号是江南人民抗日义勇军。在常熟境内曾经有大小数十次的战斗，战无不胜，攻无不克。"江抗"继续东进，从太仓、昆山、青浦等地直抵上海郊区，常熟"民抗"的一部分亦随"江抗"东进，沿途横扫敌人，捷报频传，尤其袭击虹桥飞机场的胜利消息，不但鼓舞了常熟人民的抗战热情，而且振奋了京沪杭地区的民心。后来，在"江抗"西进前，有一部分"江抗"在常熟流动了一个时期，配合"民抗"，肃清了土匪武装，沉重地打击了日伪军，建立了以常熟为中心的苏常太抗日游击根据地，并以此为中心建立了江南解放区。

　　徐市反击战，是在1939年旧历七月初六，"江抗"的两个支队在徐市附近宿营，有一个支队去福山攻击仲炳炎等匪部。当时，浒浦和白茆口等沿江各地的伪化土匪认为"江抗"已大部分去福山，企图乘机奔袭，并抢劫徐市全镇。匪徒集结了它的精锐兵力200余人，全部轻装，带有轻机枪10余挺，并强拉民夫近百和小车数十部，准备搬运抢劫到的物资。土匪分为三股，从南、西、北三路向徐市齐头并进。

　　土匪分三路向徐市进发，驻扎在徐市附近的"江抗"早已接到报告，随即将所有兵力埋伏在徐市周围，等土匪到来时，来一个瓮中捉鳖，把他们全部歼灭。

　　土匪在路上一个"江抗"也没有碰到，心里真是高兴万分。中午时分，进入徐市镇，立即露出了狰狞面目，见人就打，见物就抢，祁瑞和、森和大布店、大南货店等先后被劫，土匪正抢得起劲，突然徐市附近枪声四起，

8

"江抗"吴克刚同志分兵两路向徐市包抄。

匪徒中绝大部分是国民党军队中的官兵，所以也有一定的战斗力，但是在"江抗"的猛烈进攻下，不久就丧失了挣扎的能力，喊天叫娘地溃退了，然而退又退不出去，真是上天无路入地无门。不到一小时把来犯的土匪几乎全部消灭，漏网的寥寥无几。此次反击战中毙伤土匪百余，俘匪 80 多人，并缴获机枪多挺及步枪 10 来支，被抢劫的物资全部归还原主。战斗结束后，徐市人民在欢笑声中把土匪尸首埋在石人石马对河的荒坟里，有人称为遗臭万年之墓。群众对"江抗"是感恩不尽，并且以自己的实际行动来支援自己的部队，建立了青年、妇女、工商界等抗日协会，镇上朱开琛、王天竞、马文华等数十个男女青年纷纷参加工作。以后，徐市便成为"民抗"活动的中心，被称为常熟"红色首都"。

（原载《常熟县报》1957 年 2 月 7 日、10 日）

林司令的兵

一、大雨中耐心等开门

在"江抗"西进后，林司令员和夏参谋长^① 等 10 多个领导同志，以后方医院恢复健康的伤员为骨干，组成了东路司令部，扩大部队，发动和组织群众，健全与发展地方党的组织，在敌（日伪）、顽（国民党顽固派）、我三角斗争中不断地取得胜利，巩固了苏常太抗日根据地。

1940 年初，东路司令部的威名已震动了常熟、太仓、苏州、昆山和嘉定等整个东路地区，林司令员的名字已尽人皆知，深入人心。群众敬爱自己的领袖，热爱自己的部队。青壮年踊跃参军，父母送子女、子女送父母、丈夫送妻子和妻子送丈夫入伍行动，在常熟尤其是东乡各地到处皆有。遍地可以听到"母亲叫儿打东洋，妻子送郎上战场""好铁要打钉，好男要当兵，老百姓都打仗，才能保卫家乡""工农新四军，全国有威名，抗战最坚决，保国又保民，大家一齐来，参加新四军"……洪亮的歌词和雄壮愉快的歌声。

东路独立第二大队教导员陈岳章同志，为了开展边区工作，派出一班人到归庄、沙溪一带的新区去活动，并进行扩军工作。这个班是以平平同志带领，共有 7 个人，有 3 支枪、5 把大刀和几只手榴弹。

---

① 林司令员（林俊）就是谭震林，时任江南抗日义勇军东路司令部司令员兼政治委员。夏参谋长即夏光，时任江南抗日义勇军东路司令部参谋长。

在泥泞的小路上和伸手不见五指的大雨下夜行军，全班同志都像"泥团子"和"落汤鸡"一样，进入村庄后群众不敢开门，他们一面向群众隔门做解释工作，一面躲在屋檐下绞棉衣上的水，大家冷得有些麻木，用踏步的办法取一些血液循环加快后的温暖。好久以后，隐隐听见"不像东洋兵和野队伍，是林司令的兵"。又停了片刻，徐大伯开了门，当他们知道确是林司令的兵以后，像久别重逢的亲人一样，全家喜气洋洋，热情地借出衣服和被头，围在稻草铺的周围，问长问短。天亮的时候，徐大伯已去通知了他的知心朋友和邻居，屋子里团聚着几十个人，热气腾腾，有说有笑。群众检举了几个通敌通匪的"地里鬼"，在群众的配合下，就在当天逮捕了 4 个武装匪特，缴到长短枪 5 支。

二、群众热爱自己的队伍

"民抗"和"江抗"从未在这个村上住过，但只要一提起新四军，群众就像谈论自己亲人一样的高兴。现在林司令的兵来到了，群众欢欣鼓舞的心情真是无法形容。平平班的一举一动都成了他们所注意的事情和谈话的资料。村上盛传着"大雨中耐心等开门""勇敢抓掉'地里鬼'""吃的穿的不如贫雇农""送给断炊户二件衣一斗米"等美事。

有个老太太送自己的儿子阿虎入伍，对平平说："我们穷得无以为生，阿虎曾到方明匪部去混饭吃，我哭来哭去把他喊回来，就是饿死也不去做汉奸土匪，要当林司令的兵。"平平看老太太一片热心，阿虎又是身强力壮，满意地拉着阿虎的手，说："你们是好骨气，我们接收你入伍。"

平平班以这个村为据点，在前后巷进行活动。当时，年轻人都会唱《扩大歌》，有些老年人也哼着"……扩大路线要正确，不欺骗、不拉夫……工农分子呱呱叫，你（动员）一个，我两个，九个十个不怕多……"在积极动员下，13 天就扩大了 10 多人。

三、活擒三个武装土匪

为了把新战士武装起来，群众开动脑筋，把周围的地主和土豪排队，排出了 12 户有枪的人家，分别采取动员捐献、没收和缴械的办法，缴集到破旧枪支 15 条。阿虎等 5 个新战士到郁家桥附近活擒了 3 个武装土匪。被抓住的土匪用身上的白洋和黄金戒指进行贿赂说："乡下人，放了我们吧，你们把我们解到林司令部队里去，这些洋钿、金戒指就没有你们的份了。"阿虎回答说："我们就是林司令的兵，要金银我们就不会去当林司令的兵了。"

平平班在半个月后回到了二大队，这时已成了 40 个人的一个大班了，有男的有女的，年龄最大的是 50 岁，最小的是 15 岁。非但已有 30 多支长短枪，而且还有 1 挺捷克式机枪。陈岳章同志对新同志说："你们的亲人把你们欢送入伍，你们又夺取敌人武器武装了自己。现在你们已是林司令的兵，也就是老百姓自己的队伍了。"

（原载《常熟县报》1957 年 6 月 20 日、23 日、26 日）

"民抗"第五支队

一、五支队的成长壮大

"民抗"司令部在1940年夏天又新建了一支部队——第五支队。薛惠民担任支队长，朱明中、王志平担任教导员，周达民担任参谋长。建队之初，人枪不多，在斗争中发展很快，不久就扩大到3个大队（连）、400余人，成为当时坚持本县敌后游击战争的地方主力之一。

五支队诞生以后，就担负着"巩固和发展常（熟）太（仓）根据地；配合兄弟支队，扩大东路游击区"的艰巨任务。当时，二支队在澄、锡、虞（本县西乡）地区活动，并向西发展，与苏北五十一团连成一起；三支队以唐市一带为基地，坚持苏州、阳澄湖地区的斗争。一、二、三、五等几个支队，常常是协同动作，配合作战，"化整为零、化零为整"地不断地打击日、伪、顽军。三、五两个支队在1940年冬，曾受纵队司令温玉成和参谋长夏光的直接指挥，站在保卫根据地和反顽（反对国民党忠义救国军的猖狂进攻）斗争的最前线。

1941年春，（皖南事变后）五支队和一支队合并，改编为新四军六师十八旅五十三团，刘飞担任团长；二支队为五十二团，团长陈挺；三支队改为五十四团，团长吴永湘。五支队在改编时，薛惠民同志又奉命在本县重新组织部队，建立了一个警卫团。

五支队从成立到改编为止，三个季度中曾经数十次战斗。尤其是毛家市、火炉圈、香花桥、枇杷园、新桥和张家浜等6次较大的战斗，鼓舞了苏、常、太地区军民的斗志，群众中广泛地传说着："五支队的枪声后面就是鞭炮响。"赞颂五支队的英勇善战。

二、夜袭毛家市

五支队建队后不久，就遇到了敌伪夏季"扫荡"，民抗司令部对五支队下达了作战命令：为了牵制太仓敌人的兵力，夜袭毛家市，给敌人猝不及防的打击。

向毛家市出击，在反"扫荡"中是一个战略性的任务。支队部确定作战计划后，鉴于五支队是新成立的部队，新战士主要是上海的工人、本地的农民和知识青年，虽已学会了开枪，但是还没有上过战场。所以，各大队在党内党外做了充分的战斗动员，详细地检查了武器弹药。三大队的费大队长、政治指导员、支部书记和文化教员，深入各班去进行个别动员，并帮助战士擦枪、编草鞋、补子弹带、精减背包，战士们异常兴奋和紧张，做好战斗准备。

出发时，薛支队长在队前讲话，强调指出："勇敢要和沉着、机智相结合。"并宣布了服从命令、听指挥的战场纪律。在月光底下，健儿们轻装捷步，向毛家市挺进。五支队的这一军事行动，敌人是毫无所知。

毛家市的伪自卫队，常常吹牛说："地方游击队不是我们的对手。"日寇为了实施"以华制华""地方人对付地方人"的政策，对伪自卫队在军事技术和武装配备上都是竭力支持，并夸耀他们为"好汉"。这批流氓、兵痞、惯匪，也因从未受到打击，骄傲横蛮，横行不法，糟蹋人民的罪恶，是骇人听闻的。

队伍由几个老农担任向导。

毛家市静静的，全村鸦雀无声。侦察员带着主攻几个排，分左右两路直扑伪自卫队所分驻的两个营房。左边一路被侦察员很快地揪掉了呆立如木的岗兵后，队伍直冲到营房附近，进行猛烈射击。右边一路，由打入伪自卫队内的唐某带路，通行无阻地逼近了营房。顿时枪声大作，两处营房里的敌人从梦中惊醒，仓促应战，不久就动摇了，乱成一团，纷纷过河逃命，被打得落花流水。

主攻的分队正想乘胜追击，支队长发出了停止追击的命令，不少战士感到十分扫兴，个别战士在接到口令时还向混乱逃命的匪徒连发数枪。五支队胜利完成作战任务后，向西转移。在伪自卫队的营房里留下了"告伪自卫队书"，还有"中国人不打中国人""掉转枪口，一致抗日""过去从宽，今后从严；此次留一手，下次不留情"的标语，贴在高墙上。事后，把抓住的3个匪首分别惩办。

此次战斗，五支队无一伤亡。处女战的胜利，对指战员是莫大的鼓舞和激励，对所有伪自卫队在精神上是一个严重的打击，从此使他们寝食难安。太仓的日寇也大吃一惊，未敢抽兵来本县"扫荡"。

本县处在京沪的心脏地区，敌人虽屡次遭到打击，但"扫荡"仍是十分频繁。当敌人夏季"扫荡"被粉碎后，又集中了敌伪军千余，进行秋季"扫荡"。五支队在此次反"扫荡"中，奉命坚持原地斗争。在劣势装备对抗强敌的残酷斗争中，火炉圈伏击战开始了。

三、火炉圈伏击战

一天，浒浦、梅李、支塘和北新闸四个据点的敌人，同时出动，向本县"红色首都"——徐市分进合击。这四路敌人，以浒浦一路为核心，山川大佐为统一的指挥官，这一路的兵力也最强，有山川大佐、一龟曹长为首的鬼子80多人，伪军有两个营，持有迫击炮3门、重机枪2挺、轻机枪6挺，步枪全是"三八"式和"中正"式，弹药也是十分充足。

四路敌人，一路上耀武扬威，但又是"一无所得"，到徐市会合后，竟又扑了一个空，山川怒火万丈，咆哮着问："新四军大大的有，怎么一个也抓不到，到哪里去了？"敌伪军官啼笑皆非，只是呆立不动。实际上新四军确是"大大的有"，不少部队在青纱帐里埋伏着，布下了罗网，只等鱼儿游去。五支队的侦察员老张、老蔡等就在镇上"踱官步",锐利的眼睛把敌情看得一清二楚。不少财经、民运、情报工作人员隐蔽在镇上群众家里,群众冒着生命危险来掩护新四军。唐树德同志躲在南街一家群众住宅的后园。这家的老太太被鬼子打得死去活来,她总是斩钉截铁地说:"我家里没有新四军。"

当时,五支队的任务就是:选择有利时机,打击"扫荡"的核心部队。浒浦这一路的敌人,就是打击的目标。半个月来五支队的眼睛——侦察班,牢牢地盯住了敌人,敌人的兵力、武器配备、动态都了解得十分清楚。敌人扑了空,"汇剿"破产后,没精打采地各自返回据点。浒浦这一路的敌人,在徐市镇上和周围,大发兽性,乱开枪,大抢一番后,整队向陆市方向回去。支队部根据情况判断,火炉圈是敌人必经之地,就决定在火炉圈进行伏击。

"在火炉圈伏击"使五支队投入了紧张的备战行动,当地党支部通过抗日自卫队、农民抗日协会组织群众,迅速撤退到安全地带,同时,领导青壮年帮助部队架设浮桥、站岗放哨。侦察员来回奔跑,向薛支队长不断地报告:"敌人距此一华里""距此半华里""敌人尖兵距此 30 米"。蒲参谋弯着腰从青纱帐里一个箭步奔到薛支队长跟前说:"准备就绪。"这时敌人也进入第一道隐蔽哨的地方了。

敌人是以太阳旗开路,伪军在前,鬼子在后,分两路纵队并肩行进。每个鬼子的身上都背满了军毯、饭盒、钢盔、手榴弹、子弹,还有抢到的水果、活鸡。有的用步枪挑着东西,有的倒背着枪在吃甘蔗、抽纸烟,只有少数士兵横扛着步枪以防万一。他们是十分骄傲,好像"如入无人之境",可以安全返防了。

伏击的队伍分成左右两排,在敌人来路的一头横放了一个大队,成一个凹字形。横放的大队就是第一大队,是主攻的部队,但不是拦住敌人进行截击,而是放开一个"缺口"让敌人进入伏击圈,然后在敌尾进行攻击。薛支队长安定地伏在墙角旁,用力地吸着香烟,目不转睛地看着正在进入伏击圈内的敌人。警卫员卧在地上吃力地昂起了头,数着在正面 50 米的大路上通过的敌人，轻轻说："51、52、53……"大队里的指战员，几乎全部是屏住了气，一动也不动地等待射击的命令。

最后一个敌人走过了"缺口"，薛支队长举起驳壳枪，一扣火，"砰"的一声，应声而起的就是一大队的一挺机枪声和密集的排枪声，在敌人尾后开始了猛烈地攻击。敌人突然受到袭击，重机枪来不及架起来，迫击炮也找不到架炮的位置，重武器失去了作用，惊慌失措的山川大佐强作镇静，指挥着慌乱的敌人企图正面反扑。

反扑的队伍经不起五支队一大队5分钟激烈地攻击就被打回去。敌人又企图从左边向一大队迂回，被预伏在左边的三大队的火力压住，敌人又向右边迂回，又被二大队的火力卡住。至此，狡猾的敌人知道是"中计"了，慌忙发出迅速撤退的信号。一大队李文魁大队长和指导员跳出工事，带着队伍向逃敌发动追击。敌人且战且退，狼狈奔逃，遗弃的武器弹药、军用物资狼藉满地。山川的军帽、望远镜都落掉，光头上冒出汗，跌跌滚滚带着溃不成军的人马落魄地逃回浒浦。这时一大队停止追击，胜利收兵。李大队长既兴奋又遗憾地说："假如二、三大队也有机枪，左右把敌钳住，就可把敌人全部歼灭。"

胜利的消息传开来，群众发起在徐市举行祝捷大会，这天鞭炮震耳，锣鼓喧天，万余群众和部队进行联欢，"战地服务团"和农村剧团还演了《山川大佐》《一只老母鸡》等几出讽刺敌人的活报剧。

五支队把强敌打得一败涂地后不久，又接到了向香花桥出击的命令，侦察班的同志又脱去了灰色军装，换上便衣，前往香花桥。

四、攻克香花桥

香花桥距离太仓东门只有6华里，是个伪自卫队的据点，也是太仓敌伪的子母据点之一。常驻的伪自卫队虽然只有一个班多一些，但是伪自卫队员作恶多端，危害地方，人民怨声载道。

当时为了为民除害和扩大游击区，就决定消灭这批狗贼。

五支队对香花桥的敌情作了充分的了解，决定挑选 20 名侦察员和战士，分成侦察、突击、警戒等几个战斗小组，由薛支队长和蒲参谋亲自率领。进攻的前一天夜里就移动到香花桥附近宿营，天亮后侦察组的陈嘉华、彭利根、老张、金麻子等几个侦察员混进据点，伪装赌博、喝酒监视着敌人。

伪自卫队正在开赌，陆渡桥的伪自卫队也来"会战"，他们兴高采烈地推牌九、打扑克、叉麻将，东一堆西一堆地围着。在赌摊上也有不少的群众在看赌景。伪自卫队这样分散的在赌博，如果进行攻击，势必要带伤群众，因此就改为夜袭。

突击一组由 7 个同志组成；突击二组由 5 个同志组成，薛支队长就在这个组里；蒲参谋和小荣根两人组成警戒组；侦察员配合突击一组行动。当出发时，接到情报说："太仓鬼子今夜来香花桥巡逻。"这一新情况，非但没有动摇攻克据点的信心，相反激励了大家的决心，决定："立即行动，争取时间，保证胜利。"

突击一组绕小路走后巷，好像在自己家里一样熟门熟路地突进了据点。用迅雷不及掩耳的快速行动，一个对一个地把赌场里的伪自卫队全部抓住，俘 10 余人，缴到长短枪 6 条。剩下来的一部分伪自卫队正在据点周围巡逻，他们一路上不知死活地还在大谈赌景。蒲参谋和小荣根伏在田埂边，看得很清楚，他们一共是 5 个人。蒲参谋对小荣根说："你听，那个正在讲话安徽人口音的就是伪自卫队长施锦山。"接着下命令："小鬼，你向左 15 米，爬到那个小坟墩旁隐蔽起来。"小荣根一阵风似的连滚带爬到达了坟边，"三八"马枪对准了越来越近的敌人。

蒲参谋两手捏着两颗手榴弹，他和小荣根俩一左一右，摆开了"燕撇翅"队形。当伪自卫队走近到只有 10 多米的时候，蒲参谋的手榴弹丢过去，"轰"的一响炸开来，敌人吓得伏地把头拼命地向泥土里钻，小荣根也朝向敌人"叭、叭"地连打数枪。蒲参谋站起来高声喊话："缴枪不杀，优待俘虏。"小荣根从坟墩边也大声喊着："我们不打枪了，你们还不缴枪，干什么！"提着枪三脚两步猛冲上去，敌人吓得发抖，躺的躺、跪的跪，举起手，结结巴巴地讨饶着："同志，不要打枪，我们缴枪。"

突击一组在据点里搜索残敌后，押着俘虏返回宿营地。小荣根身上背了6条步枪和千百发子弹，背的重量超过他的体重好几倍，押着5个俘虏，笑嘻嘻地对蒲参谋说："我们两个抓5个不算少吧，我一个背6条枪不算赖吧！"

当他们胜利结束战斗后，太仓急行军的鬼子到达了，但已"人去屋空"，只好瘪着气回转太仓。

在何市举行庆祝胜利的大会上，当地青年、农民、妇女等抗日协会热情地问长说短，赠送了猪肉、香烟、鞋子等大批慰劳品，军民欢乐的情况是难以形容的。

以后，到了秋收的季节。"民抗"五支队在根据地帮助群众进行抢收，有一部分部队开到游击区打击敌人，牵制敌人的兵力，保卫根据地的秋收秋种。五支队的第二大队在太仓的游击区内，与敌人展开了艰苦的斗争。枇杷园的突围战，就是二大队在保卫秋收秋种中一次最危险的战斗。

五、枇杷园突围战

一天，二大队移动到枇杷园宿营，蒲参谋、钱大队长和指导员带着3个排长和各班班长，与往日到达宿营地后一样，沿着住地周围仔细观察地形，共同假设情况，他们商量，如果在白天发现敌人怎么打，夜间发现敌人怎么打，在敌强我弱或我强敌弱的情况下怎样配备火力，怎样冲锋和突击。他们把警戒布置好后，大队的干部又立即配合民运工作的小李向农民进行群众工作。

为了避免泄露军情，整个村庄是封锁起来的，凡是村庄里的人一律不许外出，外来的也是"只进勿出"，到临移动时才开放。这天，刚巧有一家老百姓请了巫婆治病，巫婆要出封锁线去祭祀谢神，劝说无效，为了照顾群众的风俗习惯，就放走了巫婆。谁知巫婆在横泾泄密，日寇警备队长带了一个班的鬼子和伪军一个连，立即出动。二大队发现来犯的敌人，正想转移，已被敌人三面包围，队形很密，且在缩小着包围圈。二大队处在三面是河、一面是开阔地的地形内。在开阔地的小高地上和坝头边，已有敌人架着两挺机枪，打得像爆豆，两侧的伪军密集地打着机枪。日寇警备队长蹲在太阳旗下，挥着军刀，想让二大队全军覆没。

这时二大队是十分被动，真如惊涛骇浪中的一只破船，稍不留神，就有覆舟灭顶的危险。周围群众替部队操心，急得不顾危险，伏在田埂里远远地看着敌情，恨不得拿起锄头、铁耙去参加战斗。蒲参谋和大队的指挥员伏着不动，看清情况后，下达"不准浪费弹药，暂不向左右的伪军还击"的命令。两侧的伪军在当官的胁迫下往前爬着，当官的则举着手枪喊着："弟兄们，发财的时候到了，谁打死一个新四军可得赏洋 100 元，活捉一个赏洋 150 元。不向前冲就地枪毙！"伪军士兵滚滚爬爬、停停冲冲，好似慢牛在前进。

被包围的二大队乘伪军停滞不前之际，毫不迟疑地进行突围。大队下令后，两个排佯作反攻，向三面还击，迷惑敌人；一个排就向后过河撤退。接着，又一个排撤过河。敌人发现我方撤退，就加强火力，摇旗呐喊，缩小包围圈，企图把留下的一个排吃掉。这时，已过河的两个排也看清了敌人的这一手，就以猛烈的火力对付敌人，掩护一排的突围。指导员提出："一排不突围，我们不撤退。"二排长提出："两侧伪军被河阻隔，一排完全可以突围出来。"三排副提出："一排全是老同志，宁可我排亡，要叫一排在。"这当儿，火力猛烈，正面的敌人被我火力卡住，两侧的敌人隔河冲不上，正在这几秒钟的有利情况下，一排乘机突围。这是一场激烈的战斗，共产党员冲锋在前，退却在后，县级干部小李在突围的最后一分钟时光荣牺牲了。

二大队全部突围后，敌人还不死心，进行追击。二大队在群众冒险的配合下，一面是"逢水搭桥"，另一面是"过河拔桥"，敌人怎能跟踪追击？不到半小时，把敌人丢在三里路之外。后来二大队不慌不忙在群众家里休息和换掉了湿衣，经九曲、伍胥庙回到横塘市附近的根据地。

秋去冬来，敌人的冬季"扫荡"又在加紧部署，调兵遣将十分频繁。白茆口（北新闸）的敌伪又要增兵了。一天司令部情报处接到一个重要情报："伪军一个排，不日从常熟出发，坐船到白茆口。具体情况待报告。"五支队根据这一个情报，就做了截击的准备。

六、新桥截击战

没隔几天，司令部情报处又接到情报："增援白茆口的伪军，已查明是一个排，有1挺机枪、40支长短枪，武器是崭新的，弹药也十分充足；行动路线，是坐轮船，白茆塘南起北渡桥，北至典当桥，是必经的水路。"薛支队长看过情报后，亲自在白茆塘两侧察看地形，最后决定在新桥进行截击。

那一天，以一个大队（连）的兵力埋伏在新桥附近的白茆塘两岸，其他的兵力分布在白茆口、支塘两个据点的附近。薛支队长在布置战斗的排以上干部会议上说："用兵要稳，每个战斗要向好的一面努力，但也要从坏的一面作打算。"这是针对干部的轻敌思想而说的。一大队长李文魁，在火炉圈伏击战后，滋长着骄傲自满的情绪，他对这次截击战的看法是："山川的队伍还被打得一败涂地，一个排的伪军何必要杀鸡用牛刀，派一排去截击就足够了。"会后，李大队长还对他的排长说："两只手榴弹，保证解决这批小卒。"排长不同意他这麻痹大意的思想倾向，反映到支队部，薛支队长把布包的指挥旗杆挥了一下，瞪着眼说："知道了，你们回去。"排长心里明白，这决不是自讨没趣，支队长一定有他的道理。

白茆塘又阔又深，潮水汹涌。伪军坐的轮船正在逆流而来，速度很慢，好像预知前面有伏兵不肯前进一样。正在此时，薛支队长和费大队长来到战场，第一个命令就是调换指挥官，把李大队长撤下战场。

当轮船行驶到火力网的中心时，连续几声手榴弹"轰""轰"地爆炸，在船身周围激起了很高的水柱和波浪，船身震荡得左右摇摆。

伪军在舱里，听得手榴弹的爆炸声，就惊慌起来了。伪排长还妄图挣扎，下令射击，但河岸很高，在船上射击是不能发挥火力的，打低了子弹钻进塘岸的泥土里；打高了等于对空放枪。这时伪排长用枪逼着船老大，要他加速马力，企图逃过火力网，船老大心中有数，连声答应："是！是！"这当儿，岸上稀稀落落打着枪，喊话声响过了枪声，"缴枪不杀！""中国人不打中国人！""优待俘虏！""愿留的一起抗日，要回家的发路费。""走出来，到船棚上站队。"伪军看得很清楚，两岸站着准备射击的新四军，明知逃不掉，顽抗就是死路，吓得面如土色，好似热锅上的蚂蚁，在船舱里乱窜乱嚷。伪排长这时已无法指挥士兵，他动摇了，从窗口跳入河内，几个士兵吓慌了，也"扑通，扑通"跟着往水里跳，有的士兵抱着头到船棚上站队，嚷着："投降了，缴枪了，不要打枪。"船老大高高兴兴地把船直向岸边靠，心里乐得忘掉了危险，一心帮助部队把船上的伪军一网打净。船靠到岸，行动迅速的水手跳上岸拉着船缆，战士敏捷地跳上船，把机枪扛在肩上，步枪无一遗漏地背上了身。战士奉命救起了跳水的伪军。小荣根腿上带花的地方还在流血，他一跛一拐押着俘虏，走在队伍的前头。队伍回到沈家市金家宅宿营，欢天喜地地总结经验。白茆口的敌伪为此而惶惶不安。不久，原驻有一个班的鬼子，感到"安全成问题"而撤走了。一个排的伪军，因处在"孤立无援，朝不保夕"的危险情况下，变得"老实"一些，并秘密接受了"民抗"司令部的"在据点里不作威作福；不主动出击；被逼出去时先送情报"的约法三章。

七、张家浜战斗

在战斗的空隙里，从支队长到炊事员都进行着政治、军事和文化学习。秋季以来，又开展着较为正规的练兵运动。每天早晨，各大队里不分官兵都在紧张、奋发地操练射击。下午，佩着红带的值星排长喊着洪亮雄壮的刺枪口令，战士们每一次刺杀的动作都很有力和准确。在课外时，不少指战员还在进行军事体育活动或在室内做刺杀练习，起早带晚地不倦地在苦练着。有一天，文书王冠亚拿了薛支队长的手谕："停止学习3天，每天增加午睡4小时。从明天起执行，干部必须以身作则。"通知了各大队。指战员都快乐得跳起来，大家早已知道了"停止学习就是要打大仗"的一个十拿九稳的预兆。战士围住了王文书，问着："是打二黄（指鬼子和伪军）、打黑壳（指伪警察），还是打白匪（指国民党反动派）？"王文书满面春风地回答："总归是打大仗了，打黄、打黑、打白，怎样好讲？这是军事秘密。"

一天夜里，五支队奉令出发了。他们在急行军，侦察班由江祺生同志带路，尖兵后边是一大队，三大队和支队部在中间，二大队为后卫。因为任务急，跑得很快，但偏偏遇到不少小路、圩岸、破桥，使队伍行军速度慢了些。这使指战员们心里发慌，大家恨不得飞到张家浜去，配合一、二、三支队，立即消灭来犯的顽军——国民党忠义救国军。"加速前进""保持队形，拉长距离""不准掉队"的命令，通过传话，传遍了全队。抿着嘴就喘不过气，张开嘴气喘得更急，大家的汗像雨滴，衬衫裤全都湿透。但谁也不觉得疲劳，个个只想快上火线。

前线情况变化了，还未同顽军接火，而同日伪军打起了遭遇战，敌人即将被包围在张家浜。五支队改变行军路线，插到指定的阵地上协助兄弟支队围困敌人。

五支队的另一部分兵力，在蒲参谋的带领下，猛烈地进攻新塘市的伪自卫队。伪队长金丁雅守住据点，进行顽抗，蒲参谋带头冲锋，敌人被打垮了，并缴获步枪7支、弹药数千发，俘敌6人。蒲参谋在此次战斗中挂了花。

张家浜战斗终了时，日伪军在陆巷后边溃退，敌指挥官落水身亡。五支队在配合作战中坚守阵地，受到了纵队首长的表扬。

八、自始至终为人民服务

五支队还配合抗日自卫队，打过粮站，威胁支塘、浒浦据点等好几十次的小仗，真是黑夜里是五支队的世界，白天里也在冲锋，无时不在战斗中。本县人民全力支援着自己的军队，人民军队是共产党领导的军队，这就是无敌力量的源泉。年轻的五支队后来改编为五十三团。这时，它已具有高度的政治觉悟，严格的政治纪律、军事纪律以及坚强的战斗力。从此以后，成了主力部队，战斗在整个华东地区。在艰苦的斗争中指战员们锻炼得更坚强，有的担任了军长、师长、团长，小荣根担任某部功臣营营长，也有的转业后担任厅长、部长和县、区委书记。为革命牺牲的指战员，创造了惊天动地、可歌可泣的事迹。在五支队成立时，指战员的誓词中最后一句，就是"自始至终为人民服务"。英雄的军队，坚定不移地实现了庄严的誓词，在本县各地均有他们的足印和鲜血，五支队的名字流芳百世。

（《常熟县报》1957 年 8 月 10 日至 9 月 28 日分期刊载）

北港庙实习战

一、节省弹药　战地实习

"民抗"教导队在将要结业的时候，队员热烈地要求打一次实习战。

队部请示"民抗"司令部后，队长戴克林向队员宣布说："我们为了节约弹药，不举行实弹演习。选择有利时机，进行实习战，这样既能打击敌人，又能锻炼自己，真是一举两得的事。现司令部已同意在战场实习，何时打、哪里打、怎样打等具体问题，还要在今后待命行动。"这个决定的公布，使10多名学员高兴得跳起来。有些队员说："到时，庆祝胜利和毕业典礼一起举行，这是多么愉快的事！"文化教员顾江山说："打过仗后再分手，带着胜利下连队。"

因为将要毕业，学习也更加紧张，在休息时间甚至在深夜里不少学员还在习文练武。学习愈紧张，实习战的要求也就愈迫切，不论在白天或夜里，每个队员都跳动着一颗兴奋、紧张、勇敢的心，希望听到紧急集合的哨音。

一天深夜正是下大雨，炊事员杨林在梦里恍惚地听到集合的哨音，连忙爬起来拿了手榴弹冒了大雨到场上集合，淋得像"落汤鸡"一样，后来看看没有动静，才走回炊事房。同志们问他："做啥？"

他笑嘻嘻地拉拉自己耳朵说："没有什么，耳朵作怪。"

二、敌人"扫荡" 中途阻击

确实是因为他们盼望快一些来一次战斗的缘故，教导队里接二连三地发生了半夜里突然有人起来站队出击的事。一次，二班队员秦勇失眠，到天亮时正要迷糊入睡，似乎听到紧急集合的哨子，他立刻跳起来奔向操场。全班队员被他惊醒，认为定是战斗集合了，一窝蜂地跟出去，全副武装地站在树下。数分钟后值星排长走过，才知道又是个误会，大家捧腹大笑。

举行毕业典礼的前两天，教导队移动到吴市区北港庙西边的蒋家宅基宿营。当天半夜里"民抗"司令部接到情报，知道北新闸的鬼子和伪军40多人，带有迫击炮、轻重机枪，在天亮时往归市"扫荡"。敌人的行军路线是横塘市、何市、归市，再由归市经东张市折回据点，或是东张市、归市，后再经何市、横塘市回到北新闸。司令部根据敌人两者必居其一的行动路线，就通知郭曦晨同志的一个营转移到何市西北的石元宝、猛将堂一带，通知教导队在原地宿营。这样，两路都布置了埋伏，不管敌人走哪一路，都要遭到阻击。司令部在布置教导队的作战任务中说："敌人如从东张到归市，你们就在北港庙地带进行阻击，坚决把敌人打回去；如敌人从横塘市这条路线向归市去的话，你们要插到猛将堂，配合郭部作战。"最后指出："不能用干部队伍（因教导队全是干部）去和敌人硬拼。"戴队长向队员作战斗动员时说："仗是有得打了。对手是未曾和我们交手过的小林部队，我们一打一响的枪要和敌人连发的枪去作战。实习战能否打好，要看大家的行动了。"上午10时，掮着红膏药旗的一群豺狼，胆大包天，耀武扬威地在北港庙西边的公路上出现了。

三、反扑未成 据庙固守

教导队等鬼子行近的时候，"砰"的一枪向敌人打去，敌人立刻站住了脚，向四野里一看，只见四面八方都是新四军，有的弯着腰在冲，有的伏在地上匍匐前进。敌队长小林，不知道教导队为了节省弹药，弹不虚发，而误认为是没有枪的大刀队，因此只是伏着不动，企图俟接近时进行肉搏，捉"活的"。

战场上出现了 5 分钟的寂静。这时，教导队的猛冲更接近了敌人，敌小林慌张地说："新四军枪是大大的有。"故作镇静地指挥匪徒，分批退入庙内。这时有把握能打到敌人身上的一些队员，就连发数枪，打伤敌人四五名，已进庙的敌人，用机枪的火力掩护着后批敌人，拖着伤兵，逃进屋去。

敌人的火力很猛，听到的就是"砰砰""嗒嗒"的枪炮声，看到的就是泥土直飞，闻到的就是使人发呛的火药味。在这枪林弹雨里，每个队员热血沸腾，抱着共同的信念：不管敌人如何顽强，不管敌人的火力如何猛烈，一定不使他前进一步，坚决把他打回去。

敌人连续发动了三次反冲锋，每次都未能得逞。敌小林被逼改换了主张，决定不去归市"扫荡"，就在这里固守，企图吸住教导队来个歼灭战。

庙的西和北两面有河道，敌有险可守，庙的东和南面，是一片开阔地，敌就利用了这一地形，组织了火力，机枪架在亭子里，居高临下地拼命扫射。在地形上、火力上以及是在白天作战等条件，构成了易守难攻的局面。

四、"实习"告捷　欢庆三喜

激战了一小时，敌人消耗弹药过半，一挺轻机枪被三班的姚廉同志用手榴弹炸成了哑巴，两个密探举手投降了。这时像疯犬一样被困在庙内的敌人，开始动摇了，有些伪军在枪头上系着白毛巾，准备投降。敌小林看到军心已乱，不敢恋战，不再企图歼灭教导队，而是向北突围逃命。敌逃出庙后拖着十多个伤兵，沿途不敢停留，一口气逃回北新闸，缩进乌龟壳内。在敌人突围时，郭部的一个营已到达树弄，敌如慢退一步，就有全部被消灭在北港庙的可能。

这次实习战的胜利，非但使敌人"扫荡"计划破产，而且大大地打击了敌人那种"到处横行，轻视民抗力量"的骄傲情绪，强烈地激发了吴市区人民的抗战热情。有些队员说:"此次把敌人打得头破血流,可说是教训了他们一顿。"战斗刚结束,就有数十个青年要求参军。

战后第三天,就是教导队毕业典礼。队伍驻在何市西南的小圩里,各地群众送去了很多慰劳品。这一天也是"民抗"一支队成立的日子,支队长戴克林在军民大会上说:"今天是三喜:一是教导队员毕业,二是实习战的胜利,三是一支队的成立。"这时全场掌声雷动,经久不息。"教导队实习战,打出一支队"的胜利故事,传遍了根据地。

(《常熟县报》1957 年 10 月 23 日至 1957 年 11 月 4 日分期刊载)

选 代 表

"民抗"在本县东乡一带驻扎后，有一年的 4 月 4 日，各地医务工作者怀着满腔喜悦，先后到达了徐市镇叶家花行，参加"医工大会"。这次大会是为了成立常熟医师抗日协会和选举出席县人民代表会议。

会上选举出任天石为县医工抗日协会名誉主席，王志诚、瞿琴南等三人为正副主席。在大会上，全体会员还进行了为神圣的抗战贡献出知识、技能和生命的宣誓仪式。

在选县代表提出和鉴别候选人的时候，非但是严肃和紧张，而且是兴奋和愉快的，不少医工激动得流眼泪。有的医工说："医生既有了自己的组织，又能选出自己的代表去参政，在常熟历史上还是第一次。"

选举结果，任天石等三个候选人都当选了县代表。医工们还提出了很多提案，其中最集中的就是改善部队生活。当时大家认为部队一天吃两餐，有时还要一稀一干，数月不知肉味，糠虾当大荤，衣衫无替换，一月关饷（津贴）二只洋，洗澡洗衣和肥皂的费用也不够。有个老医生再三说："部队的物质生活在人民的最低水平之下，如不改善，叫人民怎样对得住在浴血抗战中的新四军官兵呢？"

通过这次大会，团结了不少爱国的医务工作者，在以后两年多的实际斗争中，对党对人民贡献了不少力量。

（原载《常熟县报》1957 年 1 月 28 日）

当家作主　坚持抗日

——抗日民主政权建立经过

本县沦陷后，"民抗"和"江抗"不怕艰难困苦，流血牺牲，开展抗日游击战争，建立抗日根据地。到 1939 年秋冬，新四军在苏常太敌后战场上已打出了一个新的局面，有强大的武装力量，在抗日民族统一战线的政策下，联合了一切抗日的工农兵学商，并团结了一切抗日爱国的人，形成了游击战争的高潮时期。

本县人民在党的领导下，在稳定的游击根据地里，民选县、区、乡三级政府，建立了抗日民族统一战线的革命民主政权。

1940 年初，在中共常熟县委领导下，成立常熟县人民抗日自卫会筹备会，进行着建立抗日民主政权的筹备工作。当时的选举政策，就是年满 18 岁、赞成抗日和民主的人；不分民族、阶级、党派、性别、宗教信仰和文化程度，均有选举权和被选举权。人民为了把"印把子"拿到自己的手里，积极参加了选举，并成为推动"扩军"、"锄奸"、财经、文教和发展群众团体等各项工作的巨大力量。到 5 月底完成了选举县代表的工作。

县代表会议开幕式是在吴市区周家桥阴阳宅基后边举行的。

这是常熟人民空前的大喜事，在人民热烈的盼望下终于实现了。

300 多个代表欢聚一堂，受了全县人民的委托，担负着确定施政方针和选举县长等重大任务。

在县代表会议上，东路司令部林俊司令员（即谭震林同志）作了详细的政治报告。他在报告中说道："抗日民主政权的性质，是民族统一战线的，是一切造成抗日和民主的人的政权，是革命阶级联合起来对于汉奸和反动派的民主专政。"并指出了政权的任务就是"反对日本帝国主义，保护人民利益，镇压汉奸和反动派，巩固抗日根据地"。

会议第二天是在徐市区智林寺钱家宅基继续举行。会议上成立了常熟人民自卫会——常熟县抗日民主政府。"民抗"司令员任天石当选为主席（县长），李建模、薛惠民等21人当选为县执行委员会委员（政府委员）。当选的主席和执行委员就在会议上进行了就职宣誓。

会议第三天在时泾徐家宅基进行，确定了本县暂行行政区域：北沿长江；西至福山塘、九里塘；西南沿石墩塘、洋泾塘；南沿白茆塘到支塘；东沿锡沪公路到窑镇、项桥、归庄、横塘、鹿河到白茆口。县下面暂设梅北、梅南、长亳、徐市、吴市、何市等6个行政区，并有江城等3个特区。区和特区下共辖124个乡镇。并确定采取"三三制"，在政府人员中共产党员占1/3，抗日的民主党派和无党无派的抗日民主人士占2/3。会议闭幕后，立即建立了民政、军事、财经、教育、司法等5个科和秘书处及金库，开始办公。

从此，在贯彻执行着"团结全县人民抗战到底，保护抗日人民，调节各抗日阶层的利益，改善工农生活和镇压汉奸、反动派"，扩大和巩固根据地的施政方针下，领导全县人民，高举起抗日民主的大旗，在胜利中继续向胜利前进。

（原载《常熟县报》1957年1月31日、2月4日）

抗日民主政权的经济工作

一、财委的成立

在本县建立抗日民主政权的同时，中共常熟县委就积极地健全财政机关，征收抗日捐税，发展工商业。1940年6月，财委筹备会在徐市小鸡浜尼姑庵内开始办公。接着，在徐市小学内正式成立了常熟县财政经济委员会，20余个委员中也有小资产阶级、民族资产级阶、开明士绅和不是反共的国民党员参加，如吴宗馨、顾文陆等委员就是这些阶级和党派的代表人物。

之后，在常熟财委的基础上，继续扩大机构，成立了东路财委。

杨浩庐、李建模、徐省吾等先后担任财委主任。东路财委和县财委是合署办公的，具体办公机构主要是财经科，唐树德、罗于由、鲁言等先后担任科长。

至1941年，江南行政委员会又建立了财政经济处，李建模任处长，处下设经济、财政和会计等3个局。经济局内分设金融管理、粮食调节、合作管理、蚕桑管理等4个科和1个贸易局，华玉丁、王志云、陆斌等担任科长；会计局内分设会计、出纳、稽核等工作系统；财政局内设田赋、货物税、营业税等3个科，唐树德担任局长，陶永昌、王志昌、赵仲康（即任天怀）担任科长，局下并建立了江阴、锡东、锡北、虞西等各县办事处，张卓如、沈钧英等担任办事处主任。

二、贯彻合理负担政策保证给养

在各级财经组织中执行了"三三制",保持了党的核心领导和吸引了广大非党人员从事财经工作。由于团结了一切可以团结的抗日力量,有正确的财经政策,使本县财经工作达到了自给自足和支持兄弟游击区的目的。

当时的税收工作,贯彻了"收入多的多负担,收入少的少负担,无力负担的不负担"的政策。在初期,个别地方曾用过"捉汉奸、土奸、土豪劣绅、地方恶霸来罚款"的办法解决军费,但没有全面采用并立即禁止。在废除苛捐杂税下,确定了"减轻民负,开源节流,保证给养"的原则,只有田赋(抗日救国田亩捐)、货物税和营业税等三种主要赋税,而营业税在开始时还是让给国民党征收的(当时在国共合作的情况下,为了争取国民党抗日)。在本县根据地里不论工商界或农民均负担国家赋税,并且既使贫苦者免征,又使负担不是集中在资本家和地主身上。群众的负担非但合理而且是很轻的,如田赋每亩征收1元(米价每石20元),开征前进行征收的宣传和减免工作,开征时群众踊跃缴纳,征收处总是开夜车和通宵工作还是忙不过来,征收结束时很少有尾欠。

田赋征收的地区很广,非但在已建立政权的区域内,而且在特区和敌伪统治区也开征田赋,由革命干部或"两面派"担负代征工作,并有不少群众不顾敌伪的阻难,跑到根据地来缴纳赋税。

三、写下了光辉的一页

在当时,货物税是按照发展工农业生产和促进商品流通的经济政策,以及本县的特点来确定税率的,如粮食大米不征税,棉花征税,迷信品征重税。这些政策受到广大人民的欢迎和支持。根据需要和可能,在水陆要道设立税卡,如朱英同志负责塘桥卡,胡太源同志负责鲇鱼口卡。此外,先后建立了南渡桥、张市、吴市、徐市、周泾、董浜、苏尖、森泉等10多个税卡。

敌伪常想用偷袭的办法来破坏税卡，不法商人也利用深夜或大风雨中蒙混过关以及行贿等办法企图逃税，但税务员是勇敢顽强、廉洁奉公和不怕艰苦地坚持了自己的岗位，保证了收入。

在正确的货币政策下，还发行了"江南商业货币券"，主币10元（未用）、5元和1元三种，辅币分5角、1角和5分等数种。这种货币券在群众中有很高的威信，群众说："新四军的货币券，是水没不烂、火烧不坏的保险票。"人民不愿保存"法币"和"伪币"，而使用和积存手里的货币券。货币券非但在常熟流通，而且整个苏常太和澄锡虞地区都普遍流通着，在日伪"清乡"时，抗日民主政府为了避免群众受到损失起见，就主动深入各地进行兑现工作，把货币券收回，群众对这一措施十分满意。

抗日民主政权的财政经济工作是为了满足抗日的需要，并从调节各阶级利益出发，实行了抗日民族统一战线的政策，获得了巨大成绩，写下了根据地斗争史上的光辉一页。

（原载《常熟县报》1957年2月13日、16日、19日）

红色堡垒

——徐家老宅基

一、"落后"的小村庄

梅李南面的徐家老宅基，住着23家农户。1938年，民运干部老归和小陈到村上开展工作。说也奇怪，村里的孩子一见他们就连哭带嚷："野人！野人！"逃进屋去。青壮年和妇女们都躲避他们。只有几个老农拱手作揖说："先生！这里是个穷地方，你们到别村大户人家去吧！"老归想说明来意，但是一开口就被老农的这些话打断了。

原来村民看到了"兵"，就联想到灾难和痛苦。不久以前，李建模、薛惠民等同志在驷马泾发动暴动，组织千余农民夺取梅李伪维持会的武装，打死了伪警察局长。这件事就发生在他们村的附近，他们从心底里是赞成的，可是也十分害怕；这次敌人镇压暴动，下乡抓了13个农民后，村里的老农就说："不是吗！吃苦头的还是老百姓。""乱世年间要多吃饭、少开口。"家家不让子女出门，防止"惹火烧身"。在老归和小陈来村工作时，村民们错误地认为"东山老虎要吃人，西山老虎也要吃人"，并被"好男不当兵"的传统思想所蒙蔽，谁也不敢去接近他们。

小陈是人小火气大，见识短，她埋怨群众落后，对老归说："小小村庄，不足轻重，回去吧！"共产党员老归同志不同意并说服了小陈继续工作下去。

有一次，小陈和青年仁哴谈话，仁哴的家属在旁边半讽半骂地说："小短寿，你被狐狸精迷了心。"小陈暴跳如雷地责问："谁是狐狸精，牙齿舌头放放平。"小陈气透了向老归说："我是来抗日的，不是来受气的。"在小陈看来：除仁哴等几个积极分子外，全村大多数人是落后的，没有什么"民族观念"和"爱国志气"，又没有文化，常为鸡毛蒜皮的小事互相吵骂，常说："没有真龙天子下凡，世界不会太平。"并且不少老太太吃素修行，求拜菩萨"收灾降福"。在这个小村庄上到处充满了自私、愚昧和落后。

二、"落后"的小村庄在转变了

老归和小陈在村里逐户访问，了解情况。他俩是"挨进门，自端凳"地向群众谈家常，讲解革命道理。数月后，仁哴、炳司和老山等几个村民已逐渐地懂得了抗日保家的道理，成了村里的积极分子。年轻、爽直的仁哴说："过去是糊里糊涂地过日子，现在不能再虚度光阴。"的确，当他们知道了为什么会过着牛马生活和怎样团结起来争取光明的道理以后，就勇敢地挺起胸膛，走上了革命的道路。有一次，积极分子到荷花垒去参观了民抗部队，回到村里，大家热烈地谈论着："'民抗'不是为了我们老百姓，为什么生活十分艰苦，对人是这样的和气。""参加'民抗'的人，不是和我们一样的老百姓吗？"徐老山平时不爱多说话，今天他也面带笑容，慢吞吞地说："别村的人把部队当作一家人，我村怎能把工作同志当作外人？"积极分子的现身说法，有力地提高了村民的思想认识。

在征收抗日田亩捐的工作中，出乎小陈意料之外，在一次动员大会上，村民们踊跃交款并且一次缴清没有尾欠。群众的实际行动，教育了小陈，会后小陈向积极分子表示：以前自己的思想不对头，今后一定相信群众、依靠群众把工作做好。

村子里的情况和以前大不相同了。青壮年参加了抗日自卫队，妇女加入了妇女抗日协会，就是几个被旧社会折磨得抱着"做日和尚，撞日钟"的老农，也报名参加了农抗协，儿童们唱着流行的抗日歌曲，妇女们做了一面大红星，挂在村里表示全村人民抗日的决心。徐家老宅基距离梅李据点只有二里来路，敌人时常到村上骚扰，使全村人民时刻处在紧张尖锐的斗争环境里。

三、活的"保险箱"

斗争使村民们锻炼得更坚强更团结了。大家都知道"只有篱笆扎得紧，野狗才能钻不进"。大家都抱着"同舟共济"的精神。敌人来了，青壮年就躲开，只留下老年人装聋作哑地应付敌人；敌人走了，村子里又闹洋洋地忙生产。

情报站的老朱、老陆等靠十个干部住在村里，突然敌人来了，村民们就按照内定的组织和分工，掩护情报站转移。老年人到村头去"欢迎皇军"——缓兵之计；青壮年带着老朱等过河撤退；老年妇女们消灭干部住过的痕迹；姑娘们隐蔽在田垛和夹弄里。敌人到各户搜查看不出一点破绽。像这样情况是经常发生的，有时失望了的敌人，就捣毁村民的家具，殴打村民，村民们却说"吃一次苦，增加一分力量""吃一记耳光，就增加一分抗日决心"。部队在梅李南北地区内行动时，为了轻装绕过敌人据点，有大批军用物资藏在村里。有的同志路过把东西向村民家里一放，说一声"隔几天来拿"就走了。村民收到寄放的东西就妥善包扎谨慎收藏，比自己的东西还爱惜，从来也未遗失过东西。像民抗五支队寄存在村里的一部分枪支弹药和军服，村民怕敌人搜查就藏在田里，又怕被贼骨头偷去，积极分子就日夜轮流看守，连续有40天之久，大家的眼睛都熬红了。仁眀因过度疲劳生了病，仍是坚持到底。民抗训练班的指战员经常寄存衣服在村里，不但在任何紧张情况下没有遗失过，而且拿回来时，脏的洗干净了，破的补好了。五支队副官江祺生常称这个村子为"活的保险箱"，也有很多同志以"老家"两字代替了村的名字。

在三年的斗争中，村民吃尽了千辛万苦，遭到无数次不能想象的危险，始终团结在中共乡支部的周围，坚持了残酷的斗争，冒着生命危险，机智勇敢地掩护干部，以无比的热情支持着革命。

四、一心跟着共产党

1941 年夏天，日伪开始了残酷的"清乡"，实行血腥统治。徐家老宅基遭到了敌人摧残。敌人威胁村民说："一人通共，全家'沙啦'（指杀头）；一户通共，全村烧光。"并编了保甲，强迫办了"不为共、不窝共、不通共"的连环保的手续。这些恶毒手段，更加深了村民对敌人的仇恨。炳司就是村民中的一个典型人物，他老爱说："我炳司一心一意跟着共产党！""不怕不识货，只要货比货，新四军待我们怎样？东洋赤佬是怎样对待我们？"村民们被炳司这些激昂慷慨的话激动起来，纷纷表示："手臂怎能往外弯，不管怎样也要跟着共产党！"红色堡垒徐家老宅基奠定下来了。

在反"清乡"的尖锐斗争中，朱英和戈仰山等几个同志，当他们在连续几日夜没好睡、没好吃的时候，徐家老宅基就成了他们暂时安静休息的最好的去处。村民都说："你们碰到最危险的情况，就到这里来，我们永远是新四军的堡垒。"

五、儿童训练得十分乖巧

徐家老宅基的村民，为了保障全村的安全，为了更有力地支持革命斗争，发挥堡垒的作用，他们想到还必须教育儿童。因为村上的大人们在从事着革命的活动，新四军又经常在村里进出，这些，孩子们都是看在眼里的，假若被敌人一逼，天真的孩子吐露了真情，这是会造成损失的。于是除了各户负责教育儿童外，细心的仁唡还化装成陌生人，不断地试探儿童。在全村人的通力合作下，儿童们训练得十分乖巧，他们一看到"野人"，就抿着小嘴不作声。有一次，敌人抓了一个 9 岁的小孩，打了他几记耳光后问："我们是新四军，你们庄上哪家有新四军？"小孩哭着说："不晓得。"又问："新四军来过没有？"小孩子又答："不晓得。"再问："东洋先生好？还是新四军好?"小孩子摇摇小手照例回答:"不晓得。"敌人无可奈何,又把小孩子打骂了一顿,也未得到新四军的一点线索。

红色堡垒——徐家老宅基上的男女老少就是这样保卫着革命。

六、调虎离山,敌人中计

在反"清乡"斗争中,红色堡垒——徐家老宅基是本县梅南区重要据点,党政军干部川流不息路过、住宿在这个村庄上。当时仁唧、炳司和老山他们更有力地与群众在一起保护着革命干部。

一次,伪警一个班到村上普查户口,戈仰山同志正发着恶性疟疾,神志不清,积极分子急得面面相觑,他们不是担心自己的安全,也不是怕敌人查出老戈,全村会被烧光,而是为了要从虎口里救出老戈。敌人是逐户逐户地在检查,先叫全户的人集中在一处,敌人一面搜查,一面按照户口册逐一点名核对,这就是敌人的"梳头"搜查。突然有几个老农气喘吁吁地奔到敌人面前说:"先生,在东边大路上发现五六个可疑的人,现在还坐在那里河边上休息。""那群人在打听,有多少人在查户口?"猖獗的敌人听了,就奔向大路而去。敌人中了"调虎离山"妙计,积极分子是快乐得跳起来,连忙抢时间把老戈转移到田里隐蔽起来。敌人上了当,狠狠地在村上反复不断地查了三天三夜户口,慈祥、忠厚的徐老山就陪着老戈一起在田野里露宿了三天三夜,敌人虽然没有离开村庄,但村民们避开了敌人的视线,绕过步哨,常和田野里的老戈和老山保持联络。在生死存亡的关头,群众不屈不挠地热爱干部拥护党,在敌人刺刀下冒着烧毁村庄的危险抢救、掩护了老戈。

七、护送同志到苏北

在老戈抢救出来后不久,朱英同志在这个村上也遭到了同样查户口的情况。当时老朱已和上级失掉联系,除了要隐蔽一下,还要进行突围——突出敌人封锁线,到苏北根据地去,这个任务村民们又自动地担负起来。要送老朱去苏北，不像和平环境，而是要经过重重叠叠困难和危险。村民是日日夜夜的在动脑筋、想办法，不少积极分子寝食俱废，很多村民通宵不眠，终于想出了办法，但是缺少一个有胆识、有勇气的带路人。仁呒在吐血，大家不同意他去带路，炳司的怒气又升起来了，对村民说："让我去吧，我能完成任务。"手指着自己的胸膛，说："我的心是向共产党，我的心是红的，谁阻挠我去我就把心挖出来给他看！"炳司的脾气是人人知道的，他下了决心别人是阻挡不住的，何况为了救一个干部，也必须要有一人去闯过刀山的，村民同意了他出去护送。临行时，有些村民出现了依依不舍和操心的表情，炳司又发怒似的说："路是熟的，人是活的，空着急干什么，死不了的。"沉着、勇敢的炳司，终于走完了艰苦危险的道路，完成了全村人民的委托和自己的心愿，把朱英同志护送到了苏北根据地。

八、仁呒带病送急信

1942年初反"清乡"斗争进入了恢复工作的阶段，中共苏常太工委从苏北派遣了干部到常熟进行公开或秘密工作。县委组织部长戈仰山和区特派员周亦航到了梅南区进行半公开的活动。仁呒亦从苏北短训回来和炳司、老山一起，团结村民，为掩护和帮助戈、周的活动进行着艰苦的斗争。

戈、周在村时，村民日夜放哨，监视敌情，维护安全。戈、周出外时，帮助化装，带路护送，有时还筹集经费，支持斗争。戈、周回村时，如同到了自己家里一样，饭食起居全有群众代为安排，生活上的问题也用不到他们自己操心。

后来仁呒积劳成疾，胃病和肺病日益严重，但仍整天不肯休息忙着工作。有一天，组织上要他送信去阳澄湖悬珠镇，必须在两天内亲手把信交给苏州县特派员刘瑞华同志。他在第二天早上从唯亭车站下车时，刚巧被日伪军拉去筑公路，扛石子直到太阳西沉，强度劳动使他疲劳不堪，吐着鲜红的血，不料敌人不放工，要继续做夜工，这就急坏了仁呒，他想："两天已到，难道我要做一个不能完成任务的党员吗？"夜里敌人荷枪实弹地在监工，逃跑的机会实在找不到，半夜里，他在衣服上撕了一块布，把信包在破布内含在口里，连奔带跳窜到河边，钻在水里游过了河，敌人追到河边打着乱枪，敌人当他还在河里，实际上勇敢、灵活的仁哽早已上岸奔向悬珠镇。

九、武工队之家

仁哽一路千辛万苦，来到了悬珠镇，把信交给刘瑞华同志。刘瑞华同志用显影药水看完密信后，皱着眉头对仁哽说："任务是紧急的，但你的身体这样糟，马上走回去实在使人放心不下。"原来这封信的内容是苏北已有一个武工组南下，要在昆苏交界处约好联络地点，与地下党接上关系，否则有被敌人歼灭的危险。同时，有一批宣传品要带回常熟。仁哽虽不了解信的内容，但也估计到一定有重要任务，所以毫不迟疑地回答："老病发发没有关系的，完成任务后休息一下就会好的。"刘瑞华因派不出别的交通员，就答应了他的请求，把一包文件交给他，叮嘱说："不能乘船搭车，只能步行。"在回转的中途，仁哽的病变重了，不断地咳嗽和气喘，两眼冒着金星，两腿重得搬不动，一口接一口地吐着血。他忘掉了病的痛苦和可怕，常常摸摸怀里的信和包，哼一声来走一步，走不动了休息一下。在过董浜后，实在支持不住，昏倒在稻田里，喝了稻田里的水才慢慢清醒过来，继续再走。以后口渴得不能忍受，头晕眼花不能再到河边用双手合拢捞水吃了，只好把吐出的鲜血咽下去解渴。共产党员的决心和毅力，终于战胜困难，把回信和文件交给了组织。仁哽此番行动，大大提高了村民的觉悟，增强了团结。

在1943年本县反"清乡"地区又开始了武装斗争，武工队活跃在东乡各地，徐家老宅基是最先的和最好的立足点。村民对待武工队员个个像亲人，没有任何力量可以削弱军民的血肉关系。武工队员称这个村子是"武工队之家"。

十、投了红旗，不投白旗

1945 年日本帝国主义投降后，徐家老宅基的村民为胜利而狂欢，不少人流着愉快的眼泪。村民的热情空前高涨，踊跃交纳公粮，自动担任各种后方勤务。双十协定签字后，本县的新四军陆续向苏北撤退。村民的思想一度很混乱，当他们知道是为了避免内战而忍痛撤退的道理后，情绪逐渐安定起来，赶做了好多军鞋和慰问袋，赠给新四军，村民舍不得自己部队的离开，拉着战士的手说："吃尽了鬼子的苦头，熬到了天亮，谁知晴天里来了个霹雳，爬在我们头发梢上的又是老中央，唉，换汤不换药。""北撤了何日再南下？"不少村民一直送到长江边，挥泪分别。

国民党反动派在农村里同样实行了法西斯独裁统治，实行了摧残人民的反动政策，征兵征粮，苛捐杂税，编保甲，查户口，特务横行，群众被逮捕屠杀，人民又处在水深火热之中。徐家老宅基的村民，对国民党早无幻想，因此在支援本县新四军留守处、反对国民党反共反人民的斗争中又显得十分坚强。投了红旗不投白旗，是村民的志气和行动，他们说："现在我们要变成钢筋水泥的红色堡垒。"

十一、留守处坚持斗争

新四军陆续向苏北撤退后，新四军留守处和武工队在出生入死的环境中坚持着异常艰苦的斗争，樊秋声、潘新等不少同志先后壮烈牺牲，每一个胜利或不幸的消息，都激励了村民的斗志，有些村民要求拿起枪来参加武工队。

1947 年武工队顾政同志在战斗中负伤，敌人不断进行搜索，并到处威胁群众说："谁招留顾政，满门抄斩，烧毁全村。"特务监视了外科医生和药房。敌人的企图和一切手段，对有丰富斗争经验的村民来说，是吓不倒和行之无效的，顾政同志隐蔽在徐家老宅基旁边的周家小宅基里，好比在自己家里一样，不愁吃喝，有人体贴照顾，安心地养伤，直到伤口愈合。当顾政归队时，也是敌人第 10 次到村上搜索的时候，村民用船送走了顾政，望着翻箱倒笼的敌人，大家在想："畜生，你们要抓到受伤的顾政，是永远不能实现的梦想。"陆小康同志的家属无处安身，村民就出了改名换姓、作为亲戚和买通伪乡保长的三条主意。他们不顾危险，抓住了敌人保甲制度上的弱点，花尽心血和花了一笔现款，迷惑了敌人，使陆小康的家属在村上报进了户口，领到了"国民身份证"。

十二、敌人诡计未逞

1948 年敌人已发现徐家老宅基是本县革命斗争的重要据点之一，就组织了大批武装特务埋伏在村庄的周围，企图让武工队进入村子后一网打尽。但敌人的行动和诡计，瞒不过村民，村民立即把这种新情况告诉了武工队。敌人埋伏数天，阴谋未能得逞，就化装成新四军，伪装是从苏北刚过来，要与武工队联系，在村上又住了好几天，鱼目怎能混珠？连儿童们也看破了敌人的花样，丝毫没有吐露真情，敌人用尽了种种办法，但也得不到一点结果，就发着它的兽性，在村上殴打群众，酷刑逼供，逼着村民去领捉武工队或诱捕工作人员，可是敌人所听到的回答就是"不知道"三个字。有一天，敌虞东"清剿"指挥所派遣了大批人马，耀武扬威地进入村庄，进行所谓彻底大搜查。从屋面到阴沟，从灶头到粪坑，到处敲着挖着，门窗墙壁被打得破破烂烂，财物洗劫一空。村民们怒视着敌人，没有人叹气没有人流泪，他们早已有了"天亮后，用自己劳动的双手重新成家立业"的准备。敌人临行时，抓去村民 6 人。被捕的村民被敌人伪指为新四军的重要干部，宣扬它"清剿"的成绩，迷惑其他地方群众的视听。敌人残酷地对被捕村民施以各种毒刑，要他们分赴各地向群众去做"劝说"工作，但没有一人答应，最后敌人枪杀了 1 人，其余 5 人上了镣铐，长期监禁。被捕村民的牺牲和监禁，充分表现了徐家老宅基人民斗争的顽强和英勇气概。人民是不屈的，敌人是永远不能征服人民的。

十三、十二年的斗争如一日

敌虞东"清剿"指挥所在徐家老宅基疯狂地逮捕和杀害了一些村民后，接着，又残忍无比地下毒手，决定把徐家老宅基烧光和杀光，制造一个无人无屋村。敌青年军二十八师将要执行这个烧杀任务的时候，解放军横渡长江，势如破竹，直达本县，匪军仓皇溃退了。

12 年的艰苦岁月中，村民们时时处在危险里，也时时处在光荣里。这也是本县根据地人民流血流汗，支持革命斗争的一个典型范例。

（《常熟县报》1957 年 7 月 2 日至 8 月 7 日分期刊载）

白衣战士戴志芳

　　1940年冬天的一个深夜，黑沉沉满天大风雪，护士戴志芳同志突然接到区抗日自卫会通知：支塘据点的日伪军下乡"扫荡"，后方医院已移动，有三个打埋伏在群众家里的伤员要她照顾。

　　小戴心里想："要是不把伤员转移到边区，岂不等着敌人来残害我们已经丧失战斗能力的同志吗！"想到这里，她顾不得重病初愈的身体，脱下长大的破棉袄，背起一个内装药品和干粮的小背包，披上破麻袋，冒着风雪，向打埋伏在雪长区竹丝乡的伤员宿营地奔跑着。小戴才19岁，原是上海一所医院里的护士，她家在沦陷区，被敌人烧毁了，是个家破人亡的孤儿。她年龄虽轻，而在旧社会里却已受尽了苦难。

　　1939年参加新四军以来，一向在卫生队和后方医院工作，由于党对她的教育和培养，加上自己的努力，她的政治觉悟和业务技能都有了很大提高。在那年夏天入党后，工作更加积极负责。由于她善于接近和体贴伤员，并且发扬了勇敢与技术结合、技术与同情心结合，以及爱护伤员的优良作风，所以伤员们都信任她、敬佩她，亲热地喊她"小戴"，称呼她为"好同志"。

　　当她冒着风雪到达竹丝乡时，乡抗日自卫大队部已用担架将三名伤员转移到小市乡乡长王天仁同志处去了。竹丝乡抗日妇女协会主任对她说："小戴，你在这里宿一宵吧，看情况怎样再说。"疲劳使她犹豫了一下：走，还是住下来？但是，责任感立刻使她忘记了疲劳，又急匆匆地冒着大雪赶往小市乡去了。

天刚蒙蒙亮，小戴赶到了小市乡，在总管殿看到了她所要照顾的伤员。三名伤员都发着高热，神志昏迷，她的热泪忍不住夺眶而出。虽然她并不认识他们，但阶级友爱和同情心促使她马上投入工作。替伤员换好药后，她心情稍能放松，对王乡长说："三个人的伤口并未溃烂，都不是破伤风，不会有危险。"

她托王乡长和几个妇女照顾一下伤员，又忍饥挨冷地去吴市区医师抗日协会瞿琴南医生处。一路上冷气逼人，寒风刺骨，四肢无力，曾跌了十几跤，晕过去两三次。

瞿医生对她的行动大为感动，立即随着她从横塘市冒着鹅毛大雪来到了总管殿给伤员治病。

整整半个月，从长夜到天明时刻不离伤员，换药、煎药、喂粥饭、处理大小便、洗涤衣被等都由她亲自动手。有一次她和三名伤员同志转移到一个新宿营地，有个老太看到她对伤员这样的关怀体贴，好奇地问道："哪一个是你的爱人？"小戴被这话问得局促不安，红着脸调皮地回答说："伤病员都是我的爱人。"伤员刘如华、石老三和徐元不久就恢复健康。

在伤员归队的时候，她因积劳成疾，心脏病复发，就留在老百姓家中养病。不幸她在唐市附近被日寇"扫荡"队逮捕，在1941年春节被鬼子杀害于太仓。她在就义时被敌人反绑了双手，口内塞了棉花团，但她临难不苟，赤胆忠心，昂首挺胸地步入刑场，为革命事业献出她的青春，流尽了最后一滴血。

在追悼会上任天石司令员曾发出了这样的号召："全县医护人员向戴同志高贵的品质学习。"戴志芳同志虽然牺牲了，但戴志芳同志的精神永远不朽！

（原载《常熟县报》1957 年 2 月 28 日、3 月 3 日）

一个侦察员的生命

1939 年秋天的一个夜里，支塘日本警备队以为新四军已不在周围活动，妄图乘机下乡抓一批女青年，临时充当他们"慰安所"的军队妓女，借以振奋鬼子官兵的"士气"。新四军 × 支队为了挽救一批妇女免遭野兽的污辱，为了替被奸淫过的妇女复仇，决定"先发制人"，派两个侦察员深入"虎穴"里去，给敌人以严重的打击，好让鬼子知道新四军的厉害。

一天，鬼子兵神气活现地在街上走来走去，还不时检查行人，查看"良民证"，而我们的侦察员却勇敢地在鬼子身边穿来穿去，机警地避开鬼子搜查。曾有几次想拔盒子枪打鬼子的时候，因周围群众太多，怕射击时误伤群众而作罢。后来在一家镶牙店里发现了一个鬼子，一个侦察员对另一个侦察员使了一个眼色，这个侦察员就从腰中拔出驳壳枪，推开群众，窜到鬼子身边，"砰"的一响，鬼子想抵抗已来不及了，子弹毫不留情地穿过他的身体，当时就污血直冒，浸湿了尸体。

事后这个侦察员遭到敌人的追击，他怕杀伤群众，没有还击，又碰到一座断桥，他就跳下河，想游过白茆塘。白茆塘又阔又深，水流又急，原来他已数日未睡，身体极度疲倦，在半河中被水浪吞没牺牲了。

这次袭击后，照鬼子的说法是"新四军大大的有！"再也不敢下乡去抓"花姑娘"了。光荣殉难的侦察员永垂不朽！

（原载《常熟县报》1957 年 6 月 29 日）

迎　春

1938 年大年夜，天空中断断续续飘舞着鹅毛似的雪片，河面上结了一层厚厚的冰，北风狂啸，冷气逼人。

常熟县人民抗日自卫军教导队从常熟县东部的梅南区寨角村移动到里睦区竹丝村，任务是准备打击春节中下乡来骚扰的汪伪军和伪化土匪。马指导员、李小队长、小蒋、杨志兴和我五个人，随"民抗"副司令薛惠民同志到周泾口附近了解敌情，回来时带回了一部分当地群众给我们的慰劳品。

薛副司令因为急于赶回竹丝村，把长袍子脱下往背包上一披，提着快机，快步向前走着，还不时叫我们"加油，加快脚步"。走了一阵，大家喘着粗气。我因入伍不久，背着 20 多斤猪肉和一支步枪，还有子弹、手榴弹和背包，觉得很累，胸背上的汗水粘住了卫生衫。马指导员把棉袍子的下半截翻上来，用围巾束在腰里，挑了 40 斤白菜，倒背着步枪，不停地用一顶破西瓜皮帽子，抹去头上、身上的汗。

"注意前面，可能是敌人。"马指导员突然停住脚步指着前面说。

前面村庄里走出来几盏灯笼火，看上去有十个人，正转弯向我们走来。

"村上的狗不叫，可能是讨账的商人。"我看着前面说。

"对，大概是商人，还得提高警惕，"薛副司令接着命令大家，"左右散开，隐蔽起来，准备战斗。"

薛副司令带着李小队长和杨志兴同志很快分散隐蔽在路右边的田里，我和马指导员、小蒋就伏在路左边的河岸上。

前面的那群人距离我们越来越近。第一个人身穿长袍马褂，后面跟着个农民，提了一盏灯笼，背着褡裢——钱袋，灯笼上有五个红字"三让堂吴府"。很明显，这是个地主家里的账房先生，出来逼租讨债的。第三人是个青年人，提着"丰记米行"的灯笼，拿着账册，一声不响地在往前走，是个米行里下乡讨账的学徒。其余的几个人，也三三两两、边谈边说地过去了，最后两个打着电筒。仔细一看是两个伪军，一个背着步枪，一个握了支短枪。

小蒋伏在我身旁，紧握着架在河岸上的步枪，目不转睛地在注视着，他用两个指头在我眼前伸了伸，我向他点点头。这群人没有发觉我们，渐渐走远了。

我们从河岸边轻轻爬起来，马指导员小声地对我说："分队副，我看清楚只有两个，不能放过机会。"

"请示一下薛副司令看。"我回答。

"我心中痒稀稀的，就想把这两个坏蛋搞掉。"小蒋插上来说。

我们正急急向路右边走去，听到有人在高喊："前头的人阿落掉账簿？"这是杨志兴同志的声音。

"是在动手了。"小蒋一面低声对我说，一面想立即冲过去。

"不用你去。"马指导员赶上一步，拖住了正想奔过去的小蒋。

"我们在这里随机应变。"

"拿过来！"电筒光射向正向伪军走去的杨志兴和李小队长，前面的几盏灯笼火也停止了移动。

"你们是干什么的？"一个伪军问。

"先生，大年夜没事做，去赌场的。"

一霎间，李小队长、杨志兴已走到伪军的跟前，只听到他们在喊："不要动！不要动！"

又听到薛副司令在喊："缴枪不杀！"

我们再也待不住了，急忙赶了过去。小蒋跑得最快，拉开喉咙喊道：

"不要跑，我们是'老天'部队①……优待俘虏……"

---

① "老天"，是群众对常熟人民抗日自卫军司令任天石的尊称，"老天"部队就是老百姓对常熟人民抗日自卫军的称呼。

走在前面的几个人慌乱了一阵，见到我们是"老天"部队，很快安定下来。两个不及防备的伪军束手就擒，做了俘虏。我们缴到步枪、短枪各一支。

薛副司令和李小队长把两个伪军带在一边进行教育。马指导员和我们几个人就帮助那几个讨账的在路上、田里找寻失落掉的账簿、褡裢和鞋子……

"这两个伪军像盯梢，我怕他们抄靶子，幸亏运气好，碰到你们这批老天部队，否则我这些账款难保了。"三让堂的账房先生一面整理着账簿一面说。

丰记米行的学徒温惠惠见到我们是"老天"部队，坚决要求参加，我们再三说服他回去，他总不听。我说："抗日是苦事情，你吃得消吗？"

"吃得消，你们能，我为什么不能！"温惠惠坚决地说，"何况身体又不是租来的。"

"这句话是什么意思？"小蒋插嘴问。

"身体租来的坏了要赔偿，不是租来的，是父母养的怕什么？"温惠惠拍拍胸脯笑着回答。

"对呀！有志抗日的人怎能不吸收呢！分队长是试试你心的。"小蒋高兴地拍拍温惠惠的肩膀说。

雪下大了，这群讨账人走了。薛副司令把伪军释放后走了过来，我把温惠惠坚决要求参军的事向他作了汇报，他考虑一下就同意了，并且把刚缴到的一支步枪交给温惠惠，并要小蒋负责教会他，像亲兄弟一样地关心他。

马指导员挑的一担白菜，在隐蔽时已打翻滑到河里冰上去了，现在要捞真难捞。在河当中的扁担捞不到，近岸边的，扁担碰上去圆圆的白菜在冰上直滑。人站在冰上，冰又要碎掉。

"算了吧，快走！"薛副司令说。

"别心疼了。"我看了看捞上来的三四棵白菜，打趣地对马指导员说："一担白菜换了两支枪，回去准能交得了账。"

漫天大雪滚滚降落，一阵密一阵。没有走上半里路，屋上、树上和田野里，都盖上了厚厚的一层，好像天亮了，其实才刚过半夜。

又走了一段路，前面的小村子上隐隐传来了凄惨的哭声，在这宁静的夜里，听来分外悲凉。接着是一阵人声。薛副司令指着前面问："走那个小村子是否顺路？"

"顺路。"李小队长回答说。他又对我说："你记得吗？这个村上只有四五户人家，上月我们曾在这地方住过。"

"记得。"我回答说。

进庄后，听到哭声就在朱老五家，大家三脚两步跑上前去，推开门，只见朱老五僵冷的尸体直挺挺躺在门板上，微弱的豆油灯灯光被风吹得摇摇晃晃。朱老五的妻子伏在门板上号啕痛哭说："……穷人为啥这样穷，……地主为啥这样凶……"

朱老五欠了地主一石三斗米的债，因为害怕追逼，大除夕一早就躲了出去，直到深夜还没有回来。地主逼着他的妻子到处找，哪知道朱老五已吊死在地主坟地里的一棵松树上了。我们进门时，邻居们正在商量替朱老五买棺成殓，可是都是穷乡邻，七拼八凑还拼不满半口薄板棺材钱。群众把这些情形告诉了薛副司令。

"你们身边可有钱，凑凑看有多少？"薛副司令沉默了一会儿，一面对我们这样说，一面把自己身边仅有的 2 元多钱放在桌上。

连刚入伍的温惠惠拿出的 2 元钱在内，拼起来只有 7 元多。

我看看大家身边的钱不多，就提议说："钱不够就把 20 斤猪肉也留下吧，好让他们换一点米粮。"

"同意。"马指导员和李小队长都表示赞成。

朱老五的妻子和群众再三推让，不肯收下钱和猪肉。

薛副司令向他们解释说："'民抗'是老百姓自己的队伍，我们组织起来打东洋人，一切为了老百姓，军民是心连心，你们遇到了困难，我们应当帮助。"

经过一番解释，朱老五的妻子千恩万谢地把钱和猪肉收了下来。在场的群众也十分激动，他们说："地主国民党军逼穷人，'民抗'军帮穷人，真是我们老百姓自己的队伍。"薛副司令见到大家很激动，又对他们说："是的，地主这样凶，穷人这样穷。只有军民团结一条心，赶走东洋兵，建立新中国，穷人才有翻身日。"临出门，他又转身补了一句："改日我们派民运工作同志到你们村上来。"

群众依依不舍地在大雪中送了我们一段路，才亲切地分别。

我们到达竹丝村时，已是五更时分，村里的金鸡"喔喔"连声，天快亮了。

回到队里，同志们已吃过早饭。在那个时候，我们都是每天早晨 4 点钟起身，打好背包扫光地，4 点半前吃完早饭。早饭一吃，大家坐在背包上，有时上政治课，有时自由漫谈。这时，要做好一切战斗准备。

今天是春节，没有放假，薛副司令在昨天已宣布过："大年初一上午的政治课照上，下午军事课改为军民联欢会，晚上聚餐。"

在早上的干部会上，侦察班班长汇报了周围的敌情。薛副司令听完汇报就布置任务："从敌情来看，伪军、土匪今天白天不会大批下来，但三五成群流窜到我们活动区来骚扰还是有可能的。我们的任务不变，按照原来计划行事……"

短短的会议一结束，秦中队长和第一分队长带两个小队去董浜方面；第二分队长带一个小队去徐市、陆市一带；马指导员和第三分队江分队长也同侦察班一起，冒着大风雪出发。他们快活地说："这是出去踏雪游景。"

留在宿营地的有我们第三分队的三个小队和第一、二分队的三个小队，分别担负着警戒、看守在押汉奸土匪、做群众工作等任务。薛副司令和我披着棉衣出去观看宿营地四周的地形。

早上，做群众工作的一个小队，到驻地群众家去拜年。群众也不断地来向薛副司令和训练班同志拜年，并且送来了米的、高粱的、米秙的各种各样的年糕和毛豆干、炒花生等礼物。

小蒋的家就住在这里的后村，两间草屋已年久失修，"风扫地、月当灯"，破烂得快要倒塌。他的父母双亡，祖父原在地主家做长工，因年老体弱，被地主赶了出来，生活无依，只得求乞度日。听说今天我们在这里，蒋老公公高兴地赶来探望小蒋。

蒋老公公年近 70 岁，须发雪白，饱经风霜的脸面，一见就叫人心酸。他一进门就笑着说："我给薛副司令和同志们拜年来啦，顺便看看我那小孙孙。"薛副司令亲热地招待他，邀请他参加我们的联欢会和聚餐。

战士们坐的坐、站的站，在准备联欢会的节目，蒋老公公和小蒋、战士们坐在一起，一个女同志就凑近蒋老公公，替他缝补破棉袄。

有人在唱："……夏季里，热难当，拔草莳水忙又忙，满身皮肉都晒黑，苦呀苦，长工不如牛和马……冬季里，霜雪天，辛辛苦苦又一年，两手空空回家去，苦呀苦，还是无米又无盐……"

小蒋把歌的内容讲给祖父听，蒋老公公不时用手背擦擦泪水，并且千叮万嘱，要小蒋努力上进，奋勇杀敌。

李小队长和战士们在厨房忙着，把黄萝卜和猪肉一起烧，弥补了猪肉的不足又节省了糖。杨志兴等几个战士自告奋勇地去捕鱼，他们用蒲包做雨衣，穿着单裤赤着脚，他们打开冰，撒下网，捕到了三斤多小鱼和蚌。小蒋和温惠惠捉到了几十只小鸟，他们说："用小鸟来代替鸡鸭。"薛副司令也到厨房帮忙和"督战"，并说："巧妇能做无米之炊。"夸赞大家有办法。

下午风雪渐渐停了，附近村庄的老百姓都扶老携幼来参加联欢会，军民欢聚一堂。联欢会在雄壮的《义勇军进行曲》中开始，薛副司令讲话以后，我们把上午群众送来的糕饼、花生、瓜子等混合起来包了数百包，分给到会的群众和战士。当《从军去》的独幕话剧表演到人民在抗日军的教育和组织下，纷纷踊跃参军的时候，不少群众也随声高唱"敌人打死一个少一个，我们一当十，十当百，要活命的一起向前进……"

正要散会时，小蒋从外面奔进来，跳上台，急呼呼地说："告诉大家一个好消息，秦中队长和马指导员回来了，抓住五个伪军，缴到五支枪……"

台下一片掌声，秦中队长和战士们押着五个俘虏走进了会场。在愉快的笑声中，马指导员讲了战斗经过。

军民欢笑乐融融的联欢会结束后，天已夜了，雪花又在飘个不停。第二分队和侦察班的同志也回来了，他们毙伤敌人七名，俘敌两名，缴到步枪四支，在战斗中有两个侦察员光荣负伤。

聚餐时，李小队长宣布："今天共有一拼盆、二热炒、三大菜，一碗糕。"那时，我们每天只吃两顿饭，咸菜豆腐汤也不是经常有，有时冲些盐汤下饭，今天一顿有六个菜是非常丰盛的了。

正在吃的时候，第一分队也回来了，一分队长向薛副司令报告敌情说："伪军内部闹矛盾，将有数百名伪化土匪要移到这里来。""好在还没有来，吃了再说。"薛副司令又镇静又风趣地说："开个干部会，其他同志继续吃下去，吃吃饱。"

正在开会的时候，"民抗"司令员任天石也派通讯员来了，他通知薛副司令带着我们全部同志移动到另外一个地方去，准备迎接新的战斗任务。

开过会，吃好饭，大家都在场上集合，个个显得精神抖擞，每个人的眼里，都闪烁着胜利的光辉。我听着像爆豆似的来自董浜方向的枪声，看看坚强的洋溢着革命乐观主义的同伴，心里想：冰雪严寒的尽头该是煦丽的春天啊！我们在战斗中度过了除夕、年初一，打击了敌人，现在，我们又将在另外一个地方迎接新的胜利……马指导员好像知道我在想什么，他对我说：

"战斗迎春节，春节战斗迎胜利……"

队伍出发了，冒着风雪，踏着苍茫大地，离开竹丝村，好似一条青龙，蜿蜒在白色的云海里。我心中在暗唱：

……

冬天到，雪花飘，美丽河山似银雕。

……

不管它雪地冰天，

一定要赶走东洋强盗！

（收入《奇袭吴市》一书，江苏苏州人民出版社 1959 年 7 月版）

春 城 飞 花

　　往年，那江南鱼米之乡中的常熟县城，每逢过了腊月十五，河面上就排满了来自四乡的船只，年货摊子从码头摆进大街，嘈杂的叫卖声从早到晚闹个不休。可是，1940年的春节快到时，在日寇蹂躏下的常熟县城却是另一种景象。每天，醉醺醺的鬼子和伪军成群游窜，要粮派捐的条子一个劲儿地往老百姓家里送。市面冷冷清清，人们哪还有心情过年啊！

　　这时，新四军在常熟的地方武装"民抗"正忙着年关宣传的准备工作。一天，司令员任天石同志把我和李国芳、卢毅，还有两位女同志——李小偎和小陈一起叫去，向我们交代了一项任务，要我们五人到常熟城内去进行抗日宣传活动。向群众宣传，是我们常干的工作，但要到敌人窝里去活动，却还是头一次。大家听了，一方面喜出望外，一方面心里又觉得没底。任司令员叮嘱我们道："这是在敌人心脏里战斗啊！不仅要有勇气，还要机智灵活。"接着，他对进城后可能遇到的情况，怎样应付，甚至连标语怎样贴法，都做了具体的布置。最后，他告诉我，进城以后可以去找伪绥靖司令徐凤藻的儿子徐兆瑜，利用他进行工作。

　　徐兆瑜是我的同乡和同学，他还不知道我已参加了"民抗"。我的任务便是利用这个关系，了解敌人的动态，给小组通风报信，掩护其他四个同志展开活动，并准备万一出了危险，设法营救。临走前，情报处又向我们交代了城内的几个联络关系。一切准备妥当，正月初一，我打扮成学生，走大路，其他四个同志打扮成渔民，走水路，大家分头出发了。

　　李小偎他们把大批标语、漫画、传单装进一只小帆船，船舱的正格中装满了活蹦乱跳的鲜鱼。两男两女，划着小船，看上去就像一家人，慢悠悠地向城里驶去。

船快到大东门总管殿木栅时，检查所里跑出两个伪军，老远就喊着："拢船检查！"没等小船靠好，一个家伙纵身跳上船来。卢毅趁势把船用力一晃，说："先生站稳，小船上是不能用力踏的！"那个伪军险些掉下河去，连忙蹲下来，两只贼眼直盯着舱里的鱼。小陈拉拉李小偎的衣襟："嫂嫂，送一条鱼给先生下酒吧！"李国芳顺手抓起一条鱼送到伪军面前，赔笑道："我们赶夜市卖鱼，这一条，先生拿去下酒吧！"那家伙接过鱼，又顺手抓了一条大的，嬉皮笑脸地跳到岸上，回头冲着小陈说："小细娘，夜里回来陪我吃酒！""呸！王八蛋！"卢毅低声骂了一句，撑了一个满篙，小船飞快地穿过了栅门。

小船划到了西门，停泊在城外的河套里。这时，天色已晚，附近的市民们也许是为了避免日寇、汉奸的捣乱，家家户户都紧闭着大门。李小偎他们又等了一个时候，便悄悄地上了岸，向城墙跟前走去。城墙附近漆黑一片。小陈和李国芳留在城下，李小偎和卢毅摸黑上了城墙。城墙里面，便是原来的县立中学，现在是伪绥靖司令部所在地。那里灯光明亮，汉奸们正在和鬼子饮酒作乐。站在城墙上的李小偎和卢毅看到鬼子和汉奸们的丑态，听到他们狼嗥般的笑声，仇恨的怒火从心头升起。他们鼓足了劲，居高临下把一捆《告伪军书》和其他宣传品撒向伪军大院。一阵风吹来，把宣传品刮得到处都是。这时，李国芳也用柏油在城墙上写完了"抗日救国"四个大字和"新四军民抗宣"的落款。担任警戒的小陈，也在西门附近的商店大门上贴了几张《告民众书》。不到一刻钟，便顺利地完成了第一次任务。然后，他们就把小船划到小东门附近的颜港里去。

我进城以后，通过徐兆瑜的关系，住在同春饭店。这一夜，我一直没有合眼。天亮以后，我想去找我们的内线关系，了解一下敌人动静。刚来到街上，就听到有人在交头接耳地谈论着。有的说："新四军昨晚来了好几百人，鬼子、汉奸吓得没有敢出门。"有的讲："有人亲眼见了，'民抗'队员都是提双枪、能写能说的年轻小伙子。"还有人揣测："这回送'贺年单'，一定是捎带着察看鬼子、汉奸的城防，说不定哪天就会打进来。"人们说得神乎其神。

我们的情报人员告诉我：早上伪军出操时发现了宣传品，争先恐后地抢着阅读。伪军的谍报人员把老百姓中间的传说报告了伪军司令徐凤藻。徐逆得悉后，惊慌万状，把伪谍报处长喊去训了一顿，要他限期破案。随后他又急忙向日寇指挥官报告，可是日寇指挥官傲慢地对他说："新四军没有那么多，说不定早已溜了，用不着这么慌张。"

鬼子指挥官估计错了。初三清早，南门和小东门附近的城墙上，老县银行的房子外和槐柳巷徐凤藻的住宅门口，都发现了"民抗"的布告，群众挤挤擦擦地围着看。日伪军发觉后，赶来驱散了人群，把布告撕下来。布告虽然撕掉了，但是人嘴是封不住的。"共产党与群众同甘苦共患难，誓死抗日""与日寇、汉奸不共戴天"，这些庄严的语句，已在各阶层人民中广泛传播起来，人心振奋，个个喜在心头。

日寇指挥官这下着急起来了，把徐逆唤去，限他三天破案，叫他保证以后不再有同样事情发生。徐凤藻从日寇那里回来后，表面上装得若无其事，暗地里派便衣四处侦察，并准备天黑后出动军警，扑灭我们。我得知这一情况后，立即通过关系，派人去通知宣传小组。这时，宣传小组的船停泊在北门外的菱塘沿。晚饭后，忽然有一个伪军向小船匆匆走来，那人走近小船问道："什么船？"李小偎回答："贩鱼船！"他又问："还有鱼吗？来三条三斤的鲤鱼。"李小偎一听联络暗号，知道是自己人，便跳上了岸，和他一起向僻静的地方走去。原来这个伪军是我们"民抗"情报处的工作人员，我要他转告李小偎，今晚和明早停止活动，明天可视情况进城散发传单，但应按时归队，不能疏忽。

敌人一夜巡查，一无所获，天明后拖着沉重的步子，相互抱怨着返回军营。

正月初四的上午，我们的宣传人员又出动了。小船划到北门内的七弦河附近，大家各自打扮了一番，约定了返回的时间，一个个先后走上岸去。

李国芳腋下夹着几本书，活像个公教人员。他来到一个邮筒跟前，见四边无人，便把一些事先写着敌伪机关名称、装着宣传品的邮件投了进去。在街上兜了几个圈子，他又来到一个人群拥挤的地方，乘人不备，把早就准备好的一封信丢在地上，然后指着信高声喊道："哪个的信掉了！"人们正在发愣，他又把信捡了起来，当着众人拆开信封，一下抽出数十张小型传单。他故作惊奇地嚷道："哎呀！都来看，这是哪里来的传单啊！"群众一个个争着去抢，一霎间，就把传单分发完了。趁着混乱，李国芳机灵地离开了人群。

卢毅还是那身渔家打扮，挑着鱼担，一面走一面喊："阿要买新鲜鱼？"喊了一阵，不见有人买鱼。于是，他想了个办法，上酒店吃了些老白酒，满面通红，在小庙场装腔作势地骂道："我的鱼不是偷来的，婊子养的想白吃，老子倒掉它，不给你们这班活贼吃！"说罢，哗啦一声，筐底朝天，把鱼全部倒在地上，还说："老子要和他拼命！"边骂边走，到了花园浜，躲在公共厕所里脱掉了破竹裙，出门绕了个弯子，便回船去了。不多久，这堆鱼就被一抢而光。那些用黄蜡封着藏在鱼腹内的传单，也随之传进各家。

小陈那年才15岁，身材细小。她特意把短头发结作两个羊角小辫，看上去简直是个孩子。她在街上专门同小朋友周旋，把用宣传品折成的纸鸢、小猴子等玩意儿，在小朋友眼前摆弄，孩子们被引得谁也想要，她就乘机把这些玩意儿分给了大家，并说："回去叫你们爹妈看看是怎样折的，叫他们也折一些给你们玩吧！"她完成任务后最先回船，独自把船摇出东门，在三里桥等候大家。

李小偎在空旷的石梅场上，贴了许多张漫画。当她转到西门大街，正准备在往常贴戏报的墙上贴标语时，一旁跑来几个伪军。她来不及躲避，被伪军喝住了，为首的一个伪军问："喂，有什么好戏？"原来他们把她当作贴戏报的了。李小偎这才定了定心，急忙答道："好戏多哩！"伪军抢着要看广告，她就把手里十多张漫画和标语一起塞到伪军怀里。过路的群众也停住了脚，围拢上来看广告。李小偎乘机溜进了小弄堂。伪军打开广告一看，发现是"民抗"的宣传品，大叫："快抓住——"可是贴"戏报"的姑娘已经没影了。李小偎他们完成了最后一次任务，便在明媚的阳光下荡起轻舟，载着胜利的欢笑返回驻地。小组撤走后，我也赶紧出城。

事后听说我们刚一出城，鬼子汉奸便出动了全部人马，实行紧急戒严，到处捉拿"民抗"。可是，捉来捉去，还是什么也没捉到。

敌人的惊慌失措，喜坏了老百姓。新四军春节进城宣传的事不断被人谈论着。春节后，许多青年跑出城来参加"民抗"。1940 年的春天，苏（州）、常（熟）、太（仓）地区的原野上，抗日歌声更加嘹亮了。

（收入《星火燎原》第五辑，中国人民解放军战士出版社 1981 年 12 月版）

"小鬼" 智捉夏阿六

在新四军里，"小鬼"这两个字并不是骂人，而是对小同志最亲热的称呼。

那时，在党政军系统内，都有不少的"小鬼"。新四军六师十八旅，曾把"小鬼"集中轮训，编成少年抗日先锋队，培养了很多出色的小干部。

在常熟人民抗日自卫军里，也有顾建帆、彭利根、小荣根等好几十个"小鬼"。他们和大同志一样，行军作战，翻山越岭，冲锋陷阵，认真学习。当时"小鬼"中流行着一首小调："吃的青菜豆腐汤，睡的无脚床，一天三操二讲堂，全心全意打东洋。"这些自编自唱的小调，反映了"小鬼"们的艰苦生活和革命英雄气概。

1939年阴历年初的一个下午，风雪刚停，冷气刺骨，何市常备队①的小荣根、小陆和小宋三个"小鬼"，奉命到常熟、太仓交界地的项桥镇去侦察敌情。

这三个"小鬼"中，负责带队的小荣根年龄最大，但也只有16岁。生长在贫苦农民家庭里的小荣根，在刚会走路的时候父母就去世了，是由看守破庙的外祖母抚养大的。9岁的那一年春天，小荣根离开外祖母，到一家铁匠店里当学徒，整天拉风箱、打铁，吃不饱、穿不暖，过着比他爹娘生前还要苦的日子。11岁时，他害了可怕的黄疸病，肚皮突出，眼睛和周身的皮肤蜡黄，老板娘骂他生的是"懒黄病"，非但不给他治疗，还强迫他打

---

① 常备队是地方抗日武装，就是以后根据地的区队。

铁、挑水、做重活。身体不是铁打的，怎能受得了这样的折磨？不久他病势更重，再也不能干活了，老板干脆一脚踢开了他。当时，小荣根只怨恨自己命苦，无可奈何地又回到了破庙里。外祖母自己穷困得衣食不全，更没有钱替他请医生买药吃，只好绝望地听天由命地硬拖着。有时，他同外祖母一起念佛，或者跪在菩萨面前祈祷、求仙方。香灰怎能治病？小荣根的病一天天地重下去，终日睡在破木榻上痛苦地呻吟，看来只得等死了。有一天，地下党员李建模同志到破庙来开秘密会，看到小荣根这副样子，非常心疼，于是就给他求医服药，半年后病势转危为安。病好后，李建模同志介绍他参加了常熟"民抗"。小荣根入伍后，感到一切都比以前好，一切都是新的，好像到了另外一个世界，渐渐改变了他那孤独无言的性格，常常愉快地对人说："我这个小铁鬼，可算是死里逃生，跳出了地狱，登在天堂里了。"特别是他懂得了为什么要抗日，为什么要闹革命的真理以后，不管干什么，浑身都是劲。同志们看到小荣根进步快，意志坚定，做事认真，人人都喜欢他、爱护他。他对待队里的其他"小鬼"也像亲兄弟一样，处处关怀帮助别人，这样他就自然而然地成了"小鬼"中的头儿。

今天小荣根领着小陆、小宋，根据华队长交代的任务，向群众借了一件白衣裳和两条白束腰①，化装成家里死了人的样子，提着破篮上街去。

盘踞在昆山周墅镇的伪化罗大有匪部，有一个分队正在项桥镇上掳掠，街的两头放着哨。

"小鬼"们摸清了敌情，还不肯空手回去。小宋、小陆想找个机会发发"洋财"。小荣根却不同意，说："不行，我们的任务已经完成了，这样做要违犯纪律的。"

小宋、小陆一想也对，但总是有些舍不得，便和小荣根商议说："逮一个俘虏回去，将功折罪吧！"这些敌人平时耀武扬威，残害百姓，谁不想惩罚他们呢？小荣根望望自己的伙伴，结果也就同意了。他们先到赌场里去看看：那里人多嘈杂，不能动手。接着又到鸦片烟铺上去望望：那里人虽然少

---

①　吊孝用的缚在腰里的白布带。

些，但伪军几乎全有短枪，也不好下手。再去瞄瞄步哨，动手是便当的，可是三个"小鬼"只带了一个手榴弹，要"吃"他下来的确也不是容易的。

"小鬼"们见不好下手，又不愿空手回去，在街上徘徊思索，满脑子想寻找个机会。

天近黄昏，小宋又饿又冷，束束裤带，对小荣根说："肚子饿得咕噜咕噜叫，还是把小陆的蛋（弹）请他们吃了吧，请好客回去吃夜饭。"当时部队里是一天吃两顿，小宋年纪虽然小，只有 12 岁，但饭量很大，每顿至少要吃三碗。今天从上午吃了早饭到现在，在他来说确是够饿了。15 岁的小陆也想吃夜饭了，只因"洋财"还未到手，所以恼火地白了白小宋，埋怨地说："不想发'洋财'，只想吃夜饭，还来当什么新四军！"

小陆原来叫陆小狗，贫农陆金福的儿子，从小衣不蔽体，食不果腹。他家的村庄上有个富农殷友三，养一个贪吃懒做、生活腐化的女儿殷小芳。她虽然只有 20 岁，但乱搞男女关系，臭名远扬，群众骂她为"小妖怪"。"小妖怪"在第三次打胎时得了重病，殷友三为了替女儿"冲喜"[①]，到处托媒招女婿，可是谁也不愿意去。可怜的小陆在 13 岁时就糊里糊涂凭了父母之命，媒妁之言，做了"小妖怪"的新郎，取名叫殷继良。殷继良实质上不是殷家的女婿，而是殷家的小长工，受尽欺凌虐待，三天两头遭到殷友三的毒打，"小妖怪"骂他为"小牌位"。村上的人都很同情他，但也想不出什么好办法来帮他。肉体上、精神上的折磨使得他无法忍受下去，一天他偷偷地逃回家，死也不愿再去做女婿。殷友三又赶来花言巧语连哄带骗地威逼他父亲陆金福。当陆金福揩着眼泪，劝小陆重回殷家的时候，小陆往河里一跳，甩脱了跟在后面追赶他的殷友三，过河逃跑了。从此，他就在沙溪、归庄、项桥一带求乞度日。后来，"民抗"民运工作同志金光军把他带到队里。又天真又怨恨的小陆在报名入伍时说："我不叫殷继良，我叫陆小狗。"华队长了解了他的身世，十分爱护地对他说："陆小狗这个名字不好听，就叫小陆吧。"

小陆很聪明，加上肯钻肯学，入伍不到三个月，就由一个目不识丁的穷

---

① "冲喜"是以前苏常太地区的民间迷信习俗，认为未婚青年患了重病，只要为他举行婚礼，病势就会减轻了。

小孩，变成队里事务长的小会计。他年纪虽比小宋大得不多，事情却比小宋懂得多，看到小宋不想捉俘虏心里很不高兴，气冲冲把小宋批评了一顿。正在这时候，小荣根急忙推推小陆的肩膀，插嘴说："住嘴，来了。"

一个伪军在他们旁边摇摇摆摆地走过，自言自语地拉着腔在唱："快去吃夜饭，晚饭后要回周墅去哉，黑咕隆咚……"伪军走过后，小荣根也着急了，心想再不动手，伪军就要走了，发"洋财"不就完蛋了吗？他们低声商量了一阵，决定去揪街头上的一个步哨。

太阳早已落山，镇上走路的人愈来愈少，三个"小鬼"装模作样向着街头的步哨走去。

小陆挽着小宋的手，小宋哭哭啼啼地喊着："妈妈，妈妈。"走到步哨面前问道："先生，看见我妈妈没有？"

步哨歪戴着呢帽，嘴里叼着一支香烟，两手相拢在袖口里，似理非理地说："小鬼头，你妈妈在我家里。"接着一脚向小陆踢去，狠狠地喝着："滚开，滚开！"

小宋看准时机，对准伪军右肩上倒背的步枪猛扑上去，用尽全身力气，揪住了步枪。小陆手灵眼快地从裤腰里拔出手榴弹，揭开盖，扣着弦，举在手里对准匪徒，压低嗓子喝道："不许动，缴枪不杀！"

这个伪军毫无戒备之心，事出突然，不免有些惊慌失措，但一转身看到来人是两个小孩子，并不放在眼里，用力把身体一摇，揪住步枪的小宋终因人幼力小，被摔倒在地，但双手仍扣住枪上的皮带死也不放。

正在这时，16岁的小荣根从匪徒背后窜上来，用力把两个钥匙摩得"嚓"的响了一下，喊道："不要动，再动就打枪，叫你脑袋开花！"

伪军一听吓了一跳，万想不到身后还有一个人，并且听上去是一支手枪，又把子弹登了膛，支住在背梁上，就连忙说："不动，不动。"声音又沙又抖。

小宋急忙爬起来，把步枪夺到手里，拉开枪机，把子弹推上膛，对准了伪军，小荣根顺手就把衣服套住了匪徒的头部，用白束腰反绑了伪军的双手。正在此时，镇上响起"哒哒嘀嗒"的集合号声，并且看到有几个伪军正在奔过来。小荣根对小陆说："你在这个镇上讨过饭的，你路熟，赶快带路先走。"他们押着伪军，走的是后街小弄，迅速离开了项桥镇。这个伪军走了一段，狡猾地装腔作势说："小同志把我松松绑，我要大便……"

小荣根一听要大便，立即回想到有一次押解一个伪军，也是在半路上吵着要大便，自己信以为真，松了绑，谁知伪军用力一脚把自己踢倒，跳河逃跑了，自己爬起来忍住了刺心的痛，连渡了三条河拼命地追赶，才在当地群众的协助下，重新把伪军抓住。这件事记忆犹新，哪能再上这个当呢？于是他坚决地回答说："不行，快到宿营地了，快走！"

"求求你们三位小先生，放了我吧，我袋里有好多钱，全部送给你们……"伪军走了一阵嘴里又在咕噜咕噜。

"住嘴，谁要你的臭钱，我们是'民抗'。"小陆冒火了，厉声骂道："瘪三，你当我们是什么人。"

"我和你们是无冤无仇……放了我吧……"

"你们破坏抗日，糟蹋老百姓，是有冤有仇！"小宋边走边说。他想到父亲被伪军打死的情景，又咬牙切齿地说："我父亲就是被你们打死的。"

小宋十分痛恨伪军的心情是可以理解的。他家是个中农，在他 10 岁那年，父亲在伪化土匪罗大有部下乡抢劫时被活活打死，于是小宋就下定了为父报仇的决心，参加了"民抗"。现在他想起这件事，情不自禁地哭了起来，两个小拳头在伪军的背上乱打了一阵，并且愤怒地说："我要报仇……我要报仇……"

"不要打，打要违反俘虏政策的。"小荣根阻止了小宋，并轻轻地、亲切地讲了几句安慰的话。

"哭什么？哭还能当新四军？"小陆一手牵着绑住伪军的白束腰，一手挽着小宋非常友爱地说。

这个伪军见软办法不行，就用硬的，他把脚一停，身子一挺，高声说："要杀就杀，我不走了！要我走，把我头上包的衣服拿掉！"

不等伪军说完，"小鬼"们就已识破了匪徒企图拿掉头上衣服、便于寻找反抗和逃跑机会的诡计，坚决不答应拿掉他头上的衣服。伪军更加狡猾起来，干脆往地上一坐。"小鬼"们见伪军耍无赖，不肯再走，就决心把他拖回去，拖了一段，三个小鬼都累得一身大汗，小宋又火了："你走不走？"

"不走，你怎样？"伪军也拉开了嗓门用威胁口气反问。

"打……"，小宋发急起来又想说"打你！"但"打"字刚出口，想到"不打俘虏，不搜俘虏腰包"的政策，连忙缩住了。

"呵呵，小赤佬，你敢打俘虏，难道你不怕回去被领导上开革掉！"伪军从地上直立起来："还不把我头上的衣服拿掉？！呵呵，你打什么？"

"打死你！"小荣根用手臂撞撞小陆，使个眼色，"格特"一响把步枪子弹上了膛说："枪头上走开。"

"小队长再宽大他一次，再不走就枪毙他。"小陆装得很像，又严肃地说："我们是不打俘虏的，但抗拒的俘虏可以就地枪决，明白吗？！"

"我走……我走。"伪军连声回答，不敢再狡猾，向前走着。

常备队华队长在吃晚饭时看不到"小鬼"归队，心里有些担忧，三个"小鬼"可爱的脸庞不时在他脑中盘旋。夜深了，华队长在宿营地的外边望着望着，耐不住了，就派一个班长带了几个同志出去寻找。这个班长中途遇到了他们。

"小鬼"们把伪军押回宿营地，同志们又惊奇又高兴。惊奇的是"小鬼"们捉来的不是无名小卒，乃是伪军分队副"活阎王"夏阿六；高兴的是"小鬼"有胆量，捉了俘虏缴了枪。原来夏阿六是叫步哨送钱给姘妇，自己临时在哨位上代一下的，偏在这时被"小鬼"神不知鬼不觉地抓住了。

华队长表扬了"小鬼"的机智、勇敢，并结合事例进行了纪律教育。此后，"小鬼"捉"阎王"的故事，就传遍了苏常太抗日根据地。

（本文原名《"小鬼"捉"阎王"》，《常熟县报》1957年1月19日、22日、25日分期刊载。后编入《奇袭吴市》一书，江苏苏州人民出版社1959年7月版）

奇袭吴市

1944年秋熟登场的时候，常熟吴市镇以伪区长杨振亚、伪乡长王宇平为首的汪伪人员眉开眼笑，他们企图用武装抢粮的办法，强夺农民的劳动果实。

伪区长杨振亚对伪乡长王宇平说："这次下乡手段要辣，先抓一批，杀几个，显一显我们的威风，看那些乡下佬敢不敢再抗租抗粮。"

"有的是刺刀洋枪，来几个人头落地，一定可以把他们收拾得服服帖帖。"伪乡长王宇平得意忘形地回答说。

当时，吴市镇是常熟东部敌伪"梅花桩"据点的核心，镇上设有伪警察分署，驻有30多名伪警和一个有46人的伪保安分队，还有伪区、乡公所及特工组的40多人，这个据点和周围的浒浦、高浦口、北新闸、支塘、徐市等据点互通情报，互相呼应。正因如此，伪区长杨振亚狂妄自大地常说："我不怕武工队进攻，就怕他们不来进攻。"伪乡长王宇平也到处宣扬："武工队如有本领，那就到镇上来比个高低。"杨振亚的绰号叫"大木头"，因杨逆生得肥头胖耳，挺胸凸肚，异常残暴，毫无人性，像木头一样。王宇平一身瘦骨嶙峋，鼠目大嘴，抽鸦片，吸白粉，门牙漆黑，横行不法，群众骂他是"吃人不吐骨头"的"扒牙"。"大木头"和"扒牙"狼狈为奸，无恶不作，群众怨声载道，恨之入骨。

在杨、王二逆的策划之下，镇上很快成立了"武装收租委员会"，委员会的正、副主任也由他二人担任。镇上的地主们也大办筵席，欢天喜地地招待敌伪人员，准备依靠敌伪的武力，把租米收齐。敌伪人员则终日花天酒地，赴宴、请客、聚餐。全区的伪催征人员也集中在伪区公所里，日夜赶造名册和通知单。

伪区长威风凛凛地宣布："……冬至开征，租赋并收，旧欠新租，限期缴清，分文不得短少，违抗者严惩不贷。"

但群众是吓不倒的。人民心里的怒火更加炽烈地燃烧起来了，吴市周围的群众在当地党组织的领导之下，积极从各方面准备着新的对敌斗争。他们的口号是："伪军要我们的米粮，我们就要他的命！他要我们的命，我们就和他拼！"

为了迷惑动摇和瓦解敌人，群众到处传播说："晚夜看到武工队在大路上经过，兵多枪好。嘿！'黄狗'①和'黑壳虫'②胆敢下乡，不是打破狗头，就是踏碎虫壳。"这些说法不断传到敌人耳朵里，弄得吴市镇整天风风雨雨，伪军人人心神不定，害怕一旦下乡抢粮，遇上这支被群众形容得比天兵天将还凶的武工队。

王、杨二逆一看风色不对，急忙召开伪区公所、伪警察分署和伪保安队联席会议，讨论如何镇压群众，如何对付武工队。

为了给伪军警人员打气，杨振亚对大家说："武工队的活动情况是不可不信，不可全信，只要加强戒备，他们是不敢来碰我们的。"他最后决定，在武装抢粮未正式开征前，先下乡"扫荡"一番，以探索我方情况，破坏群众的抗粮斗争。

"扫荡"了四五天，敌人没有抓到一个共产党员，也没有捕住一个武工队员，毫无收获。在"扫荡"时，汪伪军警和特工肆无忌惮地到处杀人放火，敲诈勒索，农村里被搅得鸡犬不宁。被抓去的群众，虽经严刑拷打，但都异口同声地说："武工队好比是天神天将，来无影去无踪，少时三五一队，多时成十上百，谁也不晓得他们有多少人。"弄得杨、王二逆无可奈何。

可是就在敌伪军出发"扫荡"的时候，镇上却发现了不少反对武装收租的红绿标语和常熟县武工队的"告伪组织人员书"等宣传品。这一来，把个

---

① 伪军身穿黄军装，农民骂他们为黄狗。

② 伪警察身穿黑军装，农民骂他们为黑壳虫。

阴险狡猾的杨振亚，更是气得暴跳如雷。

冬至日转眼间就到了。杨逆振亚和镇上的一些汪伪头子不见棺材不下泪，他们不但没有取消原来的抢粮计划，反而变本加厉，派出不少便衣警察和地痞流氓下乡刺探军情，妄想用突然袭击的办法消灭武工队，并四处拉人，赶修巷门碉堡，增设鹿寨障碍，白天检查行人，晚上伪军、伪警全副武装，来往巡逻，通宵达旦。杨振亚、王宇平和特工组长，也每夜躺在鸦片铺上，吞云吐雾守候消息。那些随身带着手枪、手铐的特工，则挨门逐户搜查，到处抓人。

为了彻底粉碎敌人的抢粮计划，经中共苏常太工委讨论，决定在冬至日用奇袭的办法，拔掉吴市据点，镇压杨、王两逆，进一步发动群众，争取反抢粮斗争获得全胜。

中共常熟县武工大队武装委员会书记徐政同志，在接受了这个艰巨而光荣的任务以后，立即召开了武工队的干部会议。他对奇袭吴市的敌我形势作了令人信服的分析以后说："……我们不但要和敌人斗力，而且还要斗智。困难是很多的，但我们能够克服它。"徐政同志平时的机智勇敢，是大家早已知道的，经过他一番动员鼓励，武工队同志对奇袭吴市的勇气和决心也就更强了。由于时间紧迫，情况多变，徐政同志立即带领了一个乡武工小组进行实地侦察，周密制订作战计划，为奇袭做好充分准备。

冬至前一天的深夜，徐政同志和常熟武工队队长朱英同志率领武工队员15人，移动到吴市西边离镇2里远的薛家砖场。

当时正遇上寒流袭击，天气突然变冷，武工队员穿得很单薄，再加上几夜没有好睡，照理是很疲劳的了，但惊险的奇袭任务，确保反抢粮斗争胜利的重担，不但使大家忘记了疲劳，反而叫大家精神饱满、劲头十足。宿营后，徐政同志立即召集地下党员和积极分子举行会议，反复修正袭击计划，并决定：徐政同志担任总指挥，朱英同志带8个队员组成搜捕组，负责警戒和搜捕杨、王两逆；武工队的班长陆小连和吴市武工小组等7个同志组成缴枪组，负责占领伪警察分署和烧毁租赋册子。

天亮时，队伍秘密转移到距吴市镇不到一里的石家坝农民薛祖尧家里。

群众自动替武工队放哨站岗，严密封锁消息。

这时，有一群特工在石家坝周围无目标地巡查了一番，看到乡下和平时一样"平静无事"，又向北巡逻去了。

冬至日下午4时，天上乌云重重，北风刮得沙尘飞扬。在昏黄的天空里，太阳透过云层，射出几道灿烂的金光，有一支队伍从小路插上通向吴市西巷门的大路。这一支队伍由两个手持步枪的伪军在前面带路，接着是一个鬼子上等兵，手托着三八枪，摇摇摆摆地向前走，旁边跟着一个头戴呢帽、身穿长袍的翻译，神气活现地手提快机，后边是一个穿便衣的特工，有的背步枪，有的拿短枪。

农民积极分子唐雪其和唐熙二人，一早就到吴市镇监视杨、王二逆和伪警的行动，并按预定时间回来向徐政同志报告情况。不料在途中遇到这一群敌、伪军，吓了一跳，暗想："糟了，敌人增兵，奇袭的计划不能实现了。"伪军问他们："喂！'良民证'有哦？"

"有，先生！"唐雪其举着"良民证"，局促不安地回答说。

"唐雪其……好来些……镇上武工队大大的有？……"那个鬼子上等兵边说边笑地拍了一下唐雪其的肩膀说。

"没有……大大的没有！"唐雪其一听鬼子叫着他的名字，感到奇怪，心里一怔，话也顿住了，唐熙连忙代替他这样回答。

另一个伪军走过来轻轻招呼他们说："我们是武工队，自己人，别害怕。"

原来这一群"敌伪军"，是武工队化装的，这一着确实出人意料，唐雪其、唐熙二人，向队员们看了看，发出了会心的微笑。

"你们想不到吧？好，请你们谈一谈敌情吧。"徐政同志笑着走近他们。唐雪其和唐熙就立即把吴市镇上的情况向他作了汇报。

队伍向吴市镇飞速挺进，西巷门就在眼前，虽然每个同志对敌情和作战计划都了解得十分清楚，但终究不是上舞台演戏，是即将投入机智、勇敢的战斗。根据昨晚的情报，原来驻在吴市的一个保安分队，已调往归市，新从白茆口调来的一个伪军中队，在今天下午5时开到，假如在50分钟内不能完成任务，就有被敌伪军增援部队合击包围在吴市的危险，责任感和荣誉感激荡着每个同志的心，怒火在胸中燃烧。

队伍迅速进入吴市西街，一个徒手伪警向这支队伍里的鬼子举手行礼，化装翻译的武工队员故意问他道："为什么巷门口不放武装哨？"

"风声虽紧，但区长说武工队白天不敢来进攻的。"

伪警话刚说完，武工队隐蔽地用短枪往他腰里一顶，轻轻地说："我们就是武工队，不准开口，不老实就毙掉你。"顺手把他一拉，夹在武工队的队伍中一起走着。

队伍通过西街，群众议论纷纷，有的信以为真说："唉！镇上增兵了，乡下又要被闹得鸡犬不宁了。"也有的人因为看到"鬼子"没有着皮鞋，特工没有穿袜子，有点疑疑惑惑，弄不清是敌伪军化装了新四军，还是武工队化装了敌伪军。有一些上街的农民因为在农村里常常遇到武工队，甚至还住过他们村上和家里，现在他们见到这支突如其来的队伍，知道是新四军化装的。真是又兴奋，又惊奇，但是他们怕泄露秘密，有碍军机，故意装得十分镇静，似乎啥也不懂得，什么也没看见，只是互相轻轻地说一句，"好戏开场了！"

伪区公所设在吴市镇的典当里，里面有催粮警和伪职员 30 余人。两个站门岗的伪警毫无戒备，正坐在伪区公所门口的长凳上晒太阳。突然，面前出现了一群敌伪军，这两个伪警习惯地起立持枪敬礼，"翻译"走上去毫不客气地给他们各人一记耳光，厉声说："饭桶，滚到里边去。"

伪警莫名其妙地摸摸自己的面孔，连连称"是""是""是"地滚到里边去了。

缴枪组紧跟在伪警之后，一进大门就把伪警的枪缴掉，并迅速地冲进去，控制了电话机。电话机的铃响了，是支塘伪军打来的，徐政同志用枪逼着电话员，电话员回答说："……正在开征，缴租缴粮的人很多，请你回复大队长。"

平日狐假虎威的伪警察、伪职员，在英勇的武工队员面前，个个吓得面如土色，呆若木鸡，有一个伪警想举枪顽抗，陆小连同志急忙大喝一声：

"不要动"，并飞速地冲上去，缴下了枪。一个伪"清乡"人员吓昏了，头向破地板里直钻，想钻进地板底下躲起来，破地板的缺口小，只钻进了头和肩胛，两只脚在地板外面不停地乱甩，武工队员庞越跑上去拉住一只脚，倒拔蛇似的把他直拖到天井里。其余的伪警察伪职员纷纷举手投降，磕头求饶。武工队把丧魂落魄的俘虏集中在一间房子里暂押起来，由一个队员向他们训话，晓以抗日救国的大义，要他们改邪归正，不再为虎作伥。其他队员立即把所有田赋册子和通知单搬到天井里，点起一把火，把它烧得一干二净。

徐政同志他们冲到伪区公所办公室里，特工们都下乡去了，屋里一个人也没有，他打开特工办公室的橱门，查到了"细胞"①名单一份，心里十分喜悦，有了这份"细胞"名单，就可摧毁各乡敌人的谍报组织，挖掉特工的老根了。他一面指定一个队员向俘虏继续进行教育，一面敏捷地带着队伍冲向伪警察分署。

伪警察分署设在西北街地主吴老关家里，署里的几十个伪警察，因连日下乡"扫荡"，整夜巡逻，都疲倦得像死狗一样睡在那里，只有四五个贪赌的家伙，聚在署长室里赌钱，大门口只有个伪警察拿了一支枪在站岗。

当缴枪组向伪警察分署冲去时，前面有几个群众向四面散开，他们知道武工队已冲进了伪区公所，所以情不自禁地喊着："新四军从天而降，申冤报仇的时候到哉。"伪警门岗听到这些话，吓得屁滚尿流，连忙缩进屋里，"砰"地一声关上大门。

徐政同志看到这个情况，连忙快步冲上前去，严肃地命令队员们说："沉着，按原计划行事，快跟上来。"

冲到伪警察分署门口，大门已紧闭。正在紧急关头，一家豆腐店的老板迎上来说："你们是……"他伸出四个指头，做了一下手势，徐书记微笑着点点头。

"从这所房子进去，到后场转弯，就是分署后门。"豆腐店老板轻轻地对徐书记说。

---

① 汪伪特工人员的名单，称为"细胞"名单。

缴枪组连忙飞奔到伪警察分署后门口，站岗的一个伪警察见到来势不对，正想举枪射击，说时迟那时快，化装鬼子的陆小连同志高声骂道："八格亚鲁"[①]，化装翻译的武工队员接着就一个箭步窜上去一记耳光，骂道：

"饭桶，连东洋先生也看不出来了，要造反吗？"伪警察稍微迟疑了一下，枪已被缴下了。武工队一枪未发，就进入了伪警察分署。武工队进入伪警察署署长室时，正在聚赌的几个伪警还未来得及想什么，就被俘了。那个原在大门口站岗的伪警，正跌跌爬爬惊慌失措地奔向署长室来，并且喊着："巡官，巡官，听说镇上来了武工队……"但他想不到武工队会进来得这么快，话未说完，看到缴枪组正在署长室缴枪，连忙丢掉手里的步枪，抛掉头上的帽子，转身向后逃，一个武工队员追上去，一把将他拖了回来。徐政同志问："谁是巡官？"

"是他！"伪警指着一个已是吓得胆战心惊，缩颈哈腰，面色发青的家伙说。

"……我……我不是巡官……是伙夫……"伪巡官两脚直抖，声音发哑，结结巴巴地说。

伪警察的宿舍在楼上，楼梯口已被武工队员封锁住，代理伪署长职务的巡官被迫带领缴枪组上楼缴枪。武工队员进入宿舍时，有的伪警正在起床，有的伪警还在蒙头呼呼大睡，他们意想不到武工队会进据点来，而且还是在白天，还没有听到枪声，所以有一个伪警当武工队员高喊"不要动"的时候，他还对化装成伪军的武工队员说："出了什么事，自己人何必如此！"有几个伪警从梦中惊醒过来，想伸手抓枪，但屋里的12支长短枪，早已全部落到武工队的手中了。

一个武工队员提着步枪看守俘虏时，这批饭桶中有的还在问："你们是哪一部分？是县保安队，还是省保安团？自己人何必缴枪。"

"告诉你，我们就是你们要想比比高低的武工队，今天特地登门领教来了。"武工队员风趣地回答说。

---

① "八格亚鲁"是日语译音，意思是"浑蛋"。

俘虏中立刻寂静无声，个个呆若木鸡。这个武工队员接着就向他们讲解了新四军的俘虏政策和抗日救国的道理。

缴枪、毁册的任务已胜利完成，武工队立即在大街小巷散发宣传品，群众争先恐后地阅读传单。武工队在白天冲进据点，而且一枪未发就获得了胜利。这样的奇迹拨动了吴市人民的心弦，处处都在谈笑，洋溢着愉快的声音。

这时，搜捕组还在紧张地工作。伪乡长王宇平躲在鸦片铺里，换上破旧的衣服，想越野逃跑，但又不敢。他估计武工队来进攻据点，至少有四五百人，吴市已被团团包围住了，如果逃出去，等于自投罗网。王逆自以为聪明地想：武工队一定要抓我，但这个时候他们一定以为我不会躲在家里，不如索性回到家里，反而安全。主意一定，就往西街自己家里走去。

武工队在吴市镇上搜索了一番，找不到王宇平的下落，徐政同志考虑了一下，对陆小连同志说：

"王逆很狡猾，他可能估计我们不会到他家里去搜捕，现在你就到他家去搜查，他可能回家的。"

陆小连同志脱掉鬼子制服，走到王宇平家里，刚坐定，见外面有个人鬼鬼祟祟地向里一望。陆小连同志连忙站起来追上去问：

"你找谁？

"没有什么，我找王乡长，"王逆强作镇静狡猾地回答。"不要动，"陆小连眼疾手快地把王宇平抓住，上了手铐。

"我不是王乡长，……不要误会，……我是找王乡长的……""别啰唆，绑到大街上，让群众来证明你是谁。"

王宇平被绑在西街上一家草屋边的竹柱子上。有一个群众走到王宇平面前揩揩眼睛说：

"不要我眼睛看错了，王扒牙怎么也有今朝……"

王宇平已抓住，但伪区长杨振亚却在王济民家吃冬至夜饭，搜捕组不了解这一点，查来查去没有查到。徐政同志看看手表，正是下午四点三刻，镇静地对队员们说："争取时间，再做宣传工作，群众就是天罗地网，他插翅也难飞的。"

武工队向群众宣布：为了抗日锄奸，非把杨逆抓到不可，希望群众协助武工队搜寻虎迹。有一个群众向搜捕组的武工队员庞越提供了线索，庞越一听，一口气奔到西街，单身进入王家花行，他走到摆着几桌酒菜的厅上，桌上的暖锅烧得热气直冒，杯筷杂乱，就是不见有一个人。庞越迅速转身进入厨房，只见有二三十个人假装在忙着切菜、烧火、洗碗。庞越见到这些人的愚蠢行为，真是又好气又好笑，他严肃地问这些人说：

"你们是干什么的！"

"我们是厨师，烧菜的……"有个伪职员假装镇静地回答说。"你们办多少桌酒菜，需要二三十个厨师！"

"……"

"有身份证的快拿出来看一下。"庞越为了弄清这些人的身份，麻痹伪职人员，急中生智，就伪装成查身份证的。接着进行检查，没有身份证或良民证的，就请他们几记耳光，责令站立一旁。

"我们是区公所的职员，区长在楼上，他能证明我的……"一个没有身份证，吃了一记耳光的伪职员嘟着嘴说道。

庞越一听，喜出望外，连忙奔到楼上。

在武工队进入吴市镇时，有一个伪职员奔来向杨振亚报告说："有十多个可疑的特工队进了街。"这时杨振亚正在打牌，毫不介意地说："你们这些胆小鬼，又在疑神疑鬼了，这些特工难道会是武工队。武工队不是傻瓜，不会白天来送死的。"当武工队冲入伪警察分署去缴枪时，伪职员又跑来向他报告说："这支队伍实在可疑……"杨逆听了怒气冲冲，拍桌大骂说："你们有没有脑子，这里是市镇不是农村，现在是白天不是黑夜，我杨振亚还活着，武工队敢到镇上来？就是十多个武工队有什么了不起，警察会收拾他们的……"并且毫不在乎地和一些伪职人员走到厅上，吃冬至酒，正在吃得起劲，又有一个伪保长仓皇地奔到厅上去气喘吁吁地说："……区长……不好了，……是武工队，……王乡长已被抓去了，……武工队进来了……"伪保长话未说完，这些伪职人员一哄而散，都向厨房里逃去，杨逆则逃到楼上，气急败坏地躲在床底下，紧握着枪，侧着耳朵，静听动静，准备在武工队冲上楼时顽抗一番。房间和厨房只隔一层楼板，楼下厨房里的一段对话他听得很清楚，当庞越在假装检查身份证时，他好像卸下了千斤担子，自言自语地说："查身份证的，是自己人，真是庸人自扰。"接着他把枪往腰里一插，从床底下吃力地爬出来。

杨逆正在爬行着，听到"嘚嘚嘚"的楼梯声，心想不要被人看见了，变成一个谈论的话柄，于是赶紧用力向外爬，正当爬出床底，庞越已冲到房门口，大声喊着：

"大木头，不要动，举起双手。"

杨逆认识庞越，并正在下令通缉他，所以吓得全身发冷，魂不附体，"啊……"的一声，昏晕过去了。

庞越走上去缴下左轮枪，拉住杨逆的长围巾，在他颈里绕了一转，背对背把这个有一百七八十斤重的汉奸连背带拖地揪到楼下。杨逆醒过来以后就跪在地上拼命磕头，喊着："饶饶狗命……感激不尽……"

杨、王二逆被押到大街上，队员和群众人人拍手称快。

武工队收了步哨，释放了伪区公所、伪警察分署中暂押的俘虏，带着杨、王二逆和伪巡官走向吴市镇西市梢的西操场。伪区长杨振亚在押到新庙附近时，突然向田野里亡命奔跑，企图逃脱人民对他的严厉制裁。武工队班长吴鹤同志奉命开枪，"砰"的一声，十五丈外的杨逆应声而倒，他的叛变祖国，坚决反共、反人民的可耻生命结束了。群众掌声不绝，有的走上去在尸体上拳打脚踢，有的说："便宜了'大木头'，要把他千刀万剐才好。"

伪长乡王宇平被押到西操场时，场上已站满了人，一致要求同杨逆一样，就地正法。并有很多群众建议说："子弹要留着打鬼子，用钢刀砍掉'扒牙'的脑袋。"

徐政同志代表常熟县抗日民主政府，宣布了杨、王二逆的罪状后，立即下令把王逆就地处死。

王逆处了极刑后，群众再一次拍手称快，大家说："不是这样，怎平心中之恨？"

伪巡官已失魂落魄，好像全身没了骨头，伏在地上站也站不起来。朱英队长严厉地对他说："以后要改邪归正，假若还是白皮白心①，那么杨、王二贼的结局也就是你的下场！"教育后，当场释放。这时，离开伪保安中队开来吴市镇的时间只差五分钟左右了，武工队马上整队向南转移，这时天空晴朗，深秋的阳光照耀着西操场，景色如画，好像春天的早晨一样。武工队奇袭吴市成功，不但打破了吴市镇敌伪武装抢粮的计划，同时对常熟全县和整个苏常太地区的敌人也是一个严重的打击，当地的群众个个扬眉吐气，欢欣若狂。当武工队员挥手向群众告别时，群众以感激和钦佩的心情欢送我们，他们振臂高呼："祝我们自己的军队永远打胜仗。"

（本文原名《武工队奇袭吴市镇》，在《常熟县报》1957 年 3 月 12 日至 4 月 1 日分 8 期刊载。后编入《奇袭吴市》一书，江苏苏州人民出版社 1959 年 7 月版）

---

① "白皮白心"本意是指白皮白心萝卜，这里是指汪伪人员真心投敌，与人民为敌的分子。

捉拿"天晓得"

有一天，"民抗"在敌人手里缴获到具名"天晓得"所写的一份《吴市求知社和抗日活动情况》的情报，区委委员对唐兆裘同志说："你是负责锄奸工作的，应该迅速抓住这个'天晓得'。"

这确是一个困难的任务，"天晓得"是男是女，住在何处，一点也不了解，要在吴市区几万人口中去查到一个"天晓得"也是不容易，何况一望而知是个特务的化名。数天后，唐兆裘焦急地说："只有天知道，要去问玉皇大帝，但上天没有路。"张汉章说："正因为有个'天晓得'的特务，又是只有天晓得的事，所以要你这个共产党员去办，在共产党员面前没有克服不了的困难。"区委又进一步研究了破案办法，把吴市一切有嫌疑的人进行排队，有对象地进行侦察工作。原来这个化名为"天晓得"的特务名字叫杨兆铭，潜伏在游击区里已有不少时候。杨逆表面上也同情抗日，有时还骂着说："我的哥哥杨子奇认贼作父，杨兆三勾结土匪为非作歹，杨老大也只想升官发财：都是没有心肝的畜生。"其实这家伙也不是好货。

经过外部的侦查和内部排队的结果，区委已经摸到了些头绪，唐说："现在天晓得变我晓得了。"唐拿起手枪打算马上去抓。区委说慢慢来，告诉他没有足够证据之前，不能动手，继续侦查。

为了不冤枉一个好人，不放过一个敌人，区委布置了几个干部对杨兆铭进行秘密侦查和监视。章建中同志曾走遍了杨兆铭所有的亲友家去侧面调查，唐兆裘和几个积极分子在杨兆铭住地外边的田里住过几夜，暗中侦查他的活动。

材料证明"天晓得"就是杨兆铭，但还须核对这份情报的笔迹。通过一个农民代写家信的办法，拿到了杨兆铭的亲笔字，对照一下，笔迹完全相同。

经"民抗"司令部的批准，一天夜里在陈塘坝杨兆铭的岳父家中把杨逆逮捕了。杨逆自认为自己的勾当是神不知鬼不觉的，狡猾地说："我被人陷害了。"在搜查中抄到手枪一支以及其他证据，并把这份情报给他一看，杨逆看到证据确凿，无法抵赖，便说："我本来想在天亮后到你们处自首的。"

在军法处审讯中，杨逆避重就轻，每个重要问题总是在军法处拿出证据后才低头认罪，并伪装坦白，乱咬了一些无罪之人。最后这个日伪吴市情报组组长和国民党第六区"策反"组长被枪毙，立即执行。

在杨逆被正法后，敌人惊讶地说："杨兆铭是个老将，怎么搞的？真是天晓得。"新四军的本领，敌人是永远不能理解的，特务也永远逃不出人民的"天罗地网"的。

（原载《常熟县报》1957 年 5 月 12 日、15 日）

红须头和绿须头

在抗日战争时期，支塘镇一向是敌伪的据点，1939年夏天起，汪伪第五区区公所就设立在支塘镇。那时有个伪区长，是个"活牌位"，他不相信人民抗日力量的强大，也不知道支塘据点中已有很多爱国志士早已在做抗日工作了。

镇上的开明士绅和赞成抗日的人常常有意识地去提醒他，对他说："'民抗'侦察班常在镇上活动，常看到他们身藏短枪来来往往，而且枪柄上佩着红绿须头。"这是热心肠人的形容，侦察员的枪上是不会有什么须头的，这种有声有色的说法是想警告伪区长并争取他同情抗日。岂知伪区长糊涂透顶，说别人是胆小鬼，还教训别人，不要谣言惑众。自以为镇上军警兵力不少，民抗侦察员怎敢进来活动？因而常傲慢地说："你们看到红须头和绿须头，怎么我看不到呢？"

为了化阻力为助力，当地抗日组织的领导，决定根据群众的要求去给伪区长吃帖"落魂清心"药，就是要给他点颜色看看，通过吓他一下，促使他清醒头脑，以便进行分化和争取工作。侦察员老周和小蒋在城隍庙里搞到了两束红的和绿的须头，系在驳壳枪柄上，枪插在腹前腰裤上，穿了长袍子走进支塘据点去了。

伪区长清闲无事，每天下午总在书场听书，每到"小落回"往往外出小便，这些情况早已被地方党所掌握了。这天伪区长也照例在书场，积极分子密告了到镇上来的侦察员。老周对小蒋说："你是不认识'活牌位'的，但也不要紧，等他出来小便时，我插在他右边去小便，你就插在他左边。"

书场的后门沿墙脚，放着一排尿桶，"小落回"时，伪区长果又出来了，一个积极分子有意和伪区长搭讪了一阵，说什么镇上的红绿须头已缺货，伪区长责备地说："又是捕风捉影，活见鬼的。"他嘴衔香烟，最后一个走到尿桶旁，正在小便时两个侦察员也插到他左右。老周捞起长袍，裤腰上露出乌油漆黑的驳壳枪和红须头，用左臂撞撞伪区长的身子，和气地问："你看，这是什么？"伪区长低头向下角一看，吓了一跳，小便也吓停止了，正在此时，左边的小蒋撞撞他，指着裤腰上插着佩有绿须头的驳壳枪，笑嘻嘻地说："你看这是什么？"伪区长侧头一看，就像中了风一样，嘴一动，香烟掉在尿桶里，说不出话，两腿直抖，险些跌倒。老周接着说："枪能打死人，但不打尚能回心转意的人。"小蒋用枪头点点他的心窝说："良心放正，后会有期。"伪区长手撑在墙上，勉强支持麻木和浑身发抖的躯壳，满头冒出了黄豆大的汗滴。片刻后，另一个走出来小便的听书人问他："你呆立在这里做什么呀？"这时他才恍惚地走回书场，坐在原处，把茶壶里的茶倒在杯中，杯中满了还在倒，同桌的人说："茶满在桌上了。"他回答："噢噢"，才心慌意乱地把茶壶放了下来。坐在旁边的积极分子见到他这种狼狈相，看得有趣，知道他已魂不附体。

从此，那个伪区长再不敢像以前那样耀武扬威了。

（原载《常熟县报》1957 年 5 月 18 日、21 日）

虞 山 长 青

——1941 年苏常太地区反"清乡"斗争的回忆

一

7 月之夜，酷热仍在威胁着人们，加上关着门窗，室内热得发闷，我和班、排长围着桌子看敌军分布图。

"这就是我们雪长区。"我指着密布了小红圈的地图说，"敌汪对苏常太的'清乡'以常熟为重点，雪长区是常熟根据地中心。目前全区共有支塘、徐市、董浜等 11 个市镇据点，敌人在水陆交通要道的天主堂、渡船桥等 41 个村庄上建立了流动据点，全区 19 个乡镇已建立了伪政权，设有特工站或派有伪政工团，有 200 多处的屋顶或大树上建立了瞭望台……"

这时，响起了敲打窗格的声音，站在外面的通讯员小宋说："区长，西边有枪声，你们灯光小一点。"小宋还叫我区长，事实上，我已经是游击队长了，带着警卫连的骨干，也带着一些原来是区委委员、财经股长、税务所稽查员——现在的游击队战士，坚持在"清乡"圈里进行武装斗争。班副蒋老二去掉油盏里几根灯芯，灯光愈加暗淡发黄了。他凑在地图上看了一下，压低了嗓子说："他妈的，真像围棋盘上放满了棋子！"

"……斗争是艰苦的，到目前为止，全县被杀被捕的干部和群众已近 3000 人。但是斗争还要坚持下去！我们游击小组的任务就是要坚持在苏常太红色'首都'——徐市的周围!"

狂风呼啸,接着雷雨交加,室内凉快起来。但是隐约的枪声、打门声、凄厉的哭喊声不断传来。已经不允许我们安静地介绍情况了,我们熄了灯,打开门窗,听着动静。

小宋奔进来说:"进袁泾村的敌人在烧饭,像要住下来了。"农民袁子明也进来说:"白茆塘对岸是混合队,带队的是特务头子钱阿惠,像是住下来躲雨的。"所谓混合队,是由日寇西尾部队的一个中队,伪军十三师的一个营和钱阿惠特工队组成,专门来对付我们的。

我立即派地方工作的女同志马紫荆带着黄树本排长出去侦察。徐英排长建议:利用时间,新来的同志作自我介绍。新来的同志指的是刚由上级党派来的外来干部。薛惠民团长曾经交代我:"这些同志有战斗经验,是很好的游击骨干,特别是李勤同志是个老排长了,排字工人出身,文化也好,有政治修养,作战方面可以多和他商量。"李排长一面介绍自己,一面开玩笑说:"我快40岁了,你们全是小青年,从年龄上说,我是有资格做你们的父亲了。"我趁机打趣说:"你的福气真不小,真是子孙满堂了。"引得大家哈哈大笑……

这是反"清乡"开始两三天,区委书记邵福生同志牺牲以来,我第一次欢畅地笑。现在我们的游击小组已经增加到31个人了,我们的党支副书记戴健美是个了不起的女英雄,加上排长黄树本、徐英、王、马班长,班副蒋老二、陈玉保、陈榕楷、蒋卫、成理、王勇、马力知、陈必勇、陆小康、小吴(邵歧昌)、小宋……一个个都是坚强的战士,连马紫荆、马贞荷、马明、沈怡、窦方等5位女同志也已经是身经数战了。看看这些同志,使我信心充沛!

黄排长和马紫荆浑身是水地冲了进来,把大家的笑声打断了。黄排长悲愤地说:"我在鮎鱼口的公路上,发现敌人斩下的人头……"他从湿衣包里捧出三颗血淋淋的人头:一个是民运工作同志马瑞新,一个是胡须花白的老农,一个是不到10岁的小姑娘……大家对敌人灭绝人性的兽行气愤得咬住了嘴唇,讲不出话来。过了好久,蒋班副用拳猛击桌子激动地说:"血债要用血来还!"小马含着泪,脱下身上的衣服,包好头颅装好鬃,冒着大雨去埋葬了。走回来,小马当场剪短了头发,换了一身不称身的男式单衣,挺身昂首地说:"生是常熟人民的人,死是雪长区里的烈士!"她这两句话,说出了大家的心情。

风雨未停,早晨来临了,然而天色是十分阴暗的。侦察员陈必勇回来报告东、南、西三个方向均有敌人向我们隐蔽地童家浜"拉网"搜索逼近,而且他还带来了周生司和李畏同志昨夜在三亩丘牺牲的消息。牺牲同志的鲜血又一次激励了我们,我们带着悲愤的心情离开了董家浜,隐蔽在稻田里。倾盆大雨夹着冰雹,打得水稻倾倒在地上,打得高粱玉米折枝断叶,然而我们是不怕困难的,准备迎接更艰巨的斗争。

二

雪沟塘是从徐市到董浜的一条大河,平日船只来往不绝,如今只有扯着红膏药旗的汽艇气势汹汹地巡逻着。夜半,远处有隐隐的枪声,北边不时传来阵阵的人哭狗嚎声……

我们隐蔽在雪沟庙附近的棉田里。我们布置了群众,又散丢了一些断枪破衣,迷惑了敌人,摆脱了盯了我们七昼夜的混合队,准备过雪沟塘去稍事休息一下。雪沟庙这一段6里多长的河面上,没有一座桥梁,我们等候着去动员渡船的同志回来。

小马带着袁子明从另一丘田里钻过来说:"老袁找到了。"我对老袁说:"请你带着黄排长去梅北区联络团部,可以吗?"老袁毫不迟疑地答应:"好,马上就走。"我招呼班、排长和戴副支书向我靠拢,对黄排长说:"你根据党支部会议决定的斗争打算向上级党组织汇报。"黄排长说:"明白了,但汇报敌情谈哪些?"

我考虑了一下:七昼夜的斗争可以看出敌人越来越毒辣了,采取了"搜""追""挤""防"等办法,普遍发展"特工细胞",威逼群众鸣锣点火;七昼夜的斗争中我们已经牺牲了马班长、王班长、宋丽珠、蒋卫、陈榕楷、小吴 6 位同志……

"向团长要一挺弹药充足的机枪来。"蒋班副说。他早就渴望要一挺机枪，可以痛痛快快地打。他刚说完，小马就插嘴说："蒋班副，你这是缺乏群众观点，我看不要汇报。"蒋班副一听就站了起来，带了三分怒气说："什么群众观点，决心坚持到底不是群众观点是什么？"小马也感到有些冒失，连忙和气地说："我讲得不恰当。但话还是要说到家，我的意思全区有 16 万人口，坚持斗争中更好地去依靠群众，要比增加一挺机枪好得多。"蒋班副也同意了她的意见。我就说："我们的情况应该向团长汇报，但不必提出什么要求，团长的处境也是和我们一样。"稍加交代，我就把黄排长派走了。

找船的同志回来说："渡船已找到，是一条空船。"我们刚到河边，雨下大了，天色更加黑了。小宋扑通跳下了河，拉住船缆低声说："快把两个重伤员抬下船。"

突然，一线火光闪起，估计是香烟头。原来不到 100 米处，从徐市下来的混合队七八十人正向我们走来。一边是河，一边是开阔地，我只得带着靠河边的同志轻轻地爬下河，伏在岸坎边。蒋班副和小马把负重伤的徐排长和成理抬进棉花田放好后，也钻进附近的田里。大家屏住呼吸，听着动静。

看来敌人没有发觉我们，他们有的打着伞，有的披着油衣，抽着烟嘻嘻哈哈地在岸边走着，脚步声就响在我们头上。不料军犬狂吠一下窜到棉花田里，敌人忙作一团把棉田包围起来。

敌人冲进棉田，在枪声间断中喊着："新四军的伤员投降吧，送你进医院。"只听得身受重伤的徐排长吃力地说："见你的鬼，你们自己去住吧！"紧接着轰隆一声，想来徐排长扔了他最后的，也是我们最后的一颗手榴弹。敌人的机枪也疯狂地叫起来，好像他们在和成百上千的游击队员作战。

在敌人混乱的枪声里，我和李排长低声商量了几句。李排长带着小宋潜水向东钻过数丈后，迅速爬上岸，向东奔去；我带着其余人悄悄向西移动……

重伤员成理同志已被俘，敌人把他抬到河边路上打他，问他有多少人。成理同志已经讲不清话，一口咬定只有两个伤员，接着反复喊了几声："蚂蚁爬，辟立扑。"敌人没有理会他的喊声，我们也弄不清楚这是什么意思。

忽然有一个敌人说："快来呀！河坎里有一条小船。"随着喊声"砰砰砰"地向小船连打几枪，数十个敌人一窝蜂似地拥到岸边，子弹倾泻到河心，水花溅到我们脸上。幸好我们已向西移动了一些，紧贴河岸蹲在水里，仰着头，只将鼻孔露出水面，敌人架在岸上的机枪跳出的子弹壳，"扑通扑通"地落到我们头上。

我们紧张得气也不敢喘一口的时候，有个同志不小心，枪"走火"了，"砰"的一响，我们都一怔，心里暗说："糟了！"幸而这一响，是夹在敌人杂乱的枪声里的，麻痹的敌人竟没有发觉！

两个伪军打着手电筒跳到小船上，向我们这边望着，又使我紧张得浑身发抖，心里想：这真糟了，也好，干一场吧！同时焦急地等待着李排长的枪响，只有这样才可以使我们脱离险境。果然，东北边枪声响了！像奇迹一样，李排长与蒋班副等会合了，四枪齐鸣，敌人又掉转枪口，盲目地边打边冲，向东北方向追击过去。

我拉着戴副支书，用手一翻做了个手势，就潜水向小船边钻去。船上的两个伪军想上岸去追赶大队人马，手电筒光在岸边扫过，岸坎边的几个同志被他们看到了！在此千钧一发之际，我和戴副支书双手抓住船舷，用尽平生之力将船一侧，两个伪军正将枪口对准岸坎，只喊了一声"那……"小船翻身，人也沉到水里，戴副支书抓住一个伪军的一条腿，把他拖向河底；我拉着另一个伪军的枪，被他脱身窜向河中，但当他刚刚浮上水面，陈班副便扑上去，好像武松打虎似地跨上他的背心，伪军喊了一声："喔！"又沉下水去了。黑夜的水面上看不清动静，河水里还正在做你死我活的搏斗。我知道戴副支书是个水性很好的人，陈班副是渔民出身，伪军决不是他们的对手。

敌人已冲向一二里之外，我们上了岸，李排长、蒋班副等也安全地回来了。小宋脱下衣裳盖好徐排长的遗体。我们研究起成理同志反复高呼的"蚂蚁爬，辟立扑"来。原来这是流行在我们常熟常备队同志们口头的、小商人用的切口，用"蚂蚁爬山""辟立扑落"来隐藏"三"和"六"的谐音。那么，三和六这两个数字又指什么呢？聪明的小马喊道："我知道了！"就在成理同志原来躺着地方的第三丘田靠沟的第六丛毛豆箕下，找到了埋在浮土下的一个步枪机柄、一元五角江南货币券以及原区警卫连的党员名单。小马含着泪说："他是党支部组织委员，这些钱是他保存的党费，在危急里，他还要缴给党！"李排长说："这样的好同志，还有什么说的，负伤以后，和我们一样饱一顿来饿几天，不管怎样苦……"李班长哽咽得再也说不下去了。

大家用刺刀和双手挖着泥坑，准备埋葬烈士的遗体，直到董家浜方向又来了一部分混合队，我们才挥泪走向小鸡浜尼姑庵。

风雨声里传来了敌人的汽艇声，李排长说："区长，敌人已发现我们在这一带，又在组织大包围圈进行拉网了。"我说："我们一定要跳出网底，想尽一切办法，天亮前渡过雪沟塘。"这时，小宋走进来说："抓住了一个特工。区长，杀掉他替徐排长报仇吧。"我说："不。立即叫蒋班副带到屋外去审讯。"

我把通讯员王勇再派去和团部联络，在艰苦的斗争里，上级党的及时指示总是给我们增加勇气的，我们报告团长："除了牺牲的同志以外，还有三个轻伤员，大多数同志患上痢疾，但坚持斗争的勇气仍未减当初！"

蒋班副进来说："这个特工很怕死，把今天晚上的联络信号招出来了。"我心里一动，叫他赶快把特工带进来。蒋班副把那个怕死的特工带进室内，装模作样地说："见我们的司令和参谋长，老实一些。"蒋班副一推，特工就跪下来磕头，结结巴巴说："联络信号是……是打一枪和电筒光三长三短。"我说："走！"我们带着特工走出尼姑庵。回到雪沟庙，沿塘路上的敌人三三两两往返不绝。天快亮了，雨也停了，云堆里露出稀疏的星子，周围三四里的地区内，到处是哭哭啼啼、火光闪闪——敌人正在"搜村""搜田"。

我们直奔河边，正在上船，远远过来三个巡逻的特工，李排长正要鸣枪，被俘的特工连忙阻拦："人少不打枪，只要电灯光。"李排长把电筒打了三长三短，敌人也把电筒打了两短。有一个特工走过来问："你们有'马去'① 吗？"被俘的特工说："我们有洋火。"敌人怀疑地走过来拿洋火，

---

① 马去：日语火柴。

小马、蒋班副、小宋猛扑上去，用枪顶住了他们，两个特工吓呆了，一个特工想顽抗，被小马一枪柄打开了脑袋。

我们押着俘虏，顺利地渡过了雪沟塘，刚进去棉田，一群敌人在对岸喊："哪一个？""什么船！"李排长打着信号，敌人回了信号。又问："过河干什么？"李排长回答："采西瓜。"敌人带着玩笑口气说："当心碰到新四军。"李排长大声说："我们不怕新四军的！"

三

我们隐蔽在棉田里开着党员大会。太阳像火，农作物挡住微风，我们像在蒸笼里，热得发喘。棉花开得雪白，不少棉桃掉在地上出芽腐烂，农民们的生命朝不保夕，谁也不管遍地皆黄金的农忙季节了。我们研究的，是如何胜利地坚持斗争的问题。昨天关帝庙战斗，马力和陆小康失踪了，我们的游击小组人更少了，但并不能使我们气馁！

李排长用玉米叶做了扇子给伤病员打扇和驱逐苍蝇，小马替蒋班副清洗背上的伤口，臭味使小马连连作恶，蒋班副感激地说："小马，我真过意不去，不要洗了。"小马却说："我打恶是天气太热的关系。"只有年轻的小宋坐在玉米根旁，无忧无虑地用一块没有油味的油布在擦着他那只剩一颗子弹的短马枪，泥土里蟋蟀在喔喔地叫着，小宋蹲下去，出神地凝视着……

袁子明带着紧张的神色回来了，他是随黄排长去联络团部的，没有开口泪就直淌，他说："和黄排长回来，被伪特工包围在荒田里，黄排长把没有子弹的枪藏掉了，我们就和几十个渔民混在一起。钱阿惠把前几天伤重被俘的钱小大和归奋吾同志杀死，挖出心肝，切成小块，盛在破钵子里。钱阿惠这贼，一手托着破钵子，一手拿着手枪，强迫每个人吃一块说：'谁不吃就是心向共产党，就是和游击小组有来往！'当然，没有一个人吃。钱贼逐一盘问过来，走到黄排长身前，狠狠地说，'良民证？脱掉短衫！'黄排长就给钱贼一拳，打得他口鼻淌污血，昏倒在地，黄排长拔脚就逃……"

"逃掉没有？快讲快讲！"小宋急得推着老袁的膀子。

"敌人当然不会放松的，打枪追击着。黄排长负伤后被抓回来。不少群众低声在哭……我想到自己短裤贴边里有团长的回信，忍气吞声装呆装傻，说自己是推小车、挑糖担的……"

小宋狠狠地对我说："区长，你为什么把抓住的特工放掉，真气死人了！"我说："杀一个人，报不了仇，要把鬼子赶出中国去！"实在说，我也每时每刻难以压制心头的怒火，我也想痛痛快快地拼一下，只是我牢记着团长在布置反"清乡"斗争会议上对我说的话："你们的任务是坚持，把共产党的旗帜，把新四军的旗帜坚持在'清乡'区里！坚持就是胜利！当然在有利的情况下可以袭击敌人，但同敌人硬拼就会犯原则性的错误。我相信你在最困难、最危险的时候能够不犯错误。"每当我怒火难遏的时候，仿佛团长就站在我的面前，用那炯炯发光的眼睛望着我……

白茆塘里潮水汹涌，鬼子的汽艇逆流而来，行驶很慢。小宋伏在田里数着，说是 3 艘汽艇上共有 60 多个敌人。侦察员陈必勇说："穿大佐军装，坐在汽艇头上的就是西尾，旁边戴草帽的就是钱阿惠。"

敌人在距我们 80 米的南渡桥上了岸，走到岳庙歇了一下，和庙里的敌人一起分成四股在岳庙周围"搜田"。

我们东边是白茆塘，塘上南渡桥被敌兵封锁住；西边是岳庙，墙上宣传"清乡"的"三分军事，七分政治"等大柏油字都可望到；北边二里就是归市据点，大路上敌人巡逻不绝。

一条大尾巴的黑色军犬张嘴伸舌的，在我们隔丘田里喘着唤着。我一看这条黑色军犬，心里就恼火，恨不得一枪打死它。前两天，马贞荷同志负伤被俘，被钱阿惠百般凌辱后，交到鬼子手中，西尾想尽办法诱降她，马贞荷坚贞不屈，被剥光衣服，反绑双手，系在汽艇后面拖进水里。在她将要停止呼吸时，又在清澄塘被拖上岸，西尾指挥军犬将她活活咬死。埋葬烈士的群众亲眼看到她心肺外露，血肉模糊。他们告诉我，咬死马贞荷同志的是一条大尾巴的黑狗。

对，就是它！这条恶狗一发现我们，"汪"的一声就窜到李排长头边，小马用枪托一击未中，它就逃回去了。我们知道情况不妙，立即转移。此时，隔着四五丘田的敌人也搜查过来了。鬼子向我们猛追，呼喊着："新四军兄弟好来西，皇军优待的。"白天，鬼子看到我们不到十个人，不难推测到我们粮尽弹绝，疲惫不堪，孤立无援，因此他们气焰十分嚣张，竟不发枪的企图活捉我们。

我们看清鬼子的弱点，向西撤到稻田里，鬼子穿着皮鞋只能缓慢地在泥泞的稻田里追赶我们，不到十分钟，就把他们丢到百多米外。轻伤员戴副支书和病员马明已走不动了，蒋班副和李排长背着他们走。钱阿惠在喊："投降吧，还要挣扎干什么！"特工们乱七八糟地向我们喊话，我们理也不理他们地走着。

我们再也奔不动的时候，就参差不齐地散开，沿着弯弯曲曲的稻田水沟伏下来。有些同志喘得透不出气，口渴到无法忍受，就舔着田里的臭泥水。李排长和蒋班副背着伤病员也跟上来了，距离我们 30 多米，我们把枪里剩下的子弹稀稀落落地向敌人打去，逼得敌人停下来。敌人也已经四肢无力，像野狗似地杂乱地趴伏下去，向我们猛烈地射击着。陈必勇负伤，头部和胸部有六七处在流血，小马用破衣替他包扎，还没有包扎好，陈必勇就牺牲了。沈怡和小宋向前爬去接应李排长和蒋班副，小宋和蒋班副抱着马明，而李排长却声色俱厉地对沈怡说："谁叫你上来的，赶快撤下去！"话声未了，敌人的枪榴弹"轰轰"地在他们周围连续爆炸。马明牺牲了，戴副支书又受了重伤，鲜血染红了青草，她坚毅地说："不要顾我了，不要……"李排长也被震得昏厥过去，趁着敌人机枪射击的间隙，陈班副奋不顾身地爬上去把李排长拖回，靠近水沟时，机枪子弹穿过了陈班副的腹部。我爬上去把陈班副的枪掷回来，拖下李排长。我们的子弹将打光，敌人又以密集队形冲了上来……

我号召大家用最后的力气撤退，叫小马和小宋拖着李排长向北边一大块玉米地里撤下去，约定在周桥会合，我带着小胡、窦方、沈怡和蒋班副向西撤退，为了掩护向北撤退的同志，将剩下的子弹向敌人打去，就再无一发子弹了，丧失了反击的能力。在敌人追击下奔跑了一里多路，恰好王勇联络团部回来，一遇着我们，就伏下来向敌人射击。

我们趁机连续蹚过了几条河，躺在棉田里休息，人人都筋疲力尽，脸如土色。窦方中暑，神志昏迷，衰弱无力地喘着粗气，不幸与我们永诀了。蒋班副悲恸地说："窦方姐妹三人一起参军，现在都为国捐躯了。"

一个农民急忙来报告说："敌人把你们包围了，赶快向北过河，别条路走不通了。"我站起来一看，东南西三面全是戴着黄帽子，帽后白布飘飘的人头。这个热心肠的农民说："我领你们走。"

我们游过了河，沈怡乏力得爬不上岸，我俯身下去拉她，敌人扔过来一只手榴弹，弹片炸断了我身侧的步枪柄，小腿也带了一点花，蒋班副认为我负伤了，用力拉着我的脚向后拖，我和沈怡脱手了，她又滑入河水里。

沈怡在河心中冒出水面，被两个鬼子下水捞了起来拖进棉田里去……我没有一颗子弹，急得光瞪眼，只好默默地宣誓："沈怡同志，我们一定要给你报仇！"

突出了200多个敌人的包围圈后，当夜我们在归市和徐市之间的归家坟，又遇到了10多个特工，手电筒光和密集的火力将我们钳住，逼得我和蒋班副、小胡借着黑夜的掩护分散突围，小胡中弹倒在东边田里，特工误把小胡认作我——游击小组的领导人了，小胡也就和他们纠缠着让我和蒋班副脱险了。

到了周桥，和蒋班副会合了小宋、小马，他们一见我们就放声大哭，我看不到李排长，就知道他凶多吉少了。

和我们分散以后，他们突出了包围圈，李排长刚一苏醒过来就问："区长呢？"小马说："向西撤退的，敌人正在追击。"他一听马上就晕过去了，小马、小宋急得手足无措，等李排长又苏醒过来，他们才扶着他兜过归市，天要黑时走到了陈吉观音堂附近田里。两人一商量：三五天粒米没有进嘴，人不是铁打的，小宋就想到庙里去弄些稀饭给李排长吃。小宋闷头向庙子走去。在庙外向里一望，只见王勇被吊在梁上，六七个特工在打他。小宋低头一看，又吓了一跳，就在他脚边的庙门口正有一个特工朝天躺着，乌油漆黑的一支快枪插在腰胯上。小宋忘掉了里边还有特工，扑上去抢到枪转身就逃。谁知心里一急，脚在门槛上一绊，跌了一跤，一骨碌爬起来，里面特工发枪打来，小宋向左边一闪，就拔脚飞奔……江家宅基和蒋介巷两地有几十个敌人围过来，石龚桥和南港桥的敌人自由车队也赶来，小马他们在敌人包围里转了半小时，转到了石龚桥附近，一条河阻拦着他们。李排长鼻孔流血，口吐鲜血，全身瘫痪，他双眼无神地望着小马说："你对区长说，我完不成任务了。你快过河去。手表你拿去，有机会交给我的女儿……"李排长脸色变得蜡黄，眼里溢出泪水，嘴在微动，但听不出他说了些什么……

小马和小宋再也讲不下去，默默地流着泪。小马说："毛病就出在小宋身上，冒失鬼，他缴枪后向西逃……"小宋难过地撇着嘴。过了一会儿，他把快机塞给我："区长，好枪好子弹，你用吧。小马小腿上带花了。"我摸着小马的伤口，子弹头还留在里面，这些叫人怜惜的少年本来都应该过着无忧无虑的生活，斗争召唤了他们，锻炼了他们，历尽艰辛，还是这样坚强，我禁不住唏嘘起来，连蒋班副也全身发颤地掉下眼泪来了。

31人的游击小组，只剩下4个人了，但是我们仍要坚强地斗争下去。

四

太阳西沉，袁子明带着姚林、吴和尚等几个群众送来了食物和药品。老袁问小宋："小马到哪里去了？"小宋吞着煮鸡蛋，打着噎回答说："昨天下午到红纱乡联络地方党员，现在还未回来。已经一天一夜了，真叫人担心。"老袁走过来拉拉我正在替蒋班副换药的手说："我去接小马。"我真不想过于烦劳老袁，但也担心小马，有些为难地说："烦劳你去一趟……"老袁转身就走了。

姚林正和小宋在谈着："……你们出生入死地斗争，叫我们日夜担心，我们天天到袁子明家里去打听你们的消息。想想吧，你们暂时撤退以后再跟着大部队打回来，也好少吃些苦；再想想呢，你们真要撤走我们老百姓心里就没有底了。又想你们走，又想你们不要走，真是难啊！"小宋也有个大人样子了，一本正经地说："我们苦，你们也不比我们好多少。我们不能撤退的，要坚持到胜利。"吴和尚问："什么时候会胜利？"小宋把手里的短笛一舞，说着："那还用问。老姚，你记得吧？上次开联欢会，我上台吹了一阵笛子，谭师长、任司令都说我吹得好，夸了我好半天。等胜利了，开祝捷大会，我再吹一阵，再让谭师长、任司令听听。"给小宋一提，我们几个人又怀念起谭震林、任天石等领导同志来了……

老袁在路上遇到了小马，一起回到田里来。小马沉郁不欢地坐在地上，小宋从她身边拿起小马枪，问她："小马，你怎么搞得这支枪的？"小马还是没有立即作声，过了一会儿，才捧着头慢吞吞地说：

"夜里我到红纱乡去，正想穿过沈市到董浜的大路，看到一个伪'清乡'警察在调戏一个妇女。我仔细一看确是只有一个'黑壳子'，就决心收拾他。枪里一颗子弹也没有了，只好偷偷走到附近，一个箭步冲到伪军身边，用枪托对准他脑袋打下去，谁知伪警发觉了，头一转，枪托打着他的肩膀。伪警放掉妇女转身把我拦腰抱住，我被他向上一耸，双脚离地跌倒了。搏斗了一阵，他占了上风，骑在我身上，一手抓住我头发一手握着拳头向我太阳穴猛打，我不由自主地怒骂起来，突然伪警缩手站起来，喊着我的名字……"

"谁！"小宋问。

"是我父亲。"

"你把他放掉了？"

小马拍一下那支新步枪，擦了擦掉下来的眼泪。

"他把枪给你了？"

"不，我没有吭声，我恨死了他，翻身起来，在地上拾起他的步枪，把子弹推上膛，一扣火，把他打死了。……我想想不要把他打死，教训他一顿也是可以的……"

小马把一个黄布公文袋交给我，袋里装着伪警的几封公函和一个手表。我知道小马的父亲是个40开外的破落地主，嫖赌吃喝，而且吸食毒品，"清乡"前逃出了根据地，当了伪"清乡"警察。小马是恨他的，但打死他，她内心也不免有些苦恼。我拿出手表给小马，对她说："小马，你这是大义灭亲，不要难过。"

等大家平静下来，就研究我们的行动方向。袁子明说："在田家坟堂把小胡抓去的那个特工，被你们公开镇压，真是人心振奋，尤其这个特工家乡姚路一带更是人人开心，个个拍手。姚路一带的老百姓天天在盼望着你们去活动，再收拾一些为非作歹的'地里鬼'！"

我派袁子明去找在雪沟塘释放的那个胆小的特工，了解特工头子钱阿惠的行动规律。老袁回来报告：钱阿惠每星期要到支塘去一次，向他上级汇报工作。去时有时坐独轮小车。最近十天内又要回家一次，回家时乘轮船到常熟，再坐汽车到苏州。我听了这个情况，心里立即形成了一个行动计划，又叫老袁送了一封信给这个特工，任务很简单：钱阿惠要拉夫推小车的时候，就把老袁拉去。

说起老袁，虽然只是一个普通的抗日农民，事实上是我们游击小组的热烈支持者，没有老袁以及老袁一样的群众，游击小组就没法生存下去。这次他也不顾家里老婆生病，每天推小车上归市据点。

那天，老袁推着钱阿惠和他的勤务兵走出归市东街，上了向支塘去的小路，一路就担心我们是不是能及时赶到。出市梢不到半里，看到前面三五十步外有两个人在路边摘棉花，老袁仔细一看，是小马和蒋班副，他就心跳得像要从喉咙里吐出，四肢发软。车快推到小马身边，见小马还不动手，他急坏了，就把脚步放慢，假说要小解。他的车子还未放下，小马从棉花袋里摸出快机从横里打过去，"砰"的一声，打中了勤务兵的胁下，小车向右翻身，钱阿惠四脚朝天地跌在地上，小车子压在他身上，他拼命喊："不要误会，我是钱阿惠。"老袁扑上去，双手向钱阿惠喉咙掐去，不料右手虎口揿在钱阿惠的嘴唇上，被一口咬住。老袁也不管疼痛使劲揿住钱阿惠的鼻子。钱阿惠却趁老袁不提防时，掏出手枪，顶住老袁的腹部，蒋班副眼明手快，窜过去把钱阿惠的手一撩，砰地一响，钱阿惠自己打了自己，胸口涌出血来，结束了他可耻的生命。

几分钟后，我们在敌人枪炮的欢送声里沿着雪沟塘凯旋，雪沟塘里水浪汹涌，冲击着岸坎，飞溅起白色的水花。青草上的露珠闪烁着银光。两岸棉稻田丘接丘的一望无边，在茂密的竹园和参差的树丛后面，虞山的远景隐隐可见。

这里的每寸土地都留下了我们游击小组的脚印，都洒遍了烈士的鲜血，我们感到自豪。四个人挺着胸膛伫立在河边，心里和清朗的早晨一样，充满了朝气……

烈士不朽，虞山长青！

（本文原名《游击小组》，在《常熟县报》1958 年 4 月 2 日至 6 月 18 日分 27 期刊载，后改此名，发表于《雨花》1958 年第 8 期）

苏常太抗日根据地的恢复工作

一

1941年春，苏德战争前夕，日寇为了加强在华中占领区的殖民统治，掠夺更多的人力、物力、财力，把中国变成它推行法西斯全球侵略战争、开辟"两个战场"、发动太平洋战争的后方基地，在侵华派遣军总司令畑俊六亲自主持下，伪国民政府主席汪精卫、伪江苏省政府主席李士群等成立了"清乡委员会"，制订了"清乡计划"，准备在我华中抗日根据地开展"清乡"运动。

在华中区域内的苏南敌后，以常熟为中心的苏常太抗日民主根据地，已经建立和初步巩固，这正像一把插在敌人胸膛里的锋利尖刀，成了敌人的心腹之患。因此，日伪在其"清乡计划"中，就决定了将苏常太地区作为第一期"清乡"的对象，妄图消灭在苏常太地区的新四军，彻底摧毁我抗日根据地，并企图从中取得直接经验后，再进而推开第二期（澄锡虞地区）、第三期（镇江地区）、第四期（通海地区）和太湖东南地区的"清乡"。

1941年7月1日，日伪在经过了充分的准备以后，正式宣布对苏常太地区开展"清乡"。这次"清乡"，是日伪在吸取了国民党向红军五次"围剿"和自己在东北、华北"扫荡"的经验，采用了所谓"三分军事、七分政治"的原则，实行了一次军事、政治、经济、文化的"总体战"：

在军事上，首先在苏常太地区的四周（北沿长江，西沿福山塘到常熟城，南沿周塘到肖泾，向东到太仓，再向东北经嘉定到浏河的长江边），用竹篱笆筑成"清乡"封锁线。在封锁线上的水陆要道处筑起了碉堡，设立了哨所（或检问所），特别重要的地方还架设了电网，把"封锁线"内的"清乡区"和其他地区隔离开来。在"清乡区"内，敌人集中了强大兵力①，普遍建立了"梅花桩"式的据点，并在每个乡、保建造了可以互相呼应的瞭望台，强迫群众配合日伪军警昼夜守望，构成了"清乡"军事网。以当时常熟抗日根据地中心地区的雪长区为例，全区徐市、董浜等 11 个农村集镇都建立了敌军的据点，并在渡船桥、张家面店、竹丝弄、时泾、聚魁闸、红沙坝、半路关帝庙、童家浜、鲇鱼口等水陆要道处设立了流动据点，许多村庄上都布置了兵力，在大树或屋顶上建立了 200 多个瞭望台，由此可见其军事网是如何的严密了。日伪对于这次"清乡"，是志在必得的。他们提出了"歼灭新四军，斩草除根"的战斗口号，倚仗了一时优势的兵力，采取分进合击，步步为营，和"搜""追""挤""防"等方法，反复"扫荡"，全面"清剿"，对苏常太抗日根据地的威胁极为严重。

在政治上，采取了强化伪政权（仍以雪长区为例，全区 19 个乡、镇普遍建立了伪政权），全面建立了保甲制度，挨户清查户口，实行"联保切结""爱乡连坐法"，颁发"良民证"等办法，并努力强化了伪警察、伪保安团队、伪自卫团队；普遍设立"特工站（组）"，推行"自新"政策；建立各种伪民众团体②。

在经济上，实行了统制垄断。大量发行伪币；强迫征购粮食、棉花等重

---

① 据当时获得的日伪情报资料记载：日伪共出动军事力量达 34150 余名，其中日寇（包括警备队、宪兵、特务等）3800 多名；伪军伪警 30350 多名（计有伪陆军 13 个单位，10900 余名；伪警和伪中央税警 2094 名；伪军士教导队 500 名，伪保安团、队 16388 名，伪和平义勇队 473 名；前三部分共配有重机枪 33 挺，轻机枪 2518 挺，步枪 9150 支，驳壳枪 100 支，手枪 280 支）。——作者原注

② 日伪"清乡"时，共出动特工，伪清乡政治工作团、伪宣传总队、伪社会运动指导委员会和党务人员近 8000 名；行政人员，包括封锁办事处、大检问所和县区两级伪组织人员，亦将近 8000 名。此外，还建立了许多民众团体，如中华模范青年队、女子青年团、青年复兴团、五育（德、智、体、群、美）社、青年会、爱乡会、东亚联盟会、新国民运动委员会等。——作者原注

要物资①；苛捐杂税，名目繁多，骇人听闻。

在文化上，加强奴化教育和欺骗宣传。如改编了全部教材，普设日语课为各类学校的必修课，创办了伪《江苏日报》《江南日报》《清乡新报》和许多黄色刊物；设有伪苏州广播电台。还有伪中日文化协会、社会科学研究社等等。

上述种种措施，都是为了配合军事行动，以残酷镇压和欺骗麻痹相结合，用软硬兼施的手段来实现其野蛮毒辣的血腥统治。

为了粉碎敌人的"清乡计划"，苏常太抗日民主根据地成立了以新四军六师十八旅政治部主任张英为主任的反"清乡"斗争委员会，统一领导全地区党、政、军各方面力量，开展反"清乡"斗争；曾在横泾区泗泾村召开了常熟、苏州两县边区的党员干部大会，号召全体共产党员不怕流血牺牲，坚决斗争，争取反"清乡"的最后胜利。同时，各县、区也都相应成立了反"清乡"斗争委员会。在"清乡区"坚持斗争的武装力量，有五十五团、苏常太警卫二团、县常备队和各区的警卫连等共计1000人左右。此外，还有各乡、镇不脱产的自卫队。

在艰苦复杂、尖锐残酷的形势下面，苏常太抗日根据地各级党政领导干部和全体军民，都表现出了高度的爱国主义精神和英雄气概，与敌人展开了殊死的斗争。中共苏常太工委书记杨浩庐、苏常太专署专员任天石、警卫二团团长兼常熟县长薛惠民、常熟县委书记杨增、苏州县委正副书记孟平和戈仰山、警卫二团副团长兼太仓县长郭曦晨、太仓县委书记杨子清等，日日夜夜站在反"清乡"斗争的第一线；尽管处在敌强我弱的不利形势下，广大军民始终保持了旺盛的斗志，不怕艰难困苦，不怕流血牺牲，英勇机智地与敌人开展了斗争。如袭击冯家桥据点，伏击伪十三师第七连，南港桥和永昌桥的反包围等几次战斗，都有力地打击了日伪的嚣张气焰，鼓舞了军民反"清乡"的信心。

---

① 常熟全县，1941年水稻面积130余万亩，平均单产240斤左右，总产量390万担，敌人强征军粮达240万担，占总产的61.5%。棉花面积40万亩，平均单产皮棉15斤，总产53000担，敌人强征棉花51000担，占总产的96.1%。——作者原注

常熟全县五个区（雪长、梅南、梅北、江城、吴里）的武装，采取了"化整为零"的战术，分编为若干游击小组，与日伪军警宪特开展了一个多月的搏斗，不但打破了敌人"十天消灭游击队"的计划，而且打垮了敌人推行的保甲制度；雪长、梅北两区的武装力量，在群众的配合下，还镇压了伪特工队长钱阿惠等 30 多名特务、伪军警和最反动的伪乡、保长。直到 7 月下旬，杨浩庐、任天石遵照新四军六师师长谭震林的电示，先行撤离了苏常太地区。接着，张英、薛惠民、杨增等，在领导武装力量和地方干部经过了极端困难环境中的艰苦斗争以后，又组织了最后的突围。

敌人妄想把"清乡区"内的新四军全部歼灭，可是，"铁篱笆难锁蛟龙"，不少同志历尽艰险，都安全地突围了。张英、薛惠民、江城区区委书记孙刚和副区长卢希、苏州县政府的王平、常熟县政府的朱爱秋和韦明、太仓县政府的李明，都是越过福山塘封锁线突围出去的；杨增、梅北区副区长任彩芬是利用"良民证"，通过检问所出去的；更多的同志在失去联系的情况下，则是独自为战，依靠了群众，突围出了封锁线的。在常熟负伤的一部分伤病员，如太仓县常备队指导员蒋福成、东塘市镇常备队副队长何德隆等，是在群众的掩护下，闯出"清乡区"的。

但是，毕竟由于敌我力量悬殊太大，再加上我们缺乏反"清乡"斗争的经验，领导思想上对反"清乡"斗争的艰巨性准备不足，把日伪"清乡"只看作一般性的"扫荡"，因而提出了"坚持原地斗争，咬紧牙关，度过两三个月，争取反'清乡'的胜利"等口号，致使我们在敌人的"清乡"运动中，遭到严重的损失：坚持在苏常太地区反"清乡"的武装力量，损失过半；党的组织遭到了严重的破坏。如常熟 123 个乡村党支部，只有一个半支部未被破坏。各县、区、乡的抗日民主政权都被摧毁。常熟全县被捕的军民（绝大多数是党政、财经、文教干部和职工、青年、妇女、医师、宗教、农民、渔民等各界抗日协会的积极分子）达 5 万余人，其中被移解到苏州、南京、蚌埠等外地监禁或做苦工的，就有郭曦晨、警卫团战士陆小连、抗日自卫队的顾金、徐君明等 2000 余人；受到严刑而成残疾的如乡长王天仁、军属陆和尚等亦有 2000 余人。在战斗中牺牲，或被捕后遭杀害及病死在狱中的有太仓县委书记杨子清，常熟县抗日自卫队总队长苘春华，常熟县委组织部长孙学明，雪长区正、副区委书记周醒民、邵福生，区委委员诸开琛，区政府文书邵岐昌，梅南区副区长王洪志，吴里区副区长黄冠亚，县情报站长杨子兴，董浜交通站长陈关林等 500 余人。警卫二团教导员黄之平，被敌包围，身负重伤，用最后一枚手榴弹，与妄想活捉他的四个鬼子同归于尽，真是气壮山河。东塘市镇"抗联"主席徐青萍，被捕后屡受酷刑和利诱，但坚不投降，临刑前被插了斩旗游街示众。他视死如归，一路高呼"打倒日本强盗"的口号，慷慨就义。

苏常太地区在"清乡"初期，是吃了敌人的亏的：根据地变成了空白区，变成了日伪实行法西斯血腥统治的"清乡区"。但是，这不过是一个时期内的暂时失败而已。此后，我党在其他地区所进行的第二期、第三期、第四期的反"清乡"斗争，就由于接受了苏常太地区反"清乡"斗争的经验教训，而大大减少了损失，并且还能最后取得彻底胜利；就是对于苏常太地区本身来说，也正如谭震林同志在当时就说过的那样："我们在苏常太被敌剃了个光头。但剃光了头，头发还是要生出来的。"我们从中获得了锻炼，决心要重整旗鼓，排除万难，去进行恢复工作。

二

1941 年冬，在中共苏中区党委和四地委领导下，成立了江南工作委员会（对外称江南办事处），由任天石负责，着手进行苏常太抗日根据地恢复工作的准备。

苏常太地区地处沪宁线的北侧，是敌伪顽我必争的战略要地。我们要恢复；而敌伪在完成军事"清乡"之后，要继续强化治安，把它搞成典型的"清乡模范区"，它还利用国民党"忠救"反共的本性，狼狈为奸，来对付我们；国民党的所谓游击队，也正欲利用这个机会，加速其反共投降妥协的阴谋活动。处于三角斗争的尖锐复杂的形势下，我们的恢复工作是非常艰巨的，难度很大。

苏常太地区恢复工作的步骤是：巩固通海根据地，建立恢复工作的隔江领导机构及前进基点；用孙悟空钻进妖精肚子里的战术，在"清乡区"开展秘密工作；同时，在通海区培训武装政治工作队骨干，一俟时机成熟，即渡江南下，展开武装斗争，恢复游击区，进而重建根据地。

1942 年春，中共通海工委成立，任天石化名赵济民，任工委书记兼通海行署副主任。他从原苏常太地区在反"清乡"斗争时突围出来的人员中，选调了一批干部，参加恢复工作。他们"立足江北，面向江南"，一面在通海地区工作，一面形成了一套恢复苏常太地区的工作班子。其中，如卢希化名陈行之，任通海行署人事科长，葛军化名吴明[①]，任行署工农科长；卢伯威化名沈钧英，任行署财政科长，杨增化名冯扶钟，任通海自卫团政治部主任。

在恢复工作的所有准备工作中，有一项首要的工作，就是在长江北岸挑选一适当的地点开展港口工作，以建立南下的前进基点。经过研究，认为海门县的大安港、竖泾瀁等港口，与常熟的白茆口、高浦口、浒浦口等口岸隔江相对，地理条件较好；而且周围一带的游击区搞得还不太"红"，目标并不太显露，以此为基点，不会引起敌人敏感，估计不到我欲南下江南的意图。于是，便决定了大安港为建立恢复苏常太工作的后方基地，由任天石先后率领了杨增、葛军前去开展港口工作。在大安港的主要工作：一是培养积极分子。其中有医生刘瑞麟、教员张锦文等一批拥护新四军的爱国人士；还有来往上海的山地货商人，跑单帮的"节节通"人物。二是开展争取汪伪军政上层人物的工作，团结进步力量，争取中间势力，孤立顽固分子；广交朋友，化阻力为"助力"。其中有刘子安等几个伪乡长和一些"脚路粗，兜得转"的人物都和我们建立了关系。三是打通去上海的交通线。当时因为敌人封锁了长江，禁止船只南北往来，断绝水上交通，不能直接渡江到达江南"清乡区"，而且为了防止敌人发觉我们南下的意图，便设法打通了到上海的一条交通线，由上海再到苏常太地区。其中有一般关系的民船，也有特别可靠的"交通船"，持有合法的证件，可以避免敌人的检查，在吴淞靠岸进入

---

① 文中葛军、吴明、刘瑞华均是仲国鋆当时在不同场合、不同时间段，分别使用的化名。——编者注

上海。周亦航、任彩芬、王涓、史浪萍等都是通过这条线经上海到苏常太地区的。四是动员一批青年参加汤景延为团长的通海抗日自卫团。五是做争取长江土匪周启才部队工作。任天石、汤景延派徐政、朱英去周部做了一个时期工作，将其改编为汤团的外围部队，控制在手里，为以后沟通长江南北的水上交通消除了阻力。

通过各种途径了解苏常太地区当时的情况，也是做好恢复工作的重要的准备工作。一开始，杨增和原太仓璜泾区副区长王瑞龙，就曾秘密回到过常熟县的浒浦镇。杨增化装商人，在镇上开了一爿小店，不久即又调回通海地区。王瑞龙以教师职业为掩护，继续在当地坚持地下活动。他们在常熟，通过地下党员朱青，与隐蔽在梅李的原吴里区区委书记顾丽沧接上关系，又由顾联系上高浦口的原当地乡干部包昆林。另外，在通海地区的任天石分别和葛军、陈行之、沈钧英等一起具名向江南（包括苏常昆太和沪锡等地）的一些上层人士发信，进行统战，并借通信往来了解有关情况。这些信件，有的是用暗语写的，有的公开直接写明内容，也有的是密写的，在江南邮寄或直接派人送上门。经过一个时期工作，就和一部分上层人士如徐翰青、王志诚、陈旭轮、毛柏生、江月华、刘汝桎、黄谦斋、顾骋寰、马纪九等取得了联系。不过，有一些人只是表示赞成抗日，不敢有所活动。当然，也有少数人接到我们信后，就去向敌人报告，表现反动的。

不久，六师师部给通海自卫团调来了原在苏常太地区活动的李文魁、王明生，带了一个主力连来。至此，作为恢复苏常太地区的一些必要的准备工作，都已大体就绪。到1942年秋冬间，在通海地区沿江一带，尤其是大安港与青龙港之间，已广泛深入地发动和组织了群众，建立了民主政权。通海自卫团和崇明警卫团配合作战，横扫伪军顽军，肃清了土匪，为苏常太地区的恢复工作，奠定了稳固的后方基地，搭起了渡江南下的跳板。

三

日伪的"清乡"运动转到第二期（澄锡虞地区）、第三期（镇江地区）

的时候，在苏常太地区部署的兵力虽已大为减少，但仍在疯狂地进行所谓"清乡模范区"的活动。"清乡模范区"的标准是：①肃清了我党、我军，摧毁了我根据地；②没有群众性的"骚乱""暴动"发生；③各种伪组织和保甲制度已经巩固；④各种反动的政策法令可以顺利推行。因此，在苏常太地区范围内，依然据点林立，特务横行，并且在不断地强化保甲制度，加强对"自新户"的控制，进一步把残酷镇压和欺骗宣传结合了起来，把恐怖行动和怀柔手段结合了起来，实行法西斯统治。

工委经过了一段时间的调查研究，在掌握了情况之后，明确地作出了如下结论：在这种特定的历史条件和斗争形势下，不可能马上派出干部和武工队到"清乡区"去开展武装斗争，只能先进行秘密工作，而后开展武工活动，于是决定：以秘工人员为先导，进入"清乡区"，寻找失掉联系的党员、干部，恢复党的组织和各种外围组织，执行统战政策，稳扎稳打地开展地下工作，团结一切抗日力量，为恢复游击区，重建根据地而斗争。

回到"清乡区"做秘密工作的干部，大多曾在苏常太抗日根据地党政系统中担任过公开职务，面目较"红"，有的还正在被敌人悬赏通缉。虽有困难，但有利条件也很多，他们对情况熟悉，有较多的社会关系和较好的群众基础。他们在渡江南下之前，都经过了一番刻苦钻研、分析敌情、熟悉敌伪政策法令的过程；还学习了《秘工人员守则》《秘工纪律》，掌握了地下工作的方式方法。并且，事先为以后到"清乡区"工作的合法化、职业化、家庭化做好了必要的准备，以便能报进户口，隐蔽下来，站稳脚跟，开展工作。

苏常太地区的秘密工作，有计划、有步骤地进行着。常熟的秘密工作，先后形成了四条线：

第一条线以区特派员周亦航和政治交通戴志芳（戴坚）为主，任务是开展农村集镇的地下工作，并兼顾沈市、古里、苏尖、森泉、珍门等地区，尽快地选择几个地形好、有群众基础、保甲长为我控制、没有敌人坐探的村落，作为以后武工队南下的活动基地和隐蔽的宿营地。周亦航把仲二二的"良民证"改成了"仲志和"的，冒险通过了检问所的盘问，在沈市瞒过了伪警察，报进了户口。戴志芳也是用假证件到了沈市后，再从伪警署中换到了真证件，把脚跟站定的。

第二条线以王瑞龙为主，任务是开展城镇点线工作，侧重在与反"清乡"斗争中分散隐蔽在据点里的人员接上关系，做长期斗争的准备。朱青、顾丽沧等都是这条线联系上的。这条线上要求执行严格的单线联系，"只有纵的关系，没有横的关系"。

第三条线以戈仰山为主，以白茆、东塘市等地为基地，开展农村秘工活动。经过考察、了解，逐步恢复了严云山、朱森林、赵刚、唐金书等的党员关系，并重建了党的小组和支部。这些支部，除了要积极准备武工队南下后的宿营地以外，还有三项工作：①确定对象，准备在日后随时参加武工队；②选择和安排搞情报工作的人员；③选择对象，准备在日后为武工队带路送信。

第四条线以包昆林为主，任务是做好高浦口的港口工作，以反"清乡"斗争中保存下来的半个支部为基础，团结一批农民、渔民积极分子（有吴仲达、夏仁华、陆小康、章建中、毛关涛等），并组织了不脱产的地下武装小组，为迎接武工队从大安港渡江南下在高浦口登陆进入"清乡区"做好充分准备。党支部必须保证武工队登陆的安全和建立完全可靠的宿营地。

除了这四条线以外，还有一部分秘工人员，则属任天石或其他领导同志直接领导，也有双重领导的，如王涓、归行素、朱正谊、刘群、苏小梅等。所有从事秘密工作的同志，都贯彻执行了"隐蔽精干、长期埋伏、积蓄力量、以待时机"的方针，直接或间接为开展武装斗争而努力工作。

苏州的秘密工作，以苏州县特派员吴明为主，立足苏州，面向农村（苏常昆太的阳澄湖地区），一切为了恢复武装斗争而努力。

苏州是日伪统治京（南京）沪地区的心脏，"清乡"的中心（大本营），伪江苏省的省会。城内日伪军警宪特的机关林立，省级以上的伪机关也不少。如，日苏州地区"清乡"最高司令部、日苏州地区警备司令部、日苏州地区宪兵队、日苏州宪兵队、日苏州领事馆、日华中舰队苏州办事处、日空军情报站、日军事报道部、伪"清乡"参谋团、伪第一方面军苏办、伪第一集团军苏办、伪第二军司令部、伪第三师师部、伪第十师师部、伪省保安司令部、伪省会警察局、特工站、伪清乡封锁总办事处、伪国民党江苏省党部、伪中央宣传团宣传总队、伪清乡政工团、伪省社会运动指导委员会等，都设在这里。苏州附近的阳澄湖，又是胡肇汉的"老巢"。胡肇汉是一只既是"忠救"又是伪军的"双皮老虎"，杀人如麻。如果新四军被他抓住了，就会被绑在电杆木上割舌头、挖眼睛，残忍至极。他部下的守备大队长朱康如，盘踞在阳澄湖边上的悬珠当伪乡长，又是伪自卫团长、联防大队长，独霸一方。

吴明化名刘瑞华，以行医为掩护，与何克希司令的勤务员卢菊泉南下到达苏州后，首先以唯亭卢菊泉的老家为立足点，又在苏州城内开设"仁济诊所"，建立了临时立足点；而后进入悬珠，与黄静怡一起挂牌行医，开展了一系列的秘密活动。当时在苏州，先后共有过五条秘密工作的无形战线：一条线是打入敌人内部的。如在汪伪"清乡"政工团团部任秘书的吴中，曾将敌人绝密的"太湖东南地区清乡计划"交吴鸿海密写后送至苏北。再一条线是在工人、文教界人士等群众中间。在工人中曾发动过黄包车夫、丝织业工人和庙宇寺院的"香火"，进行罢工、游行、请愿等活动。在文教界中，曾根据"有理有利有节"的原则，组织教师罢课、请愿，与敌伪开展了合法斗争。还有一条线是在敌人监狱中的。"清乡"时被捕的党员、干部、群众，有不少被关在苏州的狮子口监狱、桃花坞监狱、司前街监狱和慕家花园的大房子里。通过打入伪组织内部的同志、统战对象和被捕同志的家属，在探监时，对狱中的同志送衣服、食品，进行慰问，鼓舞斗志。如对郭曦晨、唐善余、顾金、陈锡范等数十位同志，狱外的同志都曾去做过工作。黄冠亚、陈榕楷、杨志刚等在狱中还自发地组织过秘密支部，并曾打算发动越狱，后因被移解至南京老虎桥监狱而未成（后来，被捕的同志大多被押送到浦口去做苦工，或去蚌埠开煤，曾经有过两次大暴动，其中一次是在蚌埠开煤的同志组织的暴动，夺掉了敌卫兵的武器越狱后，又遭到了敌人的疯狂追击、残酷镇压，只逃出了十几个人，其余三四百人均告牺牲；其中大多数是在苏常昆太工作过的同志。常熟同志中间生还的仅徐市的顾金和吴市的陆小连等四五人）。第四条线是在农村中活动的，目的是在吴县阳澄湖的悬珠和昆山的西古等地逐步建立基点。第五条线是江南工委另外安排的赵权之、徐懋德等组成的"后备力量"。稍后，在常熟工作的周亦航和戴志芳，将所负责的农村集镇和农村工作，分别移交给王瑞、戈仰山后，也调到了苏州，他们立足在浒墅关，与徐等在一起，3 个人组成了苏浒工委，也是一支后备力量。

昆山和太仓方面的秘密工作，有点线工作人员和政治交通魏旭东、卢毅、朱掌云、李涵真、史浪萍等在活动。他们还负有一个特别任务：在昆山的铁路南边，创建一个小型的隐蔽的游击根据地，作为日后江南工委南下后的领导机关的基地；经过研究选择，确定了以夏驾桥、陆家浜和茜墩之间的所谓"清乡模范乡"——西古乡为目标，由钱序阳等去着手进行小型游击根据地的建设工作，把敌人的"模范乡"，变成我们的"保险箱"。

后来，四地委举办了秘工人员训练班，抽调了一批在"清乡区"活动的地下党员去培训；江南工委也不断地帮助秘工人员总结经验，以求提高。江南工委在总结中曾经指出："地下工作没有什么神秘，只要对党的事业无限忠诚，坚决执行党的指示，严守秘工守则和纪律，胆大心细，因地因时制宜，创造性地运用各种隐蔽、灵活的工作方法，就能成为一个优秀的地下工作者。"地下工作人员在无形战线上进行的卓有成效的斗争，大大地缩短了恢复工作的进程。群众是土地，他们就像是种子；种子一落到土地上，就能生根、发芽、开花、结果。他们的工作是非常出色的。但是，在他们中间，也有像王明生等极少数的一些干部，离开了党和群众的监督，在独处一方工作的时候，经不起剥削阶级的腐朽思想的侵蚀，随波逐流，蜕化变质，使革命事业遭到了不应有的损失。

苏常太地区经过一段时间的秘密工作之后，到 1942 年冬，仅在常熟县，就已重新建立了 13 个党支部（小组），有 120 名党员恢复了组织关系，与 100 多名愿意或同情抗日的上层人士建立了联系，并同数十名伪军营连长、伪区乡长建立了"两面派"关系。高浦口的港口工作已建立，还建立了两个隐蔽的"活动点"，只等我武工队渡江南来。在梅南、梅北和白茆塘东，已形成了徐家老宅基、湖泾等三个自然村庄对敌保密而对村民公开的"红色堡垒"。从整个地区来说，地下党员从少到多，党的组织和外围组织从小到大，秘密工作由点到线、有些地带已由点线发展到面，也已为地下党坚持长期的斗争和恢复武装斗争创造了比较安全而又良好的条件。

1943 年初，任天石派薛惠民化名黄皓，由通海地区转到外线，在上海化装成为商人，代表江南工委，加强对苏常昆太的秘密工作和即将在常熟开展的武装恢复工作的领导。这时，上级党对苏常太地区恢复工作的领导，便从隔江领导转到了在上海的外线领导。

四

薛惠民在上海召开了一次秘密会议，徐政、戈仰山、吴明、周亦航、钱鸥、包昆林等都参加了这次会议。薛惠民传达了地委和工委关于苏常太地区当前斗争形势和任务的意见，指出：武工队开始活动以后，党的秘密工作和武装斗争两者是并重的。武工队在领导群众进行合法斗争和依靠基本群众加强统一战线工作以后，对伪军、伪组织进行分化与争取时，两者要有机配合；并且必须执行长期隐蔽，积蓄力量，待机而动，适可而止和军事斗争要同合法斗争相结合的原则。会上还确定了武工队进入"清乡区"的行动计划。最后，薛惠民再三嘱咐徐政：在武工队活动中，不能单一运用武装斗争的方式，不能过分刺激敌人，尽可能把武装斗争和秘密斗争结合起来，在麻痹敌人中削弱敌人，在斗争中壮大自己。会后，根据薛惠民的意见，吴明领着徐政，先到苏州（徐政以商人身份已在苏州城内建立了立足点），经阳澄湖吴家村，到李市万团圩，再到东张二里湾和高浦口，去熟悉几个关系人，同时察看地势，熟悉这一带的地理环境。吴明把高浦口以东、沿江封锁线外的几个社会关系，如两面派伪保长徐兆林、医生徐中和、长江船户朱小成等介绍给了徐政，为武工队偷渡长江做好准备，以防万一。若是遇到意外，不能在高浦口上岸时，就可以运用这些关系。

不久，任天石调苏中区党委工作，苏常太地区的恢复工作主要便由薛惠民负责。5 月，徐政、朱英率领武工队员，共 12 人，从大安港渡江南下到高浦口上岸，在秘密党支部的紧密配合下，进入了"清乡区"，驻高浦口的日伪竟毫无觉察。大安港到高浦口，从此便成了我砸不烂的水上交通线。

武工队一开始就得到了农村党组织的支持，与群众建立了密切的联系，成了一支不可战胜的队伍。武工队是武装的政治工作队，也是进行军事、政治、经济、文化一元化斗争的小型游击队。每个武工队员既是战斗员又是宣传员，也是群众工作的组织者和领导者。江南工委从这些实际情况出发，作出决定：把在武工队活动区内农村党的组织划归武工队领导，城镇工作仍归秘工领导；恢复游击区的工作，分成武工和秘工两个系统进行。

到了冬天，薛惠民在上海又召开了一次秘密会议。会上，根据斗争形势的发展，确定了新的斗争任务：从地方党员和积极分子中选择对象，适当扩大武工队；划分吴市等7个区为基本活动区，筹建区武工小组。并决定朱英任武工队长，徐政任副队长；朱英、徐政、戈仰山三人组成领导小组；徐政任武工队党的书记；戈仰山负责农村党组织的整顿和建设；吴明任昆山县的县特派员兼特支书记。在西古乡建立隐蔽基地的任务，也列入了工作重点。

会后，常熟先后建立了7个区的武工组。各组的组长是：梅（李）福（山）区王瑞龙，吴（市）徐（市）区包昆林，古（里）沈（市）区赵权之，东（塘市）横（泾）区卢毅，李（市）白（茆）区俞玉铭，何（市）项（桥）区朱青，任（阳）石（牌）区徐政（兼）。他们在斗争中，又进一步恢复了农村党员关系，培养了积极分子，并吸收了一部分党员和知识青年参加工作和武装斗争。如梅福区的姚崇俭、姚周吉、钱芬、钱洪、缪元、李琴等，都是在这个时候重新与党接上关系或参加工作的。

接着，工委又在苏北根据地举办了轮训班，有计划地分批抽调武工队员去学习。轮训班由任天石亲自负责，学习时事、政治和党的政策，总结斗争经验，并进行气节教育。由于轮训的内容密切结合实际斗争的情况，武工队员的政治、军事水平有了显著提高，掌握对敌斗争的策略也更加成熟。

1944年的春夏间，昆山南部的西古乡已建成为名副其实的"保险箱"了。伪乡长兼自卫队长、"爱乡会"长钱序阳、宅前伪保长赵福生等都是地下党员，又有很多积极分子和坚实的群众基础，而日伪却仍把这里当作"模范乡"，经常表扬、奖励。薛惠民经常在这里进进出出，并召开秘密会议。

在一次会议上，薛惠民根据武工队活动范围已扩大到 7 个区、89 个乡镇的情况，决定将武工队扩大为常熟县武工大队，对外称苏常昆太武工队，由朱英任大队长，徐政任武委书记兼大队副，朱兴任中队长，糜祥祥任分队长，江祺生、陆小康任短枪班正副班长，吴鹤、陆小连分别任步枪班第一、第二班班长。同时，把昆山的李涵真、樊秋声，悬珠的卢菊泉，调到武工队，为以后开展昆山、阳澄湖地区的武装斗争准备骨干。并决定各区设立区办事处，武工组长为主任。参加这次会议的有戈仰山、朱英、徐政、吴明、徐英等。以后又增加了一个梅南区，主任为周亦航。

不久，武工大队便发展到了 120 多人，骨干是参加过反"清乡"斗争的一些老同志，以后在艰苦的斗争过程中又逐步充实了一批党员、农村积极分子和城镇知识青年。这些同志的政治素质和身体条件都比较好，据对 115 名武工队员的统计，其中党员占 75%；工农出身的占 80%，学生出身的占 17%，自由职业和其他成分的占 3%；30 岁以上的 11 人，20 岁到 30 岁的 97 人，20 岁以下的 7 人。

1944 年夏，薛惠民从昆山到常熟。先由吴明陪同他到了李市，隐蔽在一个伪保长王桂生（地下工作人员）家里，朱英、徐政已为他准备了一支快慢机和 15 发子弹。从此，薛惠民就直接领导着武工队，为扩大游击区而斗争。武工队在斗争中与广大群众结成了血肉关系，神出鬼没地打击敌人，打得敌人心惊肉跳，坐卧不安，"模范区"成了"麻烦区"。

秋熟登场后，汪伪政权和常熟的地主、恶霸在日寇支持下，在支塘、徐市、东塘市、练塘、福山、塘桥、乐余等地分设了 39 处租栈，实行武装收租，杀气腾腾，敲骨吸髓地吮吸农民血汗。吴市伪区长杨振亚和伪乡长王宇平当了正副租栈主任，竟下令逮捕吴仲达、陈保华、施小庆、毛关涛等。武工队一面发动群众以合法斗争的手段，不许敌伪横征暴敛，一面作出了决定，袭击吴市镇，以打击敌人的疯狂气焰。

冬至那一天的下午，徐政、朱英带领了 15 名武工队员，化装成日伪军，大摇大摆地走进了吴市镇，包昆林和陆小连走在队伍前头。武工队先闯到伪区公所，把所有赋册、租赋通知书堆在天井里焚烧一尽。接着又一枪未发地进入了西北街伪警署，缴获了全部武器，计 12 支长、短枪。经过一番搜索，又抓到了杨、王两人。杨振亚被捕后想挣脱逃跑，被吴鹤当场击毙；王宇平被押至西操场公审。徐政代表武工队当众宣布了杨、王两逆的罪行，立即将王逆就地处死，操场上站满了群众，兴高采烈，掌声不绝。这就是后来人们盛传的武工队奇袭吴市镇的大体经过情况。武工队奇袭吴市的胜利，不但打破了日伪全面武装征收租赋的计划，给敌人一个沉重的打击，而且对敌占区的人民，带来了很大的鼓舞。以后，各区武工组纷纷出击，警告和打击为非作歹的汪伪人员，组织群众在一夜间把福山塘上和长江边残存的"清乡"篱笆，一根不留地全部拔掉。日伪在 1941 年冬天，曾经目空一切地宣称，苏常太地区是"清乡模范区"，但没有多久，这个所谓"模范区"，不论在形式上还是实质上，便宣告寿终正寝了。

据对这一时期内武工队经常活动的 59 个乡镇统计，建立起"两面派"关系的，伪乡、镇长已有 47 名，占伪乡、镇长总数 80%；伪保长有 360 名，占总数的 90%。其所属的乡（镇）自卫队大都已被我分化瓦解，名存实亡。只有为数不多的几个较大市镇的伪地方政权与武装，尚在负隅顽抗。各地群众反征粮、反收租、反苛捐杂税的斗争，此伏彼起，正在蓬勃发展。当时常熟全县驻有敌宪兵 75 名，警备队 150 名，伪保安队 450 名，伪警察 400 名，武装特工人员、特务人员约 200 名，军警宪特总共约有 1300 名，与 1941 年"清乡"时的兵力相比，不到 1/10。敌人要以这千余名兵力来统治 2018 平方公里、14 个区、219 个乡镇的常熟，这在党领导下经过残酷斗争锻炼的近百万常熟人民面前，就显然是十分困难的。苏常太地区的人民经历了"清乡"的苦难后，对恢复游击区，重建根据地和抗战必胜的前途，都有了新的认识，增强了斗争的勇气和信心。

1944 年冬天至 1945 年的年初，敌人从常熟、太仓、昆山等地纠集了日伪军警宪特 1300 名，对苏常太游击区的中心区进行冬季"大扫荡"，并且扬言："这次大扫荡就是第二次清乡。不消灭武工队，决不收兵。""大扫荡"开始，便采取了老一套的先扫荡边区、后"围剿"中心区的战术，在梅福区、何项区、东横区的边沿地带扫荡，向中心区包围收拢。当时薛惠民正要去苏北参加地委的会议，临行时对反"扫荡"作了部署，确定"武工大队在必要时可主动撤离常熟，避实就虚，并在可能情况下争取从任阳向南发展，去昆山的陆家桥、周墅一带活动，扩大游击区"。根据薛惠民部署的方针，反"扫荡"开始后，武工队出其不意，在中心区集合了一支120人，装备齐全的队伍，就在白天出现在梅李、珍门沈市、董浜一带，威胁这些敌驻军不多的据点。董浜伪军分队派出了3名士兵下乡催粮，被武工队活捉，经教育后释放。有的地方还镇压了几个坚持反动拒不悔改的伪警察、伪乡长。敌人"扫荡"了10天，仅李白区武工组宋志雄牺牲和梅福区刘元吉等少数人被捕，各区的武工组和党组织均安全无事；武工队员和地方干部唐金书、朱森林、吴泰源、曹祖福、顾新、陆根兴等许多同志，在斗争中坚定沉着，机智勇敢，都出色地完成了交给他们的任务。后来，敌人在中心区把兵力分成了数十股，每股由鬼子、伪军、伪警和特工混合组成，又分散"清剿"了近十天，最后也是一无所获。我县区的武工队已集中行动跳出了中心区，在东张、归市、何市等地活动，既避开了敌人，又开辟了新区。武工队集中了120人一起行动，也是在"清乡"以后的第一次，给群众的鼓舞，产生的力量却是无穷的。当时正值隆冬，大雪纷飞，冰封大地，寒气逼人，大多数同志还身穿夹衣，不少人患了感冒，天天喝姜汤、吃蒜头，与疾病搏斗。王瑞龙因疲劳过度，肺病复发，口吐鲜血，仍坚持不离队。

有一天上午，武工队被日寇包围在半路关帝庙附近的一个村庄里，但大家沉着坚定、勇敢机智地从敌人火力薄弱地段进行突围，突围后且战且退，拔掉了八条木桥面，阻止了敌人追击，结果无一伤亡，仅仅损失了120个背包。当武工队又回到湖泾时，湖泾支部书记沈志明和党员高明宝、高永明等，已发动群众，把铺草、被子、饭菜都准备好了。之后，敌人又集中兵力到边沿区去盲目"扫荡"多日，而我武工队却早已化整为零，分组返回到中心区打游击去了。最后，敌人因兵力有限，且已疲惫不堪，不得不收兵回去。这一次敌人大吹大擂的"大扫荡"，就这样被我抗日军民彻底粉碎了，这就说明了敌人已经处在"强弩之末"的困境，这一次是敌人在"清乡"后的第一次"大扫荡"，也是最后一次的"大扫荡"。敌人失败，我们胜利了，这就使苏常太地区的斗争形势立即改观。这是从恢复游击区到重建根据地的一个转折点。

1944年底，中共苏中六地委成立，钱敏任地委书记，任天石、包厚昌等为常委。不久，苏常太工委在苏北正式成立，薛惠民任工委书记，杨增、陈刚为委员。自此，在六地委和苏常太工委的领导下，苏常太地区的抗日斗争又进入了一个新的阶段。

1981 年 5 月

（原载中共常熟市委党史工作办公室编《常熟革命文史资料》
"中国共产党成立六十周年纪念特辑"，1981 年 7 月版）

我在苏州做过地下工作之一

一

1939年春夏间，新四军东进部队番号为江南抗日义勇军，简称"江抗"，梅光迪、叶飞、何克希为正、副总指挥，从江阴、无锡境内挺进到苏州、常熟地区，同"民抗"即任天石、薛惠民部队和"新六梯团"即陈震寰、周文在部队等地方武装会师以后，进一步发展了敌后抗日游击战争，扩大了游击区。常熟地区的整个东乡和以阳澄湖为中心的苏州地区连成一片，杨浩庐撰写的《斗争史纪要》中说，这是"第一次大发展"时期。

在1939年秋，"江抗"包括编入了"江抗"的地方武装西移以后，成立了江南抗日义勇军东路司令部，夏光任司令，杨浩庐任副司令（政委）兼政治部主任。东路是指江阴、无锡、常熟、苏州、太仓、昆山、青浦等地区。在苏州、常熟地区重建部队，当时称"新江抗""新民抗"。《斗争史纪要》中说，这是重建武装，坚持敌后斗争，"从发展到坚持"的时期。

到1940年4月，新四军军部派谭震林来苏州、常熟地区，统一领导东路的工作，将江南抗日义勇军东路司令部改为江南抗日救国军司令部，仍简称"江抗"，谭震林任司令兼政委，并成立了中共苏南区党委，谭兼任书记。原属上海地下党系统的地方党组织中共东路特委，划归苏南区党委领导。从此，以常熟、苏州为基地，以"江抗"东路部队为主力，东向太仓扩展，西面开创了澄锡虞地区，扩大游击区，建设根据地。1941年1月皖南事变后，苏南部队编为新四军第六师，谭震林任师长兼政委。并先后成立了江南保安司令部和苏南行政委员会，何克希任司令、主任。苏州、常熟、太仓地区建立了中共苏常太工作委员会，杨浩庐任书记，成立了苏南第一行政督察专员公署，简称苏常太专署，任天石任专员；建立了苏南保安司令部警卫二团，薛惠民任团长。苏常太专署下辖常熟县，县长先是任天石，后是薛惠民兼任，副县长吴宗馨；苏州县县长先是浦清，后是任天石兼任，副县长周鼎；太仓县县长郭曦晨；并曾建立过阳澄县，县长陈鹤。此外，昆山县曾建立县行政委员会，陶一球任主任。《斗争史纪要》中说，这是苏常太地区"第二次大发展"，并开始抗日根据地建设的时期。

1941 年 7 月开始，苏常太地区进行了艰苦卓绝的反"清乡"斗争。以常熟为中心的苏常太根据地各部党政军领导干部和全体军民，与敌人展开了殊死的斗争。在尖锐残酷的形势下面，经过了极端困难环境中的艰苦斗争以后，被迫组织了突围转移。苏常太地区在反"清乡"之初，是吃了敌人的亏的，根据地变成了"空白区"，变成了日伪实行法西斯统治的"清乡"区。但是，这不过是一个时期的暂时的失利而已。《斗争史纪要》中说，这是苏常太根据地坚持反"清乡"斗争，最后突围"战略转移"的时期。

1941 年冬，在中共苏中区党委和四地委领导下，建立了中共江南工作委员会，由任天石负责，在苏中（南）通海（门）地区，进行着苏常太抗日根据地恢复工作的准备。恢复工作的大体步骤是：巩固通海根据地，建立恢复工作的隔江领导机构及前进基地，以秘密工作为先导，进入"清乡"区；同时在通海地区培训武装政治工作队骨干，一旦时机成熟，即渡江南下，开展武装斗争，恢复游击区，进而重建根据地。因此，在 1942 年春，任天石化名赵济民（亦化名康平），担任中共通海工委书记兼通海行署副主任，并从原苏常太地区反"清乡"斗争中突围出来的人员中，选调了一批干部（先是 9 名，后增加到近 20 名），"立足江北，面向江南"，一面在通海根据地工作，一面进行苏常太地区恢复工作。其中，如顾淑娟化名陈行之（女），任通海行署人事科长，我化名葛军兼化名吴明，任行署工农科长；卢伯威化名沈钧英，任行署财政科长；原常熟县委书记杨增化名冯扶钟，任通海自卫团政治部主任，还有周亦航、任彩芬（女）、朱英、徐政、史浪萍等，也在从事恢复工作。1942 年夏秋间，六师师部派原在苏常太地区活动的地方干部李文魁、王明生，带了一个主力连来充实通海自卫团，李化名苏农，任团参谋长；王化名王铭荪，任教导员。此外，当时先后在苏常太地区做秘工的有王瑞龙、戈仰山、王涓（女）、顾丽沧（女）、刘群（女）等。这是苏常太恢复工作的准备时期。

1943 年初，任天石派薛惠民化名黄皓，由通海地区南下到上海秘密立足，代表江南工委加强对苏常昆太的秘密工作和即将在常熟开展的恢复武装斗争的领导。同年 5 月，朱英、徐政率领武工队从通海地区渡江南下，进入了常熟"清乡"区，为恢复游击区而斗争。

1944 年底，在苏中建立了中共苏中六地委，钱敏任书记，任天石（专员）、包厚昌（司令）为常委。不久，中共苏常太工委也正式成立，薛惠民任书记，杨增、陈刚为委员。这是从恢复游击区到开始重建根据地的时期。

二

1942 年 10 月，我奉命从通海根据地南下到苏州做地下工作，担任苏州县特派员，属四地委江南工委负责人任天石直接领导。

1943 年夏，任天石调苏中区党委工作后，我属苏常太工委负责人薛惠民直接领导。

当时，地下工作的苏州县是指苏州城区、浒墅关到天福庵的京沪铁路线两侧，包括昆山城区、苏昆之间的阳澄湖一带地区。反"清乡"前，苏常太根据地的苏州县是指白茆塘以南，锡沪公路的支塘以西，南到七浦塘的任阳、石牌，西南到肖泾、陆巷等一带的阳澄湖畔。并一度曾以肖泾、陆巷为基地，建立过阳澄县。这是前后不同时期的苏州县，有过如此不同的区域范围。

敌伪的"清乡"运动以苏州为中心，分为：第一期"清乡"是常熟区（苏常昆太地区），于 1941 年 7 月 1 日开始；第二期"清乡"是无锡区（澄锡虞地区），于 1941 年 9 月开始；第三期“清乡”是镇江区，于 1942 年 2 月 15 日开始；第四期“清乡”是太湖东南地区，于 1942 年 7 月 1 日进行准备和逐步推开。我们南下到苏州开展地下工作的时候，敌人在苏常太地区的兵力虽已大为减少，但仍在继续“强化治安”，疯狂地进行着建立和加强“清乡模范区”的活动。“清乡模范区”的标准大致是：①肃清了我党、我军，摧毁我根据地；②没有群众的“骚乱”“暴动”发生；③各种伪组织和保甲制度已经巩固；④各种反动的政策法令可以顺利推行。日伪在“清乡”区实施着所谓“政治、军事、经济、文化一元化的总力战”的方针，以“确保治安，改善民生”为“清乡”目的，提出了“要以 10 年至 50 年掌握民心”的狂妄企图，采取了“三分军事、七分政治”的一系列措施，如加强奴化教育，宣传“一个党、一个主义、一个领袖”，打着实行“三民主义”的旗号，强化伪政权，加强保甲制度，实行“联保切结”“爱乡连坐法”，敌人进一步把残酷镇压和欺骗宣传、恐怖行动和怀柔手段结合了起来，实行法西斯血腥统治。

苏州，“居东南冲要，为京畿屏障”，土地肥沃，物产丰富，人口稠密，交通便利，文化发达，风景秀丽，素以“天堂”称世，是日伪统治京（南京）沪地区的心脏，“清乡”的大本营，伪江苏省的省会。苏州城区日伪军警宪特机关林立，专区和省级以上的机关就有 8 个之多。其中，如日苏州地区“清乡”最高司令部、日屯军司令部、日苏州地区警备司令部、日苏州地区宪兵司令部和宪兵苏州队、日“梅机关”、日华中舰队苏州办事处、日空军情报站、日军事报导部、日苏州领事馆等。又如汪伪清乡委员会苏办、伪“清乡”参谋团、伪第一方面军苏办、伪第一集团军苏办、伪第二军司令部、伪第二师师部（后移驻吴江）、伪第三师师部、伪第十师师部、伪省保安司令部（后改保安处）、伪和平义勇队（和运铁军）、伪中央税警苏办、伪省会警察局、伪特工总站、伪“清乡”警察总队、伪“清乡”封锁总办、伪国民党江苏省党部、伪“清乡”区党务办、伪中央宣传总队、伪“清乡”政工团、伪省社会运动指导委员会、伪“清乡”区工作考察团、伪“清乡”干部学校、伪警察学校、伪高等法院、伪第一督察专员公署等。再如伪中日文化协会苏州分会、伪社会科学研究社苏州分社、伪东亚联盟会、伪中华模范青年队、伪青年复兴团、伪五育（德、智、体、群、美）社、伪青年会、伪爱乡会、伪新国民运动委员会、伪苏州电台（呼号 XGOJ）、伪《江苏日报》《江南日报》《清乡新报》等，再如伪中央储备银行苏州分行、台湾银行、苏州合作社、日军御用达商东洋贸易株式会社、苏州支行、内外棉株式会社、三菱洋行苏州分行、丸喜洋行、商业组会等。据当时的调查统计，苏州共有日伪县级以上的军、政、宪、警、特、群和财经、文教等机关单位 427 个，群魔乱舞，暗无天日。苏州是日本帝国主义、汉奸走狗的天堂，人民过着痛苦的地狱生活。

当时，在苏常昆太"清乡"区做地下工作的人员，大多是在苏常昆太根据地的党政军系统中担任过公开职务，面目较"红"的地方干部，有的还正在被敌人悬赏通缉。虽有危险和困难，但有利条件也很多，他们对情况熟悉，有较多的社会关系和极好的群众基础。同时，他们在事先为回到"清乡"区工作时的"合法化""职业化""家庭化"做好了一些可能的必要准备。

苏州是敌、顽、我必争之地。据我知道，当时除了我们四地委江南工委系统以外，还有澄锡虞系统、浙东系统、上海地下党系统、中央和新四军军队系统等在苏州进行着地下工作或秘密的点线活动。我们在苏州开展地下工作的任务是："面向农村（阳澄湖地带），一切为了恢复苏常太地区的武装斗争"，要求地下工作人员都要认真执行"隐蔽精干，长期埋伏，积蓄力量，以待时机"的方针，严守《秘工人员守则》和《秘工纪律》，直接或间接地为恢复游击区，重建根据地而努力奋斗。

我化名刘瑞华，以行医为职业掩护，与卢菊泉南下到达苏州以后，基本上做到了"合法化""职业化"和"家庭化"，在"清乡"区里隐蔽下来，站稳脚跟，开展了工作。有了立足点，才能进行秘密活动。因此，当时的建立立足点、巩固立足点以及准备好备用立足点，是一项极为重要的基础工作。那时，我立足点包括临时立足点、过渡立足点和准备立足点的先后情况是：①唯亭的立足点。我化名刘瑞华医生，同伪装我佣人的卢菊泉报进了临时户口，是寄住在户主卢小路（菊泉胞弟）的"清乡"户口里。②阳澄湖边悬珠的立足点。我化名刘瑞华医生，以户主身份同卢菊泉一起，利用了独霸一方的"双皮老虎"朱康如的势力，报进了"清乡"户口；后来伪装我姐姐的黄静怡，以德医妇产科医生为掩护，报进了临时户口。③小黄家弄口的临时立足点。我化名刘宜先（二先生，预定的化名）医生，同伪装我表妹的于英（预定的化名）护士一起，经吴鸿海以他亲戚的一爿典当和顾唯诚医生的唯诚医院作为"铺保"，即以生命财产担保我不是新四军、共产党，而是"良民"，从而报进了临时户口。是寄住在户主龚保林的"清乡"户口里，在新茂盛烟纸店设立了医寓。④信孚里仁济诊所时大玉医生家准备立足点。时大玉（时大先生）伪装我的堂兄，我以时大义（预定的化名）皮肤性病科医生为掩护，同伪装我表姐主持家务的戴志芳（王燕芳，预定的化名）一起，经伪造了三家殷实铺保和迷惑了伪和平警护军的团长居康而报进了临时户口。⑤十梓街马根家里的准备立足点。先安排了伪装我表姐马彩莲（预定的化名）的临时户口，并以李彩华顶名领到了"良民证"。但不久房子被"商业组会"侵占，马根转移去昆山而放弃了这个立足点。⑥洗马池庞云云亲戚陆家的准备立足点。我和伪装我的佣人陆阿福（预定的化名），打算申报临时户口时，因庞云云下乡和去昆山，这个点就垮掉了。⑦昆南孔巷的准备立足点。我化名柯振寰（预定的化名）与伪装我未婚妻（妾）的李小蕙医生（预定的化名）一起，由当地伪乡长钱序阳（地下党干部）出面报进了户口。后改为我和伪装我妻子的徐英去立足，开了爿小店。再后，我仍以行医为职业掩护。

这些是当时斗争形势的大体概况和特点。我南下到苏州做秘工之初，在上级党组织的领导和群众支持下，以及经过有关同志的共同努力，基本上执行和完成了三项任务：①建立立足点；②进行某些敌情的调查研究；③了解和考察审查有关人员，接关系，进行形势、政策、气节和纪律等教育，建立组织，分别布置工作，开展地下斗争。

1982年6月写于苏州

117

我在苏州做过地下工作之二

一

1942年10月，我初到苏州做地下工作的前后，与12名秘工人员（大多是党员干部，大多是外地人，大多是在苏常太根据地里做过公开工作）接上了关系；采取单线领导，"只有纵向关系，没有横向关系"。他们是吴鸿海、龚保林、马根、庞云云、蔡新庵、吴中（女）、王耀唥、金戈、徐月英（女）、钱序阳、徐懋德和上海秘密联络点的顾江山。这些人员是任天石和陈行之（兼四地委江南工委秘书）交给我的关系。当时我们的任务：一是巩固立足点，长期隐蔽，（保存革命资本，培养新生力量）待机而动。二是要熟悉敌人的政策法令，学习秘工人员的《守则》和《纪律》，从实践中掌握地下工作的方式方法，积累经验。三是寻找失掉联系的党员、干部、积极分子、统战对象和可靠的社会关系，团结一切抗日力量，稳扎稳打地开展地下工作。

当时，从苏常太地区反"清乡"中突围出来在苏州的人员，有80多名。这些人员是任天石、薛惠民先后交给我的名单或线索。经过寻找对象、了解审查对象等工作以后，又有近20人接上了关系，他们是罗毅、吴金司（吴和尚、吴炳权）、陆道唥、沈小昌、王东欣、李岐昌（蒋老二）、张杰、王三孬、章建中、魏强（可能名不叫强，任过区委副书记，是近视眼）、王荣根、王和（小王，化名戴思田）、汪中琦等。另外有积极分子、统战对象：马纪

九、归仰光、朱小成、王宝奎等。其中一部分人先由我单线直接领导干部；另一部分建立了二三人为一组，仅是组长（负责人）与我发生联系。这些人员经历了严酷斗争的考验和锤炼，增加了才干，革命意志更为坚强。除此以外的五六十人，存在三种情况：①处于"流浪"状态，无固定地址，一时联络不上，也有是查无此人或生死不明。如徐根林、何德龙、赵刚、高三、葛建、华仲良、木花阿金、冯丽珠、朱森林等。②查到了，但情况不明，而且一时也无法进行了解和审查，不能贸然去接关系，如龚名全、吴云宾、郑耀民、黎焕余等。③初步的联系到了，但他们思想上害怕畏难，态度上应付敷衍、观望，如苏余民（女）、顾鉴修、石老三、金正等已经动摇了，避而不见，拒绝接关系，如张兴等。也有叛变了，如王瑞林等。

当时，日伪不断地加强对苏州的统治，特务横行，除伪"清乡"警察总队分编3个大队、共1000多名外，伪江苏省会警察局直接控制苏州城区，辖区范围是：东至唯亭、斜塘；南达蠡市、郭巷；西抵横塘、浒墅关；北到陆墓。在城内设立第一、二、三伪警察署；城外设立第四、五、六伪警察署，并建立了伪警察队、伪车巡队、伪侦缉队、伪水警组和女警组，伪指纹室等等。同时，还设有军警联合督察处，与伪各级特工站（组）联合行动，侧重"对付共产党和新四军的潜伏活动"。日伪出布告，发传单，开会宣扬："不准通匪、窝匪。一旦查获，人正法，房烧毁。""通匪与为匪同罪，严惩不贷。"当时，吴县划分为12个区：一区陆墓区；二区湘城区；三区悬珠区；四区黄埭区；五区通安区；六区光福区；七区木渎区；八区城厢区；九区斜塘区；十区甪直区；十一区车坊区；十二区东山区。在城厢区的城内，分为干将、景范、双塔、长虹、元都和察院6个镇，也曾有一度为了"强化治安"，把6镇划分成10多个小镇。在1943年秋，城厢区共有678保，7305甲，85578户，415936人（行政区域和现在苏州市的范围相仿）。敌人从保甲组织中选择其积极分子组成"爱乡会"，提出的口号是"齐家治国平天下"。并组织了伪女子青年团，在苏州城内的干将等6个镇，皆成立分团，共有活动分子370多名。敌人颁布了"清乡"纪念章，分为金、银、铜质3种，中为"井田嘉禾"，四周缀有"确立治安，改善民生"8个字，所谓以此来"纪念往绩，策励后勋"。诸如此类，日伪采用软硬兼施的种种手段，千方百计地加强统治。

日伪强化保甲制度，猖狂地进行特务活动，本质上是外强中干的纸老虎，但也增加了我们活动的困难，特别是我们系统里的地下工作人员，大多数不是苏州的"土生土长"，而是外来的人员，且多数做过公开工作，难度就更大。因此，所有秘工人员，把建立和巩固立足点，作为首先的任务和经常工作。担负的和执行的任务，必须以巩固立足点为中心和与之相适应，否则是违反了"守则"和"纪律"。有的秘工人员在工作上没有出问题，但因原做公开工作，被日伪注意或发现，也就主动撤离了苏州。

二

当时苏州的秘密工作，先后共有过五条无形战线：

一条线是打入敌人内部的。其中有：吴中（女），在汪伪"清乡"政治工作团团部任秘书（后任伪省立社教学院女生生活指导员）。吴鸿海，在伪江苏省政府警卫队任军医（挂名虚职）。吴中曾智取敌人绝密的"政工团工作计划""镇江地区清乡计划"和"太湖东南地区清乡计划"等，交给吴鸿海密写以后，送至江南工委。徐明英（女）、施云球在伪"清乡"政工分团当团员。马瑞蕊（女），先在苏州的领事馆当翻译，后在苏州日"留民团"（日侨3000多人组成的团体）干"联络员"（雇员）。范庆岑，伪中央税警干校少尉（校址在沪）。陈敏，在汪伪第一方面军驻苏办事处任秘书干事。黄植之，在伪省会警察局司法科，不久就撤退回苏北去。此外，据说蒋丹霞（旦容）在"联办"（伪"清乡"委员会苏办等组成）干机要秘书，与徐政有联系，曾谋取到重要情报资料；蒋团结了皇甫恒（包车夫）、戴思田（王和，公役）、程玉保（花匠）3人为外围分子。

再一条线是在工人、文教界人士等群众中间。其中有：马志坚，以捐客（商人）为职业掩护。钱妹华（女），商人（以股东老板为掩护）。吴金司和王三孬，人力车工人。王东欣，以庙宇"香火"（庙祝）和裁缝为业。周行，小学教师，在浒墅关立足。樊秋声（何均），在国太菜馆当堂倌学徒，时间很短就撤退。徐懋德，从通海根据地派回苏州，以教员为业；据说徐发展了教员杜蕴芳（女）等几人一起工作。王耀唥，工厂"跑街"（购销员），他发展了织绸失业工人蒋惠民。据说伪社会运动指导委员会丝织产业工会风潮调解员中，有个党员仇李，因罢工事件而被捕。此外，有罗毅、朱掌云、魏强等接上关系不久就撤退去外地。这条无形战线上，在工人中曾发动过黄包车夫、丝织业工人和庙宇寺院的"香火"，进行罢工、游行、请愿等活动。在文教界中，曾根据"有理有利有节"的原则，组织教师（包括私塾）罢课、请愿，与敌伪开展了合法斗争。

第三条线是在敌人监狱中的。"清乡"时被捕的党员、干部和群众，有不少被关押在苏州的狮子口监狱、桃花坞监狱、司前街监狱、慕家花园监狱和一些庙宇、祠堂、会馆、园林等大房子里。通过打入伪组织里的同志、统战对象和被捕同志的家属在探监时，对狱中的同志送衣服、食品，进行慰问，鼓舞斗志。如对郭曦晨、唐善余、顾金、陈锡范、徐炯明、王天仁等数十位同志，狱外的同志（包括统战对象如陈旭轮、徐翰青等）都曾去做过工作。吕恒心、高亚（黄冠亚）、陈福昌、杨志刚等在狱中还自发地组织过秘密党支部（吕恒心是支书，脱险出狱后由高亚等负责），发动过难友进行反对克扣"囚粮"等监狱里的斗争，并曾打算组织越监，后因被移解到南京老虎桥监狱而未成。（后来，被捕的同志大多被押送到浦口去做苦工，或去蚌埠开煤。曾经有过两次大暴动）。在伪地方法院监狱的清洁工（领班）陆小连，和我有直接的单线联系。此外，陈汝华以算命拆字为职业掩护。何奇，是伪"特别监狱"的少尉庶务长。据说程为公是伪"特别监狱"典狱长的随从副官，一直做地下工作，在日寇投降后，苏州伪军任援道部队编为国民党"先遣军"后被军统逮捕。

第四条线是在农村中活动的，目的是要在阳澄湖的悬珠和昆山的西古乡等，逐步建立活动基点，创造条件，恢复和开展武装斗争。在步骤上首先要把敌人的"模范乡"西古乡，建成为我们的"保险箱"——小型的隐蔽的游击基地。这条线上主要秘工人员有：钱序阳（打入伪组织，担任伪乡长、伪自卫队长兼爱乡会会长）、葛阿狗、赵生、李涵真、罗毅、庞云云、李岐昌、金戈、钱秋塘、潘家桢、卢菊泉、徐月英（女）和昆山城区的蔡星庵、宋雄时、王玉佩（女）、王志勤、邵剑昆等。

第五条线是江南工委另外安排的赵权之（从通海南下的干部）并从第二条线划出徐懋德、周行、戴坚（女）等人，组成"后备力量"（据说成立过"苏浒工委"）。后来，第一、二、三条线上的人员大多调离苏州，第四条线划归昆山县，因此，只剩下第五条线在苏州城区坚持斗争。

苏州地下工作战线上，先后担任过区特员的有陈汝华（又名陈华）、马志坚（又名徐政，化名马德、宋光）、周行（又名周亦航，化名仲志和）、王明生（又名王铭荪、黄岩，但他未开展工作）、钱序阳（化名钱阳，职务未正式公布）。

1943 年冬，薛惠民和我们一起总结了苏州前一时期地下工作的情况与经验，是经历了"恢复、发展、挫折和整顿"的过程，进入了"巩固再发展"的时期，可以严格地按照地下党"长期隐蔽"的要求，建立组织，进一步开展持久的斗争。

我在 1943 年冬工作调动，任昆山县特派员。后来第五条线上的赵权之、周行、戴坚、吴鸿海等也先后调离苏州，去苏常太游击区工作，只留下徐懋德等极少数的人员，继续坚持苏州城里的地下斗争。以后是划归上海地下党领导了。

三

在艰苦斗争的岁月里，当时在苏州做过地下工作的同志，到现在为止，大多已先后牺牲或病逝，有的牺牲在苏州和苏常太地区，有的牺牲在其他地区。如：

徐明英（女），1942 年秋，在镇江地区我军袭击伪组织时，不幸中弹身亡，年二十一二岁。

马瑞蕊（女），1942 年秋冬，被日寇把她作为国民党暗杀爆炸的行动分子，而被捕杀害，年二十四五岁。

马志坚，1948 年 3 月，在常熟李市附近的战斗中，壮烈牺牲，年 35 岁。

王三㺜，1946 年，在苏中"七战七捷"中牺牲于如皋，年二十六七岁。

周行，1947 年秋，牺牲在常熟东唐市附近，年二十八九岁。

樊秋声，1947 年 7 月，在战斗中负伤被捕，后被敌人杀害于常熟徐庄桥，年 26 岁。

钱序阳，解放后（约在 1950 年），被潜伏特务暗杀于苏州北寺塔附近。年三十一二岁。

李岐昌，1943 年春前后，战斗中牺牲在苏州黄天荡，年三十一二岁。

马根，1946 年春夏间，牺牲在如皋，年二十五六岁。

沈小昌，1946 年，牺牲在如皋，年二十五六岁。

宋雄时，1944 年，在常熟李市附近的战斗中牺牲，年二十五六岁。

罗毅，1949 年夏，在常熟练塘，不幸被通讯员枪走火，中弹而逝，年 30 多岁。

王耀唨，约在 1947 年秋，战斗中被捕，据说被杀害于无锡，年 30 岁左右。

陆道唨，1946 年，牺牲于常熟，年二十六七岁。

章建中，1946 年冬前后牺牲，年二十五六岁。

王和，1946 年夏秋，牺牲于海门，年三十一二岁。

蒋惠民，1943 年春，战斗中牺牲在苏州陆墓，年 20 多岁。

王宝奎，解放战争时期，于山东某战役中牺牲。

陆小连，1944 年冬，在苏常太武工队不幸枪走火牺牲，年 25 岁。

又如当时主要领导人任天石，任十地委常委兼社会部长，负责京（南京）沪铁路沿线一带的秘密工作，1947 年 2 月被叛徒郑习端出卖而被捕，1948 年底被敌秘密杀害于南京，年 36 岁。

薛惠民，任苏常太工委书记、苏中第六军分区副司令员，1945 年 4 月于常熟吴市病逝，年近 30 岁。

再如，已先后病故的有吴金司、王东欣、魏强、任中琦、朱掌云、潘家桢等。

此外，也有一些人员在斗争中停滞不前，或在以后淘汰了，如王铭荪等。

最后，我们当时在苏州干地下工作的过程和情况，具有三个特点：外来人员多；苏州本地人员少；变动多，大多数人员先后调离苏州。因此，到后来仅留下极少的人员继续坚持地下斗争，作长期打算，以求"巩固和发展"。这方面的情况，赵权之、徐懋德等身历其境，清楚知道。

1982 年 6 月写于苏州

我在苏州做过地下工作之三

一

我们"五条线"上的秘工人员变动较多。当初苏州的地下工作包括昆山，苏、昆"合二为一"；到1943年冬，苏、昆"一分为二"，组织系统和人员的变动更大。

苏、昆分开时，我调到昆山县去，苏州工作由周亦航等负责。这时，原来的第一条线，由于人员的牺牲、撤退、转移等，"从无到有"转化为"从有到无"的不存在了。第二条线上，把属昆山方面的人员划出以后，这条线完成历史任务也不存在了。第三条线随着人员和斗争形势的变化，已结束了工作。第四条线划归昆山而撤销了。也就是昆山县在这条线的原有基础上作了调整和新建组织系统，进入了新的工作阶段。第五条线上的基本人员继续在苏州工作，方针、任务未变，但结束了这条线，建成了新的组织系统，推迟了建立"苏浒工委"（党委制）的打算，仍采取特派员制的设有"苏昆段"。这时成了江南工委在苏州唯一的地下组织。

当时组织系统（包括"五条线"）、人员分布和变动等情况如下：

1. 上级领导机关：（苏中）中共四地委江南工作委员会（后是苏常太工委），负责人任天石（化名赵洛民、康平）、薛惠民（化名黄皓）。

2. 江南工委苏州县特派员仲国鋆主要立足点：

①悬珠

仲国鋆化名刘瑞华。以行医为职业掩护。黄静怡以行医为掩护（不久就撤退）。罗菊泉以伪装佣人为掩护（政治交通员）。

②小黄家弄

仲国鋆化名刘宜先（二先生），设医寓掩护。于英（王玉佩）以护士为掩护（政治交通员，不久就撤退）。

③昆南孔巷

仲国鋆化名柯振寰（兆瑜），以开小店、行医为掩护。徐英以家庭妇女为掩护（政治交通员）。

3. 先后担任区特派员的有：

①陈汝华（陈华），以拆字算命为掩护。据说在 1942 年夏秋时撤退（去苏北或浙东）。1946 年在苏北战斗中牺牲。

②马志坚（徐政，化名马德、宋光），以掮客（商人）为掩护。后是苏常太武工队负责人。1948 年在常熟战斗中牺牲。

③王明生（王铭苏，化名黄岩），在苏州没有开展工作，后脱离革命。据说在"文化大革命"时病故。

④周亦航（化名周行，仲志和），以教员为掩护，后撤退去常熟。1947 年在常熟战斗中牺牲。

⑤钱序阳（钱阳），以伪职为掩护（区特派员的党内职务当时未正式公布）。1950 年在苏州牺牲（被暗杀）。

此外还有：卢毅（罗二），任命不久就调去常熟。1949 年夏在常熟牺牲。徐懋德，原定任区特派员，但又准备成立"苏浙工委"任副书记。因此，可能区特派员职务没有公布。现活着。

4. 先后形成了"五条线"，即分为五个工作系统。但人员变动较多，领导关系和工作关系也常有调整。

第一条线

负责人：陈汝华、马志坚

地下工作人员：

①徐明英（女），党员，在伪政工团任伪职。1942 年秋在镇江牺牲。

②施永球，在伪政工团任伪职（带有统战性质的人员，后属钱阳领导），据说在解放后病故。

③范庆，在伪税警学校任伪职，属薛惠民单线领导，现据说活着。

④王宝奎，党员，在伪和平警护军团任伪职。1942 年秋冬后撤退。解放战争时在山东战斗中牺牲。

⑤陈敏，在伪第一方面军驻苏办任伪职。据说在 1942 年秋冬脱离革命。现不明。

⑥黄植之，在伪省会警察局司法科任伪职。1942 年秋冬工作不久就撤退。现不明。

（以上王、陈、黄三人是一个小组，王为组长）

⑦马瑞蕊（女），党员，据说在日苏州领事馆、日侨"留民团"任伪职。1942 年春夏时被捕，在苏州牺牲。

⑧吴中（女），党员，在伪政工团、伪社教学院任伪职。后去上海，属薛惠民单线领导。现活着。

⑨吴鸿海（顾洪），党员，医生。在伪省政府警卫队（虚职军医），后转入"五线"。

（以上吴、吴两人开始时为一个组，属仲国鋆单线领导）

⑩蒋旦容（蒋丹霞、丹亚），在伪"联办"任伪职。属陈汝华领导，后马志坚单线联系。据说在 1942 年秋冬被捕。病故于狱中。

⑪王三孬（皇甫恒），包车夫（人力车工人），后转入"二线"。

⑫王和（戴思田），公役（勤杂人员），后转入"四线"。

⑬程玉保，党员，花匠。1943 年病故。

（以上蒋、王、王、程是一个小组）

⑭龚宝林，党员，在山地货行当职员，属仲国鋆单线领导，后转入"五线"。

⑮魏强（？），党员，不久就去澄锡虞地区。据说解放战争时病故。

第二条线

负责人：马志坚、周亦航

地下工作人员：

①钱妹华（？）（女），党员，以商人为业，并掩护马志坚。据说以后脱离革命或去世。

②吴金司（吴炳权、吴和尚），党员，以裁缝和商贩为掩护，属仲国鋆单线领导。1943年调昆山、太仓。

③王三孬，党员，从"一线"转入，后转入"四线"。

④黄东欣（王东兴），党员，以裁缝、庙祝为掩护。1943年调去昆山。

⑤何均（樊秋声），党员，以堂倌为业，属仲国鋆单线领导，不久撤回昆山。

（以上吴、王、黄、何曾编过一个党小组，吴、何先后为组长）

⑥王耀呥，党员，以"跑街"为掩护，后撤退。1947年在无锡战斗中牺牲。

⑦蒋惠民，党员，织绸失业工人。后撤退到"四线"。

⑧仇李，在丝织业伪"风潮"调解组。据说1942年夏被捕，以后下落不明。

⑨陆道南，党员，隐蔽在亲戚家。后撤退去澄锡虞地区。1947年在常熟战斗中牺牲。

（以上王、蒋、仇、陆为一个党小组，王为组长）

⑩黄荣根（王荣根），临时在亲戚家立足。不久划归"四线"和去昆山。

⑪罗毅，党员，以捕鱼为掩护，没有立足点，后调入"四线"。

⑫朱掌云，党员，没有职业和立足点，后调去昆山。

（以上黄、罗、朱曾编一组，罗为组长）

⑬马根，党员，以堂倌为业，属仲国鋆单线领导。后转入"五线"。

此外在昆山区域的人员，先属魏恒宝后属仲国鋆单线领导。

①魏恒宝（旭东），党员，以裁缝为掩护。后调出属薛惠民直接领导。现活着。

②蔡星庵（新民），党员，以裁缝为掩护。现活着。

③王志勤，党员，立足在家里。现活着。

④邵剑昆，立足在家里。现活着。

（以上蔡、王、邵为一组，蔡是组长）

⑤何均，党员，从苏州调回，属仲国銮单线领导，后去苏常太武工队。1947年在常熟战斗中牺牲。

⑥宋时雄，党员，打入伪警署，不久调去苏常太武工队。1944年在常熟战斗中牺牲。

⑦王玉佩（女），党员，调到苏州不久就调入昆山，又调回常熟。解放后过世。

⑧朱掌云，党员，从苏州转入，后曾属薛惠民领导。解放后病故。

第三条线

负责人：陈汝华、章建中

①吕安心，党员，反"清乡"中被捕入狱。据说在1942年夏脱险出狱，后不详。

②高亚（黄冠亚），党员，在反"清乡"中被捕入狱，后在南京狱中病逝。

③陈福星，党员，反"清乡"中被捕入狱，后在蚌埠暴动时牺牲。

④杨子刚，党员，反"清乡"中被捕入狱，后在暴动时牺牲。

（以上吕、高、陈、杨在狱中自动组织党支部，吕、高先后为支书）

⑤陆小连，党员，关押在伪法院监狱当清洁工；后被移解去外地，在蚌埠暴动中脱险，回苏常太武工队，1944年牺牲。

⑥章建中（钟祥），党员，隐蔽在亲戚家。后去上海治病，1947年牺牲。

⑦沈小昌，党员，立足在亲戚家，后撤退去昆山。

⑧何奇，在伪监狱医务室任伪职。据说1942年春夏调去广东（或脱离回家）。

（以上陆、章、沈、何曾编为一组，章为组长）

⑨程为公，据说是伪典狱长的副官，后与马志坚有联系，在 1946 年伪军改编为国民党军时被捕，下落不明。

第四条线

负责人：钱序阳、罗毅

地下工作人员：

①钱持清（金戈），党员，以教师为掩护。现活着。

②潘家桢，党员，以裁缝为业，立足在家里。解放后病故。

③李阿冬（葛阿狗），党员，农民，立足在家里。现活着。

④赵生（赵福生），党员，以伪职为掩护。现活着。

⑤钱牡塘，以伪职员掩护。现活着。

（以上五人曾为一个党小组）

⑥李涵真，党员，农民，立足在家里。先属钱序阳，后属仲国鋆单线领导。

⑦庞云云，党员，先活动在苏州东边近郊。后调昆山。1945 年初犯严重错误而处极刑。

⑧李岐昌，党员，活动在苏州近郊，1943 年春夏时，在苏州黄天荡战斗中牺牲。

⑨蒋惠民，党员，从"二线"撤退而来，1943 年春夏时在苏州陆墓战斗中牺牲。

⑩黄荣根，从"二线"转入，后去苏常太武工队。1945 年初犯严重错误而处极刑。

⑪吴金司，党员，从"二线"调入，后去太仓等。因病在上海脱党。解放后病故。

⑫沈小昌，党员，从"三线"转入。1946 年夏在如皋牺牲。

⑬石老三，后去苏常太武工队。现据说活着。

⑭黄东欣，党员，从"二线"转入。约在 1944 年病故。

⑮王和（戴思四），党员，从"一线"撤退到昆山。1946年在苏北牺牲。

⑯王三孬，党员，从"二线"转入，后去苏北。1946年在苏北战斗中牺牲。

⑰罗菊泉，党员，先属"二线"后转"五线"。

第五条线

负责人：周亦航、徐懋德

地下工作人员：

①徐懋德，党员，以教员为掩护。现活着。

②杜蕴芳（？）（女），党员，以教员为业。属周亦航、徐懋德单线领导。以后情况不详。

③赵权之，党员，以教员为掩护，后撤退去苏常太武工队。现活着。

④戴坚（志芳）（女），党员，以家庭妇女为掩护，后撤退去苏常太地区。现活着。

⑤吴鸿海，党员，从"一线"转入，后调苏常太工委机关。现活着。

⑥罗菊泉，党员，从"四线"转入，属仲国鋆单线领导，后去苏常太武工队。现活着。

⑦徐英（女），党员，不久就转入昆山，属仲国鋆单线领导。现活着。

⑧马根，党员，从"二线"转入，不久划归昆山，属仲国鋆单线领导。1946年夏在如皋牺牲。

⑨龚保林，党员，从"一线"转入，后因病动摇，自动脱党。1946年病故。

"五线"除了开始时徐懋德与我有联系，和以后周亦航与我有联系外，一切工作皆由薛惠民直接领导。其中罗、徐、马是属我单线领导，不与周亦航等发生横向关系。

上述情况，是当时情况的简要综合。由于事隔40年，特别是当时在苏州工作的人员，到现在为止大多已过世了。因此回忆当时情况，虽然力争实事求是地尽可能地完整些，但是遗漏和错误之处也在所难免。并且其中的有些人和事，在当时也"只知其一，不知其二"，或者只了解点滴、片断现象，而不明其全面的事实真相，因此现在也只能是"残缺不全"，甚至存在着许多"一看便知"的矛盾。所有这些问题，只能有待于今后进一步的核实补正或加以研究，无法解决的也只能让其"残缺不全"。

<h1 style="text-align:center">二</h1>

关于当时曾经一度很出名的"庞云云部队"之事，是起了一定的"迷惑敌人，振奋民心"作用。其实也很简单，事实与传说有很大出入，甚至是两回事。当时有些传奇式的"神出鬼没""威灵显赫"的传说，是群众加以美化或为了威胁敌人而乘势宣传的内容。其中"除暴安良""济困扶危"等"事迹"，越传越奇，也是反映了群众抗日救国的热忱和期望。"庞云云部队"的概况是：

在1941年苏常太地区的反"清乡"斗争，庞云云和李岐昌（即蒋老二）原在警卫团当过侦察员、班长等，在突围以后因失掉关系而流落在农村里，自找门路的探亲靠友，隐蔽在群众之中，做雇农（干短工）和摸螺蛳、捕鱼糊口。后来他们二人被伪乡保长或伪保安队发觉之后，就东躲西藏并自发地与三四个结拜弟兄，在1943年春前后打游击，自称为新四军的"庞云云部队"。他们结拜弟兄是渔民，其中有姓董和曲的（名字回忆不清）。是很穷苦，有小渔船，陆上无家的未婚青壮年。他们有打游击的流动经验，在昆山正仪、阳澄湖边和吴县唯亭、斜塘、金鸡湖等一带的湖泊水网地区活动。他们只有一支从伪警察那里智窃得来的步枪和在湖里捞到的一支锈坏无用的短枪，加上两支用铁珠火药的打鸟枪。

接着，我们与庞云云取得了联系之后，分析了他们活动的有利因素与困难情况，研究坚持斗争的活动打算。我通过罗毅向他们做了布置。大体内容：一不要扩大组织，坚持短小精干；二做好群众工作，建立可靠的秘密的宿营地；三联系突围出来的武装工作人员。就地隐蔽立足，以待时机（待命参加打游击）。不久，薛惠民决定，要他们用"新四军东路游击司令部直属苏昆武工队"的番号，并刻了关防。要他们更加加强计划。其中主要的有这样几点：①防止自满轻敌，麻痹大意；②要依靠群众，不准向群众征收捐税；③既要虚张声势，声东击西，迷惑敌人，又要讲究斗争策略，不准再随便镇压伪乡保长；④活动范围为苏州城外近郊一带（不要乱闯到吴县阳澄湖边的悬珠地区和昆山南部的茜墩、陆家浜等地，以免搞乱这些地方的斗争步骤）；⑤规定了我不能与他们直接见面，罗毅不能参加他们流动，同时在钱序阳面前不能暴露"庞云云部队"是我们系统领导的部队，在庞云云等面前不能透露钱序阳的真实情况。

"庞云云部队"活动比较顺利，曾经散发传单，宣传抗日和告伪军书，写警告通知给反动的伪乡保长。在唯亭南边镇压了一个民愤极大的伪乡长，人心大快。稍后，从苏州撤退下乡的蒋惠民，充实到他们小组里去。他们也进一步联络好了一些人员，如外跨塘的黄荣根，甪直的曹强、王勇等。他们在官渎里附近击伤过催收粮税的伪军；在宝带桥附近击伤伪军二三人，救出了被捕群众（三四人，又说是十三四人）；在娄门和浒关活擒过伪"女警察"和伪警"军乐队员"，皆教育释放。这些活动，对于迷惑敌人，威胁伪自卫团（队）和伪乡保长，鼓舞群众，起了一定的作用，也从而侦察了敌人的反应与动态。他们曾奇袭过陆墓伪警署（记忆上是有过）先后两次，后一次是带有很大的盲目性。虽然是成功的，但蒋惠民在战斗中牺牲（负伤过河而引起破伤风，医治无效）。

约在 1943 年夏秋时，他们偶然的（不属于麻痹或盲目）在黄天荡与敌遭遇而被冲散，李岐昌牺牲。庞云云去昆山的姑婆家临时立足。事后，我们打算在"庞云云部队"的基础上，特别是群众基础上，重新组织力量，准备人员如庞云云、沈小昌、黄荣根、罗菊泉等，要待机而动地正式建立"苏昆武工队"，结果因斗争形势和任务的变化，而改变了这个计划。

三

1946 年夏秋间，我奉命准备南下做地下工作。当时是（京沪）路东中心县委，书记任天石、副书记李中。在 9 月底 10 月初，我南下担任沙洲县特派员，化名陈镜明（陈乃朴），以行医为掩护，由李中直接领导。后李中在上海被捕，我改由朱帆领导。至 1947 年秋冬前后，我因在周庄金谷里（惠里诊所）立足点暴露，组织上决定我撤退去中共苏常太工委继续做秘工。当时包厚昌是十地委常委军事部长并兼苏常太工委书记，副书记是江坚、陈刚。在 1948 年初，我到了吴江同里，由焦康寿介绍我去角直建立立足点。我在袁淦森、张士林等的掩护下，化名陈惠澄医师，开设"惠澄诊所"。并在基督教"浸礼堂"也报进了户口，冒充教徒，以利掩护和开展工作。接着，陈刚与我接上了关系，布置我担任点线工作（包括昆山、苏州、无锡和太仓的一些点线关系），属他直接领导。到 1948 年夏，成立了（苏中）九地委江南工委，地委书记周一峰兼书记、陈刚为副书记，我仍属陈刚单线领导。同年 10 月，我撤退去根据地——江南工委。上述的 1948 年初至 10 月这段时期，我在苏州没有做什么工作，仅是一些点线关系（包括吴县），有：

①支坚，党员，以裁缝为掩护，立足在干将坊。是陈刚的秘密联络点。

②吴炳君，党员，以商人为掩护，立足在护龙街。亦是澄锡虞工委的秘密联络点。

③戴坚（女），党员。以家庭妇女为掩护（政治交通员）。

④袁淦森，党员，以店员为掩护，立足在角直（昆山境内）。

⑤张士林，党员，以店员为掩护，立足于角直。

（以上戴、袁、张是一个党小组，戴为组长）

⑥华颂良，党员，临时立足在十梓街亲友家。不久，由于澄锡虞工委与其接上了关系而调走了。

此外培养了一些积极分子，大多是住在角直，少数家住苏州或在苏州开展"交朋友"、收集情报资料。在 1948 年冬，中共华中工委决定要动员蒋管区知识青年去解放区参加工作时，就动员了这些积极分子和他们所团结的知青去江南工委、九分区干校和华中工委培训。其中有陈行、汪中、罗□（女）、严琪、张冰、蓝□□、王云、王宣、曹祥、管金桥等。

当时，在苏州建立了临时立足点的有：

①唐金水，党员。先立足在□门外。

②朱森林，党员。先立足在木渎，后转移到齐门外。

③彭祖，党员。与唐、朱一起，以农民（做短工）为掩护。

（以上唐、朱、彭为一个党小组，唐为组长）

这几人后来调去江南工委，参加了秘工或武工队的培训。

1982 年 10 月于苏州

回忆反"清乡"后昆山地区的抗日斗争

我先后两次在昆山做过地下工作。第一次是抗日战争时期的 1943 年冬至 1945 年春；第二次是解放战争时期的 1947 年秋到 1949 年初。

这里先说 1943 年冬至 1945 年春的活动情况。

1942 年 10 月，我从通海根据地南下做秘密工作，担任苏州县特派员，属中共苏中四地委江南工作委员会任天石直接领导。当时，我也兼做昆山县的秘密工作，打算在吴县的悬珠、阳澄、外跨塘、唯亭、甪直和昆山县的正仪、西巷、菉葭、天福庵一带的集镇和农村，逐步建立秘密工作活动的基点。这个时期，任天石和薛惠民（任是地委江南工委书记，薛是委员）也先后派史浪萍、魏旭东等在昆山开展点线工作，约在 1943 年春夏间恢复了蔡星庵、钱序阳等的党组织关系。

1943 年冬，我调到昆山，担任县特派员。当时薛惠民已通过钱序阳（他打入伪组织，担任西古乡伪乡长、伪自卫队长、伪"爱乡会"会长）为我准备好了"合法"的立足点。我化名柯振寰，和政治交通员徐英结成假夫妻到了昆东的西古以后，就在孔巷开了一爿小杂货店作掩护。我们的任务是：以地下工作为先导，一切为恢复武装斗争而努力。1944 年夏，随着工作的进展，为了争取早日能在昆东开展武装活动，我根据薛惠民的决定，就从西古的孔巷转移到昆东的新镇大宅基去立足，化名柯兆瑜（又名柯振寰），以行医为职业掩护。

1945 年 3 月，我到常熟向中共苏中六地委苏常太工作委员会书记薛惠民汇报工作时，在梅李附近游击区里同陆荫乔、庞乃文等被伪警察逮捕，至日军投降后出狱。因此，我在昆山的工作时间较短，仅十多个月。昆山的工作过程，大体是恢复和发展两个阶段。

一、1942 年冬到 1944 年春夏间以恢复为主的阶段

昆山县在 1941 年反"清乡"前，是抗日游击区，有些地区建成了初具规模的游击根据地。大体过程是在上海党组织的领导下，于 1939 年夏前后，由何克希、陶一球等在昆山建立了抗日武装，开展敌后游击战争。1940 年起"江抗"三支队（支队司令温玉成，副司令吕炳奎、陶一球，参谋长周达明）战斗在昆山全境，以及与常熟、嘉定、青浦等县的毗邻地区，沉重地打击了敌人，成了东路武装的重要组成部分。同年，成立了东路特委领导下的昆山县委和昆山县行政委员会（县政府）。此后，党、政、军、民和财经等各方面的工作都有了新的发展。在 1941 年反"扫荡"、反"清乡"的尖锐复杂斗争中，武装和党政机关人员先后撤离了昆山。

我们是承上启下地在昆山进行恢复工作，其方针是"隐蔽精干，长期埋伏，积蓄力量，以待时机"。每一个秘工人员要做到"合法化"，依靠群众，不断巩固立足点，稳扎稳打地开展工作。当时的主要工作内容：一是接关系。一般情况下，我们与有关人员接上关系之后，采取单线领导，"只有纵的关系，没有横的关系"，着重进行教育，考查和分别布置以"巩固立足点"为主的相应任务。二是选择一个"基地"。我们的目标是要在昆东的农村里建立一个小型的隐蔽的游击根据地，作为日后江南工委南下之后的领导机关的基地。当时，考虑到在 1943 年 7 月反"清乡"斗争前，常熟根据地比昆山地区要红得多，所以，领导机关的基地不宜一开始就放在常熟。原来这个领导基地在通海地区，是"隔江领导"，后来转移到了上海（1943 年初，任天石派薛惠民到上海，代表江南工委加强对苏、常、昆、太的恢复工作的领导，但尚在"外线领导"），打算尽快转入昆山，就可"内线领导"，即领导干部站在斗争的最前线，直接加强恢复武装斗争的领导。三是建立秘工活动的点、线，要恢复和开辟我们在农村点、线、片的活动基地，使昆南同阳澄

湖地区、昆东同常熟逐步连接起来。

任天石和薛惠民曾先后交给过我 50 多个人员关系或线索，包括党员、干部、积极分子和统战对象。那时，在敌强我弱的斗争形势下，昆山的恢复工作也是十分艰难的，经过工作以后的结果，有四种情况：一是反"清乡"中被捕了，生死不明，如陶一球等。二是弄不清人在哪里或查无此人，如马紫莉（冯珠）、赵刚等。三是人找到了，但思想上存在害怕畏难的情绪，态度上应付敷衍，犹豫观望，如顾鉴修等；或者动摇了，避而不见，甚至拒绝接关系，如张兴等。四是接上了关系，有十多个人。他们经历了出生入死的考验，在尖锐的斗争中增长才干，革命意志更加坚强。

当时，上级曾经按照地理环境和今后的工作方向，把昆山划分过几个片，也称区：一是苏昆片，指昆山的南部与西南，包括正仪、唯亭、悬珠（阳澄湖的一角）、角直、张浦、茜墩等地。主要有罗菊泉（曾是何克希的通讯员，党员，他立足在悬珠，团结了几个积极分子）、卢毅（渔民出身，在水上流动，曾要他担任区特派员，稍后调到常熟）、王荣根（原是侦察员）等在活动。二是常昆片，指常熟与昆山接界的地带，包括巴城（阳澄湖的东北一角）、石牌、李市、任阳等地，就是以原任石区为基地，扩展到昆山境内，打算作为重要地区。主要有朱掌云（党员，也在城区工作过）、吴和尚（党员，从苏州调去）等在活动。另外有徐政控制的一些伪乡保长等的"两面派"关系。三是昆东片，亦称嘉昆片，指嘉定和昆山连接的一些地方，包括蓬阆、外冈、安亭、黄渡、花家桥、天福庵等地，在此地区活动的据说有区特派员陈华（张荣□）；还有臧指导员和江参谋领导的武工队（有二三十人），他们是属浙东系统的，我只是和臧直接联系过。他们的工作情况，我虽然听到一些，但总的讲是不大了解的。四是昆南片，亦称"路南片"，指昆山境内的铁路南边、吴淞江沿岸，包括西巷、夏驾桥、西古、菉葭、茜墩一带，是当时的重点区，钱序阳担负着区特派员（未正式公布）的领导工作。五是昆山城区，有魏旭东（党员，裁缝为业，后调出）、蔡星庵（党员，以裁缝为职业掩护）等在活动。

1943 年冬，成立了昆南特别支部，由我兼特支书记，上级决定钱序阳为特支副书记，卢毅、蔡星庵等为特支委员。因钱序阳当时不是正式党员，也就没有公布，但有许多工作，如与浙东部队的联系、配合，建立地下武工组以及"两面派"工作等是钱序阳分管的。在我从孔巷转移到新镇以后，他的组织关系方才正式解决。以西古为中心的昆东片，经过选择和有计划地工作之后，特别是以钱序阳为首的当地十多个党员和建党对象进行了不懈的斗争后，卓有成效地把敌人的"模范乡"变成我们的"保险箱"，经薛惠民亲自深入检查以后，确定了西古作为工委领导机关的基地。

关于庞云云部队的概况：1943年春夏，由庞云云、李岐昌（化名蒋老二）自发地与三四个渔民结拜弟兄，在正仪、斜塘一带打游击。庞原在"江抗"三支队当过侦察员，在区队当过班长。李原是在周墅附近种客田的客籍人，参加过陶一球部队，任班长或排长。当我们与庞云云取得联系之后，薛惠民决定，布置他们用"新四军东路游击司令部直属苏昆武工队"的番号，并刻了关防，散发了传单。他们曾镇压了唯亭南边的一个伪乡长，袭击过陆墓伪警察署，在洋关外活捉伪军乐队，在城门口智擒伪女警察等，以这些活动来迷惑敌人，警告伪自卫团（队），侦察敌人的反应与动态。同时，他们的这些斗争活动，在当时"城乡闻名"，越传越奇，起了鼓舞人民、打击敌人的作用。不久，他们偶然在黄天荡与敌遭遇而被冲散，李岐昌牺牲，庞云云到天福庵的姑婆家里临时立足，也由于李岐昌的牺牲，他所联系到的或熟悉的一些人员（反"清乡"后，我们部队里流落在地方上的战士）如角直的曹强、王仪，外跨塘的王荣根等，就中断了联系。后来，我们打算配合浙东系统，正式建立苏昆武工队，并把罗菊泉等调到常熟武工队去，为以后开展阳澄湖地区的武装斗争准备骨干。

二、从 1944 年夏到 1945 年春以发展为主的阶段

根据当时昆山和整个苏、常、昆、太地区斗争的形势和任务，第一件工作就是要健全、整顿党组织，加强对党员和积极分子的教育（如我对樊秋声用了一周多的时间进行形势教育，给他上党课），并根据党员分布情况和

斗争需要，建立党小组。当时的原则，为了搭架子、打基础，有的地方如果只有一个党员，加上两个建党对象，就可成立一个组；发展党员必须坚持标准，党员与党员、小组与小组之间未经批准不能发生横的关系。薛惠民指示我们在广大的农村建立党小组，就是有目的、有计划地进行"定点""建线"和"做眼"，着好"一盘棋"，直接或间接地都是为了准备开展武装斗争而创造条件。全县党员最多的时候有 30 多人，建党对象（经过选择、培养而比较可靠的积极分子）有五六十人，他们团结了一大批群众，另外有统战对象顾一民、王秋、归仰光等 10 多人。

党小组的分布概况：

西（库）茜（墩）小组有党员钱持清（金戈）、潘家桢和建党对象数人。

西（古）夏（驾桥）小组有党员钱序阳、钱秋塘（可能稍后入党）和建党对象钱小南、戴凤昌等三四人。

昆东夏驾桥情报联络站有龚阿荣、沙再元（这两人中有一人是党员）。

昆东西古（盛浜）情报联络站有李阿东（后改名李亚东）和建党对象两三人。

石（泉）车（塘）小组有党员赵福生和建党对象几人。

孔（巷）西（巷）小组有党员徐英和建党对象钱阿凤等两三人。

篆葭北小组有两个党员（后到青昆支队去了）和建党对象两三人。

篆葭镇小组有新党员樊秋声和建党对象吴善彤等。

夏驾桥北小组有党员顾雪林（可能未恢复党籍）和建党对象钱葭飞等。

眠晛小组有党员李涵真和建党对象朱阿本等三人。

鱼池小组有党员王东兴（以裁缝和道士为业）、庞云云（是从苏州调去的）和建党对象一两人。

陆（家桥）石（牌）小组有党员朱掌云、朱森林、吴和尚、沈小昌（从苏州调来的）和石老三（原是侦察员）等积极分子 10 多人，但人员不稳定，进进出出。

昆东情报联络站小组有党员马根（从苏州调来的）和外围分子俞老桂等。

新镇小组有党员俞水林、马荷生和积极分子吴泽范等 10 多人。昆山城区曾经有过三个小组，但两个组的党员如宋雄时、王玉佩等先后调走了，只留下一个小组，党员有蔡星庵、王志勤和建党对象邵剑昆，该小组打算要长期坚持下去。这个小组原来还有几个外围分子，经我反复审查后，认为不适合，于是布置小组"降温"，只退不进，严防产生隐患。

此外，石牌、李市的两个党小组有党员和积极分子胡长森、王阿彩、黄桂生等七人，成为常熟和昆山双重领导的小组。

1944 年夏，成立了昆东特别支部，我兼特支书记。为了便利工作，徐政兼特支委员（原薛惠民打算把俞海根等调来当特支副书记，领导打游击）。这时的昆东区域范围和原来的昆东片的范围完全不同了。新的昆东是指南起夏驾桥的铁路沿线，北抵常熟的石牌、李市，东到蓬阆镇，西至巴城阳澄湖边。而主要的点、线、片是在眠晲、新镇、周墅、陆家桥、石牌等地。这块地方成为当时的重点地区，积极准备建立武工组，把秘密活动区变成游击区，使苏、常、昆太系统的常熟和浙东系统的青昆（昆南）打成一片。从石牌，经周墅、新镇、眠晲到夏驾桥的这一条横贯昆东，接通李市和西古的活动线上，基本上实现了两三里就有一个"点"，建立了党小组，有了一定的群众基础，并且除了当地少数最反动的伪乡保长以外，一般的伪乡保长均同我们建立了各种形式、或明或暗的关系。

我们已把西古逐步建成为小型隐蔽的领导机关的基地，并在这里秘密召开领导干部会议。戈仰山、包坤林、朱英、徐政、仲志和等都参加过。如 1944 年春夏间，西古乡已建成为一个重要的活动基地，中共苏常太工委书记薛惠民经常在此进进出出，并召开秘密会议。在孔巷徐英住所（即王小弟家）举行的一次会议上，他决定将常熟武工队扩大为常熟县武工大队，对外称"苏常昆太武工队"，由朱英、徐政任正副大队长。同时决定把昆东的李涵真、昆南的樊秋声、悬珠的罗菊泉等调到武工队去，为以后开展昆山、阳澄湖地区的武装斗争准备骨干。参加这次会议的有戈仰山、朱英、徐政、卢毅和我等。稍后，西古乡成了浙东系统（青昆支队）在昆东的小型游击根据地。

1944 年夏，昆东特别支部在新镇大宅基徐英住所（即俞水林家）举行了一次秘密会议，确定了积极准备开展武装斗争，恢复和新建游击区的计划，薛惠民在会上作了要进一步建立地下武工组织的重要指示，并规定了反复进行"一旦需要，就要拿起枪杆子打游击"的教育内容。当时按照活动区编成七八个地下武工小组，每组三五人不等。参加这次会议的有我、徐政、钱序阳、庞云云、马根、徐英等。接着，我们贯彻执行了这次会议的精神。

在秘工人员中我们调配干部，培训骨干，挑选人员，建立地下武工组织，反复进行教育。我们搞地下武工组，只有西古和昆东等三个地方。在西古有钱序阳直接领导的 15—20 人，分成甲、乙两种组织。甲种组织准备随时拉出来，只待上级一声令下，就可立即打游击。当时编四个组，潘家桢、李阿东、赵福生、龚阿荣等分别任组长。乙种组织继续坚持秘密工作，或作为后备力量。在昆东地区有 20 多人，按照活动区编组，一个组在夏驾桥、天福庵一带，由庞云云、樊秋声负责。一个组在晓晞、蓬阆一带，由马根、俞水林负责。一个组在周墅、陆家桥一带，由王东兴、石老三等负责。同时我们布置了吴和尚、沈小昌等一些党员转移到蓬阆、周墅等地去做情报工作，还确定了以李涵真为主的与朱阿本、沙再元、俞水林、钱正环等人的住处为联络站（点）的情报网。以后这些人员中有的先后抽到常熟武工队或苏北去培训了，如樊秋声、李涵真、沈小昌、石老三等，但在需要时，随时可以调回昆山。地下武工组做到了"万事俱备""唤之即来"。常熟李市的武工组（决定调江其生去）和东塘市的武工组（卢毅已调去）正在策应、配合向昆山扩展。此外，昆东的地下武工组曾经分头集中和流动过几次，相当于"试探性""演习性"的行动。有一次，朱英、徐政率领常熟的部分武工队来配合昆东武工组，准备去拔掉新镇的伪警据点，但因敌情变化而未成功。

1944 年底，昆山地下工作的点、线、片连成一起，昆东是浙东系统的活动区，武装斗争处在新的巩固和发展阶段。钱序阳及当地的党小组（地下武工小组），情报站等划归浙东领导（钱本人先受双重领导，后仅仅个人同苏常太系统还保持联系）。昆东还来不及进行武工活动，未能转变为游击区。

1945 年初前后，正式成立了苏中六地委苏常太工委（以前两三年间，只有负责人薛惠民，没有委员），此时他任书记（后任六分区副司令员），委员有杨增、陈刚和钱伯荪。薛逝世后，杨增任书记。那时，由于形势发展的需要和工作部署变动等原因，昆山先后抽调出去培训的人员没有调回，原来在昆东的外地人员，也基本上先后回到了常熟武工队或稍后的苏常太警卫团去了，如朱森林、马根、朱掌云、徐英等。

三、斗争活动中的几件事

1. 我们搞垮了属于日军苏州警备队策划的一股假新四军。有一次，他们八九个人伪装成新四军，在农村流动宿营，刺探我们活动情况。钱序阳得到了这个情报，在青昆支队的支持下，他就到杨湘泾警察署长那里弄到伪警制服，化装成一支 10 多人的伪警察队伍，在茜墩到杨湘泾的半路上进行了伏击，毙伤了假新四军四五人，事后，日伪说成是新四军，几处伪警署为这个"扫荡"的战果还争相请功领赏。

2. 为了扩大敌人内部的矛盾，钱序阳曾经临时编了好几个"出击"小组（一个人或两三个人为一组，包括利用伪军和翻译），几乎在同一时间内，分别对敌伪十几个据点进行了袭击骚扰（打枪或甩手榴弹），使敌人惊慌，内部互相猜疑加深，矛盾扩大。我们则利用矛盾开展政治攻势，分化瓦解了伪地方自卫队，因此，昆山的乡、镇自卫队没有像样地建立起来。

3. 当时我们基本上掌握了昆山县敌人的某些情况，如各据点里日伪军警的人员编制、武器装备、部队调防以及存在矛盾或优势弱点等。这些情报的来源，除了党员、积极分子大家重视调研工作外，主要渠道一是昆山城里的党小组，其中王志勤收集提供的较多。二是西古党小组，钱序阳除自己直接谋取情报外，还通过菉葭日军警备队的翻译沙吉生以及伪政工团的花永球等，所取得的情报大多数是及时和准确的。例如 1944 年夏的一天夜里，城区秘工小组的宋雄时，以打麻将牌赌博为掩护，同统战对象和倾向抗日的两面派伪乡长归仰光、开明士绅王晏秋、伪警察署长顾一民等核对了当时昆山全县日伪军警兵力分布情况的布防图。我和钱序阳参加了这次秘密碰头。我与顾谈判，要他争取调防到周墅担任伪警察署长，动员他争取营救被日军囚禁在马鞍山做苦工的一个新四军指导员。顾表示"身在曹营心在汉""愿意效劳"。我们曾作山水诗画，抒情述怀。我也写了《纪事》诗以志其事，曰："应邀娄邑宿，雨后月朦胧。莫道城中寂，江潮浪正淙。挑灯相聚处，笑语引晨风。喷薄快凉意，朝霞映玉峰。"

4. 我们还因势利导地发动群众，运用拖欠、"点眼药"应付等办法，进行反军粮、反苛捐杂税的斗争。

5. 我们曾出版过油印革命文艺刊物《朝霞》。创刊号是1944年夏在大宅基俞水林家里秘密编印的。其中有名言警句选注，如顾炎武的"天下兴亡，匹夫有责"，范仲淹的"先天下之忧而忧，后天下之乐而乐"，文天祥的"人生自古谁无死，留取丹心照汗青"，裴多菲的"生命诚可贵，爱情价更高。若为自由故，二者皆可抛"。在诗歌方面，发表了我写的《展望》《渔父》《访采菱女见闻》《月夜》等，其中的《月夜》是歌词："皓月当空，繁星点点。薄雾弥漫山峰，湖水荡漾微波。啊，这可爱的月夜，是胜利的前夜。我们的队伍，一心为国，英勇善战，高唱凯歌。战斗在苏常昆太的四方，抗日大旗插遍江南水乡，把锋利的钢刀，插进敌人的胸膛。"参加编印的是薛惠民、钱序阳、樊秋声、徐英和我。

6. 根据双十协定决定新四军北撤时，浙东部队路过昆山，有些党员和积极分子参加了部队，如李阿东、王东兴等。钱序阳曾来常熟，要求随军北撤，我请示任天石后，说服了他仍回到西古去坚持斗争。城里的蔡星庵随军北撤了，王志勤和邵剑昆仍继续做秘工。

1985 年 3 月 21 日

〔原载中共昆山县委党史资料征集研究委员会办公室编《昆山革命史料选辑》第 1 辑，1985 年 7 月版〕

解放战争时期在昆山革命活动的概况

1946 年初，中共苏中六地委撤销，建立了中共一地委京沪路东中心县委，下辖苏常昆太地区和澄锡虞地区。

我在 1946 年 9 月底前后从苏北南下，担任沙洲县特派员，兼做无锡、苏州、吴江、昆山的点线工作，属中共十地委常委李中直接领导。1947 年春夏间，十地委常委兼社会部长任天石和李中先后被捕之后，我属巡视员、澄锡虞工委委员朱帆领导。后来，敌人注意了江阴周庄东部地区（我之行医的地带），敌要塞守备大队等对我也有怀疑。朱帆向十地委常委、军事部长兼苏常太工委书记包厚昌作了汇报，在 1947 年秋决定把我调到苏常太系统仍做秘密工作。由于新的立足点没有建立好，因此直到 1948 年初我才离开沙洲，春节前后才到甪直立足下来，安家落户，属苏常太工委（即当年夏秋以后的中共九地委江南工作委员会）副书记陈刚直接领导。我在活动中的一些情况：

一、我是苏常太工作委员会的秘工县特派员，以做点线工作为主。其中在 1947 年春夏间或夏秋时，我同坚持在昆山城里的王志勤接上了关系（我通知他到无锡的一家旅社里与我见面的），听了他的汇报，认为他的工作很有成效，立足点是巩固的，且有很好的群众基础。我布置王志勤一切工作要遵照秘工原则办事，要作长期打算，并告诉他要继续组织邵剑昆进行活动，但不能轻易发展外围分子。我告诉他蔡星庵从苏北回到昆山的来龙去脉不清楚，上级对我也无通知，故不能接关系。此后不久，我同从苏北（或常熟）派回昆山进行秘工活动的李涵真接上了关系，同意他提出的要积极发挥原来的党员和积极分子如朱阿本、王志昌等的作用，稳扎稳打地努力开展眠晞、蓬阆、夏驾桥等地的点线工作。1947年秋，我根据陈刚的布置，同太仓由王峰领导的以李家杰为主的洪国光、陈有庆、顾文彦、蔡永培等秘工人员接上了关系。此外，苏州有以唐金书、朱森林为主的彭祖、方大华等秘工人员以及联络点的胡秉均、支坚等的点线关系也和我有了联系。对于无锡的顾有成、费琪等点线关系，我要办移交而一时无人来接收，仍归我领导。

二、我在角直立足，是焦康寿（立足在吴江同里）通过袁淦森、张士林等安排的。我到角直后化名陈惠澄，以行医为掩护。1948年春节时，我在东栅开设"惠澄诊疗所"（沈维贤家，同当地国民党乡长王纯一住在一个院落里）。戴坚在这年的春夏间，以我的第三个姐姐的名义调来任政治交通。我一到角直就假装成基督教的虔诚信徒，常去教堂做礼拜，开展交朋友活动，团结教育了牧师顾寿民和唱诗班的一些知识青年。同时，我冒充原来是国民党远征军的军医官，在《娄江日报》上发表了《漫谈霍乱》《茶神陆羽，望而却步》《家庭小药箱》等医药常识和散文，对开业行医也起了一定的掩护作用。

三、当时工作环境的特点：首先，昆南是属浙东系统的地区，我没有在昆南活动的任务。早在1946年夏任天石仍要我南下做秘工时，曾经布置过我与钱序阳、潘家桢联系，以便我日后开展秘密活动。所以，我后来去西古找过钱序阳，但他已被捕，身陷囹圄。虽然我在昆南有些熟悉的党员、积极分子，但除潘家桢因有工作问题要我配合、支持外，都未发生横关系。其次，我在当时以巩固立足点为主，工作精力大多放在角直本地，对于昆东地区的老关系，一时也来不及顾到。再次，整个工作过程较短，只是发现、选择和教育培养了一些积极分子。

四、当时点线工作的分布：角直有党员袁淦森、张士林，新发展的积极分子汪仲琦、周素珍，新教育团结的外围分子严琪、沈维贤等靠10人。城区有老关系王志勤和邵剑昆。昆东有老关系李涵真和朱阿本等。此外还有散布在张浦、茜墩、周庄、陈墓、周墅、巴城等地的个别关系和一些统战对象。

五、秘密编印了地下文艺刊物《朝霞》。《朝霞》编印的时间在1948年夏天。它是由潘家桢、汪仲琦、袁淦森等负责油印、装订的。其中登载了我的诗歌。一首是 1938 年冬作于最胜庵扶乩殿的《无题》："昨天过去又今天，今日明朝紧相连。为了明天长努力，明天必定胜今天。"另有一首是 1943 年秋作于甪子渡口的《访采菱女见闻》："水漫漫，风雨天，村姑结伴下菱塘；菱荽深处相对看，家贫如洗俭梳妆。采菱苦，村姑怨，背阳菱花遭了殃；菱塘不如'锅底田'，红菱乌菱年年荒。采菱苦，村姑恨，赤脚蓑衣背菱筐；鲜菱抵交种菱捐，割下菱茎煮粥汤。菱茎涩，菱角甜，苦难孕育新希望；甪子定有天明日，穷地能变富饶乡。"这期印刷的份数较少，在甪直秘密传阅的只有两本，即鲁望中学一本和某个图书馆（室）一本（后由苏志纯带到了基督教浸礼堂唱诗班）。

六、1948 年冬，中共华中工委要九地委江南工委动员蒋管区知识青年去解放区参加革命。我根据陈刚的指示，在甪直动员了汪仲琦、严琪、管蔚、罗俊、蓝再庭、曹强、张冰、王义、陈行等 10 多人去苏北入伍。我从中挑选汪仲琦等担任交通工作，往返于南北之间，接送人员和收集昆山情报。

七、1949 年初前后成立九地委江南工委调研组，我任组长兼训练队指导员。在陈刚的领导下，我开始汇集苏常昆太地区敌人的党政军警（包括政治、经济、文化教育等各方面）的情报资料，分县编辑《敌情概况》。在昆山方面除了派王峰与王志勤、包同福等联系，千方百计地收集到了一些重要的敌情材料外，我曾通过多种渠道，如派戴坚、汪中等数人专门到昆山进行专题调查和核对，其中汪中去找过潘家桢谋取材料。我还布置李涵真、李家杰、赵刚（或张振邦）、范增等收集常昆、太昆、吴（县）昆连接地区的敌情，绘出了昆山敌军布防图；通过归仰光收集到了全部的《娄江日报》。王瑞龙在上海也收集到有关昆山的一些材料。这些材料由金一鹏、康健、马翠华等进行综合，去伪存真，去芜存精，整理成《昆山概况》初稿，后来经上级编印后，作为南下工作干部接收工作时的参考资料。

1985 年 3 月 21 日

（原载中共昆山县委党史资料征集研究委员会办公室编《昆山
革命史料选辑》第 2 辑，1986 年 11 月版）

我所知道的太仓点滴情况

一

1939年春夏间，"江抗"东进，沉重地打击了日伪军。苏常太地区的敌后抗日游击战争，进一步得到开展，扩大了游击区，为创建游击根据地奠定了良好的基础。

在1940年初前后，苏常太游击区里的常熟县和太仓县的毗邻地带，如鹿河、王秀桥、归庄等乡镇，仍沿用旧有的行政区划，没有划分新的县境界线。到1940年秋以后，才把常熟县境内的南起支塘北至长江边的白茆塘以东地区，包括横塘市、何市、项桥等乡镇，划归太仓县。当时我在何市担任情报工作，属"民抗"情报处华健一等领导。同我建立联系的情报员有归市站的吴诚，横塘市站的瞿琴南，徐市站的杨子欣和诸开琛，董浜站的邵福生、张保如和陈关林，归庄站夏丁玉，支塘站的周岩等。

那时领导上曾布置了对一些统战对象的"调查提纲"（有的是中共常熟县委书记李建模直接掌握），要我们了解他们的情况，如：何市的殷玉如、陈月盘、黄宝书和郑镜公；项桥的钱丕基和周汉臣；王秀桥的朱田农、李方明和顾思义；归庄的张国栋、徐兰生；猛将堂的陈培德；白荡里的陆易保和草莱泾的沈洪卿等。他们之中大多是主张抗日救国，尤其是徐翰青老先生对国共合作、抗战到底和拥护"江抗""民抗"的态度鲜明而坚决，在群众中很有声望。陈月盘先生有民族气节，认为必须坚决抗战并拥护新四军。殷玉如原是何市的地方性自卫队长，殷部分编三个中队，装备较好，"江抗"曾委任他为独立第二大队大队长。1939年秋，"江抗"西进时，从他的特点出发，没有命令殷部随大军行动。他有大小老婆，贪图享乐，为保存自己的实力，把四五十支三八式步枪（大多是何市各界人民集资购买的）和德造快慢机（原来是国民政府军事委员会别动总队淞沪特遣支队琴嘉太昆青松六县游击司令熊剑东给他的）打了埋伏。

1939年底，"江抗东路司令部"成立后，司令员夏光、副司令员（政委兼政治部主任）杨浩庐派教导员陈岳章带领一批指战员和武器，去殷部重整旗鼓。经过动员教育，殷把打埋伏的大部分枪支拿了出来，重建了江抗东路独立二大队（连）。顾思义等同情新四军，赞成抗日，但不敢参加抗日活动，只图经商发财。黄宝书不愿叛变祖国，赞成"江抗"抗日，但他"正统观念"根深蒂固，对"工农新四军，共产党领导，抗战最坚决"抱着怀疑态度，认为争取抗战胜利，要靠国民党中央军。我们把诸如此类的动态和情况，经常向上级作汇报。我根据领导授意，以"天下兴亡，匹夫有责"等道理，说服了为人正派且有家产（行医兼开药店、布店等）的江月华，担任了何市税收（义务职）负责人。

王以伟（据我知道，他是何市区委书记）要我和他一起负责筹建何市常备队。在杨子欣调来何市情报站并动员了店员施奎协助做情报工作之后，王以伟给我一支破手枪，就正式去建立常备队了。当时"江抗"和"民抗"在群众中的威信很高，因此常备队成立后，较快地发展到10多个人。其中有归庄染坊职工小顾和杂货店的一个职工（这两人是归市人），叶福隆酒作坊的小开叶彩华（做情报），小南货店的一个学徒，还有涂松的朱小成，横塘市的顾祥生，王秀桥的顾骏、李鸿元，何市的钱正环（后做税收工作）。此外是王以伟动员来的一个生铁补锅的学徒和几个青年。我们的流动范围较广，包括横塘市、伍胥庙、王秀桥、归庄等周围的农村。老宿营地有何市附近的钱锦明家、符和家，朱头泾陈家，岳阳桥顾家，花桥徐家，烟墩奚家以及吴巷、倪巷、上真殿、徐家大宅基、麻黄浜、纯巷等地。我们在宿营地开展宣传工作，教唱抗日歌曲，团结了一些青壮年，如钱锦华、陈振华、倪耀楣、周生司、孟龙、徐和尚、倪凤鸣、朱勤、金瑞生、沈扬、王兴英等，并选择对象，培养积极分子，如奚庆生、姚梅、李毅等。这些积极分子，以后大多参加了区、县常备队或不脱产在当地从事抗日活动。

有一次，我们宿营在芦青浜保长赵耀华家，击溃了从周市流窜过来打家劫舍的一股20多名土匪，缴到步枪一支、手榴弹数枚和踱踱船一条。当地群众热情慰劳，我们就在这里组织了一个五六人的农民抗日自卫队（组）。王以伟赞扬了我们这个只有三支步枪的名副其实的"大刀队"全体队员。身强力壮的战士朱小成，入伍后进步较快，更显得浑身是劲。有一次在归庄和沙溪镇之间的郁家桥茶馆里，遇到了几个设卡收税的伪化土匪，经过一场激烈搏斗，被他生擒活捉两个，但他也受了伤，没有能上升到主力部队去。以后他到鹿河和白茆口亲戚处以捕鱼为业，他的那条挑船一直同我们保持联系，做一些联络和运输工作。

何市常备队和另外一个常备队合并整编为一个中队（排），上升到"江抗"二大队去的时候，因武器不全，我即向陈岳章教导员提出，殷玉如还有几支枪打埋伏在江月华家竹园里，埋藏地点我知道，去把它弄来。陈不同意，以统战政策精神对我进行了教育。后来殷担任常熟县抗日自卫总队副总队长。1941年反"清乡"时突围去上海，住在公共租界里的国民党常太专员周毓文家里。再后他回到常熟，被日寇宪兵队逮捕，受刑后招供，带领日寇去把埋藏的枪支取出，还连累了群众。江月华被捕入狱，后花了很多钱，疏通翻译才出狱。

当时有三个常备队，均称何市常备队，另外的两个是：民运工作金辉负责的常备队，有10多人，主要在项桥一带活动；赵操负责的常备队，是在南渡桥附近，还处在不脱产抗日自卫队的"民兵"式阶段，也有基本骨干10多人。

我在"江抗"二大队不久，"民抗"司令员任天石要把我调去筹建常熟县医师抗日协会。当时我不想去，认为"投笔从戎"，就要当个抗日军人。后经陈岳章的说服教育，才拿了他写的"准备发展我入党"情况介绍信，回到了"新民抗"。在筹建医抗协过程中，如上所述的何市、归庄、王秀桥、项桥、横塘市等地在行政区域上，还未明确划归太仓县，因此，我也出入在这个地区，向医务人员进行宣传和组织工作。那时，在这些地区做民运工作的先后有吴中、徐念初、徐维贤、朱平、陈行、潘世清等。在太仓县来说，何市建立青年和妇女抗日协会最早，蔡瑞云、黄正时、周炳生、仲志春等是当时的骨干分子，参加协会的积极分子有二三十人。

1940年5月初前后，在徐市叶家花行里举行了医师抗日协会的成立大会，任天石作了重要报告。出席大会的有300多名以中医为主的中西医药人员。其中，几位在日伪据点里开业的医生也冒着危险前来参加大会。何市、归庄一带出席大会的有徐志周、江月华、董汝霖、陆鸿鸣、虞耕山等（张国栋、端木少泉、杨宇祥、彭守文、董志嘉、谭时中等医生是否出席，回想不清，但他们也是主张抗日，愿意参加医抗协为国出力的），大会上民主选举了任天石和我为常熟县各界抗日人民的代表。并推选王志成医师为协会理事长，瞿琴南医师和我为理事（干事）。

会后不久，常熟县召开了各界抗日人民代表大会，谭震林作了《形势和任务》报告，成立了县人民抗日自卫会（县政府），选举任天石为县执委主席（县长），我也被选为县执委之一。

当时组织上要我继续兼做太仓县医师抗日协会的筹建工作，对象扩大到药业人员，并为了有利于工作的开展，任天石为筹备会主任，我为副主任。任还亲自写了一些信件给他在上海中国医院时的同学和医药界的熟人，宣传党的政策，号召他们参加医抗协，协力救亡。工作步骤上是以何市、归庄一带的抗日医生做骨干，以此为桥梁，逐步向璜泾、老闸、三家市、岳王市、九曲、浮桥、穿山、沙溪和直塘等地区扩展，团结中西医和药业商人、职工，努力创造条件，力争早日成立协会。后来，我因工作变动，有无建立太仓县医抗协，则不清楚。但当时曾以太仓县医抗协筹会的名义，印发过"施诊券"，券面有"送诊给药"字样。抗日烈军工属、穷苦农民和市镇贫民等，凭此券可以享受免费治病的优惠照顾。

二

1941年7月，日伪对苏常太地区发动了大规模的"清乡"。在艰苦卓绝的反"清乡"斗争之初，我们是吃了敌人一些亏的，苏常太根据地被敌人摧毁，成了敌人实行法西斯血腥统治的"清乡区"。但是，这不过是暂时的失败而已，经过了总结经验教训，就取得了以后的反"清乡"斗争的彻底胜利。

1941年冬，成立了中共苏中四地委江南工作委员会，由任天石负责（我印象中任天石任书记、薛惠民为委员，属地委负责人钟民直接领导），进行苏常昆太地区恢复工作的准备。1942年春，成立了中共（南）通海（门）工委，任天石化名赵济民任工委书记兼通海行署副主任。从反"清乡"斗争时突围到苏北根据地的干部中，先后选调10多名人员参加恢复工作。其中有陈行之（顾淑娟）任通海行署人事科长，沈钧英（卢伯威）任行署财政科长，我（化名吴明）任行署工农科长，杨增（化名冯扶钟）任通海抗日自卫团政治部主任，此外，还有任彩芬、王瑞龙、周亦航、史浪萍、朱英、徐政、王涓等。不久，新四军六师师部调来一个主力连，充实通海自卫团。在准备工作大体就绪之后，决定以秘工人员为先导进入"清乡区"，而后开展武工活动。秘密工作的方针是"隐蔽精干，长期埋伏，积蓄力量，以待时机"。地下工作人员都要稳扎稳打地开展秘工活动，间接或直接地为开展武装斗争，恢复游击区，重建根据地而努力奋斗。

当初，太仓几乎成了"空白"的地区，有直接关系的人员很少，据我知道，只有"三上三下"，即陈行之的亲友柯庆藩等的三个上层关系，下层关系三个人是顾江山（立足在上海国强中学以任教为掩护）等。因此，开始时没有选派秘工县、区、乡的特派员，而是由陈行之兼管，"从无到有"地寻找关系，开辟道路，进行太仓县的恢复工作。稍后，任天石选派任彩芬、史浪萍为政治交通，和支塘的顾定等接上关系。

我在1942年秋到1945年春，担任苏中四地委江南工委的苏州县特派员（化名刘瑞华）和昆山县特派员（化名柯振寰）时期，曾兼管太仓县的点线工作，先属任天石后属薛惠民领导。我们曾有10多名秘工人员在太仓活动。他们皆以《秘工人员守则》《秘工纪律》为原则，在"清乡区"做到了"合法化"，担负着各种具体任务，开展工作。例如：

吴金司，党员，原是裁缝。他以"跑单帮"贩卖白礼氏洋烛、美孚火油等为掩护，出入于太仓，在城里、浏河、沙溪三地皆有合法的立足点。他熟悉"对症下药"地疏通伪军伪警的办法，因此他能迷惑敌人，大小关卡（检问所）通行无阻。他善于侦察敌情，太仓四乡的据点情况（包括日伪军警人数、负责者姓名等），大多被他摸到了底。他也在苏州和昆山工作过，必要时派他护送人员出入封锁线。

王浩生，理发员。立足在太仓城里。他团结了王松、侯福生、马祖、宋汉青、龚三南、姚小林等六七个小商小贩和船工，进行了一些活动。但这些人属外围分子或可靠社会关系，而不属秘工人员。

朱掌云，党员。在直塘附近活动，同贫苦农民打成一片。他曾在昆山工作，后做政治交通。

卫旭东，党员干部。开始在昆山做秘工，后调太仓，一度属薛惠民直接领导。

陈凤，是顾江山发展的秘工人员，曾在太仓做交通联络工作。

张二司，党员。在支塘以酒店为掩护，扎根在群众之中，团结了一批外围分子，立足点很巩固。

王保奎，党员。曾在太仓城里活动，有魄力，胆大心细，发动过反对苛捐杂税的群众性合法斗争。他搞到过一些空白"良民证"，作为秘工和武工人员掩护之用。1944年初，我在他家里写过一首诗[①]。王晏秋老先生当场把此诗书写了几幅立轴赠友，寄情花木，心照不宣。

黄金华，原民运工作人员，反"清乡"后在沙溪利泰纱厂当职员（开头几次去接关系，她误认为是敌人的诡计而都拒绝了）。

---

① 全诗见"岁月吟唱"部分。——编者注

金振基，鹿河人，党员。从苏北通海区派他回到太仓做秘工（原拟在他立足点巩固以后，任命他为区特派员），但他一去而不来和我们联系。

王炳生，何市人。原是小学教员，在主力部队当文化教员。派他回太仓做"两面派"和争取伪军的工作，但也是一去而不返，断掉联系。

沈渭堂，原隐蔽在上海，后布置他与太仓药业工会的一个同乡人建立了"义结金兰"的关系。我根据薛惠民的授意，要他以合资经营的办法，在太仓城里筹备开爿中药店，为地下党干部准备可靠的立足点。房子租好了，但由于资金无着落，未能开店营业。

朱小成，有时回涂松一带开展交朋友活动。他沾染了较为浓厚的"二流子"习气，且头脑简单，所结识的几个人，经审查皆是"酒肉朋友"，不能作为秘工的外围分子。

王铭生，常熟人，原是教导员。当时薛惠民要他去太仓立足后，担任秘工县特派员。但他和太仓的一个米行老板在上海吃喝玩乐而堕落了。后来，他在苏州亲戚家，我奉命再与他联系，他表示愿意继续工作，但预约了日期在官渎里碰头，却没有来。以后，他回常熟去，被日寇逮捕了。

除了上述的这些曾和我发生工作关系的人员以外，还有顾丽沧（原常熟吴里区委书记）、刘祥（党员干部）等，也在太仓工作过一段时间。支塘还有顾定、张福、范龄等六七名地下党员和外围积极分子。后范龄去上海伪中央税警做策反工作，属薛惠民直接领导，顾定被捕后，张福任支部书记。

在秘密工作中，执行了统一战线政策，努力团结一切抗日力量。我们和徐翰青（原先是常熟县抗日自卫会执委，苏南行政委员会委员，后是太仓县副县长兼区长）、宗俊、沈洪卿等一批统战对象保持了联系，领导他们进行一些抗日活动，也曾通过他们开展争取"两面派"的工作。

我们在青年知识分子中也开展了一些不暴露面目的交朋友工作，有计划地发现对象、选择对象、培养对象。如我和王保奎、沈渭堂等曾同顾然明、曹秀琴、董耀宗等，以创作诗歌的形式，从探讨文化生活逐步转入了研究政治生活。我在1944年夏曾写了《心曲》八首，顾然明把它发表在《红玫瑰》

报的副刊上 [①]，当时传播较广。据说城里的一所小学，把"气候炎凉须记取，肩挑四季爱生活"当作对联似的悬挂在办公室里，徐翰青老先生曾选了几首作为教材参考。

1945 年初前后，中共苏常太工委正式成立，薛惠民任书记（后任第六军分区副司令员）。浦太福调到江南工作，负责恢复太仓的武工活动。他先以何市一带为基地，逐渐向着反"清乡"前太仓县原来的何项区、璜泾区和三五区扩展。并且打算从窑镇、直塘等地向昆山的周市、陆家桥推进，争取把苏常昆太的游击区连成一片。他恢复和发展了一些关系，如彭醒怀、朱汉青、陆洪元和叶重等。到抗战胜利前夕，太仓县恢复了何项区、璜泾区（三五区未恢复），基本上重建了根据地。

（原载中共太仓县委党史办公室编《太仓革命史料》"纪念抗日战争胜利四十周年专辑"，1985 年 5 月版）

---

① 今存四首，见"岁月吟唱"部分。——编者注

筹建太仓县医师抗日协会的回忆

一

1940年的"红五月运动"中，风起云涌，苏常太地区的"江抗""民抗"游击区里，各种群众抗日团体纷纷公开成立，常熟县医师抗日协会也在徐市诞生了。这是在"民抗"司令员任天石亲自发起和医药界爱国人士积极参加下而建立了东路地区的第一个县级医抗协。

接着（约在6月上旬前后），任司令就布置王志成（徐市名医，常熟县医抗协主席，未脱产）、瞿琴南（横塘市的社会名流，行医兼务药业，常熟县医抗协干事，未脱产）、胡凌（"民抗"总部民运工作人员，原是药业职工）和我（当时专门筹建医抗协的民运人员）等数人着手筹备太仓县医抗协。为了便于开辟工作，繁忙逾常的任司令又亲自挂帅，兼任了筹备委员会主任，确定了工作方案。他决定胡凌、王保全（民运人员）、奚庆生（烟墩庙的中医，抗日积极分子，未脱产）、邵岐昌（吴市总管殿的中医青年积极分子，未脱产）和我要集中一段时间，专职从事筹建工作，并任命我为筹委会副主任。

当时的何市一带（后称何市区）是属常熟县的辖区，要到1941年早春才划归太仓县。我们先以徐市、北渡桥、烟墩庙和横塘市为活动基点，开展了调查研究，要了解太仓各地的医药人员概况，重点先是著名人物和进步青年。工作方法采取由近到远，向着太仓县第四区、三五区、二区等地带扩展，利用积极分子和社会关系为"桥梁"，有选择地前去登门拜访工作对象，逐个联络，进行宣传动员，然后逐步发展委员，扩大组织。我是一个阅历不深的青年，仅仅做着一些具体的工作。

筹建之初，任司令还亲自写了一些信件给他在上海医学院读书时的同学和医药界的熟悉同人，号召他们参加医抗协，协力救亡，争取抗战最后胜利。

筹建当初，太仓医抗协（筹）是处在刚从常熟县医抗协中划分出来的创办阶段，活动范围小，人员少，组织不健全。不是普及太仓全境，而仅在横塘市、何家市、归家庄等一些地段里，有部分医药界人士参加了某些筹建活动。我们是执行了任天石所提出的"分开步骤，由点到面"，向王秀桥、鹿河、璜泾、老闸、冯家桥、岳王市、浮桥、沙溪与直塘等地推进，团结爱国的医药卫生人员，努力创造条件，争取早日成立医抗协。当时，何市、项桥、归庄、王秀桥、鹿河等地都有民运干部在公开组织青年、妇女、农民等抗日群团，建立地方抗日自卫队与常备队，但我们同他们没有直接的工作关系。这是由于医药界人员为数不多，散居各地，分布面广，独具了"人少地广"的特点，因此在开始时就单独地自成系统地进行着专业性的筹办工作。

那时，有些医药界人士认为抗日救国，是民众的神圣天职，医生要抗日义不容辞，但是医生大多要出入敌人据点或遇到日伪军的盘查，要尽量避免"惹是生非"。因此，他们提出不要称"医师抗日协会"，抗日两字不必公开，可以心照不宣。提议改称"医师协会"，或"医师公会"，或"医药界联谊会"。我们把这个问题向任天石作了汇报，并根据他的指示经过大家的民主讨论和协商以后，大多数人认为应当旗帜鲜明，抗日两字不能藏而不露，最后议定仍称医抗协。那时，也有人主张要"填写表格，申请入会"，并限于正式开业的国医与西医。为此，任司令抽出了半天的时间，在烟墩庙（也可能在小基浜黄翰林家，回想不清）召开了医药界知名人士和社会贤达十多人的座谈会，他发表了有关医抗协的宗旨、会员条件和权利与义务等重要意见。大家经过讨论，统一了思想，一致认为凡是拥护抗日民族统一战线，愿意造福社会的国医、西医和药业商人、职工、学徒等一切医药卫生工作人员，不受资历、学历、年龄、性别和党派等的限制，都要欢迎他们参加。只要本人自愿，口头报名，就可入会。

当时，任司令要我们草拟三个文稿：一、筹建医抗协，敬告医药界同人的启事；二、医抗协章程；三、推行施诊给药的条例。他提示了内容的要点，嘱咐我们不能写"官样文章"，不可"闭门造车"，要尽快地先把草稿写出来，然后多方征求意见，反复进行修改，达到"说得对""行得通"的要求。他还再三强调举办各种形式的施诊（指个人的、集体的、分散的、集中的、临时的与经常的施诊给药），是一项重要的公益救济事业，要号召医药界发扬人道主义精神，救死扶伤，医治贫病，造福人民。此后不久的一天（约7月初），民抗总部宿营在何市马家角，任司令把我们找去检查筹备工作情况，在场的有李建模同志和太仓县委书记刘景兴，还有一个在四区做民运工作的女同志。任司令说自己的工作实在太忙，还是担任医抗协筹会的名誉主任为好，提出要我当筹会主任，胡凌、陆易保（白荡乡颇有名气的中医外科医生，他受到家乡蓬勃发展的群众救亡运动的影响，由不问政治逐渐变为赞成抗日）为副主任。任、李、刘领导人还明确指出要在施诊给药的条例中，明文规定优待抗日军属、烈属与死难同胞的家属；并要增加提倡清洁卫生，宣传破除迷信，劝阻与禁止"巫医"等的内容。

到了8月上旬，我调到常熟县抗日自卫会工作了。我把筹建医抗协的启事和推行施诊给药的条例草稿交给了任司令，把没有写完的医抗协章程草稿移交给了王志成和瞿琴南。此时，任司令曾征求我们意见，他打算正式成立太仓县医抗协时由瞿琴南任主任，胡凌、陆易保为副主任，奚庆生等为干事。在场的王志成、瞿琴南、胡凌、王保奎和我等10个人都表示赞成。任司令把"太仓县医师抗日协会钤记"（黄杨木刻的长方形关防式的篆字阳文）印信和一枚条戳交给了瞿琴南。后来有无成立太仓县医抗协，我则不清楚。

二

在上述时间里即 1940 年七八月间，曾以太仓县医抗协（筹）名义，印发了"施诊券"，券面有"施诊给药"字样。抗日的烈军工属和死难同胞家属，穷苦农民和市镇贫民，以及穷困的鳏寡孤独等，凭券可以享受免费治病的优惠照顾。这虽然是我亲身经历过的事，但我只知道这一段时间里推行施诊券的开始情况，以后施诊给药的盛衰兴废，则不知底细。

第一次印发"施诊券"

是胡凌、王保奎、奚庆生、邵岐昌和我等几个筹建人员主办的，印发了施诊券 100 多张，时间在当年的 7 月上旬前后。

印发施诊券，不是我们几个人的创举，而是在医务界原有"穷病送诊给药"的优良传统的基础上重整旗鼓。

当时是利用我的处方纸（铅印的红字："国医仲国均内外科大方脉方笺""贫病不计，送针给药""通讯处吴家市大春堂国药号"等，另有"仁心仁术"的四个空心字），加上了"施诊券""太仓县医抗协（筹）"的油印黑字，并用墨笔填写了指定就诊医生的姓名。当时为此而义务应诊的医生是王志成、瞿琴南、奚庆生、邵岐昌和我。我们决心"烧香烧到枯庙里"，为最困难贫病者治疗。因此施诊券大多是我们亲手分发给了白茆塘两岸的贫穷人家，且主要是被日寇烧掉住宅的困难户，也有一些是赠送给了"江抗""民抗"部队宿营地（例如吴巷、朱桥、草菜泾和小圩里等）的某些贫苦病家和军工属。贫病者得到了免费治疗，莫不表示衷心感谢。这对宣传抗日、密切联系群众起了一些细微的作用。

我们除了热心施诊外，还量力而行地自己出钱购买了"十滴水"，委托一些开农村小菜馆的人代为行方便。同时我们曾奔走呼吁，向徐市、归市、何市、项桥、归庄、王秀桥、横塘市等部分医生和药店，劝募到了一些名牌的"雷允上痧药""诸葛行军散""黑虎丹"等夏令应急药物，作为慰劳品送到了江抗东路司令部和民抗总部去，备受欢迎。

有一天，任天石和一两个随员路过新桥，弯到一爿小茶馆去喝水，被一个患着丹毒的老塾师误为是我，拿出施诊券要求看病。他就忙里偷闲地应诊了，还主动替害着风痹的吴祖怡开了方子。当吃茶人知道他是"民抗"司令员"老天"时，顿时肃然起敬而热情洋溢地围着他，笑语盈盈。从此，"老天"施诊，在群众中广泛流传，留下了美好的影响。

第二次印发"施诊券"

仍是利用了我的处方笺，继续添印了百把张。时间在 7 月中旬。

施诊券的内容有所改进：一、分为"送诊"和"送诊给药"两种。病家凭施诊给药券，可以到指定的药店去免费配药。药店把药费记在开方子医生的名下，以后向这个施诊给药的医生结算。二、我们五个应诊医生的名字全部印在券上，病家就诊时可以自己选定医生。

任天石在检查筹备工作进展情况时，曾经特地向我们指出，印发施诊券和积极应诊是做得很对（当时的《大众报》或某群团办的《吼声》油印快报登载了我们施诊的简讯，且有"一片丹心，医治贫病"的表扬之词），但他也批评我们是"跑单帮""孤军奋斗"。他曾打比喻说，救苦救难的观世音是千手千眼菩萨，你们五个人只有十手十眼，能接收多少病人，给予治疗？他教育我们要走群众路线，发动医药界和社会上的许多仁人君子，一起来发施诊券和举办集中的施诊。他鼓励我们要再接再厉，大刀阔斧地去干，只要措施得宜，必定能事半功倍。任司令当场就亲笔写了一封信给何市的徐翰青、黄宝初（似乎包括陈月盘、徐绿漪等），请他们动员社会力量，复兴施诊，为贫苦民众解除痛苦，为祖国效力。事后，我们还知道李建模同志也曾写信给王秀桥的朱殿农（田农）等，要他们宣传医抗协（筹）提议，为无力医治疾病的群众排忧解难，组织夏令施诊。

第三次印发"施诊券"

这次不再是统一印发，而是提倡发扬崇高医德，专做好事，由爱国医生个人自行印发。究竟印发了多少张，当时没有统计，现在也无法估算出来。时间是在 7 月底 8 月初开始。

印发施诊券的医生除了王志成、瞿琴南、奚庆生、邵岐昌和我（我调动工作后，留在民间未看完的施诊券，由邵岐昌代为应诊）五人以外，是有过不少老中青医生继承和发扬了"行医济世，治病救人"的高贵风格，热情响应振兴传统风尚，自动印发了施诊券。至今，我尚有些片段印象。

一、陆易保、虞耕山（何市中医女科）、徐志舟（何氏中医内科）、江月华（何市中医内外科）、杨某和方某（伍胥庙或璜泾附近的中医），九曲、时思和岳王市、穿山也有两三个中医，只记得其中一个是姓王的（或黄，名字也记不起了。他曾被"游劫队"单柏林绑过票，是浦太福同志把他救出来的。在"反清乡"前，他曾数次秘密救治伤病员，但鲜为人知）。这些先生医术颇为高明，在当地很有名望。

二、直塘有个针灸医生（姓名忘记了），是王炳全或方天石的亲戚，经过王或方去动员，曾送来几十张施诊券。归庄的中医外科张国栋，是一个很有名望的医生，似乎由徐翰青或徐绿漪去联络后，也曾送来过施诊券。支塘一位很有名气姓裴的中医，是经过胡凌去动员说服的，也有施诊券交给了我们。烟墩庙里一个和尚（法名妙空）也印发了施诊券。还有何市的小儿科端木少泉曾说过，"对应当施诊的病人，我主动采取免费施治，不发施诊券"。据我知道，他是言行一致的。

三、还有董汝霖、杨宇祥、董志嘉、谭时中、彭守文等医生，是否发过施诊券，记不清了。此外，常熟境内有些医生如白宕桥胡康侯、浒浦管轶帆、东周徐中和，似乎还有归市陆鸿元等，也曾先后送来过施诊券，我们是赠送给了常熟与太仓交界地区的贫困者。

凭施诊券可以享受免费治病，大多是门诊，也有些是出诊，一般都是重病和急诊（当时小毛小病是不会求医服药的，穷人家非要到病重病危时才请郎中），少数是贫病不愈的疑难杂症。每券看病一次，但好多医生对这种初诊病人的以后复诊，不须另再凭券，是继续免费施诊。

有些医生非但凭券免收诊金，同时还把给药看作分内的事，义无反顾地不收药费（那时外科医生等都是自备药品），或者病人可以凭券到指定的药店去免费配药。例如江月华的施诊券，是指定病家在他自己开的江恒益国药店里免费撮药。奚庆生经济不富裕，但对最困难的贫病者也采取送诊给药或半给药的办法。曾有他的送诊给药方子，病人拿到何市蔡瑞云家开的大德堂药店去配了药，蔡见义勇为地把这几张方子的药账就一笔勾销了，即不再向奚庆生结算药费。我开出的送诊给药的处方中，有的是指定到大春堂药店去免费配药，但店主沈惠堂（抗日积极分子）从未向我算过这种药账。这是医生施诊，药店给药的点滴事例。

当时，医生个人印发的施诊券的式样和大小，没有统一的规格，但都有施诊券或施诊给药的字样，医生本人的姓名和标记性的图案。例如陆易保是新印的施诊券，有毛笔字的编号，盖有葫芦形的大篆阴文的红色私章。江月华的施诊券是一张香烟壳大小的牛皮纸，用毛笔写的"儒医江授之""贫病施诊给药"等字，反面盖着一个长方形正楷字"不求金玉贵，唯望子孙贤"的阳文木章（当时，江授之已过世，他的儿子江月华就沿用着这种积存券）。虞耕山是在他的方笺上盖了木刻"施诊券"三字，妙空和尚的施诊券是阳文宋体字印在"签条"似的黄纸上，还有"诸恶莫作，众善奉行"字样。

施诊券分发办法：有的是医生直接通过熟人赠送给贫苦病家；有的是筹建人员收到了医生的施诊券之后委托某些乡保长和著名人物去转发；也有的是我们通过几个地方的工作人员（如我曾把一些券转给了钱振环、吴金司、柯某、施奎、朱殿龙、王鸿元等）分发到享受优待的对象手里。

第四次印发"施诊券"

约在当年8月中下旬，太仓医抗协筹会奉命印发过一种药费"公费"的施诊给药券。印过和发过了多少券，我皆不知道。当时是试行性质，仅在局部地区实验，印发的券也就不会太多。

以前三次印发的施诊券，不论统一印发或医生个人分散印发的，都是医药界爱国人士私人尽义务出力的免费送诊和自己掏腰包出钱的免费给药。这次印发的券，是实行了医药"公费"的办法，由医生或药店临时代为免费给药后，可以凭券和处方向指定的地方组织有关部门去实报实销。这样做，非但改变方法，而且继续提倡医药界私人的送诊给药。当时听任天石在一次民政工作会议上讲到过，大意是李建模、杨浩庐、太仓县委书记和他一起作了探讨，决定从工商业税收或抗日救国田亩捐中拨出一些款子，专门用于军属等医药费开支；试行公费的免费给药和号召医生、药店等私人的施诊给药，两者并行不悖；采取公家和私人协力合作，必能起着并驾齐驱的作用，把施诊给药办得更好。

这种券仍是分发给享受施诊给药的军属和贫病者等优待对象，但分发的办法不是"先发备用"，而是在优待对象需要治病时才申请领券供用。券面印的是太仓医抗协筹备会，而盖的印信却是医抗协会记，即无筹备会字样。当时瞿琴南等曾给我一些盖好印的空白券，我也填写过，因券上有优待对象的姓名、住址、指定免费配药的药店，应诊医生姓名等空格，要逐项填明。

此外，在翌年的反"清乡"斗争之初，我去过何市一趟，曾见到江恒益药店职工张忠林在清理账册，把几张这种给药券烧掉；记得蔡瑞云也讲过，他家药店也有同样的一些券和抗日税收单据等，都烧掉了，因当时日伪军已在何市建立了据点；还听说伪军在王秀桥的一爿药店里抄到了这种券，就抓人、敲诈勒索。

三

我们曾在当时即 1940 年七八月里，发动了集中施诊的义举。这种集中施诊，也不是我们破天荒的首创。苏常太地区的"施诊"，也是一种带有浓厚地方色彩的公益救济事业。例如每年夏秋（一般在中元节前后），各地主要集镇总是举办施诊。经费来源是医药界乐善好施人士的慷慨解囊，或者从当地公产（包括庙产、义庄、社会慈善团体等）中开支，或者采取医家尽义务和药店廉价配方（按零售价格打八九折甚至对折的都有）与地方主要工商业者募捐集资相结合办法。这是世代相传，众所周知的"施诊"事业，但在江南沦陷后的三年来是"时过境迁"的中断了。

当时，在任司令的提议下，徐翰青、黄宝书（可能有陈月盘等）就热心响应，立即在何市举办了一次夏令施诊，为时三五天，地点分设在某桥弄口某局（堂）房子里和公园厅的两处。当地医生参加了义务应诊。由于经费来源不足（地方公款无多少积余），就采用劝募集资，主要是镇上的张二先、朱祥先、邹家、徐家、陈某等几家花行和米行，量力分担，而且大家都是当仁不让，乐意地应承下来的。此次施诊，贫病者受益匪浅，出力出钱的人也很满意，社会上的反映良好。王秀桥、鹿河、横塘市、项桥等地在何市举办施诊以后，也先后组织了类似的施诊。其中我听说朱殿龙与有名位的人（如木行老板李芳明等）发起了施诊，除有当地医生尽义务外，还聘请了外地一些有名气的医生参加。大约是集中施诊了两天。

8月中我已在县自卫会工作了，但也根据"老天"授意，应邀前往烟墩庙参加了3天的施诊。求治群众较多，且有些三五成群的中老年妇女专门来请和尚针灸的。我记得当时楼下3间客堂里，天天挤满了人，七八个医生是应接不暇，施诊给药的处方，是指定到归家市、横塘市等特约药店去半费或免费配药。结束时，该庙还以素餐酒席款待医生、工作人员和近郊乡民等，并向每个医生赠送了一个精致的镜框，上面分别写着"杏林春暖""橘井流芳""妙手回春"等的红漆字以及某某先生惠存、同人敬赠的上下落款（我也接受了一个刻着"丹凤朝阳"的玻璃镜框，今尚幸存）。记得该庙举办这次施诊的全部经费，是大施主沙溪万和祥商号所赞助，这些集中施诊的恢复和发扬光大（在原有贫病施诊给药的基础上增加了优待抗日军属和死难同胞家属），得到了许多病家的赞扬和地方人士的关注，很得人心。这些集中施诊也是在筹建医抗协，为群众服务，优待军属的活动中起了一些"兴利除弊，医治疾病"的有益作用。

稍后，任司令担任了常熟县人民抗日自卫会主席（皖南事变后任行政督察专员兼常熟县长），经常关心和检查督促施诊给药等公益事业和优待抗日军人家属的民政工作。政府明确规定："必须优待军属和贫苦群众，试行施诊给药，免费治病。"在免费为军属和贫病者治病方面，医抗协的医生是带头履行了替他们看病的光荣义务；有经济负担能力的医生和药店，做到了免费给药；若免收的药费为数较多，医生或药店可分别向政府的民政或公益部门实报实销。那时的苏州县也建立了医抗协的筹备组织，印象上曾称过医师抗日公会。县政府号召医药界推行施诊，还颁布了行政法规性质的《施诊给药办法》。至于当时的太仓县是否推行施诊给药条例，我不知道。但在优待抗日军属方面，县政府规定是"享受免费治病的待遇"。

但是，在第二年 7 月日伪开始了对苏常太抗日根据地的疯狂"清乡"，处在刚开始振兴的施诊，又停顿起来了。

1987 年建军节于苏州

回忆解放战争时期太仓秘工的概况

1945 年，根据双十协定，我党政军北撤时，由新四军苏常太留守处和中共苏中六地委苏常太工委（书记陈刚）留守苏南，坚持工作，并派县特派员周亦航在太仓岳王市隐蔽立足，领导太仓县的地下工作。此后，随着苏常太地区革命形势的转变，在"敌强我弱"的情况下，秘工和武工的两条战线开始了新的艰苦而复杂的斗争。

1946 年秋，我奉命从苏北南下到澄锡虞地区，担任沙洲县[①]特派员，属中共华中工委京沪路东中心县委书记任天石及副书记李中领导；在任、李被捕后属朱帆领导。1947 年夏，我调到中共十地委苏常太工委做点线工作，兼做太仓县的秘密工作，属陈刚领导。不久，我立足点转移到甪直，仍以行医为掩护，化名陈惠澄。1947 年夏，原在太仓工作的戴坚调来甪直任政治交通，伪装我的姐姐。

1948 年秋，我奉命把太仓秘工移交给县特派员朱文斌。我在太仓的工作过程中，先与王峰联系；在王峰撤出太仓以后，我与李家杰直接联系。当时，在我们这个系统里，以王峰、李家杰为主的，共产党员和建党对象 30 名。其中有陈有庆、蔡学培、蒋连生、洪国英、蔡树培、周伯生等，还有苏永昌、周阿大、范伯民、沈云章、潘福生、梁树堂、王福根、孙阿奎、吕律、张行、杨炽昌、方斌、徐兆青、蔡宝忠等，以及上海联络点的张达、宋云庆。他们是有领导、有组织和直接进行地下革命活动的人员，不包括一般

---

① 现张家港市。——编者注

的积极分子、统战对象和为我利用的两面派人物。他们分布在城区、城郊和毛家市、浏河等地。这样，我们建立了好几个秘密联络点。这是有计划、有步骤地开辟、巩固和发展的点线工作。

有一次，我预约李家杰来苏州详细汇报已成熟的建党对象情况（即周亦航在太仓工作时期，经过选择培养和决定在斗争中进一步考验之后吸收入党的对象），打算审查批准他们入党。由于李家杰记错了来找我时所规定的人数，即只要他一个人来，而他来了两人，因此，苏州护龙街联络点的吴炳君就没有告诉他们可以与我见面的地点，于是李就未联系到我。但不久我们就派人去与李接上了关系。在1948年底前后，通知他们按照调查提纲，收集了太仓县的敌情，包括敌党、政、军、警、特等的基本情况；并先后抽调李家杰、洪国光、顾文彦、王秉彝、吕裕兴、吴桂保、金永廉、蔡永培、陈志庆、陆惠中、包肇基11人去苏北解放区，参加华中九地委江南工委训练队学习，其中李家杰等还在工委调研组工作过，从事整理太仓的敌情资料。后来他们一起参加了"新区工作学习队"，学习"入城纪律"和接收城市工作的方针政策，其中部分同志于1949年春节还随军参加了南通市的接收工作。

约在1949年3月里，中共太仓县委和县政府于白蒲成立，在中共苏州地委的领导下，准备随大军南下，接收太仓。太仓解放后，原来我们系统里的34名人员，除少数几人在外地工作外，大多分配在太仓县公安系统工作。其中有的在5月中旬就被县公安局选派到苏州公安处保训班培训，洪国英、蔡树培、蒋连生为副组长，周伯生、张行、方斌、吕律为骨干，吸收了原来地下活动的外围分子王庆澄、孙其梅、夏桂荣（东郊）、范湘如（南郊）、姜桂英（西郊）、章昌顺、徐蕙明、沈惠英、章昌蕙（新毛）等参加了学习。城区公安分局建立武装警察队时，顾文彦动员范伯民、苏永昌等带头入伍，外围分子和原来受到秘工教育影响的周德东、沈明华、俞祖生等八九人踊跃参军，建成了一个班。

以上是我知道的概要情况。

（原载中共太仓县委党史办公室编《太仓革命史料》，1986年6月版）

忆《朝霞》

最近，我收到了姚鑫、仲国球和陈剑昆等同志送来为我保存的许多革命资料，其中有文艺刊物《朝霞》第三期残缺不全的"编辑赘言"底稿。它被一个同志藏放在破烂的天花板上十几年，已经是白纸泛黄，水渍斑斑，而且只剩虫蠹纸破的三个半页了，但是字迹还清楚可认。我反复地阅读着，勾引起了有关《朝霞》的一连串回忆——

1943年的夏秋间，太仓的葛隆镇、嘉定的外岗、昆山的菉葭浜和夏驾桥等集镇上，有10多名在外埠求学暑期回乡的学生，自发地联合起来筹办《夜明珠》文艺月刊。但将要出版的时候，被伪警察局勒令禁止了，发起人并被伪江苏地方法院传讯，底稿、印刷机和纸张也全部被没收。但是有些筹办者不甘屈服，回校后又继续联合当地小学教师和有志青年，采用合法斗争的方式，公开成立了《吼声》杂志的筹备处，向伪省、县政府申请登记，然而还是不成。伪县政府下令，限期解散，违抗者依法严惩不贷。地方上的恶势力也助桀为虐，进行威胁，说什么"办杂志要有后台、人才、基金，不是阿猫阿狗都可以办的""办杂志不是贩卖青菜萝卜，内容有毒，就要坐牢杀头"。虽然两次失败，菉葭浜的樊秋声、夏善桐等几个青年仍然没有感到沮丧，又准备出版《朝霞》。

樊秋声是个失学青年，在邵家馆里当堂倌，他的母亲在地主家里当女佣人。被压迫的生活，养成了他坚韧不屈的性格。他的求知欲望和爱国情绪十分强烈，并认为办了刊物，可以和志同道合的青年真挚相处，同策共励。

那时，我们路南特支部副书记钱序阳是个精明干练的干部。他被派打入伪组织里，担任了西古乡伪乡长。当他了解了这些情况，就和当地的地下党员潘家桢、邵福生等商量，用秘密斗争的办法，团结这些青年办好这个刊物。我也主张立即去加以领导，以免再被敌人破坏。我们向中共苏常太工作委员会请示，工委书记薛惠民同志指出："这个刊物暂时以群众自发的形式出现，不用我们的名义出版，秘密组稿、秘密出版和有对象有计划地秘密传阅。这个刊物以积极为抗战服务为主要任务，内容要有小说、散文、诗歌、评论等各种形式的作品，并力求通俗易懂，小型多样，主要读者是工农群众和知识青年。"于是序阳就避开了敌人视线，进一步团结了以秋声为核心的一批青年积极分子，满腔热情地进行刊物的筹备工作。

当时我化名为柯兆瑜，以行医为职业掩护，住在昆山新镇。经过工作，房东俞世林已经成了一个可靠的积极分子。四邻住的都是劳动人民，和我们的关系处得十分密切，好像我们是世代居住在这里的一样。1944 年初春的一个深夜，我诊所隔壁的俞家请来 10 多个道士敲锣打鼓地做道场，我们关着门窗，聚精会神地在诊所里修改《朝霞》第一期的 50 多篇稿子。敌人特别是伪警察分署监视着我们，伪保长也常来冷眼察看我这个迁入不久的诊所。为了应付敌人，我们早就叫在诊所工作的徐玉瑛同志伪装生病，并报告伪保长。这样，序阳、家桢、秋声和薛惠民同志就按照预定的日期，分别以不同的亲友关系来探望病人，先后来此碰头。这天我们在玉瑛房里的台上放满了药水、药瓶、注射品，在中堂里放了一张方桌，留有残局的麻将牌，并叫世林在天井里"望风"，以应付突然事变。

报晓鸡喔喔连声，我们还在修改最后一篇短论。突然，世林急促地轻轻叩了几下窗棂，声音有些惊慌："快，快想办法，黑衣裳（伪警察）来了！"

听了这话，玉瑛连忙带着全部稿件和衣上床，秋声又用被子把她没头没脑地盖住，下了蚊帐。这时正好薛惠民同志也在，他过去担任过副司令、县长、团长，面目很红，不能和敌人见面，就隐蔽到床后衣橱边，并拔开了窗上的插销，准备必要时越窗而出。一切准备好了，序阳索性拉开门闩，把门虚掩着，我把方桌四角上的洋烛点起，四个人便坐下来打牌。五个伪警推门而入，手枪对着我们吆喝："不要动！""举起双手！"

我们一看没有鬼子，放心了不少。序阳故意声色俱厉地说："嘎，你们是哪里的？抓赌抓到我们头上来了！"

"钱乡长，轻声点，病人才睡。"灵活的秋声用手揉揉眼皮又装作满面春风地对警察说："哎，都是自己人嘛，何必如此。请坐，请坐，来，来，来个四圈——"

"你是哪个乡的乡长？"为首的伪巡佐打断了秋声的话，对着序阳问，语气和缓了一些，说："我们不是抓赌，因为你们这里有人家做道场，闲杂人多，来抽查户口的。"

序阳对付敌人很有经验，知道这些家伙惯常怕硬欺软，就把"派司"（身份证）往桌上一拍："来，拿去看吧！"

序阳用力过猛，桌角的一支洋烛震倒了。秋声拾起洋烛，故意嘟哝着说："倒腊，三百翻。要出邪牌了。"伪巡佐看过"派司"，向四周扫视一下，狞笑着说："对不起，上司命令，公事公办。除了你们，还有其他新来的人吗？"

"一共这几间屋子，你看一下就明白。"序阳很轻蔑地看了他一眼，随即又指一指玉瑛的房间，加重语调说："不过，对不起，重病人才吃药，睡了，你们进房去，可要轻手轻脚一点。"

"徐玉瑛有病，保长早已报告我们。"伪巡佐走进玉瑛的房门，打着手电筒斜睨了一下房里的情景。大概看到房里台上凌乱的药瓶、药水，玉瑛又蒙头睡着，也就轻轻地退了出来，用一种例行公事的口吻说："柯医生，以后来了亲友，就是住宿一夜，也要来报户口。"我当然赔笑送客："是，这次疏忽了，下次一定报。"

这种风险，当然是我们地下工作者司空见惯的。伪警察走后，我们又把短论作了修改，编好目录。决定由秋声、家桢去和夏善桐、钱秋塘等积极分子秘密缮印。序阳打个哈欠，挺挺腰，打开窗子，这时，天空飘浮着绛红的朝霞，旭日正在冉冉升起，我们感到心旷神怡，疲劳顿时消失，秋声兴奋地笑着说："没有党的领导，两次失败。这次，有了党的领导，保险出版。"

《朝霞》第一期出版后很受读者的欢迎，各地的积极分子争先恐后秘密传阅着。通过这一期的刊物，进一步教育、团结了更多的青年知识分子。

两三个月以后，苏州基督教"唱诗班"里竟然发现了一本《朝霞》，封面上不知谁还盖上了一个长方形的"自己阅后，赠给亲友，功德无量"的篆字印章，不久，被敌人发觉了，伪江苏省垣警察局立即行文各地，责令秘密侦查有关《朝霞》的出版情况，搜捕出版人。我们得到这个消息后，也马上商量对策。序阳意见：必须提高警惕，把这一期马上收回销毁，以免敌人发现线索。秋声却不同意，他认为销毁是消极的，应该马上出版第二期。经过激烈的争论，思想统一了，决定一方面迅速销毁第一期，一方面又积极出版第二期。在收回销毁的过程中，发觉盖有篆字印章的那本原来是东华大学教授陈旭轮不慎遗失，才落到"唱诗班"去的。

伪警察是很狡猾很恶毒的。他们出动了几十名特务，从原来筹办《夜明珠》《吼声》的线索追根究底。形势吃紧，我们决定秋声、善桐等同志撤退去苏北根据地，参加武工队训练学习，预定三个月后回来开展武装斗争。他们临行时，幽默地在家里给特务留下了一封信："《朝霞》是我们办的，你们追根已来不及了，我们就在今天早晨动身，去苏北参加新四军了。"当日中午，果然有一群特务气势汹汹地去逮捕秋声了。当他们看到这封信时，就把伪镇、保长找来大肆训斥，责骂他们吃粮不管事，放走了抗日分子。被骂的不甘示弱，也回敬他们："抗日分子脸上没有字，你们有先见之明，还放什么马后炮？"就这样鬼叫鬼闹，争吵了好一阵，伪警察局无可奈何，只得下令通缉，聊以自慰。

《朝霞》第二期是在1945年4月秘密出版的。序阳、家桢和钱秋塘等10多个知识青年花了半年多时间才搞成。一共油印了58本，并用《秋水轩尺牍》的铅印封面加以伪装。这一期传阅的面比较广泛，如有的积极分子通过亲友关系，送给开明绅士阅读。序阳并曾通过两面派关系送给一些伪组织人员传阅，有一本已折磨得破破烂烂，还在夏驾桥一带的青年手里半公开地传阅着。《朝霞》上发表的一些反抗异族侵略的歌谣，在群众中逐步传播开来了。有些青年把《朝霞》转载的殷夫译的裴多菲的诗句："生命诚可贵，爱情价更高。若为自由故，二者皆可抛！"刻在毛竹笔筒上，抄在日记本上，也有写在丝绢上赠送给知音。1945 年 10 月双十协定后，浙东部队北撤路过那里的时候，就有李阿冬等 20 多个青年，踊跃参军，他们说："先看到了《朝霞》，现在见到了《朝霞》上所说的太阳，为了革命，不怕辞别亲人，离开家乡。"

1946 年底，我又奉命从苏北解放区南下做地下工作，仍以行医为掩护，化名陈敬民，住在江阴周庄金谷里。我和路南特支部的序阳、家桢和王志今等同志接上关系后，他们又提出要把《朝霞》继续办下去，并且说已经写好了以反征兵、反征粮为主要内容的几篇小说和民歌。我同意了。但我们研究，在阶级敌人面前，更要提高警惕，非但要秘密出版，而且要使敌人在万一发现以后也无法查根。而在内容上，必须力求量少质高。为了使内容更受广大劳动群众欢迎，更能反映他们的意志，我们布置江阴的马炯明、徐志兰等同志收集在群众中流传的革命歌谣。

这时，苏州护龙街（今人民路）小王家弄口开有一爿颜料纸张店。这爿店是我们一个同志利用了社会关系开设的。他隐蔽得很好，真像一个道地的商人，我们筹备了三个月，稿子就集中到这里。我们又在他后楼上花了几昼夜的工夫，字斟句酌，反复琢磨，直至全部定稿。

印刷是通过陈旭轮教授在上海接洽的，承印者是上海洪兴印刷厂。我们把稿纸卷好塞在一根旧的毛竹杠棒里，准备乘客轮带往上海印刷。后因洪兴印刷厂索价太高——每本要八斗米，少一粒不印，我们无法负担，就仍由序阳布置西古乡钱秋塘、钱葭飞等积极分子缮印。并由序阳把这根杠棒带回昆山。

过了几天，我接到家桢的信，好像晴天里来了个霹雳：序阳被捕了。后来查明，序阳是被叛徒出卖的。所幸他在被捕前，已经见机地把杠棒插入庄前河里的木排底下。可是这些花尽心血、经过多少次风险的作品，却付予流水了。

在敌人的统治区里，要秘密出版一个刊物，确是困难重重。但是困难难不倒我们，我们又重整旗鼓，积极准备《朝霞》第三期的出版。到 1948 年 5 月底，家桢把全部稿子交给了我。那时，我已转移到苏州甪直，化名陈惠澄，开设了惠澄诊所。我自称曾在国民党远征军里当过军医，用一些假证件迷惑了敌人。和我一起工作的有袁淦生、张士霖同志，算是我的表兄弟；戴志芳同志算是我的姐姐。我们同伪镇长住在一幢房子里。在他看来，我是个浑俗和光、兢兢业业的医生。伪警保联处副主任和几个伪军下级军官也跟我很"知己"，还常常尊称我"军医官"。我还装作一个基督教徒，《圣经》上有些章节，我背得滚瓜烂熟，因此，基督教浸礼堂的顾牧师也和我经常往来。这样，我们的诊所就成了秘密印刷最适合的地方了。当时计算了一下，32开本，4面，油印100本，得由4个人工作20多个小时，就预定由淦生、士霖、家桢和志芳苦干一昼夜。

我们决定在6月6日着手缮印。这天恰巧志芳急须去苏北汇报工作，士霖也另有任务，缮印任务就只能由我和淦生、家桢三个人来完成，我们从上午9点开始，躲在楼上宿舍里工作，由于没有好的工具，技术又不熟练，我们印得很慢。将近中午，突然听到楼下脚步声，大门外还有伪军的哨音，我们不知发生了什么事，赶紧把油墨、蜡纸、纸张装入事先预备好的皮箱，由家桢藏上三层楼去。可是淦生下楼去查明情况以后，却俏皮地说："不怕，伪军来给我们保驾了。"原来是伪昆山县长下乡巡视，住到我们楼下的伪镇长家里来了。大门口机枪放哨，威风十足。

我们决定继续工作。但为了应付突然事变，我们做了这样的布置，我们把药瓶、针药盒子、医疗器械摊在桌上和楼板上，伪装正在清理药橱，如果敌人上楼我们可以主动请他们进来。我又把几只臭药水瓶的盖子打开，并倒了一点在痰盂里，以掩盖油墨气味，这样就是老牌特务，也是不容易看到破绽的。

因为已经和苏州、昆山、江阴、太仓等地的有关同志约定了地点、时间、记号，明天一定要把《朝霞》分送出去。我们紧张地工作，无心谈笑，也无心吃饭，晚上开着收音机，声音很响，我们也听而不闻。蜡纸破了，贴贴补补再印，直到8点多钟才全部印刷好。由于蜡纸破损，印数不到70份。正开始装订，伪警保联处副主任汪克强闯来了。他才上楼梯，我就听出是他的脚步声，急忙按照预定的计划，把印刷品收拾到皮箱里，家桢又蹑手蹑脚走上三楼。淦生坐在规定的椅子里，叼着香烟，入神地听着广播。我顺手拿起一瓶药走去开了房门说："唔，是你。收音机闹得很，你敲门又太轻，开门迟了，请原谅。快进来坐坐。"

"你还在忙什么？"他斜着眼打量我一下，走进房里。我笑了一笑，指指药橱。淦生慢慢地把收音机关掉，正想给他倒茶，猛然发觉双手沾满油墨，随即拿了水瓶，说："我去冲水来泡茶！"其实，瓶里满满的。姓汪的坐下来和我聊天，我一面装作整理药品，一面也接接他的话头。一会儿，顾牧师和淦生一起上来了。顾一见我就说："陈医生，你怎么没有来做礼拜呀？下午'唱诗班'也等了你好久。"我瞥了一下壁上的日历，才猛然想起今天是星期日，一贯装作虔诚的信徒，绝不能说今天忘掉了，只好敷衍着说："唉，一早就想去了，可上午被病人缠住，下午保安队在大门口放了哨，难得没有病人上门，有半日清静，又忙着整理药橱。你看，这不是还没整理好吗！"

两位来客都是健谈家，天上地下，喋喋不休。两小时过去了，真把我急坏了！不想个办法，也许他们谈到深更半夜也不会尽兴哩。我看了淦生一眼，他会意了，忙站起来伸了一个懒腰，打了一个哈欠，"唔，辰光不早，我去困哉。"这一来，客人知趣，便都告辞而去了。

伪县长和伪镇长等也在通宵夜战，麻将牌敲得桌子咚咚震响。卫兵就在我们楼下的长弄堂里踱来踱去。我们怕灯光外露，就把被单加挂在窗帘上。到两点半，全部装订好了。我把蜡纸和废纸都放在灶堂里烧掉，纸灰用水拌匀，倒入阴沟。家桢、淦生也已用《耶稣的一生》把成品伪装起来，由50包装的大英牌香烟空盒包装完毕。只等天一亮，他们就带往各地去分发。为了防备敌人的突然搜索，在我的诊所里，一本也不留。在紧张的工作中不知疲劳，不感觉饥渴，任务完成，一轻松，觉得又饥又渴又乏。淦生吃了两碗开水泡饭，还说："只是填了肚肠角。"

这一期《朝霞》，除送到常熟武工队几本以外，其余有的通过党员或积极分子，有计划有对象地组织秘密传阅，有的就贴足邮票，分在苏州、昆山投入邮筒，寄给省立黄渡乡村师范、苏州女子师范、友声社等学校和青年团体。我们认为：这一部分如果被敌人搜去，那就给他们看看；如果他们要追查，那就让他们去大海里捞针吧！

后来，我们发现《朝霞》第三期有一本在甪直社会青年举办的图书馆中半公开地传阅着，引起了许多进步青年的兴趣。他们所苦闷的是不知出版地址，如何订阅。就在这个时期，我们发现了汪仲琦等几个积极分子。仲琦是一个长期失业的袜厂职员，家境贫苦，为人忠厚，成了我们重点培养的对象。我们通过他团结其他积极分子，秘密组织了评论《朝霞》讨论会，从开始要向《朝霞》投稿，发展到后来要求参加革命。形成了一个进步青年的秘密组织。他们认为找到与《朝霞》有关系的人，就可找到共产党或是党领导的革命组织。大家想办法找，谁先找到，就通知大家。我们看到时机成熟，就由仲琦逐渐向他们透露自己的政治态度，表明他和党组织已有联系，并传达我们的意见："注意隐蔽，做好充分准备，到根据地去。"

敌人"清剿"指挥部发觉了《朝霞》，发布了"限期自首，逾期，被捕格杀不论"的通告。甪直伪警察署也慌了，好像镇上来了一批天兵神将似的新四军，忙着赶修碉堡，增派岗哨。敌人从各方面寻找线索，凡是看过《朝霞》的人，都被伪警察署找去追问来历，可是得不到一点线索，有几个青年还幽默地指着《朝霞》上盖过的邮戳说："你看，这既不是我们出版的，也不是我们订阅的，鬼知道是谁从邮局里寄来的，与我们有什么相干！你们要禁止阅读，那就该禁止出版。"伪署长一时无话可答，只能当众把这本《朝霞》烧掉，并狠狠地说："以后谁再收到，必须立即送署，不得传阅！"敌人一无所获，就断定：《朝霞》是外埠流入本镇的。向上报告一通了事。这次斗争的胜利，大大地鼓舞了青年们的革命意志。

后来，由仲琦带头，先后动员了10多名男女青年去苏北参加革命。1948年以后，我不再做地下工作，回到根据地，碰到这些青年同志，他们都感到惊奇，有人笑着说："陈医生，你也来参加革命啦，欢迎，欢迎！"我故意笑笑："怎么，难道只准你们革命，不准我革命吗？我也是《朝霞》的读者哩。你们这些小伙子呀，到根据地也不通知我一声，大概怕我这个'军医官'靠不住吧。"有人会意了，哈哈大笑，笑得前仰后合。

《朝霞》虽然只出版过三期，而且每期也只印了几十本；第三期字数最多，也不满 5 万字。但在当时对于读者是发生了一定的鼓舞作用的。在地下斗争的艰苦环境里，我们既要运用这个武器来团结群众，打击敌人，又要确保组织的安全，这就比在根据地里办报刊要困难得多。但在党的领导下，我们克服了种种困难，战胜了敌人，也更加锻炼了革命意志。

（原载《雨花》杂志 1962 年第 6 期）

在澄东的秘工活动

　　1947年，我以行医作掩护，先后在后塍拾家埭、周庄金谷里开设"健康诊所"和"惠里诊所"，做党的秘密工作。

　　我怎么会去江阴东乡搞秘工的呢？先要从任天石同志要我回江南的经过谈起。1946年初，苏中六地委撤销，成立了一地委京沪路东中心县委，下辖苏常太、澄锡虞等地区。中心县委书记任天石、副书记李中，委员姚家祇、尤旭、陈刚。这年春节，中心县委在如皋开了一次会议。那时我化名吴明，在一地委党校参加整风。3月，任要我移交工作，待命南下。党校编三个队，我们是第三队，亦称"江南队"（前身是六地委整风队），是从江南北撤的党员干部，有一百四五十人。杨增是校委委员兼"江南队"支部书记，王涓为副书记，我是队长。任天石对我说：这一次南下做秘工，要做到合法化、职业化、家庭化，亦即是社会化。他讲在江南工作，除了搞武工，还要搞好合法斗争。根据形势发展的可能，我们思想上要准备同国民党进行议会斗争。他说：考虑到抗日战争时你搞过秘工，因此调一调地区，从苏常太转往澄锡虞的沙洲县去，仍以行医为掩护。他认为我的条件好，可以挂牌行医到处跑，上中下层、三教九流都可接触，比当教员要上课，做店员不能离开店堂来得好。当时的沙洲县范围，是指江阴东部和常熟西部的地区。双十协定后，沙洲除留成国粹等极少数干部在坚持斗争外，大部已北撤了。

　　同年5月，中心县委又开过一次会议，党校正处在结束阶段，任天石和李中（印象上似还有陈刚）找我谈话，这是李中第一次与我接触。他们从"江南队"又调了一些干部如胡秉均、陆建南、朱掌云等，准备南下。

据我所知，中心县委已先后派出了一些巡视员和秘工人员，如朱帆、何洛、赵权之、王涓等在江南搞恢复工作。当时国民党尚未公开撕毁停战协定，军调三人小组还存在。但不久，国民党就疯狂地发动了全面内战，大举进攻解放区。6月初，驻在如皋城里的中心县委正要往北撤退时，他们与我谈话，说要成立沙洲县工委，我为书记，成国粹、张永明、包昆林（原苏常太干部）为委员。同时告诉我，要抽调一些干部去沙洲担任区、乡特派员。其中有：张永明到他家乡杨舍一带兼区特派员，许培林为乡特派员（可能要选拔为区特派员）；赵惕义回家乡晨阳一带任区特派员，施明芳在家乡后塍任区特派员，并准备抽调陈友光到锦丰、兆丰任区特派员，但在那里原有的点线工作人员如王锦章等，仍归成国粹领导，陆留宝到华士一带工作（是区特派员的培养对象）。还准备选调去沙洲的干部有：周德明，任天石认为他适合打游击；陈佩璋，护漕港人，知识分子，搞秘工；余静德，在特定情况下回去搞武工。任、李与我谈话中指出，要分两条线：一是城镇和农村的秘工；二是在农村搞武工。搞武工的干部应先通过秘工，待立足点和条件成熟后再分开。

到了7月，党校工作结束，我正式调到中心县委（已撤出如皋城到了海安农村）。李中对我说：要去沙洲的干部已集中了，你先组织学习。此时何洛在苏州站不住脚，也回到中心县委来了。李决定成立一个学习班（也称秘训班），我是支部书记，何洛为副书记，成国粹（未报到）、张永明、包昆林为支委。以形势与任务、党性修养、纪律和气节为学习内容。李中曾来作过四五次报告。他指出：我们的任务要打回江南去，回去怎么办？要搞秘工，开展武装活动；斗争的方针、政策、策略，是要"长期打算，隐蔽精干，发展力量，待机而动"，要胆大心细，避免盲目性。当时我们秘训班还有杜珍、赵惕义、陆留宝等10多人，一面学习，一面随中心县委撤退到东台草垛。8月初，李中决定我马上南下，并说将改为特派员制，任命我为县特派员，他直接领导我。当时布置的任务是：第一，要我到沙洲建立立足点，站稳脚跟后开展工作。地点不宜在护漕港、晨阳等沿江一带，应放在后塍、周庄、华士，活动经费要自己解决，与当地党员商量。第二，要积极而稳妥地恢复和发展组织。交给我已在沙洲的党员关系，等有了立足点再逐步把南下的一些干部关系交给我。他说有关具体情况由何洛、张永明、赵惕义等向我介绍，有的要我到沙洲后向成国粹等进行了解。第三，要开展对敌情和社会情况的调查研究。他明确指出，开展武工活动以何洛、成国粹为主。规定我不能参加武工活动，但要了解武工情况，以便进行配合、策应，规定何、成要直接向我汇报；但武工同志不能了解秘工系统情况。稍后，我们从东台转移到了靖江。李中说：现在如下棋一样，已把几只棋子下了。如何下好沙洲这盘棋，要看你们了。这样，我遵照李中布置，于中秋节前后（以后知道是十地委成立期间）到了靖江江边，并在何洛协助下准备南下。

当年9月底10月初，政治交通季小根与何洛母亲到苏北来领我南下。我以医生身份，带着药箱、处方笺和假证件，走非法路线渡江到了护漕港，然后临时住在桥头何洛家里。半个月后与区特派员施明芳接上了关系，就转移到后塍徐家园附近的季小根家里。接着又与几个党员和积极分子如徐永清、马平阶、徐芝兰等接上关系，并与成国粹取得了联系。在他们群策群力下，我立足下来筹办"健康诊所"。在后塍科发药房建立了业务通讯点。通过马平阶借了高利贷，购置必备的急诊药物；托施明芳新做一只药柜；我参加了江阴县医师公会，并伪造了上海的开业执照，初步建立了社会化的立足点。但是，当地有个姓徐的伪保长（后被成国粹秘密镇压）对我怀疑，潜伏着"一触即发"的危险。加上一个姓刘的国民党军医也在那里新开了一个诊所，势必"同行必妒"。为此，我就决定转移立足点，把诊所迁往马平阶家乡的金谷里。

我是1947年春节前到金谷里的。我写过一首诗："契友相处春常在，天竺蜡梅过新年。"还贴了一副对联："行医济世，治病救人。"何洛看了大吃一惊，说："怎么能写'治病救人'，这是毛主席说的。"我说医药界早就流行这句话，是医生的医德。

1947年1月30日，十地委常委（兼社会部长）任天石在上海被捕。5月15日，我的直接领导人、十地委常委李中也在上海被捕了。此后，朱帆来接关系，我只知他是巡视员、澄锡虞工委委员。第一次见面在华士东面的小山头旁边，朱帆还给了我一条丝绵被头。尔后，他一直领导我，我们曾在无锡、苏州等地多次碰头。同年 5 月，我发展了马平阶和徐芝兰入党，编为一个党小组。另有积极分子徐阿德，列为建党对象。他们所进行的工作，是间接或直接地为武工活动服务。一天，朱帆派人领我去泗港附近开会。那晚下着阵雨，参加会议的有朱帆、成国粹、赵惕义、何洛、陆留宝、李桐明、储新民等 10 多人（有的是武工队员）。据我所知，这次就是沙洲工委成立会议。事前朱帆曾与我说过，要我担任沙洲工委委员兼社会部长，但在会上他没有提到，因此我在工委没有职务。不久，国民党江阴黄山要塞司令部守备大队注意周庄东部这块地方，对我很怀疑，领导上便决定把我调往苏常太地区做秘工。1948 年春节前，我离开了金谷里，由焦康寿介绍去吴县用直重建立足点。我在沙洲工作时还兼做苏州、吴江、无锡、昆山和太仓等地的点线工作。如有个李彩华（统战对象），老家在护漕港，平时住在无锡。他曾谋取到江阴县国民党自卫团的建制、人员配备和武器装备等全部情况资料。我布置他在护漕港建立秘密交通线，并确定由叶干青负责。昆山有李涵直、王子勤等，吴江横土扇有张杰，苏州北寺塔联系点有吴秉均，无锡还有朱帆交给我的费琪、顾有成、贺一、朱再泉等，太仓有以王峰为主的李家杰、洪国光、陈有庆、顾文彦、蔡永培等秘工人员。

我在金谷里一带的秘工活动，首先是做统战工作争取上层人士，组织进步力量，争取中间人物，打击最反动、最顽固的国民党地方势力。当地有个中间人物伪乡长龚维余，我通过马平阶与他交了朋友，帮他戒了白粉。经过教育争取之后，对他完全有了把握，便公开我的身份，对他说，我是新四军，你要掩护。他表示愿意"口吃南边饭，心向北方人"，并说：我当这个伪乡长不过是个阿斗，受地方士绅龚同黄、龚俊良摆布。这样，我就完全控制了这个伪乡长。另外我们还麻痹了一个最反动的家伙龚铭富。龚身备武器，手下有几个武装卫士，我为他医治肺病，迷惑了他。所以当地的国民党、三青团和军政人员把我看成为一个不问政治的医生，也有的认为我有国民党后台。当时国民党要派外地人何俊才来当伪乡长，我们就利用矛盾，联合地方人士马雨斋、龚尚黄等写状纸，进行合法斗争。结果将反动的何俊才挤掉，使龚维余继续当伪乡长，为我们干事。我们把伪乡长掌握在手里，也就控制了伪自卫队。那时为了便于我活动，周东乡公所成立了一个卫生股（有名无实的卫生事务所），由我任股长，以此伪职，可以领疫苗，发防疫证。

第二是"限制"当地国民党的发展，削弱他们的基础。1947年国民党大量发展国民党员，搞党团合并，进行登记。为了不让国民党发展，我叫龚维余把登记表格拿来，假造名册，搞"釜底抽薪"。我从户口册上抄了20多个名字，"以假冒真"。同时，我们还可以把国民党的登记证用来作为掩护自己进行秘工活动的"护身符"。

第三是以行医业务来巩固立足点，尽量把医生的名声打响。当地有个叫龚怀轩的名医，他看病的气派真大，出诊坐轿子，诊金讲"洋纱"。有一次他自己生病，邀请我去治疗，病情得到改善。这样，在群众中传出了"有本领的龚医生还请陈医生（当时我化名陈锦明）看"。这样，我的医名在群众中就打响了。加上我采取"不分贫富""送诊给药"的方法，使行医业务局面逐步打开，便利了我的活动。

我在金谷里时，何洛时常来我处交流情况。储新民立足在附近的横桥，他和爱人常以看病为名来与我联系，互通情报，但不是领导关系。我直接到过杨舍许培林的酒店，主要是进行教育，布置工作，要他作长期打算。祝塘有个姓龚的党员，以治病为名到我诊所联系工作。我立足点周围也有一些积极分子掩护我。如有个当年已经70多岁的马姓老人，对国民党很不满，常对我讲他民国十七年替沙洲苏维埃看门的往事。我培养团结了马允武、马品佳、马天根等积极分子，并发展马人鲁等入党。在恢复和发展武工活动中，马品佳、马天根、徐芝兰、季小根、马平阶等划归何洛、成国粹直接领导，为当地发展武装斗争进行工作，周东也成了武工活动区。

后来，张永明、杜珍在上海小沙渡路安家，是李中的秘密联系点之一，我曾在那里与李中碰过三次头。李中还交代了他与我直接联系的地址（上海五马路西上麟）。我把无锡和江阴新建立的通信联络点也向他作了汇报。此外，在我离开金谷里以后，龚维余根据我们布置，故意对新接任伪乡长的龚俊良说:"陈医生是新四军,我还蒙在鼓里。"反动透顶的龚俊良回答:"他是新四军,我是半信半疑。"最反动的龚铭富坚持己见,十分恼火地说:"胡说八道。如果陈医生是新四军,你们把我的头砍下来当夜壶好啦!"因此,当地反动派对我所接近的人,未作追究。

田 柳 整理

（原载中共江阴县委党史资料征编办公室编《江阴人民革命史资料回忆录选辑》,1984 年 9 月版）

回忆我参加接收常熟的几点情况

一

1948年冬，我在做地下党工作，以行医为职业掩护，立足于昆山甪直。这时，辽沈战役中的东北野战军已在攻克锦州、解放长春之后，乘胜进攻沈阳，东北国民党军覆灭的命运已成定局。在解放战争新的胜利形势下，上级指示我们要动员一批蒋管区知识青年，去解放区参加工作。于是，我们在常熟和苏州等地动员了朱汉庆、贺一、胡燕萍、丁茂明、张丽华、李铁岩、庄凌嫒等积极分子带头去解放区参加革命。我在甪直也动员了汪仲琦、严琪、管蔚、蓝再庭、曹强、罗俊、张冰、王义等10多人去苏北入伍。

接着，我调到了中共华中九地委江南工作委员会，筹办工农干部训练班，并兼秘工训练班支部书记。地点在海门中央镇徐家仓。另有武工队轮训班，朱峰任支书。当时，九地委书记向一峰兼江南工委书记，陈刚任副书记，曾子平、浦太福为委员。江南工委的番号为"狼山中队"，代号是"东南协记公司"。

那时，我们秘工系统在苏常昆太地区和无锡、上海等城市，先后动员了100多名知青来解放区工作，大部分输送去华中江南工委（番号"吉林大队"）学习，如吴涓、蔡亚芹、杨杏生、仲阗、金斌良等；留下60多人进行培训，准备派回江南去工作。他们之中有大专院校和中学学生杨炎娜、左守、陶济时、王暄、马杏生、叶灵等10多人；有中小学教师朱瑾玮、钱玉

183

晴、方梅琳、何熠芬、朱幼萍、陈重、白洁、苏林、成依理、陈韫玮、钱地宙、张士德等20多人；有财贸企业职员和城市失业知青吴燕芳、周直、金海燕、蓝静、任汾、刘东芙、顾文彦、吴桂宝、吕裕兴、蔡汉臣、白深、陆惠中、洪国光、金永廉、蔡永培、陈志庆、包肇基等20余人；还有记者、律师和医生，如王秉彝、左尔、苏皙华和浦倩等数人。随即，建立了知青训练班，我兼政指。按照时事、政策和哲学等内容组织学习，陈刚和曾子平同志和我分别讲课。不久，秘工、工农和知青3个训练班合并，成立了江南工委训练队（亦称学习队），学员共150多人（其中党员40多名），分编10多个学习组。龚竞华任队长，我当政治指导、支书。记得此时辽沈战役已获全胜，解放了东北全境；同时淮海战役捷报频传，平津战役也已旗开得胜，革命形势如烈火燎原。我们训练队的干部学习情绪空前高涨。

二

当年的12月中，新建了江南工委调研组，我任组长，仍兼训练队政治指导、支书。在陈刚同志的领导下，立即开始了汇集苏常昆太和崇明等县国民党党政军警特（包括军事、政治、经济、文教、工商、交通等各个方面）的情报资料，要求在一个月左右，突击完成分县编辑《敌情概况》初稿，以及绘制长江南岸国民党驻军分布示意图等任务。

调研组分为外勤和内勤两个工作组。施荣、王瑞龙、戴志芳、李涵真、王峰、包瑞强、费琪、张士林等10多人担任外勤（有的是政治交通员兼做调研组外勤），要根据调查提纲或专题要求的内容，依靠秘工人员或通过社会关系、两面派等多种渠道，千方百计地去收集敌情和社会状况。金一鹏、康健、葛林生、马翠华、顾有成、李家杰等近10人担任内勤，采取分工合作的办法，把收集的各种材料进行综合分析，去伪存真，去芜存精，整理成初稿，发现疑难问题必须经过集体讨论。我和内勤组的干部，几乎天天开夜车，有时夜以继日地连续工作三四十小时。

1949年初，我们听了华中江南工委负责同志包厚昌关于江南形势与任务的报告，并学习了新华社的新年献词《将革命进行到底》，认识到在毛主席和党中央的英明领导下，革命形势已经起了急剧变化，扭转乾坤，胜利在望。训练队的学员个个豪情满怀，纷纷要求派回江南去，从事最艰苦最危险的工作，迎接江南的解放。

1月10日，淮海战役胜利结束，基本上解放了长江以北的华东、中原地区。国民党统治集团从此陷入了土崩瓦解状态。毛主席向全党全军全民发出了"打过长江去，解放全中国"的号召。解放区各级组织积极训练，调集几万名地方干部，准备随大军一起下江南，进行新区的接收工作。就在这时我们训练队改名为新区工作学习队，与九干校合并学习。以"入城纪律"和接收城市的方针政策为学习的主要内容。

2月1日，南通市解放，新区工作学习队随军入城，实习接收工作。那时正好北平宣告和平解放，平津战役彻底胜利，解放华北的战争已基本结束。我们举行了几次联欢晚会，庆祝北平和南通解放，大家为了接好、管好南通市，为了搞好今后南下接收而更加努力不懈地工作着。

2月中，调研组已经先后完成了分县的《敌情概况》的编辑任务，把《常熟概况》《昆山概况》《太仓概况》等初稿，都送到华中江南工委去了。绘制图表方面也及时完成了一张1/500000的《长江南岸敌军分布图》（东起太仓浏河，西至江阴护漕港）；同时分别绘制了1/10000或1/20000的常熟、昆山（包括马鞍山美国空军雷达站）、太仓等城市驻军工事位置简图，还有白茆、高浦、徐六泾、浒浦等港口的驻军江防示意图，标明了工事布局和火力情况，先后交给了华东警备八旅司令部。调研组的内勤干部也去参加了接收实习。

三

3月底前后，正是江南草长莺飞的季节。常熟县接收委员会在如皋县白蒲镇宣布成立。接收委员会成员和中共常熟县委成员是"一套班子，两种名称"，县接收委员会的主任和委员就是县委的书记和委员。

当时，我根据县委副书记陈刚的布置，结束了调研组工作，并把凡是崇明和沿海地区的人员都介绍他们回到九地委去了。我从南通市出发，带领了一批干部到白蒲去报到集中，参加南下整编。这批干部原是新区工作学习队队员，曾参加南通市接收实习，共50多人，渡江后回常熟工作（如今有的已经作古，有的健在，多数已离休了）。如：丁冲、马翠华、李志祥、李仁喜、朱长云、朱森林、范铮、许洁、许民、张振邦、邵生林、□山、陈行、汪中、狄枫、严云山、吴秉权、吴嘉英、吴福生、周英、沈奎、裘非布、杨根魁、姚周吉、赵刚、赵仁雄、唐金书、袁淦森、俞金根、顾敏、顾达元、顾有成、顾生、徐峰、高永唔、高明宝、诸葛明、钱铭、钱振华、陶大、黄忠、黄锦华、葛林生、戴志芳、魏田，等等。

我担任常熟县接收委员会委员兼教导员，亦即县委委员兼第五区区委书记。那时党组织没有公开，因此县委书记叫政委，区委书记叫教导员，乡镇的书记叫指导员。当时，苏常昆太武工队大队长朱英也是接收委（县委）委员，因他在江南坚持武装斗争，所以没有来白蒲参加会议与学习。

4月初，苏州地委和专署的负责人召开了常熟县委会议，指出常熟是个特等县，且有靠10万人口的县城要设市并建立军管会，为此要加强领导力量，组织新班子，地委常委李凌兼县委书记，县委委员增加到十二三个（昆山、太仓是七八个委员）。常熟的接收干部也配得较多，是由苏北两淮和盐阜的干部、山东的干部、常熟地方干部所混合组成，要求县委加强团结，待命随军南下。

4月10日前后，地委召开了干部大会，宣布了各县领导班子的名单。会后，常熟县也进一步确定了县、区、乡三级的机构设置和人员配备。县委的组织、宣传、民运等各部门和县政府的民政、财政、教育、税务、农林、工商、劳动、交通、粮食、邮电、银行以及公安、法院等各科局都确定了负责同志，接收班子配套就绪。

常熟县接收委员会200名左右干部，都穿上了新军装，佩着"中国人民解放军"胸章，部分干部还佩有"军管"臂章（常熟渡江干部为二百五六十名，其中有二三十人已派去做随军筹粮等支前工作，还有10多人担负后勤工作或因病需在 4 月底才能过江；另有几人已先走一步回常熟做联系、通讯工作，因此入城时干部人数为 200 人左右）。那时接收干部的短枪不多，我的手枪交公后发到一支三号驳壳枪，打算要我和任天怀、包昆林、唐金书、倪仁宝、朱阿本、彭祖等 30 多个地方干部先渡江去，或者随军支前、筹粮。任命我兼任警八旅联络参谋，发给出入证，等待着出发的命令。隔了一二天，苏州专署抽调了一些江南籍的同志，要我带领去部队协助筹粮筹草工作。

四

解放军将要渡江时，我们临时建立了行军组织，我县称中队，费铭钊（县委委员、民运部长）担任中队长，我为副中队长。在地区的统一指挥下，进行"精简"，体弱有病的几个干部留在第二批过江的后勤队里。我们人人都背有一个长条形的干粮袋，内装几斤小米，从白蒲出发，轻装捷步地走了两天，到达靖江县八圩附近宿营。沿江的乡村住满了北战南征的大军——第三野战军十兵团的部队，还有成千上万的支前民工，厉兵秣马，斗志旺盛，充满了一场大战一触即发的紧张气氛。八圩与江南的江阴隔江相望，不时有国民党飞机在北岸上空侦察。当局仍在吹嘘"长江天险，钢铁防御"，妄图加强江防来阻止我军南下。4 月 21 日，我们听到激动心弦的隆隆炮声，得悉大军打到江南去了。稍后知道，在辽沈、淮海、平津三大战役之后，解放军执行毛主席和朱总司令《向全国进军的命令》，展开了具有重大历史意义的渡江战役，于这天的凌晨，百万雄师，万船齐发，在西起九江，东至江阴，长达千里的战线上强渡长江，彻底摧毁了国民党军的长江防线。

4 月 20 日，我们接到了立刻准备过江的通知，激动的心情是难以形容的。李政委要我带几个干部先去联络、接收过江的船只，既为我们常熟中队又要协助昆山和太仓中队的同志渡江做好安排。当时，天下着阵阵春雨，路滑难行。我们跟了部队的几个同志到了油坊圩、平盛圩和下四圩港，接收到了归我们使用的一条轮船以及运输帆船、小渔船等共 30 多条。我们把大小船只编为三个船队，每条船都编了号，定了额位，以便对号下船，避免混乱，记得船只的安排是：常熟队十五六条，昆山队（一百二三十人），太仓队（一百五六十人）各是靠 10 条。

4 月 23 日，我队船只分两批从八圩港出发，乘风破浪，向南疾驶。曾看到被我军击沉的一艘军舰，还在燃烧，火光熊熊。我们是一帆风顺，直抵江阴申港（中港与夏港之间的新港口）。此时，天已拂晓，东方曙光照耀，我们登上了南岸，就在江边的村庄上住下来。地区通知我们，从现在起各县独自为战，各奔目的地去，地区不再统一组织行军了。第二天，县委开会，决定派县委副书记康克同志和我，先带领一部分干部急行军，直奔常熟方面，与武工队的朱英和夏明波、徐林森等同志取得联系。其时，前方传来消息，江阴、无锡已获解放，苏州、昆山、太仓等地的敌人还在坚守，常熟的情况不明。

次日，县委改为先派包坤林等几名地方干部送信去常熟武工队。傍晚，接收常熟的全体同志从南闸走上了锡澄公路，经刘潭到无锡火车站附近住下来。这时知道了我大军已在 4 月 23 日解放了南京，宣告了国民党统治的覆灭。

翌日午后，我们行军至东亭时，遇到两架美式蒋机在我们的头顶上盘旋、扫射。在它低飞时，前边的一队解放军就用步枪和机枪揪它。它在吼山南的公路上丢下了炸弹，掉头就逃。我们在安镇住了一夜。好多同志的鞋底踏破了，有的脚上跑出了血泡。

五

我们经过无锡与常熟交界地羊尖镇时，确悉常熟的国民党军队已向太仓、昆山和上海方向撤逃，我们到达练塘镇时天已夜了，沿街路的家家户户开着大门，将灯火放在柜台上或门口的凳子上，为我们行军照明。群众扬眉吐气，夹道笑迎我们。第二天早晨，当地群众热情洋溢地带着各类食品前来慰问，经我们反复说服，他们才乐意地收回了猪肉、鲜鱼和香烟等慰劳品。

春雨阵阵地下着，我们仍继续向常熟前进。在离开练塘时群众看到我们冒雨行军，都争着要将雨伞给我们撑，有些青年拖住了我们，无论如何要我们撑着雨伞。盛情难却，我就把雨伞点清数目，随即写了一张借条给当地人民，并讲明隔一天我就会派人把雨伞如数送回练塘的。我们行进到吴家村附近因有一座公路桥梁被敌烧毁了，不能通行，群众就用六七条木船搭成了一座船桥，为我们开路前进。在一段低洼而泥泞的小路上，村民为我们叠起一层层的稻草或砻糠，使我们一点不滑地走着。

我们就这样一次又一次地领受了常熟人民的心意。

午后 3 时左右，我们在颜巷附近的公路上集合。秀丽的虞山清清楚楚的就在眼前。李政委向我们宣布，敌人逃跑后武工队已经进城，人心安定，秩序井然。同志们听到后更为振奋，加快步伐，整队行进。当队伍抵达城区时，欢迎的群众成群结队守候在街道两旁，家家悬挂着大小不一的红旗，喜气洋洋。南门城门口，佩着"苏常昆太武工队"红色袖章的武工队员站岗放哨，美械装备，精神抖擞。我的心里情不自禁地唱着歌："……江山插遍战旗红，军民欢笑乐融融。"在城门洞里的墙壁上，涂满了笔迹凌乱的粉笔字，引起了我的注意，有一行字上面写着："莉娜贤妻：夫妻本是同林鸟，大难临头各自飞，我带国军撤走，你速去上海。德标留字"。从这里面，可以看出敌人临逃跑时的慌乱和狼狈情景。

我们行军中队部住在东门大街的陈姓洋房里，各分队来结算伙食费、粮草等账目后，费铭钊同志宣布：中队部到此结束。以后有关检查群众纪律、入城纪律的执行情况和行政事务等工作，皆由各单位自己负责，各按系统请示、汇报。安顿就绪，县委立即召开县委会议。李政委主持会议，出席的同志有康克、钱伯荪、韩培信、金星、费铭钊、周柏林、毛卫鹭、蓝琼、陈志庆、颜泰兴、朱英和我等 10 多人。地点在东门大街旧地方法院的楼上。会议的主要内容是讨论召开南下干部和坚持在常熟的武工队、地下党人员的会师大会。

六

第二天上午，印刷厂里正在突击印刷宣布常熟县人民政府成立的布告和成立常熟市军管会的《安民告示》。我看到捆捆扎扎的《中国人民解放军布告》，正在分发去各地。

在"逍遥游"的会议室里，李政委、钱县长和韩副县长召集县委委员兼梅李区书颜泰兴、吴市区书张东球、唐市区书卞恒高等数人，开了一次碰头会。县委要我马上去支塘，突击进行三项支前工作：一、组织一批地方党员和积极分子当向导为部队带路；二、先向大户人家筹借粮草，所有米厂要日夜开工碾米，保证供应部队；三、配合部队抢修西起白茆、东至直塘的公路桥梁，确保军车大炮通行无阻。县委要梅李区、吴市区支持稻草和树柴，唐市区支持大米，分别限时送到支塘。我提出了些问题，县委都作了明确的回答。如外来干部人地两疏，一时不适应做这三项突击工作。我人手不够，要增加几个地方干部，并提出了建议名单。县委表示同意。又如抢修桥梁请部队派人在现场指挥，组织施工，我们承担提供建筑材料，保证安排好木工等。县委也同意上述建议。经过突击抢修，按时完成了任务。

渡江战役以来，我军大军在境，敌兵败如山倒，但在上海及其外围尚有陆海空军兵力共20多万人，负隅顽抗。如苏州、常熟解放后，敌仍坚守昆山、太仓等县。因此，支塘是处在两军对垒的前线地区，支前工作是压倒一切的中心任务。

我接受了任务，午后赶紧出发。靠两条腿走路，深夜才到支塘。我就通宵达旦地举行了干部会议，传达县委关于三项支前工作的指示，展开了讨论，当场成立大户筹粮组、米厂工作组、粮站、洋桥抢修队等，落实了措施；同时对接收乡镇政权、继续收缴国民党地方组织的武器、收容散兵游勇等各方面工作也做了统一安排。参加会议的有正、副区长郑文鸿、顾政，区政府股长董天民、王栋、骆玉书、尤新民、温五男，正、副派出所所长李永志、陈行，副区书俞玉铭，区委委员刘智余、钱康元；还有部分镇长和指导员如陈峰、李永祥、沈山、杜仁荷、黄宗，专职筹粮干部董启豪、陈富民、王金标、戴立于，区队队长王永生、指导员陆祥等。那时，当地武工组已经收缴到不少武器，我们就把枪支分配给区乡接收干部使用，几乎每人发到了一支短枪。

七

黎明前的黑暗，敌人还在垂死挣扎。在支塘南边双凤的公路桥地段，还可以看到敌人的哨兵和巡逻队。上海的敌机时常来骚扰，散发传单和空袭。如有一次敌机三架来轰炸支塘，投弹三四枚，其中一枚重型炸弹落在区委所在地屋外的荷花池里。我和两个胞弟、一个侄子正在荷花池边，炸弹爆炸，我们四人都被溅得满身泥水，险些送了性命。又如我和一个连长同数名战士骑着马，从贺舍去项桥联络太仓县人民政府（原驻支塘，后驻项桥，将迁沙溪），遇到敌机扫射，连长负伤并有两名战士牺牲。再如刚抢修好的大洋桥，就被敌机炸坏，并伤亡了几名战士。我立即赶到现场，组织再次抢修，以邵生林、杜祥宝等几个党员干部为骨干，有近百名木匠、铁匠和农民等组成的"大洋桥抢修队"，提出了口号："只要人在，不怕桥不通；只要桥通，不怕人不在！"他们誓死坚持到底。

由于地处前线，斗争也较复杂。例如国民党特务制造谣言："国军上海警备司令汤恩伯要亲自出马，发动反攻了。""国军要从太仓打过来收复失地，重返常熟。""大场的碉堡林立，还加重重叠叠的电网，解放军屡攻不下，伤亡很多。""上海易守难攻，解放军没有兵舰、空军，要打进上海是半夜里唤猫——咪、咪、咪（不可能的意思）。""蒋介石同美国谈判成功，美国军队即将空运上海，解放军不敢攻打上海。"在大好局势下也确实出现了有些群众轻信谣言，人心惶惶，怕空袭、怕成为反复争夺的战场。有一个当向导的积极分子，他被怕冒风险的母亲拖腿而请假回去了。有几个被敌人拉夫去当差的农民，丢掉了被抢劫去的车船逃回来了，有意无意地散布了一些怕变天，害怕美帝的流言蜚语。我们针对这些情况，进行辟谣，广泛深入地开展了形势教育。

我们量才录用了国民党乡政权及一些企事业单位的公务人员和职员，如办事员、文书、电话员、会计、税务员等。对国民党的地方党政军人员只要不持枪抵抗，一律不加逮捕，并分别情况安排工作。当时，事多人少，特别缺乏有一定文化水平的工作人员。县委指示我们动员一批知青入伍，成立宣传队集中使用，然后分配到需要的单位去。我们就有计划地动员，先后吸收了李永生、徐雪英、陈碧云、钱玉琴、郑润华、徐超、沈云生、邵旬炎、黄芷时、徐钟英、苏子纯、沈维余等参加革命，其中大多担任过小教工作。

上海解放了，军民欢欣若狂，奔走相告，庆祝胜利。当时，上海战役是渡江战役的第三阶段。解放军在 5 月 12 日发起了对上海外围敌人的进攻。第二天解放了昆山城、太仓城等。于 5 月 23 日对上海的守敌发起总攻，终于在 5 月 27 日解放了上海。至此，我们结束了在上海战役中所担负的一些支前工作。亦是完成了参加接收常熟的历史任务。

（原载常熟市政协文史委员会编《常熟文史资料辑存》第 16 辑"常熟解放四十周年专辑"，1989 年 4 月版）

手 枪 小 史

一支 4 寸小手枪，这枪原持枪证，专署公安处第 0057 号，枪支号码 41725，子弹 26 发。

这支枪是在 1940 年冬 1941 年春之间，我和警卫连的侦察员在锡沪公路大洋桥截击战中缴获的。它崭新而又小巧玲珑，且弹多。当时我上缴给薛惠民同志（县长兼团长），薛又交给任天石同志使用（专员、司令）。1941 年 7 月，反"清乡"斗争开始，我奉命坚持斗争，任天石同志把它配给我使用。在反"清乡"斗争的时日里，我们和它"相依为命"。特工队队长钱阿惠就是用这支枪击毙的。斗争到最后因子弹用绝了，我就把它和其他 8 支枪藏在我家中打埋伏。后被叛徒密告，敌人抓了我祖母，殴打我年幼的弟弟，还打了我母亲，用火烧烂了她的大腿。敌人百般威胁，我母亲始终把它和其他枪支一起保存下来。

1942 年 1 月，我在新四军六师江南办事处工作时，通过"两面派"陈小章从我家中把它拿到苏北，虽然只搞到 3 发子弹，但我是更加爱惜地使用它。后我调通海地区工作，因同任天石同志二人是从靖江走合法路线要经过南通的（无法携带枪支），所以将它交给了蔡悲鸿（副主任）。我到通海后，任天石同志就派通讯员王勇根去蔡处把它拿回交给我使用，并通过自卫团团长汤景延搞到了 20 多发子弹。

1942 年冬，我奉命南下来苏州做秘密工作，又把它交给任天石同志，后来通海自卫团假投敌，汤景延团长为它领到了合法的枪照，薛惠民同志通过政治交通员谢英把它带给我。我就把它打埋伏在地下党员钱序阳处（伪乡长、伪自卫团团长）。1943 年在苏州城内皇庆基（即同德里）用它打死叛徒苏人侬。1944年在昆东（昆山东部）开展武装活动，也是以它为主逐步建立小型游击组的。

1945年初，薛惠民（中共苏常太工委书记）同我商量，临时借给徐政（常熟武委书记）使用（因薛知道我对它有深厚的感情）。我因还在做秘工，且工作上需要它，就交给了徐政同志。不久戈仰山同志（常熟县委组织部部长）被捕，它被伪警察缴去。同年3月，我知道了它在伪特工组长姚昆手里。正要通过伪署长顾一民等设法弄回来之时，我被捕了，未能如愿。

1945年8月后，日寇投降，我从狱中出来，就是在恢复党籍的那天，任天石同志又把它交给我使用，说："物归原主，真是喜事！"我真喜出望外。原来伪特工把它和其他几支短枪一起送给了薛惠民，因薛病逝，它就落到了区书记潘新手里。日寇投降前，任天石南下到常熟，看到了这支枪，他就收回自用，并曾遗憾地对同志们说："枪在人不在了。"因当时我还在狱中。我就此格外珍惜它，双十协定北撤后，党校整风中，经批准，仍给我配用。

1946年6月后，党校中抽出一部分骨干南下打游击，因枪支缺乏，我就把它交给陆道哏同志使用。陆到常熟后，徐政把它收下，配了一支三号驳壳枪给陆。同年年底，徐政把它仍带到苏北交还给我。我南下到江阴，把它带着，藏在何洛同志家中，后就以它"起家"，在江阴（沙洲）开展武工活动。再后我在江阴周东乡通过伪乡长龚维贤领到了枪照。约在1947年春夏间，徐政同志要布置武工队员进城，我就把它交给徐政，但行动失慎，在十二圩港附近被敌耿士廉部下缴去，一名武工队员也牺牲了。但是它的下落不明。

1948年春，我在昆山工作，通过关系了解，知道它在耿士廉身边，后又得悉耿把它出卖了，下落仍不明。1949年解放后，知道它原在伪自卫团中的，但又不知被哪个单位哪个同志接收去了。在1950年初，我在钱康元同志手中发现了它，看看还是蛮新的，有些怀疑，但一看号码是41725是对头的。我就和当时的县委书记李凌、公安局长周柏林谈明后，把它从钱处调出来。

1957年在省集中整风中，为这把枪还贴我一张大字报。我使用它直到现在。

1960年1月8日写于苏州

辑二

英雄礼赞

特　派　员

　　1942 年春天，在狼山附近的江堤下，有两个人一前一后地在赶路。前面一人，中等身材，穿着一套半新的藏青哔叽中山装，脚上是一双皮底鞋，清瘦的脸上戴一副金丝边眼镜，胸前别一枚红十字徽章，看起来是一个 30 岁上下的医生。后面一人，矮墩墩的身体，长得结结实实，穿一件深灰色旧绒呢长袍，戴一顶半新旧的直贡呢西瓜皮帽，手里提着一只四方形的黄皮旧药箱，像是一个仆人。他们迎着太阳，匆匆地向狼山方向走去。突然间，狼山那面响起一两声枪声。枪声过后，又有吆喝声接着响起来。这主仆两人，相互对看了一下，马上又匆匆向原方向前进。

　　他们转了个弯，忽然看见前面一股人马，有着军衣的伪军，也有着便服的，簇拥着吆喝而来。那个拎着药箱的矮胖子见这情况，马上返身向原路逃去；那个医生呢，却横岔地向北而走。于是那些士兵便向前追赶，终于把他们两个都逮住了。

　　原来这支队伍是新四军，由一个黄参谋带领，在狼山的寺庙里用计把伪军的一个姓钱的营长俘虏了来，因此队伍中还夹杂着伪军的士兵。黄参谋看见这主仆两人奔逃，所以也把他们逮住了。

　　黄参谋走近医生，停住问道："喂，你们两个是做什么的？"

　　"我是医生，看病路过这里。"

　　仆人看到主人向他使了个眼色，也把药箱往地上一放，尴尬地向脸上抹汗。

　　黄参谋问："你是江南口音，怎么会路过这里？"

"是，我是江南人。"医生回答。

"你叫什么名字，到底往哪里去?"

"我叫许大义。"医生一面说，一面从口袋里摸出一只蓝皮夹，坦然地说:"请看我的良民证。我是医生，到这里是探望外祖母的。"

许大义挺挺胸膛，显出一种满不在乎的清高神气，并用眼瞥了一下俘虏群中最前面的一个。那人年纪三十开外，满脸麻子，嘴上留着一撮日本式八字胡须，低头缩颈，有气无力地站着。领章上是上尉军衔，腰间皮带上只有个空枪壳，这就是伪南通独立八旅独立团缉私营营长钱麻子。后边是十几个垂头丧气、衣冠不整的伪军。

"许大义，你先说看病，后又说是探望外祖母，到底搞什么名堂?"黄参谋又问。

"我是，是医生，你看良民证就……"

"那个是你什么人?"

"是我的佣人，叫陆阿福。"许大义回头看看陆阿福，又从药箱里掏出一张良民证，说:"这是他的良民证。"

黄参谋哼了一声说:"良民证有什么用?"随即向旁边吩咐道:"把他们一起带走。"

那被俘的伪营长钱麻子，一路上心事重重，走在路上，只管耷拉着脑袋，盘算自己的死活。队伍停下盘问许大义时，他虽也站在头里，但却根本无心去看顾这号闲事。他站在一边，自顾自想着心事:光棍犯法，自绑自杀，杀头有什么了不起，再过十八年又是一条好汉。但当他一想到在伪独立团当团长的姐夫经常在伪军官兵中散布的谣言，说"新四军抓住俘虏要开膛破肚的"，他却又六神无主了。直到许大义打开药箱拿出良民证，他才撩起眼皮，带着轻蔑的眼光，望了一下医生，在心里暗暗骂道:"他妈的!这个不识相的医生，明明碰到新四军便衣队，还要拿出良民证来，自找麻烦。"

正在这时，马路西边，有四五个新四军骑着马奔驰过来。当马碎步跑到前面，黄参谋即站在一旁，向为首的骑在一匹高头大马上的左眉梢有个豆大伤疤的人报告说:

"严主任，还有两个形迹可疑的，他们鬼鬼祟祟的，可能是钱麻子一帮人。"

"把他们一起带走！"

钱麻子听了背脊发冷，寒毛直竖。他想：他妈的，冤家碰到对头，居然严明来了。

许大义也现出骤然紧张的样子，走过钱麻子身边，朝那个骑马的"严主任"发急地辩解说："我是医生，根本认不得什么钱麻子、张麻子！"

"我们新四军不冤枉一个好人，也决不放过一个坏人。"那个骑马的"严主任"和蔼而又严肃地说："要是你真的是医生，不是汉奸特务，情况弄清了，马上就会把你释放的。"他扫视了一下被俘的伪军，看到了钱麻子，就拨转马头，直对着钱麻子问道："钱麻子，我给你的几次信，收到没有？"

"收到了，都收到了。"钱麻子慌忙立正，结结巴巴地回答。

"那你为什么不回信，也不派人来联络？"

"该死！该死！"

"好吧，有话以后再说！"说罢，"严主任"向黄参谋挥一挥手，就带着三四个骑马的同志向东去了。

钱麻子望着在飞扬的尘土中逐渐远去的严明，心想："清乡区大日本皇军最高指挥官下令通缉的严明，原来是这个样子。"他不由自主地又在心里默默背起那份已经被自己记得烂熟的悬赏通缉令："新四军长江部队政治部主任严明……各军警宪特机关，倘能将其缉获或击毙者，除奖赏大米三百六十石外，另行分别记功、晋级……"以前，他自己曾在这份通缉令上动过脑筋，想得这笔横财。

许大义和陆阿福被押在钱麻子前边走着。许大义提着沉甸甸的黄皮药箱，从左手换到右手，显得十分吃力。口里不时无可奈何地说："真是天有不测风云，人有旦夕祸福。走路也会走出祸殃来。"陆阿福掮着一部被手榴弹炸坏了的伪军的自行车，敞开了长袍，用西瓜皮帽子不断地擦着汗，恼恨地回头对钱麻子嘀咕着："我的气力又不是偷来的，给他们掮破车子！"

"阿福，不许啰唆！"许大义恼火地说。

钱麻子本来也有一肚子怒火无处发泄，一听陆阿福的埋怨，就忍不住恼怒地骂起来：

"他妈的，我又没有说你们是我们一帮里的。你自己不识相，'良民证'，'良民证'……"他越骂越冒火，真想跑上前去给他们一人一拳。但转念一想，自己如今是俘虏，无法逞这个威风，也就把怒火压住了。

"没有你们这批和平军，我们也不会被抓起来，算我们倒霉。"陆阿福抢着回答说。

"不准讲话，老老实实地走！"一个侦察员从后面跑上前来大声地说。

钱麻子装着苦笑，露出漆黑的牙齿，马上和气地说："是！是！都是这个医生不懂规矩。"

许大义、陆阿福和钱麻子，还有几个伪军一起关在一间破烂而潮湿的茅草屋里。屋外空场上站着一个背驳壳枪的哨兵，不时踱来踱去。

钱麻子睡在靠近土墙窗口的芦席上，神色沮丧，不是打哈欠，就是唉声叹气。后来，听见屋角里几个伪军在轻声说话，便不高兴地压低了嗓子呵斥道："到了鬼门关口，还不知死活！他妈的，闭上嘴。"但一察觉门外稍有响动，便竖起双耳偷听着，深恐马上有人来提他出去审问。

陆阿福和许大义挨坐在一处。陆阿福恐惧地不断嘟嘟囔囔地问："先生，新四军会不会杀我们的头？""先生，新四军会放我们吗？"许大义并不回答他的问话，仿佛已把生死置之度外，仍然是一动不动心平气和地在闭目养神。阿福问来问去，不见回答，就哭唏唏地喃喃着。

许大义听他说得怪可怜的，就睁开眼睛耐心地劝导说："阿福，生死有命，富贵在天，你急有什么用？"

"医生，你这个佣人太不懂规矩！"

"别见气！年轻人脾气暴。无缘无故和你们碰在一起，心里有气，说话就不知轻重。"许大义为自己佣人担待不是，向钱麻子劝解说，"常言说，以镜自照见脸容，以心自照知吉凶。你营长是吉是凶，不在他说轻重，请不要计较。"

钱麻子见许大义已为他佣人赔了不是，态度又还和气，觉得自己争到了面子，怒气也就消了大半。刚才许大义说的"以镜自照""以心自照"，虽然听来有些刺耳，但细细辨味倒也颇有道理。于是他也就不再开口，仰躺着身子，不由自主地独自揣摸起吉凶来了。但一想到自己在和平军中是有背景有牌头的人，新四军如果查出我有在独立团当团长的姐夫，和在江苏省警察局指纹室做主任的妹夫等一些关系，再知道我稽查违禁品与姐夫四六拆账，捞了不少油水，又吸毒贩毒等情节，就准定不会便宜自己。他一个人想过来，想过去，是一阵欢喜一阵愁。

而且，钱麻子是个粗人，平时遇到棘手的问题，最不愿意自己花费脑子，总是找三两个被他器重的光棍朋友一起商量拿个主意。如今要他独自想出个究竟，实在是苦坏了他。加上大半天工夫没有吸上大烟，烟瘾一发，万事提不起精神，脑子也就更加转动不灵。于是他除仰躺着歇力以外，别无办法。

许大义始终不和钱麻子搭讪，自做出个清高自持、不愿与人扯谈的样子，但神态却总是谦虚和蔼的。钱麻子见他虽未搭腔，但对自己的话却默默点头，表示深有同感的样子，心里不但不怪罪这医生清高，相反，倒产生了几分敬意，而且还着实觉得他确是一个道道地地的医生。

初春的夜晚，寒气逼人。

一轮下弦月在云中慢慢穿行，透过小小的木格子窗，在屋内注下一片银白色的微光。钱麻子哈欠连连，一会儿用手帕抹着眼泪鼻涕，一会儿又用两只疲惫的拳头"嘚，嘚"地捶击着背脊和两条大腿。许大义什么也没注意，继续慢慢踱步，走了三四个短距离的来回，就轻轻走到陆阿福睡的芦席旁边。陆阿福马上机警地坐起身来，望着他。许大义轻摸了一下陆阿福的肩头，关心地问：

"阿福，你怎么还没睡着？"

陆阿福埋怨说：

"方才被新四军捉住时，我一挣扎，把腰闪伤了，又酸又疼，怎么也睡不着。"

"不要紧，你再耐心躺一会儿，等天亮，我给你打止痛针。"陆阿福

"嗯"了一声就又躺下了。钱麻子一听医生可以打止痛针，顿时心里一亮。他知道打止痛针是用吗啡麻醉剂，这个宝贝倒能解他的烟瘾。他想，真是天无绝人之路，正当自己犯愁怕瘾死，倒又来了救命菩萨——止痛针。于是他强打精神，问道："医生，你的药箱里可有吗啡？有的吧？"许大义点点头，没有答话，但却颇有戒备地朝钱麻子看了看。钱麻子一见医生点头，就忙凑了过来，小声地带着笑说："医生，实不相瞒，兄弟有口累，已一天没吸鸦片了。这烟瘾上来可比生病还难熬，您先生行个方便，帮我打针……"

"这，这怎么行？"许大义没等钱麻子话说完，就忙惊慌地深怕惹火烧身的样子摇着手说，"这要叫新四军知道了那还得了？"

钱麻子一见医生那害怕的样子，甚至连话也怕多说，而外边新四军的岗哨又在走来走去，吓得他连忙退了回来。

过了一会儿，钱麻子实在瘾得难受，周身乏力，筋骨酸痛，涕泪交流，他想，即使不枪毙，也要瘾死。没有别的办法，只有再哀求哀求医生了。

"医生，你要救救我，我实在熬不下去了。烧香要烧古庙，救人要救至急，请你高抬贵手，行行好事，替我打针吗啡吧！"

"我如今是在吃官司，不是在诊所里。再说，给人打针解烟瘾，平时用黄金白银来请，我都不干。"许大义又摆足清高的架子。

钱麻子瘾得实在难熬，听得医生说个黄金白银，就想起自己身上还有只戒指，忙从鞋肚里摸了出来，赔着笑递到医生面前说："这是我的名字戒，六钱重，先作酬报。"

许大义把脸一沉，生气地说："你把我当作什么人？""不不不，别生气！是我糊涂。"钱麻子急忙把金戒指重新塞进鞋肚，哭丧着脸说："唉！我钱麻子不知祖宗做的什么孽，今天遭了这个罪。许医生，您行医就是为了救人，总不能见死不救吧，做做好事，行个方便吧！我钱麻子决不是忘恩负义的人，我们跑惯江湖的人，重的就是个义气。今后，您先生万一有需要兄弟效劳之处，上有天下有地，兄弟一定是赴汤蹈火，万死不辞的。"许大义见他一本正经地发起誓来，忙说："这怎敢当，这怎敢当，我们做医生的，就是为要救人疾苦的，问题是……"

钱麻子见许大义已有些活动，忙又凑近许大义耳边低声说："不要紧，只要我们小心点，不让新四军看见就行。这里边全是自己人。"

"唉，这是何苦呢？好人不做，偏吃白粉。白粉是毒品，是害人的东西。"

"是！是！唉，已经吸上了，也没有办法啦！"

许大义随手打开药箱，拿出针药。阿福见这情况，却嘟起嘴，嚼咕起来。

"先生，若是新四军知道你给他打了针，硬说我们和他是一伙，那不是活倒霉？"

钱麻子一听，心里真火，好容易医生答应了，偏偏路上又杀出这个小冤家来，但又不好发作，只得赔着笑脸说："小阿弟，你放心，钱麻子不是忘恩负义的人。只要你不对新四军去说，这屋里哪个敢说！"说完他又故意讨好地拍拍阿福的肩膀说："小阿弟，山不转水转，你以后说不定有用我帮忙的地方，我也一定竭尽全力帮忙。"

许大义把吗啡针给钱麻子注射下去，不消一刻，钱麻子来了精神，一面赞不绝口地说："仙丹，仙丹！"一面打拱作揖地向许大义道谢，并口口声声说："我们是患难之交，这个患难朋友做定了！"

自从许大义给打了一针吗啡以后，钱麻子简直把许大义视同恩人，常常主动来和他亲昵地说长道短，不但把自己的生平经历告诉医生，甚至连姐夫妹夫的关系也都说了出来。医生见他确实是个直肠直肚的人，对自己这个医生已深信无疑，也就把自己要去苏州的事情告诉他，钱麻子就劝他先走南通，从南通再到上海。而且特别关照许大义：

"新四军每夜要流动，转移时，你装肚子痛，药箱我替你提。"又说，"如果提你去审问，你要识时务，态度要和气，多讲好话，在这里清高是不值钱的。你听我的话，不会吃亏。"

第二天傍晚，钱麻子又犯了烟瘾，正要医生给他打针，忽然黄参谋进来说晚上要行军，并要哨兵把药箱拿去。钱麻子听了一惊，脸色泛白。却见许大义忙向黄参谋要求，要留些胃痛药自己用。黄参谋同意了，许大义立即打开药箱，拿出一个纱布包放在裤袋里。

等黄参谋一走，钱麻子立刻着急地问："你那纱布包里是吗啡吗？"许大义点点头。钱麻子一把抱住许大义说："够朋友！够朋友！你是我的重生父母！"说着说着竟又发起誓来。

"他妈的，老子从不骗人。我对天发誓：如果我不是真心实话，一定钢刀过颈，枪子穿心。"

"钱营长，你这样说话就言重了！大家都是在外面的人，哪有不愿意交个实心实意的朋友。"许大义说。

天刚蒙蒙亮，一个门岗走进来对钱麻子说："黄参谋找你去谈话！"钱麻子刚打过吗啡针，精神抖擞，随即应声跟着出去了。

午后，钱麻子回来，满脸笑容，手拿一包大前门香烟，兴冲冲地说：

"许医生，有希望！黄参谋说，经他们研究，我过去没有和他们打过仗，这次接触又很快就停止抵抗，可以从宽处理。"

"你听到我们的消息没有？"许大义问。

"别担心，你是医生，他们会放你的。要是我先出去，我就马上找人来保你。"

钱麻子抽出一支烟递给许大义，许大义接过烟，又伸手去把钱麻子嘴上的烟头拿过来点吸。

钱麻子连连摇手："慢慢慢！你怎么不懂！这是接火，接火就是打仗。"说着忙擦着火柴递给许大义。

次日，医生许大义和佣人陆阿福被带进政治部办公的小屋时，钱麻子和一些伪军正恭恭敬敬地站在那里，听黄参谋给他们训话：

"……这次放你们回去，要好好做人，不能为虎作伥，不许糟蹋老百姓。不然，再碰到我们手里，就不客气了。"

钱麻子毕恭毕敬地回答说："黄参谋的话句句真言，我们已铭感五中，今后一定改邪归正。"

黄参谋见许大义等已走进屋来，便转过身问道："你是医生，能找到保人吗？"

"你们天天移东转西，我也不知道现在到了什么地方，我去找谁来保呢？这不是有意……"

"不是我们有意为难你，只是按照手续，你去想法找个人证明一下才是。"

钱麻子一听，就忙插嘴说：

"黄参谋，这个医生我认识。过去常给我看病，黄参谋如果相信我，我可以作保。"

黄参谋未置可否，沉思着究竟如何处理。

钱麻子一看不成，便瞪着眼，向呆立在旁边的几个伪军扫视一下说："黄参谋，许医生确实是个好人，不信你问好啦，我们这些弟兄也都认识他的。"

几个伪军听了也都学着钱麻子的口气，忙抢着说："他确实是个医生，我们都认识他。"

"既然你们都肯给他担保，那就把他们两人和你们一起释放。"

黄参谋接着又对许大义说："对不起，许医生，委屈了你几天。"说着就吩咐下面的同志把许医生的药箱拿还给他。

许大义接过药箱，检点了一下。

"缺不缺什么东西？"黄参谋问。

"不缺，不缺。只是那两张良民证？"

黄参谋想了一下说："有，有。在侦察班长那里。"他立刻吩咐一个通讯员道："你赶快去拿来，他们的队伍说是一早要出发的。"

过了一会儿，通讯员回来报告说，侦察班已经出发了。医生一听就急了起来，直说："这，这可怎么办？"

黄参谋走进另一个屋子，不一会儿，手里拿着一张纸走出来，说："很抱歉，我们给你开一张释放证，你们凭它就可以通行。"

许大义接过来一看，上面写着："查医生许大义及其佣人陆阿福两人，前在狼山附近因汉奸嫌疑被捕带案。现经本部审讯，尚无任何反动行为，应予释放。特发给此证，沿途军警机关部队查验放行。新四军长江部队。

一九四二年二月二十六日。"

许大义把释放证折叠一下，拿在手里，脸上露出为难的神色说："在新四军地区可以通行无阻。可是我要往南通、上海，到苏州去，在那里没有良民证，就寸步难行啊！"

黄参谋听了一面点头，一面以商量的口吻说："这倒是个问题，抱歉，偏偏侦察班已先出发了，忘了让他们留下。要不你看，是不是再留几天，等我们派人去把良民证追回来？"

"这……"医生又装作为难起来。

钱麻子站在一旁心想，到了南通，别说两张良民证，就是二十张、二百张也包在我身上。他深恐许大义还要啰唆，来个节外生枝，就急忙招呼说："许医生，还要良民证做什么？这张证明再妥当也没有了，走吧！走吧！"说着，他拉着医生的衣角就往外走。

医生许大义一面顺水推舟地跟着他走，一面却叽叽咕咕地说："没有良民证，上海、苏州怎么去呀？"

走出门口，钱麻子就凑到许大义耳旁悄悄地说："到了南通，良民证包在我身上。"说完，就跨起大步，赶到前头，带着队伍走了。许大义和陆阿福就紧紧地跟在他们后面。

这个许大义，实际上就是新四军长江部队的政治部主任严明，现在是到苏锡地区去开展工作的特派员，而那个半路上骑了高头大马的严明却是假的。严明奉了薛政委的命令，几次偷渡长江，都被日军堵住，没有成功，后来打听到伪军营长钱麻子可以利用，便设法逮捕了钱麻子，通过钱麻子的关系，达到了目的。因此，一个星期以后，医生许大义和陆阿福已站在南通天生港开往上海的轮船上。面对着白浪翻腾的江水，怀念在江上壮烈牺牲的同志，心中激动得犹如万马奔腾。他们带着第一回合的胜利——从钱麻子手中取得的"护身符"，即将潜入敌伪"清乡"区的心脏，为革命事业做一番艰苦卓绝的斗争。

（本文以"丛竹"笔名发表于《上海文学》1962 年第 2 期）

脱　险

　　大清早，晓雾尚未散尽，外滩第一班渡轮冲击着浑浊的黄浦江水，开往浦东。

　　许大义戴着呢帽，穿一件花呢衬线绒袍，罩一件士林布长衫，神采奕奕，靠近栏杆站在轮船甲板上，注视着慢慢靠近的轮渡码头。今天，他起大早赶往浦东，是按照预定的计划，去上川公路等候埋伏在上海的魏涓来和自己见面。

　　许大义上了码头，折上公路，就紧赶慢赶地向东走去。江南初春的凌晨，田野里虽还透着一股寒气，但当柔和的阳光一照到人们身上，就让人感到暖洋洋的舒适。许大义触景生情，想起1939年也是在大地回春的时候，新四军东进纵队在苏南的苏州、常熟、太仓一带，沉重打击了日伪军以后，又继续东进，直扑上海近郊，袭击了虹桥飞机场，振奋了人心。现在，他又按照组织决定带领一批干部，深入"清乡"区的心脏——苏州，在城镇恢复、巩固地下党，策应苏北的反"清乡"斗争……他越想越觉得自己的责任重大，希望马上与魏涓接上关系，和她一起像孙行者一样，钻进牛魔王的肚皮里去动干戈。许大义边走边想，不觉已经到了六号桥，感到身上发热，就放慢脚步，向田野里引颈观望。他看到对面桥埠下，有一个女子迈着闲散的步子走过桥来。

　　那女子细高个，圆圆脸，短头发，身穿雪青底撒白花的哔叽旗袍，手里夹着两本洋装书。许大义正在朝她打量，她却忽然一步抢上前来，抓住许大义的手，高兴地叫道："严主任，是你！"

许大义望着改变了模样的魏涓，笑着说："喔，魏涓，差点认不出来了！"

魏涓两年前曾在新四军长江部队政治部干过宣传干事，头上拖着两条长辫子，身上穿着军衣，腰里束根皮带，佩着一支她从鬼子手里缴来的左轮枪。一开起军人会来，总听到她那嘹亮的歌声。现在她忽然打扮得像个文文静静的女学生，辫子剪掉了，头发也修得齐齐整整，同过去完全不同了，只有她的清朗朗的声音和那双乌亮的眼睛，还有那两片有棱有角的薄嘴唇，却依然叫人发现她那快活泼辣的性格和一副干练聪明的相貌。

"今天总算把你接到了。你知道，我已等了你好些天了。"魏涓说得气急急的，乌亮的眼睛里闪着欣喜的光亮，眼角沁出了泪花，红扑扑的脸上露出了一股不可遏止的快活神气。

"我们说了要来，岂有不来之理！哪怕敌人的封锁是铜墙铁壁，我们也会把它冲破的。"许大义嘴里在说，心里想到在苏北活捉伪营长钱麻子、巧计到上海的事。

"前几天我没有接到你，心里一直很不放心，就怕你出了事。你知道，王林叛变了。这个坏蛋现在干上'情报站'的特工组长了。"说到这里，魏涓的两条细眉骤然向上一挺，热情快活的脸色一下子变成冷峻的怒容。

关于王林叛变的消息，是魏涓最近在"清乡区封锁办事处上海检问所"所长朱顺祺手里得到的。她在朱顺祺家当家庭教师，给他一个 16 岁的女儿补习日语。朱顺祺见到自己的女儿经魏涓一教，竟能把日本话说得十分流利，心里乐呵呵的，对这个家境贫困而又失业的堂房外甥女魏涓也就特别看得起，很想抬举她到检问所当个翻译，惬惬意意领份高薪。谁知魏涓竟没肯领这份"情"。他想大概是魏涓怕落个汉奸罪名遭人骂，为了开导她，朱顺祺好好地把她劝说了一顿。说是"当个翻译，无关紧要，权当混碗饭吃"。还说"有的新四军还有倒戈过来，愿给皇军效劳的呢！"

就在这次谈话中，魏涓知道了反"清乡"斗争留下的干部中有个王林叛变投敌了，敌人指使王林伪装坚决抗日，到处去找"关系"，已经有 10 多名失掉联系的同志和 30 多名军工烈属被他秘密逮捕了。王林为了要讨得敌人的重用，正像一条猎犬似的在拼命搜索活动，整天在火车站和轮船码头转来转去。对这个可耻的叛徒，她恨之入骨，可惜她没有见过这人，否则她真想豁出来，一命抵一命，把他干掉。现在她只有马上向上级报告。最近，当魏涓接到薛政委的指示，才知道政治部主任严明化名许大义医生，已在自己汇报王林投敌的情报到达苏北根据地之前动身南下，所以她这些日子，一直担着一份很重的心事，怕许大义误落叛徒之手。现在，当看到许大义已安然来到上海，她一方面当然是满心的欢喜，放下了压在心头的千斤重石；另一方面也正急切地想如何对付王林。

许大义听到魏涓的汇报，极度的愤怒使他的脸色变得阴沉难看，眉头紧锁，连连地吸着香烟。他在心里狠狠地说："这个软骨头，到底没有和他的父亲走两条路！"

王林和许大义是同乡。王林的底细和他们祖宗三代，许大义都了解得一清二楚。王林家从他的曾祖父、祖父起，就是地方上的豪绅讼师，王林的父亲王荣宗仰仗着祖、父两辈的地位，在地方上更是作威作福，日本鬼子一到，他就投靠敌人当了伪军团长。新四军东进在王林的家乡建立了根据地，在"二五"减租运动中，他的母亲破坏运动被群众狠狠地斗争了。王林就在这次斗争以后，表示要背叛他的家庭，走上抗日的新生道路，投入当地的新四军地方部队。初期，他曾打过几次伏击，缴到了日本鬼子的三八机枪，受到表扬，以后他被提升为县大队副官，几次战斗中表现得还算勇敢，也负过伤。可是苏南第一期反"清乡"斗争开始后，苏常太地区的新四军北撤时，他因害病留下了。现在终于露出原形来了。

许大义冷静地考虑了王林的叛变给开展地下工作带来的严重危险。他想到这次将要深入敌人"清乡"区的干部，有政治部宣教科长马德、教导员陈华都是王林认识的；在"清乡模范乡"埋伏着的钱阳也是王林曾经见过的；自己虽然正遭鬼子通缉，可敌人没有掌握照片，而现在王林却变成了鬼子的"活口"，这个突变的情况给工作确实带来了极大的障碍。许大义感到，现在只有迅速去苏州站稳脚跟最为上策。主意想定，许大义严肃地向魏涓问道："你要是突然离开朱顺祺家，会不会引起怀疑？"

"我早有言在先：当翻译，我不干；做家庭教师也不是长久之计；一旦找到正式职业，我要去就业的。你放心，我有办法脱身。"

"那很好。这次与我一起南下的陆阿福同志已先去过苏州老家，从了解的情况来看，是有报进户口的可能，我们就先住在他家里，作为过渡立足点。"

"那么王林呢？最好想办法把他干掉！"

许大义镇静地思索一会说：

"王林，我们迟早要惩办！目前是很难下手，同时为了全面工作考虑，也不能打草惊蛇。"又说，"你和我就在明天晚上一起去苏州。"

"明天晚上！"魏涓高兴得几乎大叫起来。

魏涓一年多来，因肾脏病留在上海治疗，以后组织上索性要她在上海搞到合法身份，准备打入"清乡"区坚持地下斗争。她于是想法在朱顺祺家当了家庭教师，等待组织上分配任务。今天，听到组织决定她去苏州，而且宣布她担任中共苏州特派员办公室秘书的职务时，她兴奋、激动，感到心头发热，浑身是劲。

最后分手时，他们商定：为了减少遇到叛徒的可能性，不在上海站上车，先乘汽车到真如，然后从真如上火车去苏州。

第二天傍晚，许大义穿过车马人群，来到通往真如的汽车站。魏涓和陆阿福带着装满药品的皮箱已在那里等候。他们见了面没有打招呼，就夹在候车的人群中了。

就在候车的时候，许大义忽然看到从马路右边走来一个略微有点拐脚的中年男子，西装革履，油头粉面，嘴里叼着烟斗。许大义定睛一看，知道事情不好，居然碰上了叛徒王林，正想闪避，但发觉王林也已经看到自己，在这紧要关头，情况要求许大义立即机智果断地决定行动。许大义的脑子急速地转动着，转身就逃已来不及，被他打伤打死，个人的安危倒是小事，去苏州的整个任务遭到破坏却事关重大。倒不如来个先发制人，顶上去再说。想到这里他便竭力镇静自己，装作是意外遇见老朋友般地又惊又喜地喊道："喔，老王，真是巧极，好久不见了。"

魏涓在旁一听，知道冤家路窄，碰上了王林，便马上警惕起来。她一面向身旁的陆阿福靠拢一步，使个眼色，站到路旁一个摊头上装着买东西，侧耳听着他们的谈话，一面偷眼瞧着许大义和王林的动静。

王林在这里意外地遇见了许大义，真是喜出望外，正想拔出别在腰间的那支因"搜捕有功"而新领到的"拨拨跳"手枪，又突然想到严主任是个神枪手，曾经只身打死过十几个特工，说不定身边也带着短枪。王林想起这点，马上寒毛直凛，正在犹疑，见许大义已一马当先地赶上来和自己招呼，也就忙着迅速靠拢一步，握住许大义的手，大声寒暄起来："老严，是你？千载难逢啊！"嘴上说着，心里不免在想，将计就计，想法套住他捉活的。

许大义锐利的眼睛，机敏的感觉，断定王林不会马上暴露叛徒的嘴脸，刚才一触即发的危急关口已经过去。他又向王林的身后一瞥，发觉没有其他人跟随，心想对付他一个人还好办，就略为安定了一些，但自己身旁还站着魏涓和陆阿福，为了他们的安全，就决定赶紧把王林引开，然后再找脱身机会。正好抬头看到马路对面闪烁着的"新记饭店"的招牌，就随机应变地对王林说："我本来在找你，走，我们先聚聚去，我请客！"说完，不容推辞地一把拖着王林的手臂走向新记饭店。

王林见许大义热乎乎地要请客上饭馆，心里倒也宽下来一半，不如给他个顺水推舟将计就计，吃了饭一个电话到情报站，还怕他不束手就擒。随即装出亲昵的样子，拉着许大义的手说："聚聚去，我请客，我请客。"

魏涓看着他们的背影隐没在新记饭店的门内，愣怔怔地望着那忽红忽绿的霓虹灯招牌，脑子里闪出了一个念头："该马上帮助他脱身。"想着，魏涓就断然和陆阿福离开了车站。

在新记饭店二楼雅座里，许大义和王林面对面地坐在离楼梯不远的一张临窗方桌旁。

许大义见王林上了酒楼，神色不定，对王林的思想活动作了估计：一是他想借刀杀人，自己最好不暴露身份当面逮捕许大义；二是担心许大义会临阵脱逃；三是想摸摸他的底。他想，现在单凭镇静还不够，必须主动进攻，想办法迷惑敌人才能继续把他稳住，才好寻找机会脱身。万一不能智胜，就冒险斗力，用酒瓶把王林打死逃掉，逃不掉，除了一害也不能算亏本。主意想定，他就放开胆量，和王林周旋。为了让王林放心，他先占了个里边的位置坐下，让王林坐在外边。一面满不在意地向王林递烟倒茶；一面用对同志的口气，小声地有意无意的样子，编造了一些他此来上海的目的和一些线索。不消一刻，王林就被他引入五里雾中，心里却还暗自庆幸许大义不了解情况，供给他这么多线索。因此当堂倌上来问他们要什么菜时，王林赶忙抢说："我请客，你点菜。"

"不，老王，今天我请客。下次你请，来，你点菜！"许大义故意立起身，把菜单推给王林。

"不，下次你请客。"王林骤然紧张起来，他看许大义站起身来以为他想逃走，正要拔枪动手。许大义早已看在眼里，只当没有看见，一面扬声叫来堂倌，一面自言自语地说："好，你不点，我点，今天是客随主便。"说着他就尽拣贵菜来要，一气点了五六个上等菜，外加个大拼盘和半斤洋河大曲。

不一会儿，酒菜一上，他们就像老朋友一样，有说有笑，且吃且谈。王林知道许大义不是一个容易对付的人，但是他仔细观察，许大义毫无戒备之心，就也增强了信心。王林开始时不敢喝酒，但是菜肴精美，酒味喷香，惹起了酒瘾，又想在这酒楼上，许大义再有通天本事，也脱不了身，况且自己的酒量是大的，把许大义灌得醉醺醺的，动起手来也方便，于是又要来了两瓶大号花雕。许大义估计到王林的心思，感到可以利用喝酒来消磨时间，只要拖到天再黑些和顾客满堂的时候，也就容易脱身。他们各有打算，就不住互相干杯。

"什么时候到的？"王林替许大义斟满一杯酒，伸长脖颈，探过身子，神秘地问。

"昨天下午。"许大义来了个信口开河。

"预备上哪里？"

"到浦东。"许大义说得干干脆脆。

"就一个？"

许大义看了看四周，故弄玄虚地伸出了三个指头。

"三个？"

许大义不以为然地摇了摇头。

"三十?"

许大义依然幽默地摇头不语。

"任务是……?"王林问出这话，觉得过于露骨了，马上换了一种口气酸溜溜地说："严主任，你不知道，我们留在这里的人都憋不住了，多想听听好消息嗬！还有，我正在花钱疏通法院，营救你的祖母、母亲。唉，她们在监中是苦极了。严主任，你有什么关系可以去走走门路?"

许大义的祖母，已被敌人关进监狱两年多了；他的母亲最近又被捕，遭受严刑拷打，大腿被火烧得发烂。王林没有出头露面去迫害许大义的家属，相反他常到监牢中去对许大义的母亲说："我和你的儿子是老朋友。只要我的力量能及，我会极力帮忙的。"他这样做，有三个目的：第一，不暴露他的身份，继续伪装抗日；第二，通过家属关系，提取线索，作为立功的资本；第三，他认为日本军队的实力大，占领着自南洋到东北的广大地区，可以"以战养战"；新四军不可能在日本军队重兵镇守的江南立足的。但是新四军的活动是消灭不了的，万一情况有什么变化，就可以利用这个关系来掩护自己。

许大义从魏涓的汇报中已了解到这些情况，现在听到王林这样说，对王林的心理状态更有个正确的推测，就利用王林这不出头露面，直接抓自己的心理来争取脱身。许大义就着王林的话头回答："你能想办法最好，不能就算。革命者的家属是抓不光、杀不完的。这笔账到头总是要清算的。"

许大义这番含有震慑力量的话，把王林竟说得有点心惊肉跳。但一想到他还不知自己的底细又暗自欢喜，益发认为自己的不出头露面抓人确是上策。今天能抓住他立个大功，再捞一把线索，真是锦上添花。王林吱吱地吸了一阵板烟，并未放松试探，又轻轻地问："现在住在哪里？要注意，当心遇到——"

"我住在浦东保安大队长陈飞家里。这人不是你也认识的。靠得住的。"许大义说得认认真真的，倒像真有其事。

王林没料想一下子就得到这么个重要线索，顿时眉飞色舞地追问起陈飞的情况。对于王林的试探追问，许大义应付得十分巧妙，他半吞半吐、半真半假地把这个反动的陈飞说成经过许大义的工作，已回心转意，弄得王林益发真假莫辨。说着，说着，他又想出了个主意，指着楼梯口的电话机，坦然地对王林说："我打个电话去，告诉陈飞我迟一点回去。这里不是说话的地方，等一会儿到你家里去谈谈。"

王林一听，满心欢喜，他想，陈飞这个老狐狸，原来私通新四军，这一下要倒在我手中了。王林又鬼睖了许大义一眼，暗想：你要到我家去，正是我鸿运亨通，不费吹灰之力就可逮住你。不由得惊喜交加，就满脸笑容连连地点头，说："是，是。这里不是谈话的场所，到我家去。"但随即立起身来，还是担心许大义会下楼逃走。

许大义燃着了香烟，慢悠悠地走到楼梯口，拿起耳机，胡乱地拨了一下，字字清楚地说："浦东保安大队部吗？噢，请陈大队长听电话。"表面上他真像同对方通话，实际上是根据自己的需要，在自说自话，故意讲给王林听的。王林信手按住腰间的"拨拨跳"手枪，警备着，看到许大义背对下面的楼梯，一点也不像逃跑的样子；再听到他这些话，更放心了。也就坐下来，两眼盯着许大义的脚，又听他在说："是我，碰到了一个熟人，要迟一点回来。好——嗯，嗯。"说罢放下电话，就往回走。王林放心了，就端起酒杯舒畅地连喝几口。

许大义回到座位，又和王林边吃边谈。这时饭店楼上渐渐热闹起来，顾客在陆续增加，人声嘈杂，显得十分混乱。许大义忽然看到，完全改变了原来模样，打扮得华丽的魏涓走上楼来。王林用羡慕的眼光望望这个雍容华贵的姑娘，看到她在一张空桌子旁坐下，点过菜，堂倌放下两副杯筷。魏涓用日语低哼着《满洲姑娘》的歌曲，不停地看着手表，又一会儿上厕所，一会儿打电话，像是焦躁地等候着什么人。许大义一时也想不出魏涓到来的用意，更担心她会无意暴露，也就增加了焦急。过了一会儿，外面天色已黑，许大义觉得正是脱身的时候。王林也在想，事不宜迟，就站起身来，支支吾吾地说也要去打个电话。

就在王林走向楼梯口拨电话，通知情报站派汽车来"接客"的时候，魏涓忽然飘然经过许大义的桌边，借着等人的样子，站到靠近许大义的窗口向楼下看了一下。魏涓知道王林不懂日语，就在顾客的喧哗声和堂倌的报菜声中，急速地把她观察到的情况用日语告诉他：在男厕所旁边有个暗楼梯直通后门。许大义听得清楚，对魏涓在危急关头的帮助很是感激，但担心魏涓为了救自己而冒险暴露，就看了她一眼，眈眈眼，以目光和面部表情代替了言语，表示已完全明白，并要她立即离开酒楼。魏涓也就依旧飘飘然地回到了座位，用筷子敲着碗，像是没有等到人，闷闷不乐，喊着堂倌上饭。

王林打完电话，心里很笃定，情报站的汽车马上就到，一跛一颠地走回座位，举起酒杯往许大义的杯上碰，带着狞笑假惺惺地说："我吃醉了，干一杯！去我家再聚聚。一会儿就有汽车来接。"

许大义站起来把一满杯酒一饮而尽，他像漫不经心地对王林说："好吧！那你快催上饭。我去解个手。"

王林向楼梯转弯处的厕所瞥了一眼，心里想，才隔开两丈来远，那边没有出口，他也没有翅膀能飞，估计万无一失，就笃笃定定地招呼堂倌上饭，随后把烟斗衔在嘴里，从口袋里摸出象牙梳子，梳梳头发，慢慢向楼梯口踱步过去，守候着许大义出来。

许大义进了厕所，掩上门，看到有扇小门，便使劲拉动抽水马桶的拉手，趁着水箱里哗啦啦的水声，纵身一跳，越过小窗，翻到暗楼梯上。他借着厕所里微弱的灯光，急奔下楼，刚到转弯处，由于心情紧张，两脚踏空，一个筋斗一直跌到楼下，胸前伤口撞在柱子上，顿时两眼火花直冒，一阵耳鸣，险些晕厥。许大义按住剧烈疼痛的伤口，这是在第三次偷渡长江时负的伤，一颗子弹头还留在胸肌内。他牙齿紧咬着嘴唇，定定心，幸亏楼下偏僻，除了在后门口外有人在杀鸡和洗碗之外，没有别人注意，他随手整整衣服，走出后门，正好听到饭店门前响起"嘀——嘀——"的汽车喇叭声。他料定这是特务的逮捕汽车来了，知道一刻也不能耽搁，便转了个弯，在灯光昏暗的小弄堂里快步走去。

（本文以"丛竹"笔名发表于《上海文学》1962 年第 4 期）

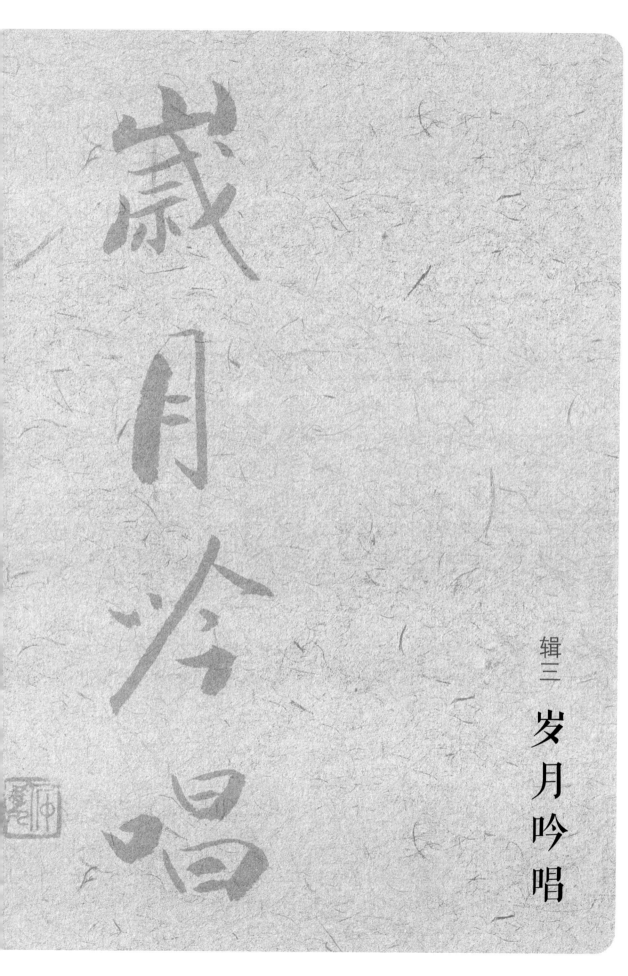

岁月吟唱

辑三

1938 年诗作

我们不做亡国的良民

日寇侵略历史久，

自明（朝）至今未间休，

甲午之战夺我台湾。

日俄之役占我旅顺大连，

"九一八"侵占我东北。

七七事变夺我平津，

"八一五"进攻我上海。

十月二十六日又把我家乡占领。

民族存亡，

千钧一发。

试问：

我们能不能做个良民，

我们不做亡国的良民。

走理想之路①
——戊寅年仲秋作于还是园②

路，

众人足下之路。

总归是有老路，

也必然会有新路。

安能沿着老路走？

勇于闯出崭新路。

路，

走向未来之路。

为了追求正义，

以理想开创新路。

可以向着目标③走，

哪怕绵延险阻路。

【注释】

① 1938 年（戊寅年）作者 17 岁，正在学习中医（三年制，将满期），决心投笔从戎。作者写了此诗，赠送给原高小的部分同班同学（何市的端忠倍、黄士人、马明、陈娟、张根生、徐兆瑜等；吴市的杨志刚、仲巍、陈福昌、朱林等；东周的施湘祺、陈郁宝、宋和、赵雄、孙宝初、马炳生等；东张的王朴如、何剑铭、王春燕、郑彩繁、周兆升等；归市的徐钟英、孟博美、柳静等；项桥、鹿河、王秀的金炳元、凌秀、何琴芬等），鼓动他们立志抗日。次年，作者改用笔名"丛竹"，发表在吴市求知社编印的《小草》诗刊上。

② 还是园：作者在吴市的住宅，四周绿地，选种中草药，自称"还是园"。

③ 目标：指抗日救亡。

山 坞 即 景

——戊寅仲秋

殚心①探胜岩峣②路，湫坞③菁华草木繁。

此地芳菲④喷馥馥，殷殷缱绻⑤岂⑥平凡。

【注释】

① 殚心：尽心竭力。

② 岩峣（tiáo yáo）：形容峰峦高峻，山径难行。

③ 湫坞：指水湾山坞。

④ 芳菲：芳，芳香；菲，花草茂盛。

⑤ 缱绻（qiǎn quǎn）：形容情意深厚。

⑥ 岂：怎么。

无　题①

—— 一九三八年冬作于最胜庵扶乩殿②

昨天过去又今天，今日明朝紧相连。

为了明天长努力，明天必定胜今天。

【注释】

① 这首诗原是作者参加姚希、归松年、唐绍裘发起筹建求知社座谈会时的题壁诗。
1939 年吴市求知社办的《吼声》（后改名《民族魂》，又改名为《江滨》）油印
小报，以及 1940 年时的《虞东》（原名《小草》，曾改名《浪花》，后又改为此
名）油印诗刊，先后刊发了此诗。1940 年夏，昆山秘密编印的地下文艺刊物
《朝霞》也曾登载了此诗。

② 历史上，常熟东乡寺庙号称有 54 所之多，如最胜庵、关帝庙、法灯庵、龙王
庙、三清殿、娘娘庙、吉祥庵、岳庙、观音堂、雷祖庙、智林寺、城隍庙、周
神庙、金泾庙等，今大都湮没，而吴市最胜庵尚存小楼一座。

咏　梅　二　首

江南第一芳

—— 戊寅孟冬望日①作于半半诊所②

吾爱早梅意似铁，迎风铁梗受浓霜。

横枝对菊③开妍色，茜茜江南第一芳。

和唐先生④咏梅

—— 戊寅季冬朔日⑤作于唐先生家

雪树寒梅冷更香，株株朵朵放光芒。

　　乡亲赞美同声咏，卓越精神照村庄。

【注释】

① 孟冬望日：孟冬，农历十月。望日，农历每月的十五。

② 半半诊所：作者在吴市家里开设诊所，取名"半半"，含义首先是"半积阴功半为己"，即自己行医的目的，一半为了病人，救死扶伤；另一半为了自己，养家糊口，安身立命。其次是"仁心仁术"，即自己行医的信条，必须既要有好的良心又要有好的本领。只有好心，没有好本领，不能行医；没有好心，只有好本领，也不能行医。因此，作者的处方笺印有"仁心仁术""贫病不计"等策励自己，并对贫病者施诊给药。

③ 横枝对菊：九月开菊花。早梅对菊开，即开在蜡梅之前。

④ 唐先生：唐善余先生，是当地坚决抗日的知识分子。其子唐绍裘，曾任吴市区委书记。1942年反"清乡"斗争中，唐善余被捕，病逝于日伪监狱。唐绍裘在马楼战斗中牺牲。今当地有父子烈士墓。

⑤ 季冬朔日：季冬，农历十二月。朔日，农历每月的初一。

骋　怀

——戊寅冬致杨子欣同学书信诗

　　若道"乐业"能兴世，除非画饼可充饥。

　　召父杜母①在何处？以哀吁天鼻之嚏。

　　生灵涂炭家乡难②，四野多少冤魂悲。

　　血性儿女不侘傺③，振我国威在此时。

　　劝君立刻从军去④，还我山河写新诗。

【注释】

① 召父杜母：旧时称赞确有"惠政"的地方好官。

② 家乡难：1937年卢沟桥事变，抗战全面爆发；"八一三"，日军大举进攻上海，并向南京和长江流域进犯。同年11月13日凌晨，日军从长江中的军舰上出动"冲锋队"（重藤支队）在野猫口、高浦口登陆；午后日军十六师团从白茆西侧登陆；19日常熟县城沦陷。据不完全统计，全县被毁房屋3000余间，被杀害平

民 3000 多人。

③ 侘傺（chà chì）：失意的神态。

④ 从军去：指参加"民抗"。

新　篁①

——民国二十七年冬

承露新篁越，向高为尽节。

虚心君子怀，直立凛寒冽。

看笋已成竹，柯②枝正发达。

可喜岁寒色③，铜皮兼铁架。

【注释】

① 篁：竹子。

② 柯：指竹的竿枝。

③ 岁寒色：松竹经冬不凋，梅是斗雪开花。松竹梅为"岁寒三友"。竹的古诗词句有"奇花照眼一时红，修竹虚心万年绿""不知岁时改，守此娟娟绿""岁寒霜雪苦，含彩独青青"。

倾　心

——一九三八年冬作于半半诊所

敬仰扁鹊张仲景，不信鬼神传福音。

感佩华佗葛与孙①，匪躬②不恋金和银。

尊慕神医李时珍，不惧劳苦爱艰辛。

先哲传下回春术，黾勉从事我倾心。

【注释】

① 葛与孙：葛指葛洪，东晋医学家。孙指孙思邈，唐代医学家。

② 匪躬：舍己为公，不计个人利害。

五情热六首

——一九三八年冬作于半半诊所

半半诊所

寒舍堰心傍竹园，萦回绿水抱篱垣。

辉映云日真妩媚，桃李树蹊点合欢①。

【注释】

① 当时，作者住所周边的河畔杨柳成荫，宅前有一棵高大的榆树矗立云霄，篱边绿
地有大小不一的桃、李、梅、杏、梨、橙、枣、石榴、枇杷、樱桃、柿子、嘉庆
子等花果树，还有黄杨、皂角、苦楝、棕榈、桑树、乌桕等杂树。竹园里有两棵
合欢树，每当花期时节，花如红色绒球遍布树冠，充满飞红点翠的诗情画意。

丁 香 结

三九①凄凄到小院，荐饥②芜杂凛凛怨。

黄杨厄闰③丁香结④，解冻冰消还几番。

【注释】

① 三九：三九天，一年中最冷的时期。这里的含义是家乡沦陷，日军、汉奸残暴
猖獗，人民灾难深重。

② 荐饥：连年灾荒，是天灾人祸、饥寒交迫的意思。

③ 黄杨厄（è）闰：旧时传说黄杨树遇到闰年，非但不能长大，反而要退缩。"黄
杨岁长一寸，遇闰退三寸。"比喻境遇困顿。

④ 丁香结：丁香的花蕾，比喻难解怨仇和愁闷。古诗："芭蕉不展丁香结，同向春
风各自愁。"

五 情 热

魑魅魍魉①病魔乱，神农百药我为桀②。

渴仰蹙頞③五情④热，丹心一得种芜萱⑤。

【注释】

① 魑魅魍魉（chī mèi wǎng liǎng）：指各种鬼怪。

221

② 桊（juàn）：穿在牛鼻子上的小铁环或小木块。比喻贡献自己的一份微乎其微的力量，以尽天职。

③ 蹙頞（cù è）：皱着眉头，愁苦貌。这里指兢兢业业，深思熟虑。

④ 五情：旧时称喜怒哀乐怨为五情。这里指要爱憎分明，与人为善，医治疾苦。

⑤ 芜萱：芜是落叶灌木，萱是多年生草本，两者皆入药。这里泛指中草药。

梦　　境

幻境梦迟新囿苑，遍园花木蝶飞翾①。

花期念四②风声动，随解药囊任掇煎。

【注释】

① 翾（xuān）：飞翔。

② 念四：二十四。

还　是　园

芳花奇草儿甂①罐，薄技区区解痼瘝②。

蕞尔芝田③营缮计，不刊蕲向④还是园。

【注释】

① 甂（dān）：口小腹大的陶制瓶子。

② 痼瘝（gù guān）：痼是经久难治之病，含疑难杂症；瘝是疾患痛苦，也包含常见疾病。

③ 芝田：古代传说中种芝草的地方。这里指药圃。

④ 蕲（qí）向：向往；理想。

遐　　想

蓬瀛灵药蓄挚愿，疟痢①消除即是仙。

遐想王魁②花信日，缤纷锦簇万家缘。

【注释】

① 疟痢：疟疾和痢疾两种常见疾苦。那时，作者家乡缺医少药，尤其是家破人亡、

颠沛流离的受灾户，无钱医治，于是疟痢蔓延，反复不愈。作者配制了"半半平疟丸""半半止痢散"，当时的疗效颇好，轻症的治愈率达 90% 左右。

② 王魁：王是指花王牡丹，魁是指花魁梅花。

随　感①

——辛巳孟春书于长亳区

虐雪②装成柳絮飞，无赖③柳絮占寒衣，

"他家本是无情物，一任南飞又北飞"。

【注释】

① 本诗作于 1938 年（丁丑年）。1941 年（辛巳年）初，《虞东》（油印）诗刊编印组负责人杨乃朴、陈福昌、杨志刚请作者书写了此诗，刊载在该诗刊迎新年特辑上。

② 虐雪：犹雪虐风饕。指严寒景象和天灾人祸的双关语，既是憎恶春雪，又是痛恨敌人。1937 年冬日军侵占江南，同胞被杀的血迹未干，房屋被烧的焦烟未散，而一些民族败类却认贼作父，成立伪组织，打着伪善旗号，干着出卖祖宗、叛变祖国的勾当，助纣为虐。

③ 无赖：古诗中，无赖是可爱之意。

1939 年诗作

迎　春①

——己卯年元旦作于"民抗"训练班

前夜风驰李叔廉②，充分准备闪电战；
旗开得胜打得狠，势如破竹把匪歼。

昨晚寺泾挂窗帘③，总结奋身智勇添；
决计扩大游击区，展望明日百花鲜。

村勇智擒土汉奸④，羹深开拔向南迁；
行军途中遇伪军，又打胜仗在桥边。

夜深人静冰雪天，传来痛哭声凄怜；
地主逼死朱老五，我心悲忿如油煎。

放哨站在竹园间，刺骨寒风心里甜；
不闻爆竹⑤送旧岁，只见曙光迎新年。

【注释】

① 本诗原题为《除夕二三事》，当时发表在《快报》上。后来《抗敌》报在重新发
　　表时改名为《迎春》，《小草》诗刊也曾转载。新中国成立后作者曾写《迎春》的
　　回忆文章，发表在《新华日报》和《常熟报》上，后编入《奇袭吴市》一书中。

② 李叔廉：是周泾口李桂生匪部的一个分队长。

③ 挂窗帘：窗门用布遮掩，以免灯光外露，因当时附近都是伪匪控制的村巷。

④ 土汉奸：指白马庵张慕芳匪部的一个副官，当地人。

⑤ 不闻爆竹：农历大年夜要放"关门爆仗"、年初一要放"开门爆仗"。俗谚说："一夜分二年，爆仗声连天。"但自从日军来了以后，再也听不到爆仗声了。

贺《小草》①诗刊诞生
——民国二十八年元旦作于唐家湾

去岁昨夜尽，本年今日始。

《小草》诞生日，正值第一天。

莫道诗歌难杀敌，攻击虎狼如枪弹。

同好共矢志，赞颂救亡事。

芊芊绿原野，正义满心田。

争吟佳句连珠似，团结抗战百花艳。

【注释】

①《小草》油印诗刊编辑组由唐绍裘和作者（笔名华民）负责；陈福昌、杨志刚、沈惠棠、杨子欣等负责文印工作。当时，得到了唐蕾余、严缦云、吴云宾、夏蜇欧等老师的热心支持和具体帮助。

投 笔 从 戎
——民国二十八年一月作于"民抗"训练班①

铁蹄蹂躏，国土沦陷。

生灵涂炭，四野兵燹。

我们五人②，不辞艰险。

投笔从戎，誓上前线。

朔风凌厉，夜未入眠。

热血滚滚，晨离南轩。

参加劲旅，军训为先。

精忠报国，相励互勉。

【注释】

① "民抗"训练班：指常熟人民抗日自卫队大队部训练班（高级班）。作者在训练
　　班担任分队副兼小队长。这是作者当时写的墙报诗，后在《小草》诗刊发表。

② 五人：指唐绍裘、杨子欣、谭月琪、施湘祺和作者。

咏 梅 二 首

知　　新

——一九三九年春节书于"民抗"高级班

其　　一

春雪降灾害，草枯惹祸胎。

青葱翡翠绿，松柏笑迎梅。

其　　二

前村深雪里，昨夜一枝开①。

寒往雪溶滴，欢呼春已回。

【注释】

① 借用南北朝陆凯"江南无所有，聊赠一枝春"之意。

花朝节①有感六首

——民国二十八年作于还是园

恨　花　神②

还家捷步催医诊，雨冷春寒急计辰。

千紫万红无所有，家家户户恨花神。

【注释】

① 花朝节：农历二月初二（或十二或十五）为百花生日，故称这天为花朝日或花
　　朝节。

② 花神：旧时传说中主宰树木花卉的年轻女神。因此，每逢花朝节要在花木上系

一小条红布或红纸，作为贺喜，俗称"赏红"。

骂　花　神

盆栽烂剩北沙参[1]，枯斛怒看似绣针。

树叶果蕾飘满地，心田燎火骂花神。

【注释】

[1] 北沙参：为伞形科植物珊瑚菜，以根入药。

觅　花　神

人间哪有百花春，恶岁凶年日暗沉。

不作哭娃林黛玉，圆睁怒视觅花神。

唤　花　神

土地[1]求饶弯了身，噜苏几句半说真。

鬼祟之言何可信，鞭抽土地唤花神。

【注释】

[1] 这里明指土地神，暗喻当地的汉奸走狗、地头蛇和地里鬼之类。

审　花　神

抽噎咽泣泪无痕，袅娜花神舞袖伸。

罪证如山谁肯赦，梅桃李下审花神。

斩　花　神

除妖降魔向春深，罪恶恩仇定要分。

草药枯凋吾再种，迎年[1]先要斩花神。

【注释】

[1] 迎年：比喻祈求风调雨顺、国泰民安的新年，包含争取抗战胜利的意思。

痴 思 四 首①

——一九三九年春作于还是园

宽 待 俘 虏

吾栽药草胜蟠桃，土地职能把水浇。

夫马城隍②除虺蜮③，仍如懈怠不宽饶。

收监服劳役

城狐社鼠④鬼妖妖，日午出来夜坐牢。

垒地挖沟锄野草，勤栽草药免挨刀。

园 无 谎 花

梅橙柞柏配芭蕉，茝⑤藿蓝菊绕芳蒿。

明月如春更璀璨，采花仙女好逍遥。

美哉还是园

飘香蓓蕾满枝条，青葱竹叶几庹⑥高。

绛赤玫瑰镶绿地，来年日日是花朝。

【注释】

① 这四首诗发表在《小草》诗刊上，署笔名"平平"。

② 城隍：迷信中守卫城邑的神，也是鬼神之中的县官。自唐代起到解放止，各地都有城隍庙与祭祀城隍的活动。

③ 虺蜮（huǐ yù）：虺，毒蛇。蜮，传说中在水里暗中害人的怪物，形似鳖，能含沙射人。常以虺蜮比喻坏蛋。

④ 城狐社鼠：城上的狐狸，庙里的老鼠。旧时比喻帝王权贵身边的小人。这里指汉奸走狗、地痞流氓、社会渣滓。

⑤ 茝（cái）：传说中的一种香草。

⑥ 庹（tuǒ）：量词，成人两臂左右平伸时两手之间的距离，一庹长约五尺。

花　畦

——一九三九年春夏间作于吴徐常备队^①

骇绿艳红光彩奇，姚黄魏紫^②应时机。

若狂欣喜人来早，燕舞莺啼心意激。

【注释】

① 当时作者担任吴徐常备队军事指导员，一起工作的有杨子欣、施湘祺、邵福生、夏鼎玉，以及做情报的钱启成、王桐生、诸开琛，还有先后入伍的盛清渊、蒋生、黄二、梅五福、薛志成等。此诗编入诗传单，署笔名葛军。

② 姚黄魏紫：宋代洛阳两种名贵的牡丹花。泛指好花娇媚，馨香醉人。

端　午

——一九三九年夏作于南渡桥

端午霆霖晨雾浓，觅得战机紧跟踪。

初生之犊^①何畏虎，渡口全歼"黑狗熊"。

持胜^②隐蔽在草邛^③，专心致意待进攻；

枪鸣弹吼硝烟起，伙伴机勇齐猛冲。

魑^④魔趔趄乱哄哄，挞伐激战一刻钟；

全歼九名巡逻队，缴获"三八"^⑤并套筒。

摧锋陷阵逞英雄，挂彩^⑥小杨^⑦更威风。

积累功勋成大胜，孤身血染战旗红。

当天宿营在塘东，抗日军民喜满胸；

饱尝应时好土产，麦粞粽^⑧来酒几盅。

江南五月绿葱茏，竞渡龙舟气势雄；

欢笑庙场祝捷会，战歌嘹亮震晴空。

【注释】

① 犊：小牛。指常备队诞生不久，新战士多，但斗志高昂，激情如火。

② 持胜：掌握主动权，经过充分准备，有决心有把握克敌制胜。

③ 草邛（qióng）：指杂草丛生的土堆土墩。

④ 魆（xū）：黑色，黑魆魆。

⑤ "三八"：指三八式步枪，日造，当时的新式精良步枪。

⑥ 挂彩：作战中负伤流血。又称挂花，或称带花。

⑦ 小杨：杨子欣同志。1941年任常熟县军事情报站站长，在反"清乡"中牺牲。

⑧ 麦栖粽：粽子的一种。解放前常熟东乡在端午时有吃麦栖粽和雄黄酒、烧蒲蓬的风俗。

除　酷　吏
——一九三九年七夕作于徐市智林寺宿营地①

支塘镇，据点里；鬼门关，太阳旗；
魑魅魍魉势狂狂，虎口毒牙石皂隶。

石皂隶，娶名妓；发帖子，摆筵席；
挂灯结彩第三天，狐群狗党乌烟气。

侦察员，摸清底；司令员，出主意；
组成临时突击队，要去镇压石皂隶。

万籁寂，夜雾弥；出徐市，行军急；
子弹上膛刀出鞘，轻装捷步去袭击。

渡过塘，进街尾；一组东，一组西；
三组如燕越过篱，神速接近石住地。

蔡黄黎②，说送礼；俘门岗，如霹雳；
箭步蹑躨入新房，拔枪跃身桌上立。

"不准动，手举起!"怕死鬼，像雷殛；
酒囊饭袋十来个，有的呆立有的跽。

衣橱后，石皂隶；跳出窗，乱射击；
负隅顽抗身蹦趫，东奔西窜恨无翼。

新战奋举枪，怒声嘀；
"狗贼，吃粒'花生米'!"
"啪"的一声把石毙。

任务毕，就撤离；走后街，越小溪；
虎口拔牙除酷吏，缴获七支新武器。

勃朗宁，快慢机；崭崭新，无挑剔，
摸来摸去爱抚摩，越看越觉心里喜。

报晓鸡，喔喔啼；回徐市，露湿衣；
绚烂朝霞映面红，放歌迈步迎晨曦。

【注释】

① 徐市：当时是常熟敌后抗日游击区的中心地区。
② 蔡黄黎：姓蔡、姓黄、姓黎的三个侦察员。

中 秋

——一九三九年中秋作于行军途中①

白日榫蒸②热，清风着夜凉。

征程明月照，静埭③稻飘香。

【注释】

① 当时作者在常熟"民抗"做情报工作，临时担任"江抗"二路的向导，从碧溪出发，去驻扎在周航的"江抗"指挥部集中。

② 榫蒸：即常熟农谚"木榫蒸"，比喻秋天的闷热。

③ 埭（dī）：指常熟塘埭（地名）一带的水乡。

寒 冬 腊 月

寒冬腊月，柴干水浅，
火烛小心。

寒冬腊月，门窗关上，
当心小人。

寒冬腊月，打更放哨，
严防土匪。

寒冬腊月，村村联防，
打击二黄①。

寒冬腊月，柴干水浅，
火烛小心。

【注释】

① 二黄：指日军和伪军。

我的马儿好

叮铃叮铃，马来了，

我的马儿不吃草，会跑会跳真正好。

叮铃叮铃，马来了，

我骑马儿送情报，白天黑夜到处跑。

叮铃叮铃，马来了，

我送情报立功劳，老天①夸我小英豪。

【注释】

① 老天：是老百姓对常熟人民抗日自卫军司令员任天石的尊称。

清平乐·渔家季女①梅花

艋艋破网，何呒渔歌唱。急风雨浪渔火无，一叶②咿咽四闻。　　"山河破碎伤心，身世飘摇似萍"。③娃儿无依无靠，阴晴横竖④酸辛。

【注释】

① 季女：少女。姓梅名花，后参加新四军，在"江抗"后方医院工作。

② 一叶：指小船。古诗句："万里风波一叶舟。"

③ 萍：水浮萍，在水中漂泊无定。

④ 横竖：犹言反正。

1940 年诗作

春 雷 二 首^①
——庚辰年灯夕^②作于寨角

其 二

宣传小组渔船扮，巧进虞城卖蟹虾。

顿尔传开新消息，春城处处在飞花。

其 四

特意留名告众人，峨峨大字^③写城垣。

声声霹雳敌丧胆，威震九州新四军。

【注释】

①《春雷》原有六首，刊登在《快报》上。稍后又在《虞东》诗刊上发表，改名为《春城飞花》，署笔名"大侬"。今尚存这两首。解放后，作者曾写《春城飞花》回忆录，先后发表在《江苏革命文化报》《常熟市报》和《星火燎原》第五集上。

② 庚辰年即民国二十九年（1940 年）。灯夕即农历元宵节。

③ 峨峨大字：指宣传小组在常熟西门外城墙上用柏油写的"抗日救国"四个大字。

寨 角 谣^①
——庚辰年灯夕作于寨角^②

虞山东门外，边沿古寨弯。

离海三里三，春秋时代是雄关。

古寨有水湾，湾里包旱塝。

断断续续路，湾来塝去十八弯。

钟灵多毓秀，如今是摇篮。

"民抗"发祥地，家家协力齐参战。

【注释】

① 《寨角谣》原有六节，现剩下这三节。

② 寨角：相传 2000 多年前，越国戍将梅世忠、李开山领兵驻防在长江边的一个村落，即今梅李镇一带，并在南边三里安营扎寨，这地方现仍称寨角。

一枝秾艳露凝香^①十四首

婴树^②桃花

——庚辰春作于何市江月华医生方脉间

东风丝雨染红芽，一夜舒姿树抹霞。

世说桃花浸酒服，芳容润色若桃花。

【注释】

① 借用唐代李白《清平调》的诗句。

② 婴（yī）树：犹幼木新树。指美人桃花树（又名人面桃花），粉红，四瓣，不结果实。

虞美人^①花

——民国二十九年春作江月华家新楼^②

异姿夺众天真秀，纤丽柔条爱拂风。

蕾绮心芳开五色，花娇欲语舞芳丛。

【注释】

① 虞美人：植物名，别称满园春，因叶动如舞，故又名舞草。二年生草本，花色鲜艳，有深红、淡红、紫、深紫、白等色。可为单色或复色，是草花中的妙品。

以此花与女儿花、五色梅花、韭菜子、楮实子配合，为补益强壮剂。

② 作者当时担任何市常备队队长，所写的《一枝秾艳露凝香》十四首，都抄在《本草从新》的书眉上，后藏放在孙宝初家。

白 玉 兰① 花

——庚辰春作归庄陈乔宿营地

白玉兰花三月开，冰心点绽溢香醅②。

校园③日日见春色，香白银花满树开。

【注释】

① 白玉兰：落叶乔木，花大。白花为白玉兰，紫花为紫玉兰。花九瓣，香味如兰。花瓣拖面，麻油煎或炸，名玉兰片，美食。

② 醅（pēi）：没有过滤的酒，是朴质天然的含义。

③ 校园：指桂村高级小学和何市公园。

睡 莲① 荷 花

——庚辰春作于王秀桥顾家宅基

出水睡莲品种真，性能明目又生津。

荷塘易主荷花弃，"流水无情草自春"。②

【注释】

① 睡莲：多年生水生草本。花大而美丽，花色有红、玫瑰红、白等。

② 借用唐代杜牧《金谷园》诗。

野 杜 鹃① 花

——庚辰春作于草荡（伍胥庙）宿营地

花苑西施红踯躅，甘温酸性止伤痍。

含苞湿蕊清晨撷，入药好鹃半绽时。

【注释】

① 杜鹃：品种繁多，全球现有800多种，我国占三分之二。秘方采用野杜鹃的嫩

苞新蕊，与苦参、竹叶椒、韭菜等同用，医治皮肤瘙痒等疾。

瑞 香① 树 花

——庚辰春作于芦青浜赵耀华家

瑞香历誉风流树，潇洒四时叶著风。

但恨香消花堕落，风吹雨搅一场空。

【注释】

① 瑞香：常绿灌木，一名风流树，一名蓬莱紫。花集生顶端，呈头状，无花冠，芳香，一般外面红紫色，内面肉红色。常不结实。秘方用花蕾。

千 金 藤① 花

——一九四〇年春作于项桥②

神奇灵验效能高，藤带鲜花雪水熬。

泻火消炎祛瘀肿，秘方加味配茵蒿。

【注释】

① 千金藤：又名千金坠，亦称金线吊葫芦，藤本植物，开黄色小花。性味苦寒，秘方是花、叶、藤、根同用。

② 当时作者任"民抗"总部何市常备队队长，有时顺便收集民间草药、秘方。

何 首 乌① 花

——庚辰春作于大春堂

喜采瑶花文火炙，善医体弱可安神。

纯心托友制成药，方便收藏贫病人。

【注释】

① 何首乌：缠绕草本，小花黄色或白色。作者在吴市西观音堂采到颇为罕见的首乌春花，托沈惠堂配合丸药。

岩 桂① 春 花

——庚辰春作于烟墩庙奚庆生医生方脉间

今年岩桂春花少，病害又遭穴蚁虫。

重接榴根花更艳，清香难比特殊红。

【注释】

① 岩桂：亦名木樨树，品种中有春季开花的春桂、秋季盛开的秋桂，还有四季桂
和月桂等。

飞 燕 草① 花

——庚辰春作于水圩里王宅

燕巢根烂得奇病，脱叶裸株倒草湑②。

残朵焦萎活现世③，无须气沮叩傩神④。

【注释】

① 飞燕草：二年生草本，为直根性植物，不耐移植。花穗硕大，色彩艳丽。

② 湑（chún）：水边。

③ 活现世：丢脸，出丑。

④ 傩神：旧时称驱瘟除疫、消灾降福的神。

榆 叶 梅① 花

——民国二十九年作于何市绳巷

嫽②丽鸾枝榆叶梅，年年岁岁苦心栽；

盘盘报效栽花士，佛手丁香③相应开。

【注释】

① 榆叶梅：落叶灌木或小乔木，枝繁叶茂，花色美艳，果如梅子。

② 嫽（liáo）：美好，优良。

③ 佛手丁香：花白色或紫色，重瓣，香气清而浓，如茉莉花香。

柳兰①倩花

寥寥青茎似莱菔②，恐畏春寒一朵无。

半死半生留井角，敦望绿萼覆新株。

【注释】

① 柳兰：多年生草本植物，花美丽。

② 莱菔：一名萝卜。

西凌霄①花

凌霄向上志飞翱，失傍无攀难拔高。

若惜芳容容易老，开花赶快结葡萄。

【注释】

① 凌霄：落叶木质化藤本植物，别名紫葳、赤艳、女威、陵苕、鬼目等，花大而色艳，花冠漏斗状钟形，橙红色，花粉有毒。

白玫瑰①花

引自天台多美感，芬醇却病应徘徊。

微微秀媚优良本，谨慎栽培快称魁。

【注释】

① 玫瑰：一名徘徊花，丛生，细叶多刺，色香兼佳，惹人喜爱。相传白玫瑰发源于浙江天台山，苏杭地区培植较多。

咏梅二首

——一九四〇年夏

吐花酸①

特产著名"老少欢"，梅枝四月叠青丸。

才来树下未曾采，口水津津齿在酸。

杏　梅②

三时③天气雨含芳，青色杏梅带叶香。

若问何时梅子熟，先天爱雨雨中黄。

【注释】

① 吐花酸：果梅的一个品种，别称"老少欢"，可制成乌梅，入药。

② 杏梅：果梅的一种，外状似杏。

③ 三时：指农历夏至后的十五天，分为上时、中时和末时，为长江中下游地带的多雨时期。

长相思·我心与君同

——作于王秀桥李宅

君忘私，贵忘私。久别相逢应约迟，误期不是痴。

不是痴，也是痴，抱病为何不就医？防治在及时。

晨　鲎①

曙空霞色促，虹彩映相红。

晓飐②能吹断？须臾化为龙。

【注释】

① 鲎（hòu）：虹的别称。

② 飐（zhǎn）：风吹颤动。

江南好·初行即景

——作于鹿河长江边海城①上

临水坂②，趋步自从随。履险初行新高处，晨光绮丽愈鲜

奇。探视爱长思。

【注释】

① 海城：江堤，传统称呼为海城。当时有土匪部队出没在鹿河沿江地带。

② 坂：指海城、江边的斜坡。

十六字令·契友将离去

留，临别商留再一周。淡如水，味隽永悠悠。

九九鹁鸪啼

头九雪花飞，九九鹁鸪啼，

冬前冻破地，冬后不用絮，

现在流血汗，胜利乐无底。

石牌楼搬过河

人多主意多，材多火焰高，

农抗会①员多，个个逞英豪。

只要人手多，

石牌楼就可搬过河，

抗日事情大家做，

人也有来粮也有。

【注释】

① 农抗会：是农民抗日协会的简称。

不再做开眼瞎子

三月三，

荠菜花开得像牡丹。

村村巷巷办夜校，

劳动之后上学堂。

抗日文化，

遍地开花，

读书识字，

不再做开眼瞎子。

少先队员①动刀枪

月亮上，军号响，少先队员动刀枪。

你拿刀，我拿枪，练好本领打东洋。

你一刀，我一枪，英勇杀敌在青阳②。

月亮上，军号响，消灭敌人打胜仗。

你佩刀，我背枪，胜利而归喜洋洋。

你磨刀，我擦枪，时刻准备上战场。

【注释】

① 少先队员：是少年抗日先锋队的简称。

② 青阳：在澄锡虞地区，少先队在青阳打了一次胜仗。

组织自卫队

单丝不成线，独木难造桥，

"江抗"前方打，百姓后面帮，

村村组织自卫队，抗战抗战誓在今宵。

东方日出一点红

东方日出一点红，

教导队的同志真英勇。

北港庙边显威风，

杀得鬼子丧魂落魄逃性命，

千家万户笑盈盈。

人间地狱变天堂

上有天堂，下有苏杭，

苏杭如天堂，天堂里的地狱苦难当。

鬼子是阎王，汉奸是虎狼，
"江抗"东进了，人间地狱有火光。

前方有"江抗"，后方有"民抗"，
人民把家当，人间地狱变天堂。

1941 年诗作

咏 梅 二 首

——民国三十年早春

题竹梅剪影①

翠竹生长节节高，遒劲挺拔梅自豪。

竹笋破冰向上长，老树吐蕊放新苞。

【注释】

① 作者参加迎新晚会剪了"竹梅图"一幅，并写了这首打油诗，表示热烈欢迎新同志入伍。

红 梅 树

——去冬反"扫荡"，正值红梅放

冬节夜未央，棱棱风雪浪。

狭路遭遇战，对垒隔小塘。

我队堵石桥，受命硬抵抗。

蒋生①伏在梅树下，

弹无虚发，打得枪管烫。

子欣②福生③身挂彩，湘祺④肩负伤。

顽强抗击壮军威，热血融冰霜。

伪军冲不过，蜷跼在船舫。

喽啰见伤亡，匍匐趄⑤又躺。

244

后退拉牛走，牛当盾牌挡。

匪酋怕夜战，抱头逃遁去董浜⑥。

我今服勤过，情切意深把梅访。

盘曲如虬龙，红艳欲滴花初放。

有人爱牡丹，赞誉花中王。

我更爱梅花，坚强性格刚。

冒着风雪长，越冷越芬芳。

花谢枝叶茂，苍劲更兴旺。

辗然离胜地，往事终难忘。

破晓晨风送，依依回头望。

满树灼灼朵，温馨催春光。

【注释】

①②③④ 蒋生、子欣、福生、湘祺是战友的名字。

⑤ 趐（xué）：比喻惊恐、徘徊不前的样子。

⑥ 董浜：地名，在常熟东乡，当时是长亳区的中心集镇。

春到人间草木知①二首
——民国三十年春作于东路特委党训班②

绿

地暖景风好，残冬影无踪。

雨霏霏，甘露降，田野满眼绿葱葱。

百草芳美万木茂，碧青三麦兆年丰。

月　季

"等闲识得东风面，万紫千红总是春。"③

春风风人人得意，月季象征化雨风。

艳艳月季比火赤，溢彩流光味香浓。

男女老少爱月季，花容笑靥四时同。

【注释】

① 借用宋代张栻《立春日禊亭偶成》诗中句。

② 当时发表在苏州县职工抗日协会、唐市职工抗日协会合办的《春风》小报上，署笔名"平平"。原诗为五首，现仅存二首。

③ 借用宋代朱熹《春日》中的诗句。

宿营二里湾①

——一九四一年四月作于二里湾宿营地

苦雨凄风堪复明，红花在在舞黄莺。

您乡转战还桑梓，绿水青山景更新。

【注释】

① 二里湾，地名，在常熟东张市的南边。当时作者和朱英、徐政率领的常熟武工队宿营在这个村庄。此诗曾发表在《战斗》报上，后又发表在《江南岸》杂志和《常熟市报》副刊上。

原 野 拾 翠①

——一九四一年初夏于雪长区警卫连

斜日昊苍半放晴，农村美事动余情。

花承雨露千枝发，莺爱艳阳百啭鸣。

赤胆忠心为抗战，龙腾虎跃当新兵。

战旗高举征程上，徐市②乡民盛送行。

【注释】

① 原诗有四首，刊于《快报》，署笔名"陆月半"，此为第三首。作者当时担任雪长区副区长兼警卫连指导员（党内任区委委员兼区政府党团书记）。

② 徐市：在常熟东乡。当时是常熟抗日游击根据地的中心地区，被誉为苏常太游击区的"红色首都"。徐市和董浜，是雪长区的重要集镇。

二十岁自励①

——一九四一年夏作于雪长区政府

今年二十岁，

阅历浅如稚鸟初飞，

也好比海舟才解缆系。

自看照片心自语：

切忌骄气，

耿耿无畏为根本，

勤奋谦虚常砥砺。

【注释】

① 当时作者出差去沪一趟，顺便在"就是我"照相馆拍了小照。写了这首题照诗的照片，寄藏在吴兆元家。解放初，他把照片交还了作者。

如梦令·出诊夜行遇雷雨

——民国三十年夏作于吴市大春堂国药号①

岂是水淹桥塇，更有雨狂遮物。

电掣爆雷来，堤上松风柳惧。莫伫，莫伫，涉水无限情趣。

【注释】

① 当时沈惠堂专程来邀，作者便与他半夜出诊，路遇雷阵雨。看了几个贫困病人，回到大春堂填了此词，书赠给他。

竹林遣兴

——一九四一年夏

筼筜①无言比桃李，曦影漏射彩绘起。

契妙清殊叹奇绝，幡然意会志千里。

【注释】

① 筼筜：泛指竹子，也指竹林、竹园。

忆 江 南

——一九四一年底作于周家老庄①

仇鬼子，怒目望江边。

半壁山河冰冻地，一川原野飔风天，

念念征帆悬②。

【注释】

① 周家老庄：在苏北靖江王家市。当时作者担任新四军六师江南办事处管理科长兼短训队队长。

② 指反"清乡"北撤之后，正在积极创造条件，打回江南去。

"忠救"①来了心又愁

"忠救"来了心又愁，地主又是恶如狗，

租米跳利息厚，穷人不出头。

赊饼垩瘦田，破车踏漏田。

借债交会钱，穷人不出头。

【注释】

① 忠救：指忠义救国军，抗日战争时期由国民党军统局领导的特务游击武装。

不怕虎生二张嘴

不怕虎生二张嘴，只怕人有两条心，

篱笆扎得紧，野狗钻不进。

军民反磨擦，不消灭顽军不甘心。

木樨花开日夜香

木樨花开日夜香，强敌发动"大清乡"。

遍地血腥，军民愤恨填膺。

木樨花开日夜香，军民同心反"清乡"。

日伪军警好几千，消灭不了游击队。

木樨花开日夜香，西地市队吃败仗，

损兵折将心忧愁，缺了一个钱阿惠。

木樨花开日夜香，反"清乡"胜利的歌响亮，

我们的力量比敌人强，一定要把它赶回东洋。

萤　火　虫

萤火虫，夜夜红，

佬佬假扮挑水种大葱，

媳妇伪装开沟做夜工。

站岗放哨，

支持反"清乡"的游击队。

萤火虫，夜夜红，

游击队的同志真英勇，

日夜战斗在敌人心脏中。

人人是英豪，

"混合队"敌人的心胆寒。

萤火虫，夜夜红，

太阳东升遍地红，

乌云散尽见晴空。

佬佬挺胸，

媳妇眉开眼笑满面春风，

军民欢笑乐融融。

十只黄狗九只雄

十只黄狗九只雄，

十个顽军①九个凶，

欺压百姓逞"英雄"，

看见鬼子，

逃得影迹无踪。

十只黄狗九只雄，

十个顽军九个凶，

顽军头脑顾祝同，

不打鬼子，

专门进攻新四军。

十只黄狗九只雄，

十个顽军九个凶，

军民协力反"反共"，

刀斩胡葱②。

锄头铁镩围攻野狗群。

【注释】

① 顽军：是对国民党反动派军队的总称。

② 胡葱：群众骂盘踞在阳澄湖地区的顽匪胡肇汉为胡葱。

哪 能① 活 下

鬼子劫夺榨取，汉奸浑水摸鱼，

地主恶霸逼租米，奸商囤积居奇，

羊毛出在羊身上，一只羔羊要剥几张皮，

再是安分守居"保太平"②，

哪能活下去！

【注释】

① 哪能：是常熟的土话，就是怎样的意思。

② 保太平：就是有些人不积极参加斗争，认为用不反抗来求得太平。

抗　征　粮

"清乡"①"清乡"，百姓遭殃，

苛捐杂税，还逼军粮。

摆在面前只有一条路，

抗捐抗税抗征粮！

【注释】

① 1941 年 7 月，日伪对苏常太抗日游击根据地发动大规模"清乡"。当时，抗征粮也是反"清乡"斗争的内容之一。

1942 年诗作

展　望

——一九四二年农历正月作于大安港①

我在江堤看远景，长江奔流浪千顷，

风雪裹身望江南，怀念南方众乡亲。

常熟敌后一时阴，去年炎夏到如今，

人间地狱"清乡"区，猛兽洪水害村民。

战风斗浪迎黎明，就得勇往虎山行，

愿洒热血写春秋，家破人亡也甘心。

总有一日向南进，横扫狼烟天再晴，

重建抗日根据地，明媚春光花似锦。

【注释】

① 大安港：在苏北海门县的长江边上，与苏南常熟的高浦口等沿江地区是一江之
隔，遥遥相对。当时作者担任通海行署工农科长，参与建立南下基地的港口
工作。

咏 梅 二 首

——民国三十一年春

白　梅①

为谁来春色，

白梅树，花开早。

玉骨冰心，月淡风轻，

雪里吐香，怪不得人人夸。

黄梅未到梅先熟，

只只青黄大如枣。

看见就眼热，牙齿发软摘来尝，

天晓得，皱着眉头心喊好。

稍微甜，似乎苦稀稀来带点涩，

个中滋味美，梅核含着难吐掉。

【注释】

① 白梅：白花绿萼梅的优良品种，是罕见的果梅，花异常白，格外清香，果实特
　别酸，兼具酸、甜、苦、辣、涩等五味。

春 消 息

梅开知春近，

古刹冬梅气氤氲，

则则同心树，虬枝峻嶒龙蟠根。

景色倏然疏瘦老①，

蕴涵刚强民族魂。

惊喜凑得巧，忧患余生留佳偶②，

生机仍旺盛，晡龄③同心共清芬。

华夏梅花多瑰宝，

传闻千年名梅④今尚存。

祈望活宝⑤超长寿，

至信小梅斗雪更精神。

【注释】

① 疏、瘦、老：评赏梅花（除香与色以外）的传统原则。

② 佳偶：这里指两棵同树龄并肩在一起的古梅。

③ 晒龄：树龄已达 200 年。

④ 名梅：指湖北黄梅县的晋梅、浙江天台山的隋梅、昆明黑龙潭的唐梅、常熟兴福寺的宋梅等。

⑤ 活宝：指古老树木。

深知身在情长在①十五首

防　天　花

——壬午春作于川港黄泥坝

预防天花害，免费种牛痘。

区队廿多人，吃了三天粥②，

节粮购疫苗，伙伴乐相助。

每逢三六九，我就兼种痘：

婴幼接种上门去，少年逢期排队候。

红蕾点破情如火，春意正浓乐悠悠。

【注释】

① 借用唐朝李商隐《暮秋独游曲江》诗句。1942 年春，《花瓣》诗刊（油印本）把这 15 首诗编入《群芳》专辑，并配插图，署笔名"吴忆明"。

② 那时通海地区的新四军地方部队，不是"一日三餐"，而是每天只吃两顿干饭。区队以三天的吃饭改为吃粥，节省出来的粮食去买疫苗。

赞　烛　花①
——壬午年春作于竹行镇

烛心的一切，

为了蜡烛放出光辉。

烛心点亮，

在烛光灼灼中烧毁。烧焦了的烛心，

昂首挺立，没有懊悔。

烛心的灰，徽号②为烛花，

这是特殊的花卉。

烛花无言的教诲，

不献媚只献身，深可意会。

【注释】

① 烛花：蜡烛燃烧时烛心结成的花状物，也称烛心灰。

② 徽号：美好的称号。

雪　花
——壬午初作于徐厍巷

雪花飘飘如许，

素不鼓舌摇唇，确乎寂静无哗，

向无花里胡哨，总归洁白晶华。

迎春先锋有雪花，

诚笃化为水，滋润绿草、香花……

油　盏① 灯　花
——壬午春作于桃源村

邑里吴君斗乡愿②，逾期未了难释怀。

255

前夕灯花开成片，昨夜乡谈③相聚来。

撑得破禁第一船，开航南北好人才。

都说油盏花报喜，如今这个凑巧开。

【注释】

① 油盏：当时江北农村除有少数煤油灯以外，大多使用油盏灯。用的灯油是植物
油，如花生油、棉油、菜油、豆油等。以灯草或纱线做灯心。

② 乡愿：指投机取巧的乡绅。

③ 乡谈：指家乡口音。

探　花①

——壬午春作于金角湾萤窗

司马探花精国画，非因祖父是探花②。

心痴善练勤挥笔，敌狱拒书爱国家。

【注释】

① 探花：是一个爱国文人的名字。

② 探花：清代殿试考取一甲（第一等）第三名的人称探花（第一名称状元，第二
名称榜眼）。

浪　花（新儿歌）

——一九四二年春作于戴胜港江边

无风不起浪，风剧浪必高。

后浪推前浪，浪潮滚滚浪花高。

神圣的血花

——一九四二年春作于七条口

江南嗳嵝敌如虎，血腥弥散"清乡"区。

许多烈士倒血泊，鲜血飞溅慷捐躯。

神圣血花花不谢，化作彤云照宇宙。

"人生自古谁无死"，踏着血迹去战斗！

李泥城带花①

——一九四二年春作于灵官殿

同庚诤友李泥城，荣耀事迹好新闻。

英俊高洁三不惑②，智取短枪来参军。

初次作战臂带花，生擒匪首建奇勋。

再次中弹胳肢窝，伤口刚愈就服勤。

三次负伤身躺血，乡亲妙计离敌群。

相思相见知何日③？烽火连天又遇君。

【注释】

① 带花：又称挂花，或称挂彩，作战负伤流血。

② 借用《后汉书·杨秉传》："我有三不惑：酒、色、财也。"

③ 借用李白的诗句。

糟 汤 油 花

——一九四二年春张芝山蒋宅

"老天"夜饭在蒋沟，菜煮糟汤油滴浮，

麦屑烧煳难果腹，油然敬慕记心头。

水 花

——一九四二年作于陈家河沿

瞥见箩筐大的水花，

车干水，挥汗动鱼叉。

阿咿呀，比米糁还小的粮虾！

笨式式，哪能只看表面呀？

……

激动的泪花①

——民国三十一年春作于蔡家楼子

雨舞微风过麦垄，燕娇展尾试飞风。

他乡邂逅②诚如醉，情意与君一样浓。

【注释】

① 原口占七律一首和七绝二首，后仅存此首。

② 邂逅（xiè hòu）：偶然遇见久别的亲友。

瑞 草 琪 花①

——民国三十一年春夏作于徐家竹园

麦穗香黄熟，镰刀磨出锋。蚕眠桑叶绿，瓜果大年丰。

【注释】

① 原五绝三首（东冬韵），后只剩这一首。当时曾有徐励教师配曲，颇具民歌风
味，诗名改为《风光好》，在当地的几所小学里教唱、流传。

心 花①

——民国三十一年姑苏旅次口占

红花不优香，香花难赤红。

既香又红唯玫瑰，带蕾移植花坛中。

【注释】

① 此诗原名心花，发表在《红玫瑰》报时改名为《玫瑰》，署笔名"陆月半"。玫
瑰是落叶小灌木，丛生，枝条多刺，夏季开花，紫红色，芳香。也有白花，称
白玫瑰。

忆江南·灿烂的火花①

——民国三十一年作于杏花桥

悼先烈，牺牲在江南。甘洒军人一腔血，永记英灵万古
名。必建烈士陵。

【注释】

① 为缅怀牺牲在苏常昆太地区的同志而作，发表时名《灿烂的火花》，后作修改。

调笑令·插花
　　　　——民国三十一年春作于金沙

出奇，出奇，朵朵丛生芳菲。天然姿容华丽，栽培勤于管理。管理，管理，整枝治虫施肥。

答友人并寄《花瓣》诗刊二首
　　　　——民国三十一年春夏间作于"汤团"突击队队部①

曹　顶　墓②

通海南郊曹顶像，提刀跨马长威风。
抗倭矢志洒丹血，万祀千秋敬英雄。

倭　子　坟③

造谒明朝烽火墩，畅言抗敌守防军。
相传墩下葬倭寇，遂叫狼山倭子坟。

【注释】

① 通海抗日自卫团，团长汤景延，故简称"汤团"。当时作者担任该团的政治教员兼突击队队长。该诗署笔名"吴明"。
② 曹顶是明朝嘉靖年间通海地区的抗倭英雄。墓在南通城山路。
③ 倭子坟（墩）在城山路，坟墩上有"京观亭"，以纪念曹顶的抗倭战功。

浣溪沙·爱之情
　　　　——吴明壬午年冬于海门

一往情深难入眠，增华踵事学先贤，卧薪尝胆志量坚。
事在人为争浴血，不辞万死竞奔前，云开见日战旗妍。

1943 年诗作

出　诊①（俚句顺口溜）

——一九四三年元旦作于悬珠②

大年初一起身早，阿根敲门来挂号。
哪怕隆冬天气冷，我答随请当随到。

阳澄湖心洋澄岛，自然村庄水环绕。
陆路不通小船渡，北风猛烈浪又高。

阿根奋力把橹摇，船头菊泉在撑篙。
顶风劈浪去出诊，心事连接湖中涛。

风如皮鞭冰像刀，浪花飞溅湿棉袍。
同舟共济不怕难，终于靠岸多自豪。

水村满目是枯草，竿户蓬门墙壁倒。
看病半天回悬珠，病家笑赠米牺糕。

人称水乡风光好，残冬景色这么孬！
待到春风吹来时，千红万紫满村落。

【注释】

① 当时作者担任中共四地委江南工作委员会苏州县特派员，以行医为职业掩护，开展地下工作。

② 悬珠：地名，在苏州娄门外阳澄湖边上。

忆江南二首
——癸未岁初作于东大街李宅

题　蟠　门①

蟠门古，战壁始春秋。众志神工无价宝，城池玉宇赛双丘②，景色引人留。

瑞　光　塔③

东吴塔，道古瑞光名。立地穿云诗并画，吉光片羽愿安宁，千秋令人惊。

【注释】

① 蟠门：现称盘门，始建于春秋吴王阖闾元年（前514年）伍子胥建筑都城时。现存城门为水陆两门并列，在我国已绝无仅有。

② 双丘：指苏州著名的历史景点虎丘和间丘。今间丘景物已荡然无存。

③ 瑞光塔：始建于三国赤乌十年（247年），宋代重修，为七级八面砖木塔，高约43米。

咏　梅　二　首
盘　门　朱　梅①
——民国三十二年二月作于信孚里医寓②

玉立荒凉展曲隈，艳清两绝梅中魁。

废墟懵懂向阳看，错作杏花隔水开。

【注释】

① 盘门内城河边，有古老朱梅，姿、色、香兼优。解放时，已岸坍树毁，景物消失。

② 医寓：是作者在苏州做地下工作时，于信孚里设立德医产科黄静医寓，为秘密
联络点。

春 晨 偶 成

——癸未仲春作于小王家弄医寓

素颜使得凝脂嫩①，傲骨婷婷自在香。

小院朝晖添秀色，松筠雅意助芬芳。

【注释】

① 凝脂：凝固了的油脂，形容洁白细嫩的皮肤，比喻没有被其他颜色染污的白色
梅花。

冥 想

大义凛然，英髦颜沈马周杨①。

冥间鬼雄②，千秋忠魂岁月长。

胜地山塘埋忠良，青山绿水③永增光。

【注释】

① 明代天启年间，魏忠贤残害忠良，苏州的颜、沈、马、周、杨五人，被巡抚毛
一鹭杀害。后人把忠骸合葬为"五人墓"。

② 鬼雄：鬼中的英雄豪杰。对为国捐躯的人之褒称。

③ 青山绿水：指自然风光美丽，同时也指五人墓附近的山塘街青山绿水桥。

四次走访老大伯

——一九四三年春作于大安港刘家①

初 访 大 伯

扬子江潮奔腾急，苍空乌云卷风飞。

晌午觅路到渔舍，田野旖旎彩色奇。

萝卜花白麦苗绿，油菜金黄"红花"②辉。

岸边早柳枝拂水，宅前晚桃正芳菲。

草屋檐下羊咩咩，三寸长锁锁门扉。

【注释】

① 当时，薛惠民在上海召开秘密会议，决定以秘密工作与武装斗争相结合的方式进行苏常太地区的恢复工作。会后，作者陪同徐政到海门大安港地段以及常熟沿江踏勘地形、侦察敌情并准备了武装小分队偷渡长江的渔船。事后，作者在大安港刘瑞林医生家写了这四首记事诗，寄藏于他家。解放后，他们把所寄藏的文稿、诗抄和信件交还了作者。

② 红花：做绿肥用的红花草，又名紫罗英。

二　访　大　伯

百鸟鸣春渔舟返，辛勤捕得刀鱼肥。

堤上相见不认识，人多众杂要避疑。

柳絮沾衣我买鱼，穿鱼拗根新芦苇。

大伯端详捋银须，也没认出我是谁。

忽来一队黑壳子①，接头只好再改期。

【注释】

① 黑壳子：指伪警察。

三　访　大　伯

三年①重见疑隔世，面貌似是又似非。

我报姓名大伯喜，鸟语花香新时机。

鸟同声，花共色，衷肠倾吐心无私。

乡音荦荦②灵犀感③，大姐腼腆笑靥微。

休言天堑风浪急，千危万险也不辞。

【注释】

① 三年：指作者与老大伯已是三年未见的久别重逢，不是指二访与三访之间的相隔时间。

② 荦荦（luò luò）：明显。

③ 灵犀感，比喻心领神会，决心为新四军小分队偷渡长江而努力奋斗。

四 访 大 伯

大伯犟劲骨头硬，决心行船志无移。

大姐通达知使命，愿除虫豸①莳②蔷薇③。

旧情新谊肝胆赤，临别难舍情依依。

预祝前程如心愿，长江南北看蔷薇。

【注释】

① 虫豸：有足为虫，无足为豸。这里比喻地方上的日伪爪牙。

② 莳（shì）：移植，栽培。

③ 蔷薇：指当时预定在大安港东的一丛野蔷薇旁和常熟江堤下一丛十姐妹蔷薇边为秘密联络地点，并规定了用加插竹枝的方法，标明安全与否的暗号。

吴地第一桥

——癸未之夏于小王家弄医寓①

于今半月垂虹毁②，喜见千龄宝带娇③。

吴地泽国多水路，吾侪酷爱第一桥。

【注释】

① 当时作者和龚宝龄等三个秘工人员经过宝带桥时口占此诗。作者认为诗意平庸，诗味稀淡，仅作记载就事，于小王家弄刘瑞华医寓补记。抗战胜利后，龚宝龄把包括此诗的一些诗抄、文稿归还了作者。

② 垂虹桥在吴江城郊，创建于宋，为木桥，元代改建为七十二孔的石拱桥，长达500多米。因桥"环如半月，长若垂虹"而得名。桥已毁，仅残存极少遗物。

③ 宝带桥始建于唐元和元年（806年），历代整修或重建，现存建筑大部分是清代重建的遗物。桥长317米，为五十三孔组成的石拱桥，为吴地第一古老长桥，也是江南历史文物中的瑰宝。

忆江南·剑湖①

——癸未夏作于小王家弄医寓

斋池冽，鲤跃藻莲嫩。

水满凫趋皱潋滟，芦荻土岸柳森森。

瑞草绿人身。

【注释】

① 剑湖：在盘门内，又名斋池，别称放生池，也叫转水湾。

小凤快长大

——民国三十二年夏秋间

出诊来到桑园场，织绸木机声攘攘。

小凤病重患霍乱，昨夜死去年轻娘。

村外四望参差桑，柔枝嫩叶鞋①枯黄。

荒歉年景茧价跌，种桑养蚕煎人肠。

织绸人家贫如洗，何时兴旺丝绸乡？

昼夜抢救她脱险，医药制服阎罗王。

戴着重孝躺摇篮，谁不泪下同悲伤？！

"预卜到她出嫁时，可把绫罗做衣裳"②。

祝厘③降福并消灾，人寿年丰多吉祥。

众望小凤快长大，丝绸之乡飞凤凰。

【注释】

① 鞋（huì）：青而变黄的颜色。

② 当时作者向小凤家亲友进行含蓄的宣传，大意是中国不会亡，抗战胜利后这块
　穷地方必将兴旺，反复说了为期不远、充满希望的话。

③ 祝厘：这里含义为神往。

访采菱女见闻

——一九四三年秋作于夼子渡口①

水漫漫，风雨天，村姑结伴下菱塘；

菱芰深处相对看，家贫如洗俭梳妆。

采菱苦，村姑怨，背阳菱花遭了殃；

菱塘不如"锅底田"②，红菱乌菱年年荒。

采菱苦，村姑恨，赤脚蓑衣背菱筐；

鲜菱抵交种菱捐，割下菱茎煮粥汤。

菱茎涩，菱角甜，苦难孕育新希望；

夼子定有天明日，穷地能变富饶乡。

【注释】

① 夼子：地名，在昆山城东娄江边上。当时作者担任中共苏常太工作委员会昆山
县特派员做地下工作。

② "锅底田"：指地势低洼，内涝为害，十年九不收的稻田。

月　夜①

——一九四三年重阳作于昆山巴城

皓月当空，繁星点点，薄雾弥漫山峰，湖水荡漾微波。
啊……这可爱的月夜，是胜利的前夜。我们的队伍，轻装
捷步，翻山越岭……出奇制胜②。把锋利的钢刀，插进敌
人的胸膛，插进敌人的胸膛。

【注释】

① 这是一首歌词，当时是由几个音乐教师作曲。

② 作者自注：约在五一年（1951年）春，县组织陈球同志把当时的一张油印的《月
夜》歌纸转给了我，他说是原红沙乡星的一位老农无意中保存下来的。歌纸已破

烂，字迹看不清，我也回想不出。当时区委、区政府、区警卫连和区抗日自卫支队的同志，如周醒民、×福生、诸开琛、邵其昌、小张等都会唱这支歌。我有时看到月亮，或在星光下行军，也情不自禁地哼着"皓月当空，繁星点点……"

七绝·悼陈岳章等一百多同志
——一九四三年底

环团血战①战愈激，气壮山河身殉职。

虽死犹生遗壮志，流芳百世血花碧。

【注释】

① 作者自注：环团血战中教导员陈岳章和营以下100多名指战员壮烈牺牲。当时，朱森林同志和许多群众把烈士的遗体收藏在巨龙桥附近的荒坟滩里。1943年底徐政、罗毅、朱森林等同志和我一起去聚龙桥瞻仰烈士墓——其实没有烈士墓，而是我们心目中的高大烈士墓。当时我口占此诗，以表崇敬之心。事隔几年后的今天，我出差到这里，利用深夜的休息时间，和区委的几个同志去了一趟聚龙桥。我们有个共同的愿望，待后一定要建造烈士墓。我回忆了这首诗，写了出来，题目改为《烈士，永垂不朽！》。

1944 年诗作

咏 梅 二 首

冷 香

——甲申孟春娄东访梅有感①

雪地冰封水断流，灵光砟蕾暖霞浮。

枝头馥郁熏千里，唤起江南草木稠。

【注释】

① 娄东：指太仓。当时作者担任中共苏中四地委江南工作委员会昆山县特派员兼管
太仓县点线工作，化名柯榕楷，以开杂货店和行医为职业掩护，进行抗日工作。
这首诗发表在当时《红玫瑰》报的副刊上。（见《太仓革命史料》抗战专辑）

三 山① 探 梅

——和归仰光先生三山探梅诗

苍松翠竹自风流，铁骨红梅景色幽。

蓬弱②感怀情切切，洞庭③春色小神州。

【注释】

① 三山：指太湖中的三山岛。今属吴县东山镇，是江苏省太湖风景区东山景区的
一个重要景点，其中有 20 世纪 80 年代新发现的旧石器时代遗址，为"三山文
化"所在地。

② 蓬弱：蓬莱仙岛与弱水。三山岛向有"蓬莱"的称誉。

③ 洞庭：洞庭东山和洞庭西山的简称，也指太湖。

纪　事①

——一九四四年夏作于昆山城厢②

应邀娄邑③宿，雨后月朦胧。

莫道城中寂，江④潮浪正淙。

挑灯相聚处，笑语引晨风。

喷薄快凉意，朝霞映玉峰⑤。

【注释】

① 原有三首，这是第二首。

② 当时作者进行党的秘密工作，出入昆山县城。这是一个炎夏的夜里，作者同几
个地下党员、统战对象秘密碰头，核对敌兵分布情况等，通宵达旦。大家曾作
山水诗画，抒情述怀。作者写了此诗，以志其事。(见《昆山革命史料选辑》)

③ 娄邑：昆山的别称。

④ 江：指娄江。

⑤ 玉峰：即玉峰山，亦称马鞍山，是昆山县城的自然标志。

渔　父①

——一九四四年春作于正仪②

渔父年高过古稀，救亡抗日投红旗。

风浪急，运输危，激昂履险网船归。

【注释】

① 担任水上交通的老渔翁。

② 正仪：在昆山之西的阳澄湖畔。

心 曲 四 首①

生活的气候

生活气候多幻变，乍冷忽热时起伏。

时像春雨催明媚，时像夏日烈如火。

时像秋风扫落叶，时像冬雪压花朵。

气候炎凉须记取，肩挑四季爱生活。

生活的滋味

生活滋味言难喻，甜酸苦辣样样有。

甜比甘蔗甜几倍，酸比乌梅酸性足。

苦比黄连还要苦，辣比生姜辣得多。

滋味无穷自得意，扬清激浊爱生活。

生活的情绪

生活情绪心上事，喜怒哀惊常经过。

喜有欢乐神若醉，怒有火得打哆嗦。

哀有悲怜暗饮泣，惊有一跳心收缩。

情绪褒贬善与恶，爱憎分明爱生活。

生活的风帆

生活风帆在海洋，颠簸倾侧舟欲覆。

会逢暴雨狂风急，会逢猛浪惊涛袭。

会逢夜雾茫茫罩，会逢暗礁临漩涡。

风帆航海增毅力，知难而进爱生活。

【注释】

① 作者在 1944 年夏曾写了《心曲》八首，发表在《红玫瑰》报上，今仅存四首。

蝶恋花·彩蝶与白兰花

——甲申之夏

盆盆白兰花香白。花气菲菲，馥馥满住宅。彩蝶何惧高墙隔，双双飞舞来作客。　　枝叶青翠似松柏。新花姝姝，彩蝶穿花隙。盆下些微落花迹，贴地低飞恋花惜。

月 月 红

——一九四四年春

桃花别有一般红，月月如春四季同。

娇艳天生人喜爱，爱花先要做花工。

野 蔷 薇

——同契友游香山口占

芭蕉①傲岸②绿涵③石，有恃④蔷薇刺眼中。

花草本当无愫⑤物，沾光⑥招展为谁红。

【注释】

① 芭蕉：多年生草本。茎、假茎和叶皆为绿色。叶高大，叶柄长，叶翼张开，故有"芭蕉叶展青莺尾"之比喻。

② 傲岸：高大。这里包含着"生长在崖岩"的意思。

③ 涵：包含。这里含有"遮""浸""染"的字义和写景。

④ 有恃：依仗；假借；靠着。"有恃无恐"，是贬低蔷薇的意思。

⑤ 愫：情愫，真心实意。这里作"情"字用。

⑥ 沾光：指蔷薇的红花，依靠了芭蕉的绿色衬托，而格外显得妖艳。

舟 过 环 潭①

——悼念陈岳章等一百多烈士②

环潭浴血战云急，陷阵冲锋赴难时。

虽死犹生遗壮志，流芳万古后人师。

【注释】

① 1944年夏，作者陪同领导人黄皓暗中察访秘密交通线，舟过环潭，口占此诗。1945年初，作者将包括此诗的一些文稿等寄藏在俞世林家。1961年，俞通过邵剑昆把这些寄藏品交还了作者。

② 1940年4月，"江抗"整编扩大，陈岳章任一支队教导员。翌年3月，一支队水上行军至环潭时，受到水陆数路日军袭击，激战中教导员陈岳章和大队长袁锦

成等 100 多名指战员英勇牺牲。

采菱姑娘

——北寰甲申年

东浜芰圹接娄江，退潮采菱落夕阳。

村姑慭^①懑年景讲，破衣薄粥何如养？

面黄肌瘦唇无绛^②，恚^③泪滴溅沧波漾。

【注释】

① 慭：烦闷、苦恼。犹痛恨而有怨言。

② 绛：红色。丹唇、明眸、皓齿，旧时多用于形容女子的健美和标致貌。

③ 恚：怨恨，愤怒。

节届重阳

——北寰甲申年八月

枫叶酸霜映三秋，菊花奕奕^①任遨游。

登高浓兴冇^②迡邅^③。勐^④上险峰无与俦^⑤。

共饮湖光餐三色，山水知音恣^⑥凝眸。

莫夸春色欺秋光，难道桃李比菊幽。

枫叶菊花知吾意，悲欢离合忧乐求^⑦。

此地佳境应须记，预择吉日再畅游。

【注释】

① 奕奕：神采焕发的样子。

② 冇：没有。

③ 迡邅：迡，动作缓慢。邅，行动困难。指处境坎坷，畏难不前。

④ 勐：努力，勇敢。

⑤ 俦：同伴，同一类的事物。

⑥ 恣：任，自如。

⑦ 忧乐求："先天下之忧而忧，后天下之乐而乐"，是心态和志向。

题 青 竹

—— 甲申桂月于金家桥

青青苍翠一枝条，直杆虚心终后凋。

破土扶摇全向上，明天必定胜今朝。

1945 年诗作

留　言①

——一九四五年十月中作于最胜庵

以此临行赠，知心说未来；生还非作志，准备裹尸还。

【注释】

① 准备北撤时作此诗，意在与潘新、朱青、徐政等战友共勉；并托序阳回昆山后，转达给坚持秘工的家桢、新梅、钱基等，谨作临别赠言。后在 1946 年夏，作者从江北准备南下时，曾给信徐增、国球、咏吟、桂芬等，都以此诗为结尾语。

北　撤①三　首

——一九四五年十一月谷旦②作于时积洪港

白　茆　口③

一呼百应群船忙，片片风帆升上樯。
奉命北撤行军快，暂别江南众送航。

夜渡扬子江

波涛滚滚夜茫茫，劈浪乘风向北方。
明丽弘图谋德政，战友投身新战场。

时　积　洪④

云淡熹微船进港，相互笑拍身上霜。

统一指挥听号令，水乡处处是家乡。

【注释】

① 双十协定后，苏常昆太地区的党政军人员奉命撤退去苏北解放区，编成北撤支队，任天石任支队长，浦太福任副支队长兼第三大队大队长。作者任一大队大队长（教导员王群调离后兼教导员）。（见《常熟人民革命斗争史》）

② 谷旦：晴朗的日子，旧时常作为吉日的代称。

③ 白茆口：当时一大队、三大队和部分运输棉粮等物资的长江渔船，在此港起锚北撤。

④ 时积洪：地名，在江北海门县境内。

浣溪沙·瞻念前景
——一九四五年冬作于行军途中的袁灶港①

一往情深难入眠，增华踵事学先贤，卧薪尝胆志愿坚。

事在人为争浴血，不辞万死竞奔前，云开见日战旗妍。

【注释】

① 作者在 1942 年夏，曾率领工作队到此地动员参军。当时有十多个青年参加了"汤团"、崇明警卫团；至抗战胜利，已有七八人先后牺牲。这次，作者偶然路过而触景生情，激动落泪，就邀请了当地支部书记、民兵队长等，专程拜访了光荣人家，慰问这几位烈士家属。

新 枝 吐 蕾
——一九四五年冬作于马塘镇①

银河，群星灿烂，

午夜的穹苍淡蓝发亮。

大塘，重载军粮的船群在移动，

无奈风太弱，空竖着杆杆帆樯。

水花飞溅，一条粮船领先在前，

背纤的是几个新入伍的姑娘。

有两个身背着步枪，

有一个脱剩单薄衣裳。

昂然赶路，奋力齐步不歇脚，

昼夜兼程，与金轮②同时到达马塘。

舟师③联名写表扬：

新女兵，意志刚强。

火红年代催花发，

新枝吐蕾正芬芳……

【注释】

① 马塘镇：在南通金沙之西的如皋境内。

② 金轮：早上初升的旭日。

③ 舟师：船工。

水绘园遗址①

——一九四五年十二月作于水绘园宿营地

东南西北水回缭，驰誉名园景色娇。

眼对园林惊变易，池楼②枯树草萧萧。

【注释】

① 水绘园遗址：在如皋城，为明代园林。今已整修。

② 池楼：指园内主景区主建筑之一的洗钵池和水明楼。

西江月·赠友人

——一九四五年十二月底于如皋①

北上康庄大道，江南必将奔驰。劲草年年傲霜枝，冬往春来岁时。　　凛冽将残冬过，红花齐放争开。江北江南花繁丽，花向春光猛赤。

【注释】

① 当时作者托刘瑞麟医生把这一阕词和七律一首，各抄录数份，分别邮寄给江南的唐若虞、归仰光、陈念台、黄源铸、徐中和、邵预凡、黄谦斋、刘汝柽、席德五、徐绿漪、陆星北等先生。

望 江 南①

——一九四五年十二月底于靖江黄家埭②

仇顽敌，日暮望江南。火海刀山冰雪地，哀鸿遍野呼绝餐。怒暴睡难安。

【注释】

① 原有《长相思》《诉衷情》《忆秦娥》等，现仅存这阕填词。

② 当时，苏中六地委奉命撤销，建立了苏常太和澄锡虞两个中心县委。武装人员编成一个团，其余北撤干部等候分配工作或参加学习。作者发伤，受着病痛折磨，时常失眠。组织上安排休养，但作者认为可带病工作，若病加重就全休。

好事近·情感

——一九四五年十二月三十一日书于黄家埭①

一番心思重，慨感思念江东。尽忠舍孝是志，想知家中吉凶。 梓里父老苦难重，日日在寒冬。渴望迅起春雷，家家迎暄风。

【注释】

① 这首词1942年冬作于南通狼山（回根据地汇报工作时）。此时，作者重新书呈任天石等同志，请求指正。

女侦察员黎晨曦①

——一九四五年秋于吴市

女侦察员黎晨曦，
身穿便衣手里提着快慢机，

体格矫健，短发齐耳垂。
英俊面孔，两眼炯炯机灵又锐利。

女侦察员黎晨曦，
屡次排除万难，把复杂的情况摸到底；
机智勇敢浑身胆，
曾经智取日寇保险箱里的秘密文件一大批。

女侦察员黎晨曦，
屡次出奇制胜抓"舌头"来生擒敌；
独自为战把劲敌变笨蛋，
曾经用把劈纸头刀活捉了伪军团长韩富棋。

女侦察员黎晨曦，
屡次乔装打扮去降龙伏虎得胜利；
女扮男装充翻译，
曾经虎口拔牙镇压了大汉奸吴剥皮。

女侦察员黎晨曦，
几次在虎穴狼窝插红旗；
神出鬼没出入据点发传单，
曾经轰隆轰隆把碉堡炸倒翻了底。

女侦察员黎晨曦，
屡次声东击西打得好来打得奇；
配合民兵机动灵活打胜仗，
曾经夜袭弹药库夺到了大批好武器。

女侦察员黎晨曦，

屡次浴血奋战歼顽敌；

冲锋陷阵猛冲杀，

曾经把鬼子警备队队长山本大佐一刀劈。

女侦察员黎晨曦，

屡建战功使人敬佩令人喜；

革命英雄党培养来烈火炼真金，

好比是鲜艳的红梅开在游击区。

【注释】

① 作者自注：1945 年秋，我在病休中，打算写一篇《女侦察员黎晨曦》的长诗，
歌颂抗日战争中江南游击战争中的女英雄，但没有写完。到了 1952 年我又在病
休，继续写出了梗概，但仅仅是初稿，这是序幕中的一节。

1946 年至 1949 年诗作

醉 心

——丙戌荷月望日作于黄家市①

狼烟四起多时疫②，悟道③行医又整装。

百计千方不却步，欣然出境醉④南方。

【注释】

① 当时（1946 年农历六月十五日），中共路东中心县委（辖苏常太和澄锡虞地区）副书记李中，在靖江（如西）黄家市布置作者（沙洲县特派员）立即南下，以行医为职业掩护，开展党的地下工作。

② 时疫：指当时蒋介石已撕毁停战协定和政协决议，发动了向解放区的全面进攻。沙洲县地区的国民党军队也公开"剿共"，实行疯狂的"全面清剿"。

③ 悟道：指领会组织上的意图，并决心身体力行。

④ 醉：指醉心，一心专注于秘工，从事对敌斗争。

思 念 母 亲

——丙戌盛夏作于朱德圩港①

这样年头②您眼亮，含辛茹苦也觉甜。

虔诚慈爱拜菩萨③，恰似溟蒙④盼好天。

【注释】

① 朱德圩港：在江北如西。

② 年头：犹言时代。

③ 拜菩萨：作者的母亲处在九灾八难的遭遇之中，她有时要祭祀，或去庙宇烧香，或在家中斋祖先，祈求保佑，聊以自慰和自我勉励。

④ 溟蒙：形容烟雾弥漫，景象模糊，比喻环境恶劣。

合　欢　花^①

东陌黄家宅^②，盛开合欢花。

繁红好炫眼，绿竹映晨霞。

今日无多赏，明年访君家。

愿如花似火，丽树更光华。

【注释】

① 合欢花：又名夜合花或马缨花，俗称绒球花，入药。落叶乔木，羽状复叶，小叶对生，昼开夜合。花萼黄绿色，花丝粉红色。满树红花，颇为艳丽。

② 黄家宅：为秘密联络地，并以一棵大合欢花树为安全标志。即树在是安全无事；树若锯掉则标志遭敌破坏或险情危急。

药　橱

——丙戌初秋作于后东季家^①

其　一

鉴赏本色新瘿木，闺秀正当制镜台^②。

凭杖施君^③愿舍爱，顿然做口药橱来。

其　二

吉祥瘿木补民^④幸，由此无需内室回。

白漆药橱珠闪色^⑤，炯心顺默^⑥度胸怀。

其　三

致志行医添旅伴，药橱脉脉伴身侧。

杏林^⑦春暖花防患，橘井^⑧泉芳水去灾。

【注释】

① 1946年初秋作者在政治交通员季小根家写《药橱》诗八首等，寄藏于他家。解

放初，他如数交还了作者。现仅存这三首。

② 镜台：即梳妆台。

③ 施君：当时是地下党套北区特派员。

④ 补民：有益于民。

⑤ 闪色：光影闪烁。

⑥ 顺默：顺承而不语。

⑦ 杏林：相传三国时董奉为人治病，不受报酬，只要为其种杏树几株，数年后蔚然成林。

⑧ 橘井：传说汉代苏仙公修仙得道，对其母说："明年天下疾疫，庭中井水一升，檐边橘叶一枚，可疗一人。"到了第二年，果然发生疫病，其母用井水、橘叶为民治病，都痊愈了。

凤　仙　花①

腐儒②正统③骂凤仙，品质卑贱不应传。

骚人④也有乱抹黑，涉笔⑤不力如寒蝉⑥。

乡间向来种凤仙，异口同赞红为先。

女郎爱花染指甲⑦，嫣红数月色泽鲜。

花卉如何分贵贱，爱栽为贵理当然。

荒诞见解不打紧，小家碧玉⑧百花天。

【注释】

① 凤仙花：一年生草本，入药。夏秋开花，有红色、粉红色、白色、淡黄色、浅蓝色等数种。

② 腐儒：迂腐不明事理的知识分子。

③ 正统：指当时的正统观念、腐朽的旧传统观念。

④ 骚人：犹骚客，即诗人。

⑤ 涉笔：指动笔写作。

⑥ 寒蝉：天冷不再叫或叫声轻微的蝉（知了）。

⑦ 染指甲：晚上用凤仙花同白矾捣烂成花泥。先以大蒜头刂擦指甲，然后敷上花

泥，再用花叶包扎一夜，次晨便染成独具自然美的红指甲。

⑧ 小家碧玉：旧时指小户人家的美貌少女。这里比喻常见花草中的优良品种。

中 秋 二 首

悬　壶

——丙戌年中秋作于江阴后东①

诊所中秋建，健康是所名。

邻居赠匾对，契友②放高升③。

后园松竹茂，门前溪水清。

恫瘝长在抱，创业做医生。

赞　岩　桂④

天气渐凉爽，转眼已中秋。八月十五夜，娥轮照九州。

碧空月似镜，此地夜光幽。桂叶浓香重，花飘满阁楼。

吾爱木犀古，徘徊树四周。疑是嫦娥种，花比月中优。

人游奥秘里，佳境广寒⑤留。怎的寻常木？花香第一流。

【注释】

① 后东：原属江阴，后属沙洲县，今属张家港后塍。1949 年中秋，作者开设健康诊所，挂牌行医，开展地下工作。

② 契友：情投意合的朋友。

③ 高升：指大爆仗，亦包括大小鞭炮。

④ 岩桂：又称木樨或桂花。常绿灌木或乔木，品种繁多，花有白（银）色、暗黄（金）色，或红（丹）色，有特殊的香气，令人陶醉。

⑤ 广寒：广寒宫，犹月宫。

咏　水　仙

——丙戌冬作于澄东

素艳水仙王，翠条拥洛妃。

蜡梅窗外伴，金玉①暗相依。

【注释】

① 金玉：指蜡梅和水仙。

阖闾城遗址①

——一九四六年冬

古城前后山迭翠啊，

宛如屏障拱峙在原野，

左濒具区，碧波万顷接天涯。

易守难攻，可御敌千军万马。

绝色西子美人计啊，

就此馆娃宫里天不夜，

属镂事②后，吴宫殿堂渐倾斜。

吴王霸业，只剩得残垣碎瓦。

身临其间看晚景啊，

山山水水色泽有变化，

西山衔日，满天火红烧晚霞。

抚今怀旧，谈兴亡在娘妗家③。

【注释】

① 阖闾城遗址：在无锡市之西 25 公里处的太湖边。始建于公元前 514 年（周敬王六年），伍子胥伐楚回来奉吴王阖闾之命建筑此城。吴王谋求霸业，整军经武，在此筑城，成为与楚越两国争雄称霸的军事要地。土城长二里，阔四丈，高二丈，现在尚有遗址保存。

② 属镂事：指吴王夫差把属镂剑赐予伍子胥，命其自杀。

③ 娘妗家：是一个地下工作者的舅母家。这一天，作者与三个积极分子在她家商讨工作。

赤　槿①

——敬民一九四七年

荆棘趼蔓②草盈堆，矜贵③意气等君来。

嫚婉④枝叶花初发，朱葩丹蕾红晕腮。

清晨开花黄昏谢，朝开暮落复朝开。

不见君来没惢恢⑤，迫着曙霞花又开。

花开花落悄无语，别管开落多少回。

若到天变花开尽，空枝也得等君来。

【注释】

① 赤槿：木槿，落叶灌木。夏秋开花，有红、紫、黄和白色。这首诗比喻一个失
掉联络的地下工作人员，日日等待着"接关系"的神态心绪。

② 趼蔓：杂乱盛长。

③ 矜贵：坚强；珍贵；端庄。亦比喻可敬可爱。

④ 嫚婉：姿容柔美。婉丽、婉转、和顺。"年少而美好""嫚婉如春"。

⑤ 没惢恢：犹言意志坚定，绝不灰心。

减字木兰花·缥缈峰

——一九四七年

飘霏缭绕，缥缈峰巅观缥缈。

幻雾鳌云，涴浪雾岚乱难分。

登高凭胆，嵚崟崎岖予自敢。

立在高巉，把汝更名放眼观。

七绝·悼樊秋声和潘新同志

——一九四八年底吴明于苏北徐家仓

哀思战友樊①和潘②，蹈火赴汤不畏难。

碧血丹心贯日月，英名未祭鼻心酸。

【注释】

① 樊：樊秋声，昆山县人，共产党员。在碧溪徐庄桥就义。

② 潘：潘新，太仓县人，共产党员。在浏河附近遇难。

七绝·悼谢桥三烈士①

——一九四八年底吴明于徐家仓九地委江南工委驻地

浑身是胆惩仇敌，陷阵冲锋势万钧。

视死如归三烈士，熊熊烈火见真金。

【注释】

① 谢桥三烈士：1945 年 9 月 29 日深夜，新四军苏常太警卫团和常熟梅福区武工队向谢桥仲炳炎伪保安队发起进攻，三名战士在战斗中牺牲。

结　念①

——吴明一九四九年一月六日于海门

我们是，人民干部子弟兵，

干革命，勇往直前心赤诚。

训练队②，集体学习无限乐，

同志间，良师益友倍加亲。

望江南，半壁江山鬼天地，

地狱里，血泪化作怒吼声。

同志们，心期③南下④如火急，

努力学，待命出发启新程。

【注释】

① 结念：犹言"理想抱负"。心所专注，积想所在。

② 训练队：中共华中九地委江南工作委员会训练队（学习队）。

③ 心期：犹心意、心愿、心情；期待、期望。

④ 南下：回江南去；秘密工作和武装工作的南下去。

七绝·悼八十二烈士①

——一九四九年三月于白蒲

殉国壮哉第四连，孤军血战把顽歼。

顶天立地功勋在，万古流芳永不刊②。

【注释】

① 1942 年 3 月，新四军第三师第七旅第十九团第二营第四连共 82 位指战员，在淮阴刘老庄抗击日军主力部队之一的六十五师团川岛部队（步兵、骑兵与炮兵）共 3500 余人。这 82 位指战员跟敌人血战了一天。击毙击伤敌人 500 余人（毙敌 200 多名），最后全部壮烈牺牲。

② 1946 年春，中共苏北区党委书记、苏皖边区政府主席李一氓为哀悼八十二烈士写有挽联："由陕北，到苏北，敌后英名传八路；从拂晓，达黄昏，全连苦战殉刘庄。"抗战胜利后建有八十二烈士墓，后被国民党反动派破坏。解放后，重新建造了淮阴八十二烈士墓。

渔歌子·去接收①

——吴明一九四九年三月三十日补作

笑看蓝天飘彩云，清晨集队乐融融。

知去处，多欢欣！执行命令急行军。

【注释】

① 进南通市，参加接收工作。

十六字令·进常熟城

——一九四九年四月

兵，满脸春风迈步行。军容整，赤足入虞城。

七绝·悼徐叶林三同志①

——一九四九年夏于支塘

赤胆忠心徐②叶③林④，降龙伏虎扫敌人。

血染红旗风骤起，忠心赤胆铸军魂。

【注释】

① 作者自注：前几天我出差去李市时，专程到了徐、林牺牲的地方。这次我路过
　梅李时，专程去了叶牺牲的地方。这三位烈士的光荣事迹，可歌可泣！

② 徐：徐政，浒浦人，共产党员。

③ 叶：叶小七，常熟人。

④ 林：又姓宋，海门人，共产党员。

诉衷情·踊跃捐献

　　　　——一九四九年九月初于县农筹会

缩衣节食饭改粥，自愿捐献把款筹。

民受困，遭水害，干部分担忧。

百万元，粮廿斛，表情谊。

人定胜天，生产防荒，争取丰收。

悼念亦航同志①

　　　　——一九四九年夜

长歌当哭写祭文，磨墨执笔泪涔涔；

悼念战友周亦航，未见遗骸心哀慼。

烈士原籍浙江人，抗日救国毅从军；

勤学苦练进步快，枪林杀敌不顾身。

入党以后更坚韧，态度和蔼脸常哂；

光明磊落觉悟高，办事认真勤又恳。

出生入××××，苏北②奉命到窖沈③；

虎穴龙潭反清乡，展开地下心斗争。

露宿风餐×××，艰难险阻又登程；

"三化"立足浒墅关，×××××开垦。

化险为夷×××，武工活动×××；

抗日胜利乐开怀，××××××。

"双十协定"×××，继往开来新进军；

再接再厉去太仓，×××××××。

××××蒋匪军，突围过河又迁漍；

壮志未酬×××，一起殉难有老冯④。

英雄×××××，×××××难认；

××××烈士墓，虞山长青记忆新。

山明水秀×××，祖国繁荣永兴盛；

九泉若有忠魂在，意志舒展×××。

肃然起敬×××，××松柏早成林。

××××长眠吧，另外择日发讣闻。

【注释】

① 作者自注：这是我在当时写的诗，不知怎样从日记本上撕下来，当了中药瓶的塞头。此次整理中药时发现了，但纸已破烂，很多字迹看不清。只好以×代替重新抄了一份。

② 苏北：指 1942 年冬，苏北抗日根据地的通海地区。

③ 窖沈：常熟窖里村、沈家市的简称。常熟县曾建立过窖沈区。

④ 老冯：冯云章同志，当时与周亦航一起牺牲。

新中国成立后诗作

七绝·无题①

——一九六三年

运河②一夕响春雷，反美潮声动地来。

条约不平何足道，霎时纸虎便成灰。

【注释】

① 是与汪、陈合作，在看游行队伍时口占而成。

② 运河：巴拿马运河。

竹

——一九六七年冬于常熟

丛竹绿猗猗，风狂麟甲飞。

凌冬若有意，惟有岁寒知。

竹 二 首

其 一

——一九六九年冬于冶金厂

丛竹不惊寒，绿条俏暮天。

莫言霜雪压，柯叶愈鲜妍。

其 二

——一九七〇年春于冶金厂二楼宿舍

墙外丛竹悦我目，竿竿翠蔚摇碧玉。

直以立身性刚直，节节向高不甘曲。

日日拂晨相对看，天天暮晚隔墙宿。

修竹不学蒲柳凋，甘作松梅终年绿。

微闻香气春笋出，可喜年年添新竹。

夏 晨

——一九七〇年七月

山静则灵暑气凉，水清在静波生香。

曙红若绘难为喻，崎程画情曲径长。

五十四岁自励

——一九七五年五一节

前年两鬓怯如斯，对镜今朝满短髭。

半世唯随牻[①]牯[②]老，欣看须发长银丝。

【注释】

① 牻（máng）：毛黑白杂色的牛。

② 牯（gǔ）：公牛。

玫 瑰[①]

——一九七五年孟夏姑苏

红花不忧香，香花难赤[②]红，

既香又红唯玫瑰，带蕾[③]移植花坛中。

【注释】

① 玫瑰：落叶小灌木，丛生，枝条多尖刺，夏季开花，紫红色，芳香。也有白花，
称白玫瑰，我国古时把美玉和优质珍珠称玫瑰。

② "红花不香、香花不红"是相对而言，并非绝对如此，如红梅、红杏等的花朵，皆红香兼备。

③ 蕾：含苞待放的花朵。如古诗词句"素艳乍开珠蓓蕾，暗香微度玉玲珑""一夜西风开瘦蕾，两年南海伴重阳""（杏花）蓓蕾枝梢血点干，粉红腮颊露春寒"。

乌龙江水永奔流

——一九七六年十月①

"二七"烈士林祥谦②，气贯长虹志冲天。

空前壮举大罢工，百折不挠永向前。

"二七"烈士纪念馆，祥谦陵园坐山巅；

山石培垒埋忠骸，苍松翠柏映陵园。

革命先烈众人敬，当地公社名祥谦③。

乌龙江水永奔流，理想花红万千年。

【注释】

① 作者自注：10月6日，老鋆与卫功专程去了林祥谦烈士的故乡——闽侯县祥谦公社，瞻仰了"二七"烈士纪念馆和祥谦陵园，并参观了乌龙江大桥。

② 1923年2月，在中国共产党领导下，京汉铁路工人举行总罢工，遭到反动军阀血腥镇压，造成二七惨案。林祥谦为京汉铁路总工会江岸分会委员长。

③ 以林祥谦之名命名的祥谦公社杨昔大队，艰苦奋斗，粮食年年丰收，茶果满山，鸡鸭成群，初步实现了农业机械化和半机械化，社员收入逐年增加，过上了一年比一年好的美好日子。

瞻仰龙岩①毛主席旧居

——一九七六年十月十一日

瞻仰旧居太阳红，无限崇敬心潮涌。

龙岩山歌歌自得，纵情歌唱《东方红》。

当年三光龙岩城，消灭敌旅建丰功。

红旗指处闽山赤，星火燎原换新容。

工农红军无敌手，全靠领袖毛泽东。

【注释】

① 作者自注：今天上午老沈与老鋆、卫功去瞻仰了毛主席旧居（内部在整修）并瞻仰了闽西烈士纪念碑和郭滴人烈士墓。毛主席旧居在龙岩文革路（现龙岩县革命纪念馆边）。在1929年6月，即红军第三次攻克龙岩以后，毛主席在这里居住过半个月，指挥战斗，创建龙岩根据地于闽西根据地。

十六字令·题旧照①二首

——一九七八年秋天

逢，与照重逢见旧容。而今老，神貌②可相同？

人，当岁③青春矫健身。今尤信，秋④色胜为春。

【注释】

① 作者自注：今年9月底，看到解放前的几张照片失而复得而引起的感触。

② 神貌：精神面貌。外表与内心："貌同而心异，貌异而心同。"

③ 当岁：犹言当年。

④ 秋：秋天，犹言老年。这里表明"老当益壮""鞠躬尽瘁"的精神状态。

泰山看日出

——一九七九年冬

拂晓前，尚见残雪，山色朦胧。

站山巅，寒气袭人，偏北西风。

看东天，曙光曦微，明暗交锋。

片刻间，乾坤复苏，霞光重重。

日再生，光芒万丈，照耀晴空。

更壮观，磅礴辉煌，天地通红。

大自然，极目四望，人在画中。

祖国美，大好山河，激扬心胸。

心不老，献身"四化"，其乐无穷。

杂 诗

——一九八一年初

如今看清其忒骄，夸大颠倒加造谣。

"利刀割体疮犹今，恶语伤人恨不消。"

试看能有几日红，红过了头要变燋①。

劝君莫作花中草，岁寒松柏永不凋②。

【注释】

① 燋：同焦。"红得发紫"，"过头烧焦"。

② 凋：孔子云："岁寒然后知松柏之后凋。"

铁 铃 关

——一九八二年八月四日

溽暑骄阳汗流颜，枫桥瞻眺山水间。

古门三关多古迹，游目激赏此一关。

寒 山 寺

——一九八二年八月四日

妙利宗风胜迹留，寒山遗踵新整修。

骚人纪写情何在，夜泊枫桥问导游。

感 慨 二 首

——一九八二年八月四日

其 一

曙色晓星稀，蓝空赤霭飞。

晴曦峰最媚，傍水看微绯。

其　二

拂晨青山秀，虞山半入城。

今时同昔比，壮志自心生。

企　伫

——一九八六年七月二十日

谢却追凉诹访去，待来舍下上"红都"。

暑看企伫熬弥日，夙愿远行我伴途。

待　就　道

——一九八六年七月二十五日

染爱"红都"待就道，痴迷为许有情由。

函华壮丽山河秀，茂世躬逢万里游。

抚　心

——一九八六年七月三十日

抚心游历望发迈，数日候车独自归。

专意何妨凝眼目，瞻观满月渐弦辉。

寄　语

——一九八六年八月二日

神州板荡多灾难，多少英雄热血流。

昔日坎坷应记取，今朝迈进无停留。

登　上　白　云

——一九八六年八月五日

逶迤幽巅行进险，逐奇嶝道敢当先。

谁言耄耋游山少，我望再期卅五年。

紫 薇 歌

——一九八六年八月六日

奇葩得奥趣，由蘖不寻常。

嘉澍沛然茂，丰容向倩昌。

花

锦绣园林多花木，月月鲜花不相同。

正月梅花二月杏，三月桃花送春风。

四月蔷薇五月榴①，六月荷花消夏容。

七月凤仙八月桂，九月菊花秋将空。

十月芙蓉十一（月）茶②，十二（月）蜡梅冬告终。

年年花开花相似，四季更迭人不同。

观花知时景光爱，寸阴是惜自珍重。

【注释】

① 榴：即石榴，落叶灌木，开红花，果实球状。古诗词句有"五月榴花红胜火"
"石榴火红艳，风光似昔年"。

② 十一（月）茶：茶花，常绿小灌木。秋末至冬初开花，白色占多。古诗词句有
"山实东吴秀，茶称瑞草魁""时雨足时茶户喜""茗花色胎而黄心""清香不自
媚"。也有的称"十一月水仙花"。水仙，多年生草本，冬天开花，但产于浙江、
福建为众，漳州水仙更出名，是用于室内观赏的植物。

贺《姑苏吟》诗集诞生

姑苏自古骚坛盛，现代豪吟颂鼎新。

盛世篇章今胜昔，新歌唱彻万年春。

纪念苏州建城两千五百周年二首

其 一

乾坤美景瞳眬日，鸟语良辰花溢情。

千载一时逢盛世，昇平歌舞颂中兴。

其　二

鼎新同奏扶摇曲，发奋众擎四化旗。

保护古城舒壮志，姑苏发展更腾飞。

陪墨客游盘门①口占二首

其　一

水乡胜地吴都②古，已历二千五百春。

往昔浮沉多少事，于今振兴物华新。

其　二

古城风貌春光里，不负盘门半日游。

胜迹新修三景好，新词妙曲尽君讴。

【注释】

① 盘门一带原有十二景：水陆城门、城墙、城门楼、运河、瑞光塔、塔院、放生池、藏军洞、无晖殿、林荫寺、吴门桥和巳月宕。现称盘门三景，规划为独具一格的古典游览区。

② 吴都：即现今苏州市。

辛峰①曙色

层峦苍翠绕辛峰，曙色空濛最足雄。

松岭五更多笑语，乡亲喜爱卯时风。

【注释】

① 常熟城内虞山最高处有古亭一座。宋代初名望湖，又名极目，至明代改名辛峰亭。辛峰夕照为虞山著名的历史景区之一。现今登临辛峰高处，水乡山城之古朴风姿和现代化气息的新貌，尽收眼底。

维摩①观日出

远眺扶桑舒极目，蓝空万里晓霞红。

九光壮丽初升日，照耀虞山②色更浓。

【注释】

① 维摩寺始建于宋，为虞山四大古寺之一。登临寺内望海楼可看到长江，也是清晨观日出的好地方。向有"维摩旭日"之称，系虞山十八景之一。

② 虞山：三千年前，殷朝泰伯、虞仲让国来吴，吴人尊泰伯为君。泰伯卒，虞仲继为吴君，死后葬于本地最富饶秀丽的乌目山。后人为了纪念虞仲改乌目山为虞山。

湖甸①杂咏二首

其 一

十年黯惨剩残水，喜见退田还尚湖②。

此地从来烟雨妙，如今春色胜当初。

其 二

新柳湖湾绿染身，蒲霞轻捺搦篙伸。

老夫垂钓君休笑，华夏奇多快乐人。

【注释】

① "湖甸烟雨"为虞山十八景之一。

② 常熟西门外山前湖，原名尚湖，亦称西湖。

喜为半亩园①红豆树而作

十年未见相思树，重访正逢结子丰。

悦目赪赪人爱赞，常熟红豆顶鲜红。

【注释】

① 在常熟北门外，有古红豆树一株，相传与苏州市区吴衙场一株为"姐妹树"。苏州的"妹树"至今尚存，但近五十年来未曾开花结籽。

陪老战友访野猫口①口占三首

其 一

江边多胜景，郅治壮山河。

勷忘思焦土②，放怀唱棹歌。

其　　二

当年血泪碑③，老叟慎题词。

石废心碑在，欢腾"四化"诗。

其　　三

电厂巍巍起④，江南电网成。

逶迤天地外，将耀大光明。

【注释】

① 位于常熟长江边。

② 1937 年冬日军登陆。常熟沦陷，铁蹄所至，轰炸烧杀、奸淫掳掠的暴行罄竹难
书。野猫口一带大火昼夜不熄，烧成一片焦土。

③ 当时日军在一条石条上写着"武运长久，登陆胜利"，乡人改写为"国耻国难，
永世不忘"，称为血泪碑。

④ 指野猫口附近的徐六泾大型火力发电厂。

访故乡杂咏二首

其　　一

光阴迅迈鬓如霜，致事离休访故乡。

洗眼新村忙问路，交亲围坐话飞翔。

其　　二

暮年幸福紫磨贵，酣笑休言对夕霞。

愿作花工栽草木，要为桑梓添枝花。

黄山①扫墓口占

青松翠柏荫坟墓，伫看杜鹃开血花。

盛世人民念烈士，同德协力建中华。

【注释】

① 在苏州市郊区横塘乡。

天 平 秋 艳

乌烟已尽奇山①艳，红叶经霜分外红。

新葺楼祠②迎我笑，枫林③如醉荡心胸。

【注释】

① 景区里有古、奇、清、幽四山，即灵岩山为古，天平山为奇，华山为清，天池山为幽。

② 指乐天楼和范仲淹祠。

③ 古枫林：指天平十八景之一的"万丈红霞映天平"。

题东山①秋色图画

橘岭千寻风送馨，帆樯远近烟波明。

诗声画语知音在，热爱山河游子情。

【注释】

① 即吴县洞庭东山，现在盛产以柑橘为主的 30 多种花果。秋天，湖畔的橘岭具有独特景观。

江南第一松①

劫后余生枯复荣，蟠空百呎又青葱。

高标阅世逾千岁，愿在万年耸翠峰。

【注释】

① 东山碧螺峰麓灵源古寺有罗汉松一株。树龄有 1400 余年，高 30 多米。围 5 米，属罕见的古树名木，亦称为江南第一松。

仙 岛 三 山①

万水之中一点洲，湖光山色四时幽。

有情若问如何美，惟有请君去旅游。

【注释】

① 吴县东山景区的三山，历来被誉为"蓬莱仙岛"。现是江苏省太湖风景名胜区的

重要景点之一。

西山^①放歌

初霁晨曦镜里游，春风骀荡送行舟。

漫山花果增新色，湖水带香天际流。

【注释】

① 洞庭西山简称西山，是太湖第一大岛，为西山风景名胜区的主景点。岛上大多是山地，重岗复岭，深谷出坞，盛产花果。

见旅游日趋兴旺喜而有感

天堂揽胜虎丘盛，近悦远来一乐游。

未渡太湖登缥缈^①，等于没有到苏州。

【注释】

① 即西山景区的缥缈峰，是太湖七十二峰的主峰。海拔仅 330 余米，但展示了"平山远水"江南山水的独特风光。

鹿苑黄泗浦^①

江滨众古沧桑变，探胜游人鹿苑行。

爱觅鉴真东渡处，棉乡无处不生情。

【注释】

① 鹿苑，相传为吴王养鹿之地，黄泗浦在鹿（苑）杨（舍）公路边。唐高僧鉴真第六次东渡日本在此启航。解放后立一石碑，刻有"古黄泗浦"等字。

过沙洲张家港

晨光口岸好旖旎，云集巨轮楼嵯峨。

汽笛海鸥和奏舞，江浪奔腾万波歌。

陪友访太仓原抗日游击区口占二首

其 一

穷乡旧貌莫能忘，千户万家破草房。

翻造瓦房土改后，而今多堂皇楼房。

其 二

老农谈笑乐陶然，衣食住如涨水船。

穿美吃精营养好，新楼宽敞庭花妍。

陪诗人游览浏河口占

刘港①名声驰四海，三保②当日帆如林。

观光古迹太平庙，游兴莛增大胆吟。

【注释】

① 古称刘家港，今名浏河。

② 即明代航海家郑和，曾率舰队七次下"西洋"。据传有六次在此港启航。

亭 林 公 园①

玉峰雄峙平畴里，众木群芳亮丽华。

并蒂莲开苗异彩，方兴福地看琼花。

【注释】

① 园里有玉峰石，并蒂莲池和琼花林，号称"三宝"。昆山原名玉峰山，因产玉石
而得名，又称马鞍山。

顾 炎 武 祠①

苑墙重整色，庭室换装潢。

宣赞符民意，纯风气复昂。

昔时留警句②，今日尚锋芒。

云柏摇新翠，崖花放暗香。

【注释】

① 顾炎武即亭林先生，昆山茜墩人。明清之际著名学者、思想家。祠在亭林公园。

② 指"天下兴亡，匹夫有责"。

文明村孔巷^①二首

其　　一

芳序村容媚，家家临水涯。

春风饶雨露，栽育幸福花。

其　　二

老农忆断垣^②，缱绻访淇园^③。

九烈^④风流在，桃梨花果繁。

【注释】

① 昆山陆家乡孔巷，1983 年被评为文明村，中共苏州市委、市政府颁发了文明村匾额。

② 抗战之初孔巷被日军烧得只剩断垣残壁，村舍为墟。

③ 淇园，河南淇县，产竹出名。是竹的代名词。苏常昆太抗日武工队领导人薛惠民曾在此地召开过重要会议。

④ 指抗战时曾在孔巷活动过的薛惠民、罗毅、戈仰山、徐政、仲志和、马根、樊秋声、李岐昌、钱序阳烈士，当地人民曾以"桃李花开"和"橘井流芳"赞美烈士一心为人民的革命精神。

蚕桑之乡^①二首

其　　一

景风吹秀蚕桑乡，沃野蓝天水漾光。

吴越关津新市镇，晨辉古塔时花香。

其　　二

蚕蔟皑皑结满茧，桑溪鱼跃嬉群鹅。

滨湖新建村民点，放眼纵情歌震泽。

【注释】

① 吴江县震泽向称为蚕桑之乡。

同　里①　漫　兴

水镇景观优，门前绿浪流。

街心桥倒映，垂柳系扁舟。

【注释】

① 吴江同里是"家家傍水，户户通舟"的典型江南水乡古镇，为省级重点文物保
　　护单位。

姑　苏　春

雪里红梅吐艳盛，芳时景色意无涯。

香风开拓新春色，绿野竞争绚丽花。

園林漫筆

我对古钓台景区的认识和规划设想

古钓台是一个美丽、古朴、幽静、富有山林野趣的自然景区，也是整个宾馆自然景色最幽美的胜地，亦是规划建设中充实提高的重点、"画龙点睛"之处。

基础很好，大有作为。现在的建设与管理，原则应因地制宜，从它的历史和现状的特点出发，以保持固有之美，扩展未来的美。

古钓台景区包括钓台、西园、"亭山"和养源斋等自然小区，是绿水环抱绿岛上的古建筑的"岛屿式"景区，水面是景区的重要组成部分。为此：

①古建筑应"整修如旧"，恢复旧观。如养源斋要保持淡雅而幽美的古朴风格。增建必不可少的古建筑，除了注意形式的统一，风格的协调以外，还要使其位置、面积恰到好处，避免"喧宾夺主"。

②庭院布局，采用"小中见大"的处理手法。如养源斋，特别对假山改造、花木配植、庭院空地的处理上，要提高中国式的庭院艺术水平。如厅堂前边假山应少屏多立，适增石笋。庭间花木，应疏密相间，古朴而昌盛。假山边宜巧妙陈设露天盆景，集中国盆景艺术之极品，少而精；也可有象征四季的奇花异卉之盆栽。厅堂前的空地，或植天鹅绒草皮，并用古砖铺路，造成爽朗宁静的境界。

③景区绿化美化香化，以古木掩映古建筑，覆盖率最好达到90%—95%。严格保护古树大树。以青松翠柏为基调树种，逐步淘汰劣树，充分显示古朴、清静而又郁郁葱葱的山林气魄，使之处于"山鸟野花之间"。如遍植松柏外，可增加一些其他适地适树的花木（中国的名贵树种，常绿与落叶、乔

木与灌木相结合），使呈现出"古木森森，藤萝蔓挂，野花遍地，百鸟啼鸣"的气象。又如可筑自然小路，"曲径通幽"，可达河边湖畔，临岸而观，鸟语花香，波光粼粼，野趣横生。

④理水，是充实提高的关键。能否充分利用现有水面，使之更加美化，突出古钓台景区的个性美，又在于对"岸"的处理。

"山涯水湾"，岸边宜散种灌木苞萝、四时花草。有些地段垂柳花桃，有的地带藤本蔓生，有的着眼部分野花（野菊、甘杞、迎春、石竹、金银花）悬崖。河岸依势起伏曲折，以创造发展其自然美。

"土岸水满"。水位达到"手可掬，足可濯"。土岸的处理：有的地方是"土岸"，只砌些沉浸在水里的石脚，上边覆土，斜坡自然；有的地带是"土包石"，以自然石块敷设点缀，有的作为岸边天然石座，或以卵石结顶；有的是"石包土"，包括利用假驳岸，补些遗脉，断断续续，隐隐现现，延伸在水里；也有的可筑石驳岸，使略低于水平线。用虚实对比和多面借景的艺术手法来处理河湖之岸。

⑤充分利用水面美化水景。河湖里多养观赏鱼，适当种菱藕。有些水面空阔的岸脚种些芦苇，狭窄处散种些菖蒲、茭白之类，既是护岸又能平添景色。湖中可放养些野鸭、鸳鸯、白鹅等水禽，要使古钓台景区成为整个宾馆水景的精华所在，并注意创造四时景致，做到晴雨有景，昼夜有景，连照明灯光亦要有聚散明暗。

景区好似一首首诗，犹如一幅幅画。如像"古树婆娑，浓荫覆盖""山林倒影，上下争辉""水面清澈，鱼游浅底"，都能引人入胜，给人以一种美的享受。

我根据如上的认识和设想，提出建议：

水榭不当，宜另择新址；水榭对岸的毛石护岸嫌高，降低为好；养源斋的假山既要保持原样又要改造；东边平桥畔石驳岸宜拆低；一座修复的桥宜小拱桥，以增一景；有一桥改为无形桥——"步石"；湖岸改为假山驳岸，力求自然美；西园东南角的桥，宜拆除；让出水湾，重造一桥，形式可推敲，如曲桥等；土山适当改造，提高山林野趣和"岛屿"风光；钓鱼台的围墙建筑设计要重新规划，以保持古朴和"供景"的独特风格；在"亭山"上增设"活水"入湖。

仅供参考。

1979 年 12 月 15 日

古钓台景区假山驳岸的施工提要

古钓台景区具有美丽、古朴、幽静、富有山林野趣的水乡风光，是绿水环抱、绿岛上古木掩映古建筑的"岛屿式"景区，生气勃勃，欣欣向荣。堆叠假山驳岸的艺术要求，必须从这些特点出发，因地制宜，"巧在因借，精在得体"，努力创造诗情画意的自然美。为此：

要　　求

假山驳岸要采用山脉和余脉的形态来处理，既要有护岸功能，更要起"艺术欣赏"、增加美景的作用。以青石作为材料，用大斧劈皴和小斧劈皴相结合的艺术处理手法，创造"平正角皴"、浑厚而优美的形态，并也要注意峰峦、脉络、石矶、石壁露根、山坡露径和水里突兀大石等有机结合的运用。在"亭山"点水方面，可考虑借用排山穿石、乱石叠泉的手法。此外，假山驳岸主要采取花台式叠山和（正常水位以上的）点缀山石式的两种形式，但亦可视地势与布局，酌情采用别的形式来处理。

程　　序

假山驳岸的施工步骤：①清理工地道路，以求运输等通达无阻；②处理施工地段的现有驳岸基础，并力求基础高度不超过河底的高层，以免损害景观；③石矶和水岫等基础的放线、叠建，务须合格而坚固；④选石和掇山，包括嵌缝，务必处处符合艺术要求；⑤树木花草的配植，尤其要选用姿态优美的乔灌木（如悬崖树、露根树，竹子的清影摇风、横梢式、斜坠式……）；⑥扫尾，"补课"和验收，做到善始善终（并确定经常养护管理制度与办法）。

施 工 配 合

假山水岸的掇山工程，由我们施工组承担。其中有些工程，要求北京房修公司紧密配合：①为了扩展自然景观，我们对有些岸线要作相应变动，请他们按照规划进行调整。②假山建基，有我们放线，请他们建筑基础，保证质量。③毛石护岸，仍请他们施工。但要求在水位（水平线）以上用土坡，即自然斜坡，在土坡和毛石连接处，宜用大乱石体型，不规则地收顶，越自然越好。如有必要，我们可以协助他们进行点石等的艺术处理。④除了假山驳岸基础以外，还有"桃源洞桥"基础，石矶、山岫和"亭山"的"点水"基础等，我们负责放线，请他们承担建基。⑤我们在进行假山驳岸等施工时，请他们派备4—6名壮工，做辅助工作。

1979 年 12 月 20 日

钓鱼台东门内假山障景的施工方案提要

根据领导上对东门内要把现在的（位置不当和不伦不类）假山拆除，利用现有一株苍劲松树重新掇叠假山等的示意，从该地的特点出发，用人工来创造景物。这里，是整个宾馆的诸"景"之首，规划与施工必须高标准。为此：

要　　求

掇叠太湖石假山，提高技艺，力争创造具有国家（国际）水平的假山障景。

利用与发挥现有这株劲松的自然美，重新掇叠的假山位置其左。假山之势，要"正看是峰，侧看成岭（峦）"。峰要形态峻拔，有主峰配峰之分。岭（峦）宜浑厚雄伟而起伏，结合绿化美化而衬托层次，使之有自然环抱的气概。假山不单求一面之美，而要有主次的四面皆美，面面入画。假山前开挖水池，大小深浅要得体（如有清扬闪光之貌）。假山后堆土山，筑岭（峦）点石。

关键在于把湖石峰峦，叠得玲珑天然；把树木、水池和土山等的布局安排得巧妙自然，就能使整个障景呈现出"山水秀丽，林木向荣"一派磊落雄壮气势。"虽是人作，宛若天开"，移步换景，美不胜收。

施 工 步 骤

①精心设计，搞好模型。（以假山、水池、土山和二株松树为主，其他简略而为。）

②讨论修改，审查"定案"。

③选石（湖石集中到工地）。"相石"和估重，熟悉每块湖石的大小形态，以便掇山时随意挑选使用。

④根据方案放线，开土建筑基础。（必须坚固，确保安全。如湖石不足，埋入土层之基，可用他石代替）安装水池的进出水管。

⑤掇山。把主峰、配峰叠好，力争利片要少，以求稳固安全；嵌缝要讲究；重要部位的缝与石色不调和，要用特种工艺处理。要提高"瘦、皱、透、漏"的艺术风格，但必须避免任何"奇形怪状"。

⑥开土挖池，提高池岸的艺术处理。

⑦堆叠土山。以"土包石"为主，亦可适量地群置和以优美的湖石点缀独置。

⑧绿化美化。其中包括要配植一株独特优美（迎客松与送客松姿态兼而有之）的松树；原有大树要基本不动，适当修枝整形；适当地补植玉兰、石榴、红枫、桂花、腊梅、天竹等应时观赏花木各一二，要大小得当；假山上略种些凌霄、紫藤、爬山虎和书带草等，古朴幽美而生气蓬勃。

⑨扫尾、"补课"，确定维修与养护制度。

⑩"验收"。

施 工 配 合

掇叠假山工程，全部由我们施工组承担。开池挖土，移植树木，须临时配足壮工，进行辅助工作，要求紧密配合，确保质量。

此外，建议：①将"钓鱼台"三字，直接镌刻在假山峰壁之上，成为摩崖石刻。也可考虑，另选长方形石一块，镂刻三字，镶嵌在假山峰壁。②"钓鱼台"三字，采用正楷、行书、隶或草等诸体皆适合，是否可请华主席或邓副主席或叶帅等书写之。可只题字，不著名、落款。③这三字排列，以"竖"式，不用"横"式为宜，至于款识可另作推敲。

1979 年 12 月 28 日

苏州园林驰誉中外 [1]

    苏州园林是我国十大风景名胜之一。我国园林具有高度的艺术成就和独特风格的园林艺术体系，其精华在江南，重点在苏州。现存的苏州名园是我国古代园林中最具有代表性的一批典范，是苏州的、中国的文化瑰宝，也是全人类共同的文化财富。

    我国园林艺术风格有南北之分。南方园林以规模较小、淡雅朴素而精致秀气的江南宅园为代表，北方园林以范围较大、气势宏伟而豪华富丽的皇家宫苑为代表，二者截然不同。在园林的发展过程中，南北风格有了一定程度的渗透和融合，北方园林中建造了模拟江南园林的景点、景区或园中园，地处南北交界的扬州园林创建了融合南北风格的建筑风貌，苏州园林坚持和发扬了南方园林的传统风格。以写意山水园为特色的苏州园林，艺术精湛，典雅古朴，美景四时，成为中外人士向往的游览胜地。

    苏州园林起始于春秋时代。在吴国建筑都城前后，吴地已有原始囿苑，后吴王夫差大兴土木，建造了姑苏台、馆娃宫等离宫别馆，成为专供游乐的王公宫苑。汉代刘濞为吴王时，除在郊野嗣葺吴苑外，相传还在城内建设衙署，这是帝王贵族宫苑的延续。苏州"衙署园林"由是萌芽。晋代佛教兴盛，在风水优越的名山胜境营造佛寺丛林，苏州出现了"寺庙园林"。它传播宗教，向信徒、游客开放，含有公共游憩境域的性质，有的逐步发展成为风景名胜区。东晋士族顾辟疆兴建自然山水园形式的辟疆园，为苏州最早的

---

    ① 此文系作者为某部书稿所作序言。

"第宅园林"，池馆林泉之胜，号称吴中第一。南北朝时期，贵族、官僚、豪绅在江南争建城市宅园，也有些士大夫却在郊外开辟别墅山居，苏州产生了"山庄园林"。隋唐时代，苏州园林艺术有了很大的进步，从自然山水园向着写意山水园发展，兴建宅园，蔚然成风。五代吴越广陵王钱元璙兴筑南园，注重造景，乔柯古木，流水奇石，景象映丽。唐宋时期，苏州兴起"茶馆酒楼园林"，也称街坊园林，其中包括了青楼妓院、某些行业公所等附属的花园或庭园。南宋时扩建的苏州府学，亦称苏州"书院园林"，成为后代建造学校校园或绿化区的先导。在宋代的第宅园林中最著名的为沧浪亭、绿水园、乐圃、万卷堂、石湖别墅等。元末苏州亦曾修建园林，以狮子林等最为出名。明代是苏州园林的一个极盛时期，兴建了许多私园，并创建了"祠堂义庄园林"。新造的第宅园林位于城区居多，最有名的为拙政园、留园、西园、洽隐园、芳草园等。明清时期，苏州的民间小庭园广泛发展，可谓星罗棋布，遍地开花。清代建造的第宅园林中，有怡园、耦园、曲园、残粒园、畅园、五峰园等一批优秀杰作。叠山名家戈裕良所掇叠的环秀山庄假山，闻名遐迩。清末到民国年间，苏州园林遭到了大量毁废，但其中却复兴了一些"会馆园林"，苏州园林历经沧桑，在长期兴废盛衰的变迁过程中，逐渐形成了上述几种类型，堪称门类多样，各具特色，且技术和艺术兼优。可惜由于改朝换代、园林易主等因素，导致了某些园林类型的变更，其中变化少、保持了类型特点的只是某些中小型第宅园林和寺庙园林。

据《苏州府志》记载，明代时苏州有第宅园林 271 处，清代有 130 处。据 20 世纪 50 年代调查统计，苏州遗存的园林 114 处，庭园 74 处，共 188 处，其中大部分荒废或残存。据纪念苏州建城 2500 年时复查统计，苏州有大小园林和庭院 227 处，现在尚存的为 69 处。苏州园林所以众多，其主要原因：地处江南水多，气候宜人，风景秀丽，具有得天独厚的自然条件，且肥沃的土地、丰盛的物产、繁荣的经济，更为造园提供了丰富的物质基础；有悠久璀璨的历史文化，在素称"人文荟萃之邦"的吴苏，文化发达，历代名人辈出，有些著名的诗人、画家兼工造园，并有专业匠师营造园林；在历史上，苏州即被豪门商贾视作"不出城郭而获山水之怡，身居闹市而有林泉之致"的理想游憩居处之所，在社会兴盛或稳定时期，官僚、地主、商贾豪富，在此争相营造园林者不乏其人。因此，苏州园林数量之多，居全国之冠，甚至被美誉为"园林城市"。

历史悠久的苏州园林，随着社会的发展，逐渐形成了园林艺术与文学艺术结合的写意山水园的艺术体系，园林是一种综合艺术作品，它运用山石、池水、植物、建筑和陈设布景等组成各种美景，以有限的面积，创造丰富多彩的景观，融自然美、建筑美、绘画美为一体。园林艺术传统的主要特点是追求典型的再现自然山水之美，达到"虽由人作，宛若天开"，出于自然高于自然的境地；强调意境的再创造。蕴含隽永优美的诗情画意，并注重探索"物外情、景外意"的艺术魅力；开拓室内外艺术环境，力创小中见大、以少胜多的优良造景，突破空间的局限，以求"多方胜景，咫尺山林"的艺术效果。因此，布局合乎自然，采取曲折幽深、高低错落，利用借景手法，把有限空间组成封闭式院落；亭台楼阁、榭轩厅堂等建筑因地制宜，各有功能。由建筑单体相互结合构成整体，处处成景；发挥水景特色，叠山理水，突出古树名木，配置乡土植物，应用题咏、匾额、楹联等表达景色精华和境界；陈设布置，包含建筑装修装饰、堂构名称、家具陈设、书画布置、灯具照明等内容的成龙配套，融洽和谐，为景观添色增辉。苏州园林特别着重返璞归真、巧而得体和精而合宜的艺术原则，建筑一般都是青瓦粉墙，褐色门窗，常有精致的砖木雕刻装饰，但不施彩绘，没有大红大绿，显得自然恬静，古色古香而幽雅清新，景色诱人。苏州园林造园艺术独树一帜，在国内外园林、绿化、风景名胜事业上产生了深远的影响。

新中国成立后，苏州十分重视古典园林的保护、建设和管理。在 20 世纪 50 年代修复开放拙政园、狮子林、网师园、沧浪亭、怡园、留园、虎丘、天平山、西园、寒山寺等园林名胜 12 处，改建动物园和近代园林苏州公园。60 年代修复了耦园和渔庄。70 年代新建现代园林东园。80 年代重建苏州盆景园（万景山庄），恢复艺圃，开发盘门名胜，规划建设省太湖风景名胜区的石湖景区和木渎景区；并有使用单位恢复了环秀山庄、曲园、鹤园、听枫园等园林名胜。"修旧如旧"，保持原来风貌，为苏州古典园林的修复和养护管理的基本原则，扬清激浊，成绩特异。现在，苏州园林列为全国重点文物保护单位的有拙政园、留园和网师园，其余的古典园林分别列为省级或市级重点文物保护单位。

苏州是我国历史文化名城和著名的风景游览城市。当前，苏州正在按照"全面保护古城风貌，重点建设现代化新区"的城市建设方针，把"假山假水城中园"的古城和"真山真水园中城"的新区，建设得珠联璧合，欣欣向荣。苏州园林在"保持固有之美、提高现在之美、扩展未来之美"的养护开发精神下，一定会被建设得更加典雅秀丽，美不胜收，也一定会使国内外广大游客更加心驰神往，争相竞游。

1990 年 8 月

　　编者按：仲国鋆同志对苏州古典园林情有独钟。早在 1960 年在苏州医学专科学校任校长期间，他就利用暑假对苏州园林 37 个室内的陈设布置进行了踏勘考察，并经过思考分析，写出了《园林陈设学》大纲初稿。后来他如愿以偿调入苏州市园林管理处工作后，更是专心致志投身于园林事业。1976 年，他在尚未获得解放、分配工作的情况下，仍以极大热情探索苏州园林和古城的历史文化，写出了《可爱的苏州》系列文章提纲。1978 年，他重新回到阔别了 14 年的苏州园林管理处工作。为提高职工业务素质，他提议开办苏州园林绿化业务培训班，并亲自主讲《可爱的苏州》，取得了很好的效果。

　　该讲稿共分八讲：一、苏州是我国著名的江南水乡——典型的江南水乡城池；二、苏州是历史悠久的文化古城；三、苏州素有"园林风景"城市之称；四、苏州是古今中外闻名的旅游胜地（旅游城市）；五、苏州是"丝绸之府"并盛产传统工艺美术品的发达地区；六、苏州是要保持固有的美，提高现在的美，发展未来的美；七、苏州园林室内布置艺术；八、保护古树名木、继承乡土树种和发展丰富多彩的苏州植物景观。

　　本书选编了其中的第二讲和第三讲，以飨读者。

苏州是历史悠久的文化古城

——《可爱的苏州》（提要）之二

苏州是一个历史悠久，"文物著于江南，名胜甲于天下"的文化古城。

一

上古时代，苏州称为荆蛮之地。夏禹治水，曾亲自到过。（《史记》："禹治水于吴，通渠三江五湖。"现洞庭西山有"水平王庙"，亦名"禹庙"，相传水平王佐禹治水有功，人遂祀之。西山"禹期山"，旧传是禹导淞江以泄其区，会诸侯于此山。）那时为扬州之域。

到了周代，周太王的儿子泰伯和仲雍，让国给少弟季历，从中原来到这一带，形成了氏族统治，称为勾吴。在周武王克殷，得仲雍的曾孙周章，便封了他吴君，这是一个弹丸小国。（如今常熟有"仲雍墓"和"周章墓"。"仲雍即虞仲，隐于吴北山，死后葬此，故山名虞山。"）

春秋时代，吴王寿梦兼并了许多蛮夷之地，成为一个大国。季札（封为延陵子）北上观礼，言子赴鲁游学。（如今"仲雍墓"旁有言子墓，省级文物保护单位。澹台湖，是孔子的学生澹台灭明的遗迹。《吴地记》："灭明宅陷为湖而得名。"）

吴王阖闾即位后，用齐、楚的旧臣伍员、孙武、太宰嚭等，训练军队，"破楚、臣越、败齐"。（吴国之西为楚国，南为越国，北是齐国。）此后，吴国几乎称霸于中原。泰伯原在梅里平墟（今无锡县梅村公社）建城。后来阖闾命宰相伍子胥筑吴城，建都于此。这是苏州古城的诞生，时在公元前514年，距今已有2400多年的悠久历史。

二

到了阖闾儿子吴王夫差的晚年，听信了奸臣太宰嚭，却把忠良伍子胥"赐死"（伍子胥墓在胥口）。夫差宠爱越国献来的美女西施（中了"美人计"），不理朝政。（夫差在灵岩山建造离宫——馆娃宫，至今春秋遗迹与历史传说甚多。）而越王勾践却"卧薪尝胆，洗雪国耻"，用了20年时间，终于灭掉了吴国，俘虏了夫差。再隔140年，越国被楚国所灭。

秦始皇统一中国后，把吴地置为会稽郡。设吴县为郡的中心，管辖26县。秦二世元年，项羽在苏州起兵，推翻了秦的统治政权，自立为西楚霸王，以会稽郡属楚。

到了汉高祖五年（公元前200年）灭楚，另封韩信为楚王在会稽郡，领24县。翌年，他立韩贾为荆王，改会稽郡为荆国。到十一年时，英布杀了韩贾，仍改荆国为会稽郡。

后汉（汉末，公元1世纪）分浙江以西为吴郡，浙江以东仍置会稽郡。

三国时（公元2世纪）也称吴郡，属吴。孙权屯兵吴郡，领15县，后迁都建业，为东吴之地。（今北寺是"赤乌遗踪"，始为东吴赤乌年间，即公元238年，孙权母亲舍宅所建。）

晋太康元年（公元3世纪）平吴，吴属扬州刺史。吴郡和吴兴、丹阳合称三吴。成帝咸和元年改为吴国，后仍复旧称吴郡。六朝时，改郡称吴州。

隋文帝开皇九年（公元6世纪）平定了陈，改吴州为苏州（也称胥州。因苏州的姑苏山，别名姑胥山），苏州的名称，从此时开始。

三

到了开皇十一年，移州在横山东面（后称新郭里）另筑新城，放弃了旧城，且又改为吴州。在唐武德四年（公元 7 世纪）又恢复了苏州的名称。接着废新城迁回旧城。五代时，杨行密占据三吴，唐封他为吴王，屡次攻陷苏城，而又被吴越王钱镠讨平。

宋初，宋太宗太平兴国三年，苏州属两浙路。政和三年（1113 年）为平江府。南宋时金兀术侵陷苏州，生灵涂炭，为历古未有的"洗城"。（南宋绍定二年，即公元 1229 年，刻有"平江图碑"，反映了苏州当时的概貌。南宋淳祐七年，即 1247 年，刻有"天文图碑"，为世界现有最古老的天体运行图。还刻有"地理图碑"，是全国现有最古老的三大石刻地图之一。这三块"无价之宝"的古碑，合并为全国重点文物的一个保护单位——"宋刻"，现存苏州博物馆。）

到了元至元十四年（1277 年）改为平江路，设立总管府。到元顺帝至正十六年（1356 年）张士诚占据苏州，改为隆平府。（"张士诚记功石刻"，是元末所刻。刻有他和官吏兵丁、殿阁、车马等，描写其割据苏州时的一种气象。此种元代石刻，实为罕见。存在北寺塔院内，为省级文物保护单位。）

明洪武时（1368 年）常遇春攻破苏城，张士诚溃败。改为苏州府，管领七县。（张士诚的"王府"在阖闾所造的子城内，是原吴王宫殿所在地。秦时宫殿失火毁烬，但子城尚存。他失败时，就放火烧掉了"王府"，子城也就化为废基。）

清朝时，没有改过苏州的名称，以巡抚（相当于省长）驻苏州府城，而两江总督（相当于大军区司令员）驻在南京，管辖江苏、安徽二省。清雍正二年（1724 年），领九县一厅：吴县、长州、元和、昆山、新阳、常熟、昭文、吴江、震泽和太湖厅。

太平天国忠王李秀成进驻苏州（1860 年），改为苏福省。（忠王府在东北街，慕王府即原"慕园"，纱帽厅在纽家巷，相传是英王陈玉成住所。）到太平天国失败时（1864 年），清朝将领李鸿章破苏州而仍复旧制（经甲午之战，"马关条约"签订后，苏州盘门外青阳地为日本租界，设有领事馆）。

辛亥革命后（1911 年）废苏州府，合并掉长州、元和归吴县。以后（1928 年）苏州城区和近郊设苏州市，乡区属吴县，后又废市并入吴县。

抗日战争时期（1937 年）日本侵略军占领上海和苏南之后，汪伪在苏州设立伪省政府。共产党领导的新四军，在敌后广大农村创建了苏（州）、常（熟）、太（仓）抗日民主根据地和太湖游击区。建立了苏州县人民抗日民主政府和苏南第一行政区专员公署等。

1949 年中华人民共和国成立后，建立了苏州市和吴县。

四

以上讲的是苏州历史沿革的梗概（历代建置），现在再讲一下文化方面的一些事例：

苏州自从仲雍传播了中原文化，"泰伯导仁风，仲雍扬其波"。季札、言子赴鲁游学，引进了北方文化。春申君又带来了楚文化。特别是由于生产的发展，经济的不断繁荣，文化也有了高度的发展。如历代以来，人文荟萃。在文学方面，也是人才辈出，汉代有朱买臣、梁鸿等；三国有张温、陆机等（陆机与弟陆云，并称"二陆"。他著有《陆士衡集》）。唐有陆龟蒙、韦应物、白居易等。（陆龟蒙不但是诗人，而且著书立论，对农业生产的发展也有一定贡献。如今在甪直有他的遗迹和很多传说，其墓尚在。韦应物有《韦苏州集》。白乐天的诗词更为人们所传诵。）宋代有范仲淹、范成大、苏东坡、米芾等。元明有俞玉吾、申时行、祝允明等。清代有汪琬、冯桂芬等数十人。在书画方面，历代皆有杰出名家。到了明代，有沈周、唐寅、文征明、仇英为"吴门画派"的四大家，也称为明四家。清朝有王武、张宏、陆恢等。在医学方面，元有葛应雷，明有徐大椿，清有叶天士、雷允上等。

五

　　我们只要看看雄伟壮观的始建于宋初（959 年）的虎丘云岩寺古塔；宏伟庄严、江南最古老的木构殿堂建筑（始建于南宋即 1179 年）的玄妙观三清殿；天文图碑等三块"宋刻"；始建于周代（现有是明代所建），2400 多年来位置未变动，全国独一无二的（水陆）盘门；建于明代（1577 年）的枫桥铁铃关；始建于唐宋的宝带桥等的"塔""殿""碑""关""桥"和"城门"等名胜古迹，看些古诗、书画，就可以从根本上了解苏州是"人文昌盛之区""夙誉文化之邦"，是一个名副其实的文化古城。（苏州市的文物保护单位达 68 处之多，谁不引以为荣！）激发我们豪情满怀热爱她，用劳动和智慧的彩笔，倾注全部精力，把她描绘得更加美丽！

1979 年 8 月 3 日

苏州素有"园林风景"城市之称

——《可爱的苏州》（提要）之三

若问苏州园林有多少美？那真是一言难尽。著名的千诗万画，也仅是反映了她点滴的美。我认为，到现在为止，还没有一本尽善尽美的书本来表达她全部的美。景色秀丽的苏州，美不胜收。苏州古典园林，具有独特的风格，有着一种"古色古香"特殊可爱的美，是丰富而宝贵的民族文化遗产。

由于苏州是我国著名水乡、历史悠久的文化古城，在自然环境和生产、经济、文化等各个方面有着得天独厚的优越条件，因此园林与名胜古迹比比皆是，遍布全境，像"繁星点点，闪烁发光"。苏州的园林，大大小小，指不胜屈。根据历史上的记载有 188 处（其中面积在 10 亩以上的大型园林为11 处；5 亩以上的中型园林为 34 处；一二亩的小型园林有 69 处；不足一二亩的小庭园有 74 处）。在"大跃进"以后的普查时（剔除已经有名无实和仅有一峰半池的小庭园之后），仍达 100 处之多。

把苏州园林、名胜古迹、风景点和风景区的分布，在苏州地图上标示出来，就可鲜明地呈现出一幅（点、线、面结合的）"园林风景"城市的美丽相貌，动人心弦。苏州园林的数量多得"出奇"，质量高得"惊人"。因此，她的美名传遍天下——"江南园林甲天下，苏州园林甲江南"。苏州是园林城市，不单是苏州有许多园林，还因为整个的苏州城池本身就是一座风光特佳的大园林，这是她固有的美，名不虚传。

一

苏州园林有她的悠久历史和发展特点，是集中了江南园林建筑的精华，是我国劳动人民的智慧和勤劳的优秀成果。例如历代都有许多杰出的造园工人，名匠辈出。明有计成、蒯祥，清有戈裕良等，有的著书立志，有的"带徒传艺"，推动了园林艺术的发展。

苏州园林早在春秋时代，就有了灵岩山的吴王馆娃宫，在子城内的宫殿和玄妙观的"故宫"等。晋代虎丘山有司徒王询等的"弟宅"。

在唐末，吴越王钱镠之子钱元璙，在沧浪亭那里建宅造园。当时的名门望族也大兴土木，建造园林。以后虽然朝代更迭，但这种建造私人住宅园林的风气，却"一脉相承"地流传下来。除建筑物以外，必须开池叠假山，配植花木，用人工来创造山水风景，把自然风景仿造在园林之中，而且要更集中、更幽美。

到了宋代，造园的风气仍在"承前启后"的发展之中，园林艺术在不断提高。如苏子美在钱元璙的旧园上建造了沧浪亭。还有宋正志的万卷堂（网师园的前身）；梅宣义的五亩园（已废）；朱长文的乐园；朱缅的同乐园；等等。（吴县的宋代园林有好多处，如光福冷香阁等。）

在元代，有高僧惟则建造的狮子林，陈汝官的绿水园。（即原同乐园，以后别称朱家园等。）

到了明代，封建地主与官僚政客和文人雅士在苏州这个富庶娇媚的人间"天堂"里，纷纷建造了大中小型的住宅与花园。如钱孟浒的晓圃、唐伯虎的准提庵、王弘的息圃、徐默川的紫芝园、吴一鹏的真趣园等（这些园林已废或仅存遗址）。至今尚有的著名园林，有王献臣的拙政园，王心一的归园田居（解放后扩建为拙政园的东部）、徐时泰的留园和西园（今西园的放生池西花园）、文震孟的艺圃（现民间工艺厂）、文嘉的五峰园、文肇祉的塔影园（今虎丘二十八中学）和顾凝的芳草园等。（吴县有许多明代园林，如东山王鏊的招隐园，光福潭山顾鼎臣的七十二峰阁。）

在清代，新建、改建和扩建的园林更多。如韩馨的惠荫园、孙古云的环秀山庄（始为唐末"金谷园"，宋改名"乐园"，明代是申时行住宅，南部与明代王鏊祠堂连成一体）、毕沅的小灵岩山馆、沈秉成的耦园、吴云的听枫园、顾子咸的雅园，还有可园、畅园等（已经报废的很多，如辟疆小筑、古柏轩、清华园、慕家花园、依园、宝树园、勺湖等）。在鸦片战争（1840年）以后修建的有顾文彬的怡园（原是明代吴宽的旧宅）、史惠君的半园、俞樾的曲园等。

民国建立后（1923年）完成的只有一个鹤园和"天香小筑"的百兽园。苏州古典园林的建造到此为"低潮"了。

国民党统治时期，苏州园林日趋衰落。表现在：（1）没有新建过一个古典园林（仅开辟了很不像样的现代公园——苏州公园）；（2）对原有的园林任意糟蹋破坏，有的拆毁，有的不讲园林艺术地胡乱改建，弄得面目皆非，抹上了一层"不中不西"的半殖民地半封建的色彩；（3）古旧庭院，年久失修，破烂不堪，有些名存实亡。其中，在抗战时期，苏州沦陷以后，园林遭到严重的摧残，如拙政园成了汪伪江苏省政府。狮子林变成汪伪中央政府主席汪精卫的别墅和招待日寇的场所，且一度成了日寇的"特别监狱"。景德路的遂园是日本领事馆。凡是大中型的园林或精致的小型园林与庭院，都被日伪的军警宪特机关所侵占，或被狐群狗党霸占为住宅。抗战胜利以后，"虎去狼来"，在国民党反动派的血腥统治下，严重摧残了园林。如留园成了国民党军队的战马饲养场，残垣断壁，满目凄凉。又如怡园长期被国民党军政机关霸占破坏，一片荒芜。苏州园林有的蓬头垢面，残破不全，有的几成废墟，到了奄奄一息的地步。

新中国成立后，在党和政府的领导和重视下，采取了一系列的重要措施。连年拨款整修，不仅逐步恢复旧观，而且加以扩建和发展，使她更加美丽起来。在"文化大革命"中，苏州园林又一次地遭到了大劫大难——林彪、"四人帮"的严重（有些是毁灭性的）破坏。在粉碎"四人帮"以后，她才又一次获得新生。

二

苏州园林以她的性质来讲，分为：（1）衙署属园林；（2）寺观属园林；（3）会馆属园林；（4）祠堂属园林；（5）书院属园林；（6）茶坊酒肆属园林；（7）私人住宅和花园属园林（以上皆是古典园林）；（8）当代的公园、动物园等。

苏州园林尤其原来是私人住宅和花园属的园林，具有中国庭院的共同特点，在以建筑物为中心、山水风景为主的造园艺术下，庭园布局、室间组织、水面山地的处理以及绿化等等，基本上运用了民族的传统手法（包括建筑装饰和室内布置），而且形成了苏州的地方风格。大体上讲，是"古朴、淡雅、素静"。突出的是与外界"隔离"之"封闭式"居多，园内都是曲折幽深而开畅通透，宁静闲适，精巧玲珑，丰富多彩。是广泛采取了我国造园艺术的优秀传统之一的"鲜明的对比"手法，如分与合、高与低、大与小、虚与实、密与疏、起与伏、浓与淡等，充分呈现了"小中见大""闹中取静""移步换景"，处处是景，处处是画，处处是诗；四季有景，"诗中有画，画中有诗"。这种诗情画意（在阶级社会里，文学艺术是属于一定阶级的。我们要运用马克思主义观点进行分析）给人以各种感觉，如古朴、清新、轻松愉快。这是她固有之美的显著特色，也是在"湖光山色，林海苍郁，亭台隐现，鸟语花香"的园林景色中，洋溢着生气勃勃的瑰丽风貌。

"园林因文物而增辉，文物得园林而保护。"苏州的古典园林里都有文物，而且大多园林本身就是文物，反映了苏州的古老和灿烂的民族文化。这是她固有之美的又一个特点。

苏州园林的位置，尤其在郊外的园林名胜，皆是自然风光非常优美的地方。（包括有一二处名胜古迹的游览点，以及大面积自然风景区。如据吴县新近的资料，全县文物古迹已注册登记的有166处，全县历史上著名的从汉朝到清代之僧寺道院、僧庙祠宇达415处，绝大多数所在地是优美的风景点。）这是她固有之美的另一个特色。

三

苏州现在开放的园林、名胜为 15 处：拙政园、留园、网师园、狮子林、沧浪亭、怡园、虎丘、西园、寒山寺、天平山、灵岩山、北寺塔、苏州公园、东园和动物园。有人说：苏州园林一个样，"看了一处，其他各处可以不看而知的了"。其实，这说得有些片面。美丽的苏州园林，绝不是千篇一律，既有共性也有个性。各个园林都具有可以凝眸"静观"的独特功能，能够起着耐人欣赏、"百看不厌"、"越看越爱看"的无穷效果。（走马看花的"跑观"是囫囵吞枣。不按照游览路线的东走西看，好比看本连环画乱翻瞎阅，其结果必然等于白看了一通。）古往今来，她们各有自己优厚而突出的艺术特色、自己的美。例如：

（1）拙政园：是苏州古典园林最大的名园，全国重点文物保护单位。以水为主（中园为典型），建筑简雅，具有朴素开朗、平淡天真的自然风格。

（2）留园：是全国重点文物保护单位。以建筑结构见长，布局紧凑，重门重户，变化多端，有移点换景之妙。园内的四个景区，各具特色：东部以建筑为主；中部以山水见胜；西部是自然景色（北部是田园风光，已名存实亡）。

（3）网师园：将上升为全国重点文物保护单位。以精巧幽深见胜，结构紧凑，布局有迂回不尽之致，在苏州园林中别具一格。

（4）狮子林：将上升为全国重点文物保护单位。以假山洞壑取胜，外望峰峦起伏，气势磅礴。入洞则幽深曲折。处处空灵，在苏州园林中风格别致。

（5）沧浪亭：是苏州园林中历史最悠久的一所名园。"清风明月本无价，近水远山皆有情"。她善于借景，古朴幽静，富有山林野趣（"一径抱幽山，居然城市间"）。在苏州园林中也是别具一格。

（6）怡园：她吸收其他园林优点，自成一格，山池花木，台榭亭廊，玲珑雅致，疏朗宜人。

（7）虎丘：向有"吴中第一名胜"之美称。历来是古城苏州的标志。"塔从林外出，山向寺中藏"（塔是全国重点文物保护单位）。虎丘是平畴中的一个小丘，但一到千人石便觉得气势雄奇，仿佛身在深山大壑之间。虎丘有不少古迹，还有许多历代传说故事。虎丘自古以来中外闻名。宋苏东坡曾说："到苏州不游虎丘乃是憾事。"

（8）西园：是苏州最大的一处佛教建筑，寺貌庄严，殿宇宏伟，佛像完整，为江南名刹之一。建筑和雕塑具有一定的艺术价值。西园所藏之佛经，是江南第一。

（9）寒山寺：刹古境幽，诗韵钟声（唐张继《枫桥夜泊》诗脍炙人口），自古驰名中外。

（10）天平山：是用人工来装扮，使大自然（中心部分的面积达50亩）成为一个园林。泉、石、枫、鹰是原来的特色。（如白居易《白云泉》诗："天平山上白云泉，云本无心水自闲。何必奔冲山下去，更添波浪向人间。"又如：山多枫树，秋时冒霜，叶尽赤色，有"万丈红霞映半天"之美景。）

（11）灵岩山：位于山明水秀的天（平）灵（岩）自然风景区。规模宏大而辉煌的"灵岩寺"，是江南佛教的中心。古朴壮观的灵岩塔屹立山顶，数十里外就可望到。"灵岩拔奇挺秀，好似不肯与众峰罗列"。登山俯视平畴，山河锦绣；远眺太湖，烟波浩渺。

（12）北寺塔：是"赤乌遗踪"，巍巍的古塔是苏城诸塔之冠。塔为八面九层，重檐复宇，翼角翚飞，雄厚壮丽的砖木结构，楼阁式佛塔。门外的牌楼，是苏州现存明代石柱木结构牌楼之冠。

（13）东园：她的中心处水面开阔，河湾曲折蜿蜒，一派江南水乡的绮丽风光。在西部苍翠的树丛中掩映着一片白墙灰瓦，显得分外幽静雅致。这就是将建造在美国纽约大都会博物馆内的中国庭园"明轩"的实样。

（14）耦园（东花园）：她的特色是"小有趣"，以小见大的抒情、写意式的庭园布局，曲折幽深，风格佳丽。池水、假山、建筑物都是巧妙结合，高低、虚实恰到好处。若与其他名园相比并不逊色。

（15）双塔：两塔（八角七层）对峙，造型优美，景观秀丽，别具特色

（是苏城"七塔八幢"胜迹之一）。

（16）环秀山庄：以山为主，以水为辅。假山部分，一亩之地，岩峦耸翠，池水相映，"尺幅有千里之势"，巧夺天工，是"城市山林""咫尺山水"的罕见作品，是我国假山中的一颗明珠，在苏州园林中独放异彩。

（17）塔影园：园内有"匠心独出"的"塔影池"，临池可以看到虎丘塔影，幽胜入画，造园艺术的高超非凡。建筑物和构筑物，有"少少许胜人多多许"的另一种奇妙境界。位置于虎丘名山之前，且有名桥——塔影桥相联，更觉明菁可爱。

（18）玄妙观三清殿：是全国重点文物保护单位。庄严伟丽，是江南最古老的木构殿宇建筑。附属的殿宇，有太阳宫、天医药王殿、文昌阁、元都仙馆等20余所。另有"钉钉石栏杆""一步三条桥"等十八景。（据片断记载：苏州有条古老的观前街，威尼斯也有这样一条古老的街道，两者相似：街路狭窄；行人拥挤、热闹；入夜商店的灯火辉煌。）

（19）苏州盆景园：是盆景精品佳作，集中展出供人观赏的园林。苏州盆景有独特的艺术风格。是"缩龙成寸"，"立体的图画，有生命的诗"，"虽是人工，宛若天然"，人工胜过天生。

……

仅仅这些为例（我讲的这19个，仅是"她自己的美"），已足以看出苏州园林名胜的美，确是"既有共性又有个性"。不同类型的园林，风采优异，莫不引人入胜。

此外，苏州园林的古树名木、珍贵花卉（乡土香花），也是各有特色。（花木品种有玉兰、桂花、榉、榆、椿、朴、松、竹、梅、柏、枫、香樟、银杏、梧桐、黄杨、女贞、十大功劳，还有木瓜、石榴、樱桃、枇杷等，都是选择优良品种。松柏方面，古典园林都以白皮松、罗汉松、五针松、桧柏、缨络柏等，取其姿态优美。草花方面，是选择色香兼美的品种，有兰、菊、荷花、水仙、菖蒲、海棠、萱花、蜀葵、凤仙、一串红等50多种。）有了各自的特色，"春兰秋菊，各擅其美"，也就有了她自己的美。如沧浪亭以兰花为主，留园以牡丹、芍药为主，网师园以月季为主，拙政园以杜鹃、山茶为主，皆是精彩秀发，容止可观。名花为各园增色，更使游人恋恋不舍。

四

在粉碎"四人帮"以来，苏州市委、市革委会领导园林系统广大职工，拨乱反正，以修复和发展苏州园林，提高园艺水平的实际行动，为苏州园林"平反昭雪""恢复名誉"，推翻了一切诬蔑不实之词（如"四人帮"疯狂咒骂："苏州园林是集封、资、修大成""复辟资本主义的阵地""园林绿化是为资产阶级服务的""苏州园林是祸国殃民"，必须"彻底砸烂"，要"五马分尸"等）。劫后余生的苏州园林，已经站起来了（如一些重点园林基本上改变了衰败破烂的面貌而丹垩一新。花木茂盛，园容整洁美观），开始欣欣向荣地向前迈进。苏州园林吸引着中外的众多游人。今年上半年入园人数达56万多人次，每逢节日和星期日，更是人山人海，摩肩接踵，盛况空前。

现在开放的园林、名胜15处，其中13处在"文化大革命"前开放过的，北塔和东园2处，是今年上半年新开放的。如今正在新建使人置身于幽妙诗画之中的苏州盆景园，将在年底开放。这样，全市共将开放16处。

1980年，除了对已开放的进行充实、扩建和经常维修以外，还将新开放人们早已向往的耦园、双塔等4处。全市共将开放20处。

我认为要"抓住特色"，争取修复远近闻名的瑞云峰园、渔庄等6处。全市共将开放26处。我还认为今后的规划中要有明确的初步打算，将新开放声著五湖四海的盘门三景、天平灵岩风景区（包括一个大面积的风景名胜区——灵岩山，有"吴宫西子遗迹"，谓之"古"；天平山，有"怪石耸立"，谓之"奇"；在吴县境内的天池山，有"宛如世外桃源"，谓之"幽"；华山，有"无花皆似花"，谓之"清"）、石湖自然风景区等18处。全市共将开放44处。此外，打算在改造旧城中，城内建设一个保持水乡古城风貌的"核心"小景区，大致的特点是：（1）"小桥流水，人家尽枕河"；（2）"白墙黑瓦，深宅幽巷（没有高楼大厦的洋房）；（3）"古树成荫，香花竞艳"；（4）"清洁卫生，境区安静"（没有"三废"污染和噪声）；（5）开设各种工艺美术品商店，集粹比美……创造古城美景，供广大人民游憩，必将吸引外宾，赞叹不绝。

我们抚今忆昔，展望未来，欢欣鼓舞。到时"园林风景"城市的苏州，非但名副其实，而且锦上添花，越发丰姿绚丽，更为可爱。

结　束　语

苏州的古典园林、文物古迹和风景名胜区都是珍贵的"国宝"，我们引以自豪。抢救和保护"国宝"，是我们的历史使命。我们园林绿化工作者要大声疾呼地宣传苏州园林的价值和地位；要认真地研究园林史和学习园林艺术；要抢救和保护重点园林。首先是据理力争，改变园林、名胜区被"鲸吞蚕食"的处境，其次是开展调查研究（古典园林普查），进一步编制恢复和建设规划。我们不能"尸位素餐"或者"浅尝辄止"，必须共策共勉。增强踵事增华的决心，用智慧和劳动的彩笔把园林名胜描绘得更加绚丽，使可爱的苏州越发可爱。

附记：

一、1980 年 2 月第一次重讲增补讲述内容

我认为从需要和可能出发，可以考虑苏州风景资源的分类和应当首先抢救修复的方案。

第一种类型　古典园林

目前已开放的 7 处：（1）唐宋时代的沧浪亭；（2）南宋的网师园；（3）元朝的狮子林；（4）明代的拙政园；（5）留园；（6）清代的怡园；（7）耦园。另外有二处已修复，作为专用绿地，即鹤园、天香小筑花园。

打算首先修复的有 10 处：（1）宋代的瑞云峰，即织造府花园；（2）明代的环秀山庄，包括明王鏊祠堂；（3）艺圃；（4）清代的曲园；（5）可园；（6）畅园；（7）南半园；（8）有独特需要的残粒园；（9）听枫园；（10）王洗马巷万宅庭院。量力而行，逐步修复。此外，要建设好虎丘的盆景园。

要保护需有抢救措施的有 10 多处：如惠荫园（洽隐园）、北半园、柴园（茧园）、朴园、遂园、五峰园、笑园、雅园、铁瓶巷住宅庭院、慕园遗址的残存假山、梵门桥吴宅庭院、钮家巷英王府花园遗址、东花桥巷汪宅庭院、塔影园、静中院、西圃、晦园等。先保护后择优而修，否则"皮之不存，毛将焉附"，要修也来不及了。

第二种类型　文物古迹

目前已开放的 6 处：（1）春秋时期的虎丘（塔始建于五代末）；（2）南北朝（梁）的寒山寺；（3）南宋的玄妙观（始于西晋）；（4）北寺塔（寺始建于三国）；（5）明代的铁铃关；（6）清代的西园（始建于元）。另外有四处暂归机关专用，即万寿宫、无梁殿、忠王府、道台门。

打算首先整修开放的有 7 处：（1）春秋时期的盘门三景（春秋城）；（2）北宋的双塔；（3）孔庙（府学）；（4）明代的工字殿；（5）五人墓和葛贤墓；（6）准提庵（桃花庵）；（7）清代的全晋会馆。

要保护有抢救措施的有 10 多处：如胥门、太伯庙、范义庄、唐寅墓、况公祠、王鏊故居、巡抚衙门、横塘驿站、卫道观前潘宅（五落六进大宅）、宝带桥等。

第三种类型　现代公园

目前开放的 3 处：（1）苏州公园；（2）动物园；（3）东园。另有阊门外新建的小型未名园。

打算首先要新建胥园、南园、花苑、北园和扩建烈士陵园。

第四种类型　风景名胜区

要与吴县一起规划共同建设好天灵风景区（包括天平山、灵岩山、花山和天池山）、石湖风景区、东山风景区、西山风景区、光福风景区和甪直景点。

二、1981 年 6 月第二次重讲增补讲述内容

我们讲苏州古典园林的美好，也要讲存在问题。报喜不报忧，不是实事求是的科学态度。

解放前，苏州园林遭到了严重破坏。解放后逐步恢复了主要的名园。1958 年"大跃进"以后，群众性地大办工厂，占用了不少园林和深宅大院。尤其在"文化大革命"中苏州园林和风景名胜区遭到了严重破坏，有的是毁灭性的破坏。粉碎"四人帮"之后，特别是党的十一届三中全会以来，整修了已开放的园林，并正在修复一批重要园林和名胜古迹，确是形势大好，欣欣向荣。但是历史积累起来的遗留问题很多：（1）有的园林和风景区被鲸吞蚕食；（2）有的景观被破坏，"建设性破坏""破坏性建设"兼而有之；（3）有的环境被污染；（4）古树名木被严重破坏，扩大绿化没有余地。

三、1981 年 12 月第三次重讲增补讲述内容

国务院确定了苏州是全国著名的风景游览城市之一，对苏州的保护、整顿、规划和建设等问题十分重视，市委、市政府也加强了对苏州市总体规划的领导，前程似锦。规划是保护和建设的依据，园林风景、文物名胜恢复发展的规划（草案）也进一步作了修改，其中提出了可修复的园林有 21 处，打算先修复 7—10 处；可整修开放的文物名胜有 25 处，打算先整修 9—12 处；打算先新建公园绿地 3—5 处；打算逐步把天灵、石湖、光福、东山和西山 5 个风景区规划建设好。按照苏州市总体规划的要求，我们要在新形势下努力完成新任务，力争早日把可爱的苏州建设成为名副其实的风景游览城市。

四、1983 年 2 月第四次重讲增补讲述内容

据 1982 年夏秋间的普查统计：

（1）历史上苏州古典园林和庭院，曾有 227 处之多。

（2）古典园林为 122 处：完整的 15 处，较为完整的 7 处，半废的 19 处，残存的 17 处，全废的 64 处。

（3）住宅庭院为 105 处：完整的 2 处，较完整的 11 处，半废的 15 处，残存的 26 处，全废的 51 处。

（4）在十年内乱中毁园建厂、建房的现象极为严重。

1959 年时存在的 83 处中、小型园林，到如今只剩 33 处。被毁坏的 50 处园林，是被工厂、企业、机关、学校等为建房而拆毁的。如养育巷的某厂

为建厂和建房拆毁了小型园林壶园、王宅花园和两个庭院（拆合为一园），是"一厂毁三园"。又如某厂是"一厂毁二园"。一个单位毁一园的是更多，如慕园被毁。

中、小型园林大多数是调拨给工厂、企业、机关、学校等单位使用或自动占用的。由于园林不适合作厂房、仓库、教室、办公室等，就被改建拆除，往往把整个园林拆光。如原来完整的艺圃、西圃、畅园都被严重破坏。元园连同住宅全被拆光。又如惠荫园的明代水假山（小林屋洞），是全国少见的艺术珍品，竟被埋入垃圾堆，峰石烧成了石灰。

（5）苏州的园林和庭院。从1959年的188处，到如今为止，已经破坏61.9%，只剩下38.1%。

（6）根据普查结果，参照文物标准（历史价值、艺术价值和科学价值），按照总体规划中的园林布局、景点安排、市园林局和文管会推荐一批保护单位，包括大型园林8处、中小型园林21处、小型园林14处、仿古园林4处、园林遗址3处、庭院27处，合计为77处。其中有27处已经先后公布为各级文物保护单位。由此可见，苏州古典园林和庭院是景色秀丽的园林城之重要组成部分。

园林室内陈设学（提要）

前　言

1962 年我提出了《园林室内陈设学》试写大纲，并写了《苏州古典园林室内陈设布置》（初稿），举办业务知识讲座，结合园林的实际陈设，确定了不同类型的陈设典型，作了些学术探讨。

1976 年冬以后，我又重新写出了《园林室内布置艺术》（提要）、《古典园林家具陈设》以及《可爱的苏州》等。1979 年秋起举办园林绿化业务讲座时，我把这些内容修改后作为讲稿。抛砖引玉的目的为了互助互学，共同提高。

岁月不居，时节如流。又在事隔靠十年的今天，我再与研究会同仁，为了古为今用，研究老古董。讲讲《园林室内陈设学》，基本上原来的观点和意见，略有补充修正。管窥蠡测，必有错误；一孔之见，仅供参考。

今天，是讲总论，讲讲陈设学的基本概念，包括某些基础理论知识和实例。

一、园林陈设学的属性和研究对象

我认为它是研究园林室内陈设布置的一门学科。是客观存在的事实与学问，仅仅没有编印出成套的理论书籍。现在有待于园林工作者进一步地去开发，揭开这个定义概念的内涵，从实践中不断总结提高，著书立说。

什么是陈设？①指陈列、摆设的东西；②是陈列、摆设东西的方式方法，布置艺术；③也有些关联到生产或加工这些陈设的技术、艺术、工艺学等等；④古典园林室内陈设的核心在于古典。古典就是像古典文艺、古典主义建筑、古典音乐、古典舞蹈、古典哲学一样，是古代流传下来而被后人们认为有典范性或代表性的陈设布置艺术。

园林陈设学和美术、艺术、建筑学、文学等都有密切的关联，存在着多种多样的"关系学"例如——

①美术：是造型艺术（视觉艺术或称空间艺术），一般指绘画、雕塑、建筑艺术、工艺美术等。在某种意义上讲，美术是园林陈设的根底。

②艺术：一是造型艺术；二是表演艺术、音乐、舞蹈等；三是语文艺术、文学等；四是综合艺术、电影、戏剧、园林等。艺术的表现形式各有特色，但是往往具有共同规律，造型状物的绘画，悦耳动听的音乐，咏物抒情的诗歌等，彼此都是息息相通的。园林陈设布置是综合艺术，艺术是陈设布置的生命和魔力、气质与精神。

③工艺美术：一是日用工艺，就是加工装饰的生活用品，如家具工艺、陶瓷工艺、染织工艺等；二是陈设工艺，是专供欣赏的陈设品，如红木雕刻、玉石雕刻、象牙雕刻、刺绣插屏、各种绢花、装饰绘画等。可以说工艺美术是陈设布置的物质艺术与基础。

此外，陈设学与建筑学（园林建筑艺术是一门综合艺术）、建筑史、园林史、文物、植物学、花卉园艺学、历史学等也有直接的联系。

今天讲的陈设学是专指苏州古典园林室内陈设布置。它是园林管理的重要组成部分，提高园艺水平的关键之一。它是一种专门艺术，也是一项学术任务。

陈设学的理论来自实践，又是通过实践来检验、修正、发展。开发美、创造美、表现美是为了继承古典园林室内陈设布置艺术的遗产，发扬陈设布置的民族风格和苏州特色的优秀传统。

（园林美工——是园林美术工作的简称，也是园林美术工作人员的简称。

美工，是从事陈设布置艺术的专家，也就是美化园林的工程师。苏州园林美工的职责，要保持固有的美，提高现在的美，开拓未来的美，任重道远。）

二、园林陈设学的范畴和主要内容

我认为陈设布置是综合艺术，内容很多，大体可分为 13 个方面：

1. 家具陈设

①我以前写的《古典园林家具陈设》，现要作些补充：一是古典园林坚持古典家具陈设，二是苏州古典园林坚持苏式古典家具。从前制作家具的四大流派：苏作（式）、广作（式）、京作（式）、海作（上海式）。现在的家具陈设，最好是古旧（文物）家具；也可用以前制作的仿老式家具；也可用工艺现代化的高档的古色古香的苏式家具。若问是否可以用假红木的或其他假古旧的家具来"以假代真"，用现代新式的家具来"以新代旧"？我是坚持不赞成的态度。

②新式家具不作为古典园林的家具陈设，不作为欣赏品。现今，新家具是新颖优美，款式、品种趋向于造型新式的多功能组合式发展，结构是装配、拆装式的越来越时髦，泡沫塑料成了软件家具的主要材料。不能把折叠家具、悬挂式家具、组合家具、金属家具、塑料家具、聚酯家具等去替代古典家具。当然，在非开放的古典园林仅是园林建筑的室内，可以配置现代家具。

（美工，要识古典家具，要会陈设家具，要尊重艺术规律，敢于探索、创新补缺。）

2. 书画陈列（含匾额楹联）

我以前和园林老前辈陈、汪两老[①]等编辑过《苏州园林匾额楹联普查实录》，上集是园林包括虎丘、天平、石湖等名胜的现存匾额的汇编；下集是

---

① 陈，指陈涓隐（1897—1986），江苏苏州人。20 世纪 30 年代著名漫画家、摄影师。新中国成立后，曾任苏州市文物保管委员会委员、苏州园林管理处处长，对苏州文物保护工作贡献良多。汪，指汪星伯（1893—1979），出身苏州名门望族，在医道、金石、古琴、建筑、园林等多方面颇有造诣。现苏州"拙政园"门额即为汪星伯所题。

苏州寺庙道观、会馆义庄、别墅等方面的匾对选录。

1979 年我写出的《苏州园林书画陈列艺术》，现要略作补充：

①古典园林的布置中大多是水墨画，也有些水粉画，而不采用油画、水彩画、色粉笔画、蜡笔画。铁画、帛画、版画大多悬挂在书房，不布置在厅堂。

②在厅堂里布置挂山水画居多，其次是花鸟画，而人物画、走兽虫鱼较少。

③一般规律，画幅形式以卷轴为主，屏幛、画册、扇面不多，壁画是极少到凤毛麟角的地步。

装饰绘画，包括很广，凡属器物和商品外表装饰方面的绘画。但也有只指商业美术中的广告画，装潢性壁画，建筑彩绘等。

3. 盆供

我以前写的《盆供摆设》，现要补充：强调室内绿化、美化、香化的标准；盆花、盆栽、盆景要真绿、真美、真香。

［美工，不仅应知应会家具陈设，能画能写（改变美工只是画画的概念），而且要会篆刻、雕塑，还要会种花、制作盆景、会养鸟兽鱼虫。"一专多能"，多才多艺。］

4. 摆设

是指各种欣赏陈设物品以及布置这些陈设物品的艺术。从广义讲，凡属室内装饰用品也都可以归入摆设艺术。如：

陈设品：苏绣插屏、天女散花立体玉雕、忠贞柏化石的案石、雨花石的案头清供等。

家具用品（铜锡器皿）保护装饰品：台布、绣品桌围、椅披、手炉护套等。

悬挂装饰品：美术窗帘、珠帘、挂屏、鸟笼罩衣等。

照明灯具装饰品：各式宫灯、用五彩羽毛或线丝制成的流苏等。

5. 室内建筑装修、装饰

以前我写的《室内建筑装修、装饰》，必须充实图片，补充木建筑物上的彩画，以及室内素壁处理艺术。

6. 照明装置（包括室内光线调节）

7. 特殊配置

如地毯、火炉、茶具、餐具以及织物壁挂、印染壁挂、刺绣壁挂等。

8. 临时安排

如赏月、赏菊、丝竹清唱、吟诗作画、嫁娶、做寿、丧事等。

9. 室内色彩

以前我写出了《苏州园林室内色彩的特色》，现在，必须进一步述说：强调室内色彩的协调统一，要保持以"淡雅素静"为主的苏州古典园林色彩，避免受到流行色彩或外来色彩的冲击、干扰。

［美工，善于研究和掌握室内色彩学。如人们常说的，国画中运用墨笔，墨色浓淡干湿，变化丰富多彩而和谐统一。又如女子运用美容"五笔"（眼影笔、眼线笔、眉笔、口红笔、唇笔），在保持自然美的基础上扬长避短地来化生活妆：上底油、换底粉、抹胭脂、画眼睛、描眉毛、涂口红，心灵手巧，恰到好处，显现美观、精神。美工，要以"墨分五彩"的原理和技法，妇女美容的追求与态度，来当好室内陈设的艺术家、美容师。用智慧的彩笔，把室内描绘得更美——充满着典雅、幽美、宁静、闲适、安详的感觉与气氛。］

10. 附属设施

如炊具、轿子、舟楫等。

11. 备件储存

为了陈设布置的配套（整个的配套、局部或一个单项的配套、一件的配套），提高陈设的完好率，必须有相应储备。

12. 维修管理

13. 品评欣赏、导游讲解（含服务综合艺术）

（美工，要会分析评估、提高游人的欣赏水平，要成为最佳的导游讲解者，包括才华、气质、外表、风度。）

以上 13 个内容彼此之间，存在着一定的内在联系，互相渗透、互相转化、互为因果，具有艺术的共同规律。

（美工，是园林的特种工作者，知识面要很广，要懂有关的文物，要知道有关历史人物、历史故事；要会摄影、录像、唱歌、跳舞……）

三、园林陈设艺术以家具陈设为主体

现今的苏州园林，实质上包含着：1. 古典园林；2. 当代的公园、街坊新村的公共绿地、动物园；3. 风景名胜区（景点）。

人们常说的苏州园林是指苏州古典园林。此外，往往把苏州园林只看成为私家住宅花园。其实，从古典园林的性质来说可分：

①衙署属园林；

②寺观属园林；

③会馆（公所）属园林；

④祠堂（义庄）属园林；

⑤书院（学堂）属园林；

⑥茶坊酒肆属园林；

⑦郊外别墅（山庄）属园林；

⑧私人住宅、花园属园林。

各类古典园林的室内陈设布置，除了庙宇的大殿、官府的大堂等主体建筑以外，大多的园林建筑里是以家具陈设为基础的；同时，主要家具往往成为布置艺术的中心。

例如室内色彩，是室内一切物件色彩的总和，要协调统一。家具色彩，大多成了室内色彩的主体、基调。又如有些室内，除了家具外的其他物件，都好似音乐的装饰音，是旋律音的辅助音。没有家具，便成了空空洞洞。

四、如何研究和发展这门学科

1. 有计划地开展学术活动，进一步探索园林陈设学的理论基础和艺术规律。

组织专题学术讨论；发动有关方面的人员撰写论文、资料；争取逐步整理、汇编、编辑出版书刊和专集。

例如收集室内建筑装饰、家具、用具上的装饰性圆雕、浮雕、透雕，编写出图文并茂的《园林室内装饰雕塑》专集。

又如对于古典园林陈设布置中能否悬挂"双人花样滑冰舞""单人女子健美比赛""时装比赛"的放大彩照：我是坚持不赞成。就以"女子健美"照来说，穿着"比基尼"，是适应评比要求，但是女子的健美，难道要像男子举重运动员一样，肌肉发达到粗大凸起的惊人地步？这种巾帼英雄的健美也尚未被人公认，何必作为古典园林室内欣赏品？若挂幅国画西施，或有东方女性特色的仙女，只要造型秀丽，线条柔和就必定要美得多。

2. 结合日常工作，进行调查研究，从实践中不断提高理论水平和管理水平。

调查研究要包括实物、实例、文字资料、口传等方面，要兼收并蓄，然后整理，求同存异。

室内陈设好坏，直接反映出园林管理的艺术水平。发扬优势，标准要高。陈设布置的改革，为了充实提高，配套成龙，锦上添花。我不赞成把八卦拳、八段锦改成为老年迪斯科。古典园林的陈设布置不需有老年迪斯科似的装束和姿态。中老年妇女的美容化妆避免多用掩盖色、睫毛膏、美目贴等，要力求真实自然。室内陈设布置也好似老年妇女美容化妆，美的基础是协调。

3. 要发扬造福人民，为国争光的思想，加强竞争意识和拼搏精神。

到现在为止，我还未看到陈设学的全面性、系统性的文章或书籍。在这13个内容方面单项性专论，所见也极少。因此，要阐明园林陈设学理论的产生和发展的历史梗概，进行学术研究和编写专著的难度极大，但只要共同努力，必出成果。

1988 年 12 月 2 日

辑五

百年纪念

中共隐蔽战线特派员仲国鋆

仲力为　仲学人　仲昊民　仲　立　仲卫功　仲丹勋

每每走进苏州革命历史博物馆，自然会在"刘寿华医寓"前驻足，静静地看着，默默地守着。刘寿华是父亲仲国鋆的化名之一。面对这既熟悉又陌生的场景，我们没有泪水，只有久久的怀念；我们并不悲伤，只有深深的敬意。真希望时间隧道能将我们带回到革命战争年代，回眸隐蔽战线于无声处听惊雷、于无形处建奇功的无名英雄们，目睹那出生入死的看不见硝烟而惊心动魄的战斗。

仲国鋆从小聪慧好学，记忆力超强，当地百姓称赞为"小秀才"。少年学医，16 岁就在常熟吴市家中开设诊所"国医仲国均内外科大方脉"，又名"半半诊所"。他的处方笺上印有"仁心仁术"字样，这便是他的行医信条。

然而，日本帝国主义铁蹄侵我中华，烧杀淫掠。1938 年 10 月，16 岁的仲国鋆奋起抗日，投笔从戎加入新四军，编入"民抗"训练班，1939 年 1 月，担任小队长、分队长，并在司令部情报处任职。同年 5 月，仲国鋆奉"民抗"司令任天石之命，继续以老家"半半诊所"为依托，以行医为掩护，在日军的眼皮底下，建立了"民抗"司令部的第一个情报联络站。

"半半诊所"服务于一方百姓，救治伤员，收集传递情报，发展新生力量。诊所方脉间，也曾经是秘密入党宣誓室，先后有十多名新党员在这里宣誓加入中国共产党。在那血腥的年代里，艰难残酷的环境中，新老党员举起握拳的右手，面对着墙上自制的党旗，低声但庄严且神圣地一字一句地宣读入党誓言，这是用毛笔写在印有"国医仲国均处方笺"上的手抄誓词。此刻，他们已准备着将自己的一切献给党和人民，他们热爱共产党胜过自己的生命，他们愿意为党的事业赴汤蹈火，在所不辞。

1939 年冬，中共常熟县委、"民抗"司令部已在常熟董浜、徐市、碧溪、横塘、何市、归庄、窑镇等地相继建立了情报网，情报联络中心站负责人是陈关林、仲国鎏、杨志兴，由"民抗"参谋长薛惠民直接领导。

隐蔽战线上，向来有极其严格的保密规定。共产党有铁的纪律，隐蔽战线更是钢的制度。中共的组织系统不仅有"红区党"和"白区党"之分，在"白区党"组织又建有两个系统，情报保卫系统独立运行，垂直领导，单线联系，不得与同级党组织发生横向联系。这样才能在遭受破坏时尽可能减少损失。

隐蔽战线上有许多鲜为人知的秘密战术。总之，要智勇双全，要有超人的胆识，要注重细节。细节决定的不止是成败，更是生死存亡。

我们老家有两本泛黄破旧的民国二十七年出版的医药书及小楷字帖。珍藏至今，是因为它立过大功，是弥足珍贵的密码本。

我们对隐秘的情报工作知晓得甚少。听父亲说，当年情报人员约定该书，是因为该书是在大多数书店、书摊可以买到的家庭常备书，不起眼、易得到。遇到需要密传的情报时，可以通过这书译码。

父亲说，在实践中他们还创建了自己特殊的情报传递方式，用特定的文字并用方言来说。譬如，数字一至十，用"旦工川目吾兖皂人丸田"代之，以方言口语说成"戴低、瓦空、横串、只木、鹅豆、烟顶、槽底、插银、曲滴滴、甜心"。这方言音与普通话相谐音的实际意思是"旦底、挖空、横川、侧目、吾头、兖顶、皂底、拆人、缺点、田心"，也就是相对应的十个字变为了数字"一至十"。在紧急时，即使有旁人，吆喝着喊出，也无关紧要，常人绝对理解不了。

仲国鎏在抗日战争和解放战争时期曾任中共苏州、昆山、沙洲、太仓等县特派员。根据工作需要，仲国鎏在多地使用了不同化名，并开设多个诊所。诊所的地下工作者分别装扮成夫妻、姐弟、佣人等，以诊所为掩护，协同作战。

苏州革命历史博物馆展示的"刘寿华医寓",是 1942 年仲国鋆任苏常太工委苏州县特派员,在苏州城小王家弄开设的。当时苏州城内日军、伪军、警、宪、特机关林立,危机四伏。他以行医为掩护,深入虎穴,获取了大量情报,战斗在敌人的心脏里。

在父亲档案材料中有几份他亲笔留存的,70 多年前中共四地委江南工作委员会各地下党组织上下线党员名单及秘工单线领导的联络图谱。这可以说是苏常太地区重要的党史文物和隐蔽战线的重要佐证。

1945 年 3 月,仲国鋆的直接上线领导、中共苏中六地委苏常太工委书记薛惠民在敌占区常熟吴市病重,大量吐血,被秘密藏在农民家中,一时无法转移。生命垂危的薛惠民掌握着大量地下党的秘密和人员名单,急需向党组织移交工作。那时的吴市,乌云密布,日伪构造了严密的"清乡"军事网,重兵把守,密探遍地。关键时刻,仲国鋆临危受命,再次英雄虎胆,去他曾经公开担承过中共抗日职务的地区执行秘密任务。

仲国鋆孤身一人,化装成走街串巷的乡间郎中,勇闯龙潭虎穴。他利用熟悉地形优势,避开了日伪重重岗哨,顺利地与薛惠民接上头,交接工作诊病送药。然后,仲国鋆又遵薛惠民的指示,再向上级党组织汇报工作。途经徐市周泾口河小坝时,被日伪便衣密探发现。千钧一发之际,仲国鋆想到的唯有党的机密件决不能落入敌手。他迅速机智地将秘藏于火柴盒背后的昆山县党组织和党员名单吞入腹中。密件幸免于难,而仲国鋆不幸落入日军魔爪。

被捕后,仲国鋆被押至常熟城内日本宪兵司令部,由老百姓怒称为"常熟之狼"的日本宪兵队长米村春喜亲自审问,并让叛徒指证他是共产党。面对叛徒的指认,仲国鋆大义凛然地承认自己是抗日游击队长、共产党员和中共雪长区区长的公开职务。他一身正气,无畏无惧,做好了准备,以从容就义来保全党的一切秘密。日军对仲国鋆用尽各种残忍刑罚,扣住他的手腕腾空吊起整夜殴打;使用老虎凳,在小腿与板凳之间置放砖块;把竹签从他指尖钉入手指;灌辣椒水,用皮鞋踩踏腹部至吐出,再灌再踩……酷刑之下的仲国銎坚贞不屈，严守党的秘密，保护党的同志。

日军对仲国銎的公开职务没兴趣，而是想挖出深藏于他大脑中的中共秘密，将他关押于死牢，继续严刑逼供，企图长时间摧残折磨，迫使他意志崩溃而就范。然而，面对凶残的敌寇，他始终坚持共产党人的信仰和民族气节，宁死不屈。事实证明，由他负责联系的各地党组织和几十名地下党同志未受到丝毫损失。狱外，党组织曾多次营救未成功。1945 年 8 月，中国人民迎来了抗战胜利，日本无条件投降，奄奄一息的仲国銎被党组织从死牢中救出。

重见光明又遍体鳞伤的仲国銎，仅在老家短暂休养两个月，又挥手惜别家人，以新四军苏南地区北撤一大队大队长的身份，率领队伍北撤长江，继续革命新征程。

1946 年 6 月，内战全面爆发，仲国銎受党组织派遣，潜伏回江南，再次以行医为掩护，从事党的秘密工作。临行前，他吟诗抒怀："狼烟四起多时疫，悟道行医又整装。百计千方不却步，欣然出境醉南方。"充分表达了他的坚定信念和战斗豪情。

抗战胜利后，残害仲国銎等抗日志士的常熟日本宪兵队队长米村春喜受到正义审判，在上海提篮桥监狱被绑缚刑场执行枪决，得到了应有的下场。

新中国成立后，党组织号召要记载革命斗争故事，教育后人。仲国銎依据自己的不凡经历撰写了许多革命回忆录。其中，发表于《上海文学》1962年第 2 期的纪实文学《特派员》，记述了他以行医为掩护，在敌占区开展秘密工作的传奇经历，并由苏州沪剧团搬上舞台，相继又改编为电影剧本、连环画和长篇评话《江南红》。

往日的长篇评话都是帝王将相或才子佳人，《江南红》是苏州评弹史上开天辟地的头一部革命新书，《江南红》开场篇是这样说的："江南红，红遍江南。主角名叫吴国新，那么吴国新又是啥人，俚（他）是娥妮（我们）苏州的的确确石拍铁硬的老革命——仲国銎。仲国銎俚出生在常熟东乡吴市镇，故事里的主角就顺理成章姓吴；国是仲国銎的国；仲国銎参加了新四军，新就有了出处哉。"《江南红》说的是抗战时期，主人公吴国新以行医为掩护，机智勇敢战斗在敌人的心脏的故事。评弹《江南红》一经开说，书场爆满，家喻户晓，是街头巷尾的热议话题，在江浙沪地区长期演出，久盛不衰。

仲国鋆以行医为掩护，智斗日伪军，救治伤员的回忆录文章为沪剧《芦荡火种》、京剧《沙家浜》的创作提供了重要的素材。

岁月如梭，70 多年前的战火硝烟已不见，血雨腥风已散却。革命先烈热血铸丰碑，唯有沧桑历史来见证。历史让我们铭记无数先烈丰功与伟绩，历史让我们不忘中华民族曾经的苦难，历史让我们更加珍惜如今幸福的生活。

（原载《档案与建设》2020 年第 8 期）

仲国錾情系苏州园林

仲卫功　　仲力为　　仲丹勋

"若问苏州园林有多美，那是魅力无穷，美到极致。纵然百书千诗万画，都不足以表达她的全部美。"这是我们的父亲仲国錾在介绍苏州园林时的口头禅。仲国錾对苏州园林挚爱之情似乎与生俱来，真是有缘分、有兴趣、有研究、有创新，更有担当与付出。他与苏州园林的缘分还得从抗日战争时期说起。

为情报勇闯园林

抗日战争时期，苏州是汪伪江苏省政府驻地、日伪"清乡"大本营。苏州城内日伪军警宪特机关林立，杀机四伏，苏州古城及园林笼罩在白色恐怖之中。拙政园是日本特务机关总部，汪伪政府江苏省主席李士群占据饮马桥旁的"天香小筑"，狮子林是日伪军的高级招待所和残害抗日志士的场所。

那时，20岁的仲国錾担任苏常太的中共特派员，曾用多个化名，以行医为掩护，在苏州城内开展中共秘密工作。要获取情报必须设法接近敌特相关人员，勇闯这些敌特占据的园林及庭院。

仲国錾首先将苏州一些园林的历史文化、建筑工艺、绿化环境以及历代园主的人文变迁情况了解得很是透彻，天文地理、建筑设计都熟悉于心，这既是与敌特及其家属交往时谈天说地的聊天资本，又便于遇到突发事件时应急处置。仲国鋆利用小有名气的行医技术创造机会，借助为敌特及其家属上门看病、问诊号脉、做针灸推拿等缘由，隔三岔五地涉足于苏州园林之中的日伪巢穴，凭着超人的胆识、智慧和魄力去完成任务。当时心思唯有如何获得情报、传递情报，并无闲情雅趣来欣赏园林景致。

隐蔽战线工作向来有严格的保密规定，在血腥的年代里很少有保留下来的相关文字记载。仲国鋆档案资料中保存有一份弥足珍贵的仲国鋆手迹，记载着1942年他化名为刘寿华，在苏州开办"刘寿华医寓"时获得的某些情报。这十多页泛黄、残缺的破旧纸张记录了百余条关于苏州城区日伪军警宪特机关头目的信息，部分与苏州园林相关。如：苏浙皖"绥靖军"清乡绥靖司令部占据沧浪亭、网师园；汪伪政府"中华模范青年队"在沧浪亭；汪伪省立图书馆在三元坊可园；日军司令、"清乡"警备司令山本大佐占据大公园；伪女子青年团在玄妙观内中山堂及双塔；"清乡"干部学校在慕家花园及英华女中校址；赈务分会主任李志云居住城隍庙、留园；第二军司令部司令刘培绪居住金门定光寺；等等。中共隐蔽工作是一条看不见的战线，是一条坚守信仰的战线，在每条获取的情报背后都有一段惊心动魄的传奇。

古老的苏州园林见证了历史的沧桑变迁。1945年中国人民迎来了抗战的伟大胜利。苏州抗日军民对日受降仪式就是在狮子林荷花厅举行的。从此，苏州园林不再受外敌践踏。

执掌苏州园林

新中国成立初期，仲国鋆曾担任常熟县副县长，常熟市委书记、市长，1955年调任苏州专员公署办公室主任，1958年任苏州医学专科学校校长。就在当校长期间，他对苏州园林有着浓厚的兴趣，放弃了寒暑期休息时间，考察了苏州园林的几十个室内陈设布置，发现园林室内陈设布置存在许多问题，有的与园林整体年代风格不配套，陈设不和谐，拆东墙补西墙的拼凑痕迹很重，缺乏艺术性。他在认真思考、综合分析后认为："首先，园林室内陈设布置当属于综合艺术，是一门多项式的系统学问，在学术上应该有其自成的体系理论。其次，园林陈设的实践是园林陈设学理论的来源，理论必将又转过来指导实践，在实践中发展理论。""陈设"是园林研究中不可缺少的一门学问，很有必要创立"园林室内陈设学"。他的相关知识从无到有，相关能力从弱到强，进行探索，开展研究，相信最终一定可以形成科学完整的系统理论。一切从零开始，仲国銮先汇集素材，编写提纲，提出初步的理论，再反复考察，踏勘研究，以探索求实的精神撰写出了《园林陈设学》的大纲和初稿。

或许是仲国銮发自内心对园林的热爱与执着，感动了组织，1962 年，仲国銮调任苏州市园林管理处处长、党组书记。这真是如愿以偿，从此他与苏州园林的缘分就更深了，将自己的后半生献给了园林。他要让园林展现出独特的风格魅力，吐露芬芳；要让苏州园林成为苏州的名片，成为中国的骄傲；要让苏州园林走向世界。他调研了苏州大大小小各个园林，走遍了苏州园林的每一个角落。

正当他全身心投入园林的管理工作，全方位提高苏州园林品位的工作刚有起色时，1966 年"文化大革命"浩劫开始了，仲国銮被关押靠边改造十余年。待到平反恢复名誉时，已是 1978 年了。

再度担起重任

中共江苏省委组织部曾准备调仲国銮到江苏省建设委员会工作，多次征求了仲国銮的意见。对于组织上的关心，他很是感激。但仲国銮情系苏州，深深爱着苏州古城和园林，希望能留在苏州工作。当时，苏州古城及园林都遭受"文化大革命"重创，正需要一位对苏州园林有兴趣、有造诣、懂业务的人来管理。组织经研究，尊重个人的意愿，决定让仲国銮重返园林，继续担任苏州市园林管理处处长、党组书记。如何保护苏州园林、如何提升苏州园林的整体价值，便成了仲国銮朝思暮想、牵肠挂肚的最重要的大事。

仲国銮的老友、诗人与画家卢芒，早年参加新四军，曾任上海市作家协会书记处书记，同样刚得以落实政策。他于 1979 年元旦前后来到苏州看望仲国鋆，两人谈得很开心。仲国鋆邀请他来苏州创作一组苏州园林画作与诗歌，为苏州园林作宣传、为打造苏州名片作贡献，卢芒欣然接受。兴奋之余，卢芒提起画笔为仲国鋆画了一幅最拿手的国画《孺子牛》，画面富有浓厚的乡土气息：憨厚而又倔强的牛已经挣脱了鼻子上的缰绳，还留有一小段粗绳子，刚从脏兮兮、湿漉漉的牛棚里爬出来，微瘦却不乏奕奕神采，昂首挺胸。虽然牛身上沾了牛粪与泥水，但脚踩着的大地已在回春，明媚阳光洒照大地，四周五彩的小野花已在开放……卢芒与仲国鋆约定，由仲国鋆为该画赋诗一首，改日卢芒再来苏州时将诗题于画，一起署名落款，留作纪念。不幸的是，卢芒回上海不久突然病故，此画竟成了他的绝笔，让人十分惋惜。

仲国鋆再度担起了建设与保护好苏州园林的艰巨重任，马不停蹄地考察苏州各个园林。经过调查研究，敏锐地发现了当时普遍存在着一个严重隐患：在改革开放的浪潮中，大家信心百倍，埋头苦干，要更快、更好地发展，把失去了的时光抢回来，却忽略了苏州古城与园林的保护，忽视了历史文化古迹的保护与传承的重要性。仲国鋆率先提出了"破坏性建设与建设性破坏"的概念，要尽快遏制在城市及园林建设中出现的"破坏性建设与建设性破坏"现象，否则将会毁坏名胜古迹，导致无法挽回的严重损失。他急迫地呼吁：当务之急是解决好"保护和破坏"之间的矛盾，正确合理引导苏州古城、苏州园林的保护与建设。

当时的苏州古城及园林名胜，经历了十年"文化大革命"，许多园林成为工厂、民居，有的园林内河道湖面成了污水沟，植物、建筑物、室内陈设等都遭受到惨重践踏与毁坏，面目全非。仲国鋆看着这些古典园林名胜被鲸吞蚕食，陷入衰败的状况，心痛不已。他竭尽全力，使出浑身解数，去努力保护并整治修复苏州园林，苏州众多园林面貌正在日益改善之中。伤痕累累的苏州园林虽有起色，依然远未治愈。

仲国鋆通过各个渠道向许多领导及专家学者、有识之士频频反映情况，如苏州市的相关领导，南京的柳林、包厚昌、匡亚明、金文萍，上海的陈从周、苏渊雷、邓云乡、周退密、顾廷龙，武汉的徐迟，北京的叶圣陶、顾颉刚、章元善、许宝骙、俞平伯、谢国桢等。他希望能给予苏州园林更多的重视与关爱，再三提出要只争朝夕、刻不容缓地抢救、保护和维修苏州的文物古迹、园林名胜。这得到了多方有识之士赞同、上级党政领导的重视支持，只因"文化大革命"后苏州各个行业都处于恢复元气时期，受财力、物力等多方因素的制约，再给予更多的支持则存在一定的难处。

抢救园林刻不容缓

面对改善苏州园林难以有突破性进展的现状，仲国鎏焦急万分。保护好苏州园林是他的责任，他不敢松懈，锲而不舍。

1981 年 10 月 18 日上午，第五届全国政协常委、理论家和翻译家吴亮平（又名吴黎平），江苏省人大常委会副主任、南京大学名誉校长匡亚明来到苏州，会见了苏州市常务副市长施建农等，仲国鎏应邀参加。在谈论了苏州园林名胜存在的诸多问题后，吴老指出："现在到了非常严重的程度，亟待抢救保护。这次来苏州调查，是打算写个报告送给中央，还要写篇文章，题目是《古老美丽的苏州园林名胜亟待抢救》。"匡老说："请你们安排熟悉情况的同志把材料写好。"施建农明白吴、匡二老突访苏州是有的放矢的，也深知仲国鎏对园林名胜情况早已烂熟于胸，又是资深作家，当即决定由仲国鎏领衔起草文稿。

当天下午，仲国鎏就召集包括沈卫东等四人的起草小组开会。仲国鎏情绪格外愉悦，思索的神情显得沉着笃悠，凭借着对苏州园林透彻了解及早已准备的大量相关资料，他胸有成竹地立即提出："文稿拟分三个部分写：一是苏州园林名胜是祖国的瑰宝；二是触目惊心的严重破坏；三是关于紧急抢救苏州园林名胜的建议。"接着讲述了三个部分的具体内容与写作方法。他还高兴地说："吴老是老革命，毛主席在延安接见美国记者斯诺时就担任英文翻译。他对中央领导很熟悉，调查报告可直送中央；我们反映的情况和提出的建议，他会直接向中央领导汇报。抢救保护苏州园林名胜一定能很快落到实处。"

起草小组按照仲国鋆的思路，三天里夜以继日地突击撰写。仲国鋆又将文稿字斟句酌地精心修改，在请施建农过目后，交至吴、匡二老。吴老审阅后略作修改，十分赞同文中观点，并征求了中共苏州市委多位常委的意见，送给了上海《文汇报》报社。1981 年 11 月 30 日，《文汇报》第三版头条位置上发表了吴黎平、匡亚明署名的《古老美丽的苏州园林名胜亟待抢救》长篇文章。

仲国鋆深知，吴亮平、匡亚明专程来苏州机会难得，应当尽可能当面向他们多汇报一些苏州园林的状况。仲国鋆于 10 月 22 日早晨写信给匡亚明，表示："若是两老要去江南水乡同里调查，乐于充当导游，陪伴相随。这是我的职责所在。"随信还附上他写的两份材料，一是 1981 年 2 月的《绿化的城镇——关于江南农村集镇绿化工作的探讨》，二是 1981 年 3 月的江苏省太湖风景名胜区建设委员会《关于划定同里水乡风景区的调查报告》，供吴亮平、匡亚明在苏州调研参考用。

吴老离苏返京时对苏州市委书记贾世珍说，他会尽快写封亲笔信，与苏州的调查报告一并呈送给中央领导。果然，消息很快传来，中央领导在吴亮平对苏州调查报告上作出批示："上有天堂，下有苏杭，这个风景区应该整顿了。请江苏省委专门研究一下。不论是近期的建设方针，还是远期的建设方针，都要实事求是，讲究实效，都要靠苏州市的各级党组织和全市人民以奋发图强、自力更生的革命精神加以实现。"这令人欢欣鼓舞。

吴亮平、匡亚明莅苏之事被载入苏州大事记，仲国鋆是立下汗马功劳的。当仲国鋆听到中央领导批示的传达和看到有关文件后，真是喜形于色，十分欣慰。抢救保护苏州园林是他多年来为之焦急呼吁、付出辛劳的至关重要的大事，如今终于尘埃落定，将呈现出前所未有的良好局面。当晚，仲国鋆开启珍藏的好酒，取出用丝织手绢包裹着的口琴，神采飞扬，吹奏起了《新四军军歌》。这是仲国鋆用自己的方式庆贺。

不久，中央组成了由国家建委第一副主任谢北一和国家经委负责人张雁翔带队的，包括国家建委、经委、计委、城建总局、旅游总局、文物局、财政部、国务院环境保护办公室等部门参加的中央调查组。中共江苏省委也成立了由省建委主任王楚滨为组长的调查组。经多方调查踏勘，摸清苏州古城、苏州园林保护上存在的问题后，国务院及江苏省委在政策和经费上给予了大力支持，四年内补助了5000万元资金。保护苏州园林名胜出现了重要转机，呈现出了期待已久的明媚春天。

甘为孺子牛

仲国銮深感保护苏州园林任重道远，提高苏州园林工作人员的文化素养和业务水平是迫在眉睫的大事，为了持续发展，亟须培养懂业务、有专业知识的人才。仲国銮对苏州这座历史文化名城早有全面深入研究，熟悉苏州古城的优势和特点，在短时期内一气呵成写下了近十万字的原创系列文稿《可爱的苏州》，并亲自给苏州市园林系统干部、技术人员做业务讲座，为园林系统全面展开花木、盆景、书画、室内陈设等方面培训工作做出了表率。

《可爱的苏州》从"苏州悠久历史文化古城"开始，阐述"江南水乡城池的苏州是江南园林甲天下，姑苏园林冠江南""古今中外闻名的丝绸之府旅游城""保护古树名木，继承乡土树种和发展多彩的苏州植物景观""保持苏州的固有美、提高现在美、发展未来美"等七个专题。着重讲述了"苏州园林室内布置艺术"，尤其是匾额对联、家具陈设等，娓娓道来，恰到好处地将文学与艺术在不经意间糅合在一起。《可爱的苏州》融历史文化、造园风格为一体，内涵丰厚、文化底蕴深邃，描述出了如诗如画的古韵苏州。受培训者个个听得着了迷，深深感受到自己作为苏州园林守护者的责任与骄傲。

针对苏州古城与园林乃至整个太湖风景区，仲国銮撰写了数十篇有思想、有设想、有态度、有措施的论述性文章，如《风景名胜的保护管理方面之见解》《对太湖风光解说词的想法与意见》《太湖风景区资源分析》《对退思园修复方案的几点意见》《太湖东山风景区》《江苏省太湖风景区常熟虞山景区》等。

仲国銮曾经担任中国园林学会委员、江苏省园林学会副会长、苏州市风景园林学会理事长，是专家型领导。北京钓鱼台国宾馆修建时，仲国銮作为园林专家数次被邀请去，他关于钓鱼台园林内小桥的建筑设计风格、园内小道修建方案、绿化树木花圃的搭配等建议被采纳，并被挽留于钓鱼台国宾馆数月，以指导设计改造工作。仲国銮曾受邀为《中国大百科全书》撰写关于园林方面的词条。为了让苏州园林跨出国门，仲国銮写了《关于在塞内加尔建造一个"中国庭园"的方案》，其中的建筑方案、构建、材料、品质、绿化、效果、条款等都说得一清二楚，描绘得淋漓尽致，读此方案犹如置身于多维空间的塞内加尔的中国庭园之中了。这为苏州园林走出国门带来更多的发展机遇。

苏州是历史文化名城，苏州园林精巧秀丽、风格典雅而闻名天下。苏州星罗棋布的古典园林得到了全面妥善保护，许多小型园林陆续被发掘、修复并相继开放。1982年苏州市成为国家首批历史文化名城之一；1985年苏州园林被评为中国十大名胜之一；1986年苏州成为全国唯一的全面保护古城风貌的历史文化名城；1997年苏州古典园林拙政园、留园、网师园和环秀山庄首批被列入《世界遗产名录》；2000年苏州古典园林沧浪亭、狮子林、艺圃、耦园、退思园又被列入《世界遗产名录》，与前一批入选园林一同构成了苏州园林的杰出代表。

仲国銮曾调任苏州市人大常委会专职委员、苏州市人大常委会城乡建设委员会副主任、江苏省太湖风景区建设委员会委员兼办公室副主任。无论岗位在哪里，为了古城、为了园林，仲国銮甘为孺子牛。

1992年1月9日，70岁的仲国銮上午就走进了书房，伏在案头，为历史文化名城常熟撰写《关于城市规划和古城保护的意见和建议》。中午匆匆用过午餐后，未顾及午睡小憩，随即又聚精会神地投入了写作。他思维敏捷，有理有据，有条不紊，字迹工整，文笔流畅。由于注意力高度集中，傍晚时分天色已暗，他全然不知。他趴在写字桌上一连写了近十个小时，他有许多想法建议要记录。他带着对古城、对园林的挚爱与责任感，在生命的最后一刻仍在伏案工作。或许他实在太疲倦了，或许突发性心脏病太严重了，以至于他自己临终时没有做出任何应急反应。他端坐于写字桌前藤椅里，思绪停留在保护古城考量中，稿纸上墨迹未干，钢笔搁在文稿上，笔杆还留着体温，就悄然无声地与世长辞了，永远离开了他深爱着的人间万物。

　　我们的父母亲都安葬于故乡常熟虞山上。虞山得天独厚，依偎着秀丽的尚湖，是一座风姿绰约、俊朗滋润的山林，钟灵毓秀，自古风雅。在"十里青山半入城""层峦苍翠绕辛峰"的虞山上，他们永远守望着美丽的千年古城。

（原载《档案与建设》2020 年第 8 期）

战地黄花分外香

——忆仲国鋆抗战文学诗篇

仲卫功　仲力为　仲丹勋

前些日子收到朋友专程送来的线装宣纸本《历代名人咏常熟》诗集两册，装帧精美，外观庄重古朴大方，阅读时张合自如，饱含历史感与怀旧味。两册书还外加一书套，既保护了线装宣纸本，又增添了装帧美，很是喜欢。

该书收录了古今名人吟咏常熟的旧体诗词，顺序按上自魏晋下迄当代的作者生卒排列，每首诗词下编有作者小传。全书最后一首，即当代的一首诗《辛峰曙色》，是父亲仲国鋆吟咏家乡常熟虞山的诗词，虞山在他心中是最美的山。

仲国鋆是江苏常熟吴市人，从小聪慧，记忆力超强，少年学医，16岁就挂牌行医，在吴市家中开设"半半诊所"。"半半"寓意"半积功德，半为自己"，此乃行医目的：一半为了病人，救死扶伤，治病救人；另一半为养家糊口，安身立命。"敬仰扁鹊张仲景，不信鬼神传福音。感佩华佗葛与孙，匪躬不恋金和银。尊慕神医李时珍，不惧劳苦爱艰辛。先哲传下回春术，黾勉从事我倾心。"这是仲国鋆的行医心声。

仲国鋆悬壶济世，服务于一方百姓。他为"半半诊所"作诗数篇，其中一首写道：

半半诊所

寒舍堰心傍竹园，萦回绿水抱篱垣。

辉映云日真妩媚，桃李村蹊点合欢。

1937 年 11 月，日本侵略军在常熟沿长江的野猫口等地登陆，烧杀淫掠，对常熟人民犯下了滔天罪行。仲国鋈在赠送同学杨子欣的诗中写道："若道'乐业'能兴世，除非画饼可充饥。""劝君立刻从军去，还我山河写新诗。"1938 年 10 月，17 岁的仲国鋈奋起抗日，投笔从戎参加了新四军。

1939 年 1 月，仲国鋈在常熟人民抗日自卫队大队部高级训练班任分队副队长兼小队长时写下墙报诗：

投 笔 从 戎

铁蹄蹂躏，国土沦陷，生灵涂炭，四野兵燹。

投笔从戎，誓上前线……

仲国鋈写下抗日诗句几十首，先后在《小草》《民族魂》等诗刊及报纸上发表。仲国鋈 1938 年创作的《无题》诗，1985 年由著名画家吴敉木书写，在 2016 年常熟吴市中心小学重建时刻于教学楼的整体墙体上，用以激励同学们努力学习，积极向上。

无 题

昨天过去又今天，今日明朝紧相连。

为了明天长努力，明天必定胜今天。

1939 年的某个夜晚，仲国鋈潜入日占区常熟吴市野猫口长江边，发现日军在其登陆处立了一石条，上书："登陆大胜，武运长久。"仲国鋈气愤之极狠劲涂抹，另在一木条上刻写了八个大字："血泪深仇，永世难忘！"将木条插于石条旁江堤上。清晨，当地老百姓看到了木牌，很受鼓舞。在那血腥的年代里，老百姓为了避免日军报复屠杀而无谓流血，噙着泪，挖地三尺，将木牌保护性埋藏起来。但这八个大字已在当地百姓心中传递着，点燃了人们抗击日军、奋起反击的星星之火。

解放后，仲国鋆曾去过野猫口，才听当地人叙说了埋木牌的故事，因未能准确定位而没找到那木牌。1984年七八月间，仲国鋆两次呈书给相关部门，建议在野猫口建立"血泪碑"，碑文以"千字文"形式记叙当年屈辱的历史，告诫人们居安思危，毋忘团结奋斗、振兴中华。在有关方面努力下，这一愿望实现了。1993年11月13日，在日军登陆56周年之时举行"毋忘国耻"石碑立碑揭幕仪式，纪念在日军屠刀下的死难同胞和抗战中牺牲的英烈们。

仲国鋆在抗日战争和解放战争时期曾任中共苏州、昆山、沙洲、江阴、太仓等县特派员，在多地启用各种化名，开设多个诊所。"半半诊所"则为中共苏常太地区第一个情报交通联络站。为了隐蔽战线工作需要，诊所里的地下工作者扮成夫妻、姐弟、佣人等，以行医为掩护，秘密展开地下工作，救治伤员，收集整理传递情报等，发动群众，坚持抗战。

1943年，仲国鋆在苏州娄门外阳澄湖开设"悬珠诊所"秘密联系站。那年农历新年他赋诗一首：

出　诊（俚句顺口溜）

大年初一起身早，阿根敲门来挂号。
哪怕隆冬天气冷，我答随请当随到。

阳澄湖心洋澄岛，自然村庄水环绕。
陆路不通小船渡，北风猛烈浪又高。

阿根奋力把橹摇，船头菊泉在撑篙。
顶风劈浪去出诊，心事连接湖中涛。

风如皮鞭冰像刀，浪花飞溅湿棉袍。
同舟共济不怕难，终于靠岸多自豪。

水村满目是枯草，筚户蓬门墙壁倒。
看病半天回悬珠，病家笑赠米秭糕。

人称水乡风光好，残冬景色这么孬！
待到春风吹来时，千红万紫满村落。

诗中提及的阿根及菊泉都是中共交通员，大年初一出门"挂号""出诊"，顶风破冰、同舟共济去执行中共秘密任务。

1944年春，仲国鋆在昆山之西阳澄湖畔，为担任中共水上交通员的老渔翁作词：

渔　父

渔父年高过古稀，救亡抗日投红旗。
风浪急，运输危，激昂履险网船归。

1948年，仲国鋆任中共昆山县特派员时化名为陈惠澄，在昆山甪直古镇开设"惠澄诊所"。为了让诊所能扎实稳固地立足于敌占区，更好地以医生身份为掩护，利于情报信息的快速传递，仲国鋆时常会在当地报纸上发表一些医学科普文章，如1948年在报刊上先后发表了《漫谈霍乱》《茶神陆羽望而却步》《两种急救方法》《急救小药箱》之一、之二，《你吸烟吗？》等文章。

1944—1948年，在仲国鋆的组织策划主持下，在沦陷区秘密创办了抗敌文艺刊物《朝霞》。在白色恐怖的敌占区秘密创办红色刊物，十分危险，困难重重。因条件限制，共出版了3期，每期字数都不超过5万字，也只能印几十本。为了迷惑敌人，第一期《朝霞》杂志借用《苏州指南》的套色铅印封面作伪装，第二期借用《秋水轩尺牍》的铅印封面作伪装。《朝霞》第三期是父亲与袁淦生、家侦三人在苏州甪直"惠澄诊所"二楼手工油印的。当油印至一半时，楼下突然闯入了伪军。他们急中生智，快速收藏油印机、油墨、蜡纸、纸张等，并将臭味药水倒入痰盂并散开，将药瓶、针盒、医疗器械摊在桌上地板上，谎说在清理药橱，以掩盖油墨气味。《朝霞》内容丰富，形式多样，有评论、小说、散文及诗歌等。如散文《狮子林》揭露日军霸占狮子林使之成为高级招待所和残害抗日志士的屠场，漫画《绞架》是抨击和揭露日伪暴行的作品。《朝霞》在进步青年中传阅，极大鼓舞了大批爱国人士的斗志。

1949 年 3 月，渡江战役前夕，解放军几支部队在江苏如皋县会合。仲国鋆竟然在如皋县城墙边意外遇见了失联三年、同样是参加了新四军的亲弟弟仲国球。仲国球 16 岁参加新四军，哥哥是他革命的启蒙者、引路人。一晃 20 岁的弟弟已经长大成帅小伙子，在解放军二十九军司令部做机要（译电）工作。这突如其来的相见，让兄弟俩欣喜若狂。喜悦之余，哥俩留下了一张珍贵的合影照片，哥哥为这次战地相逢特赋诗一首：

旅　　程

凯歌高奏震长空，一别三载战地逢。

笑指江南再见日，家乡飞旗舞东风。

新中国成立后，仲国鋆曾任常熟县副县长，常熟县委代理书记，常熟市市长、市委书记。1955 年，他调至苏州专员公署办公室任主任，后任苏州医专校长，苏州市人民委员会副秘书长。在繁忙的工作之余，仲国鋆积极响应党关于记录革命故事，宣讲革命故事的号召，常常通宵达旦，辛勤笔耕，用文字叙述历史，教育后人。自解放初期到 1962 年秋冬期间，他就业余创作并发表了 50 余篇作品。

仲国鋆发表在《雨花》1958 年第 8 期《虞山长青——1941 年苏常太地区反清乡斗争的回忆》一文，记载了抗日战争时期，日伪发动了"清乡"，对抗日军民实行惨无人道的血腥"围剿"。英勇的苏常太地区军民在中共的领导下，与日伪展开了针锋相对的反"清乡"斗争。该文多次被转载，并翻译成多种文字，作为中国反法西斯斗争资料之一。

1959年，仲国鎏的《奇袭吴市》由苏州人民出版社出版。其中的《一支人民武装的兴起》《民抗五支队》《小鬼捉"阎王"》《雪沟之战》《徐市阻击战》《两个侦察员》《春城飞花》《红旗插上常熟城》等文章，均在报纸及杂志上刊登过。

苏州评弹团将仲国鎏20世纪50年代发表的一系列革命回忆录及小说改编为长篇评话。一时书场爆满，家喻户晓，成为街头巷尾的热议话题，在江浙沪地区长期演出，久盛不衰。

苏州市沪剧团根据仲国鎏的同名小说《特派员》，改编为反映中共地下党斗争的现代戏《特派员》。

因为丰硕的作品成果，仲国鎏很快就被江苏省作家协会吸纳为会员。20世纪60年代初，苏州仅有8名中国作家协会和省级作协会员，其中陆文夫、滕凤章是专业作家，还有周瘦鹃、范烟桥、程小青、杨柳和仲国鎏，刘开荣是唯一的女士，正巧是七男一女，成为苏州的文学小组，戏曰"八仙"。

当时，仲国鎏在苏州市园林管理处任处长、党组书记。"八仙"每月要聚一次会，常相约在网师园、沧浪亭或狮子林、拙政园等处，在环境优雅的园子里相聚，进行智慧的交流、灵感的碰撞。

先辈们的革命故事，犹如战地黄花，在阳光雨露的滋润下，吐露芬芳。

（原载《钟山风雨》2021年第2期）

我的新四军女兵母亲徐增

仲卫功

　　关于母亲徐增的人生经历，我知晓得并不多，关于她的一点一滴都让我无比珍惜。她的音容笑貌，她善良柔和、宽厚真诚、勤俭朴实的品格，永远印刻在我的记忆中。

　　我的母亲是江苏省常熟县吴市人，原名马锦明。马氏家族是由南京移居到吴市镇东北街。清代光绪年间，马氏等三家合资经营"木行浜"，后来马氏又独家经营，主要用来停放木排料，被木行老板视为贮存木材的水上仓库。马氏主要是经营布店，于清代光绪年间开设了"马泰和京广店"，至清末民初，店名改为"马泰和绸布号"。其棉织品大多从上海的大商号批来，丝织品都到丝绸产地苏州、盛泽一带去采购。品种齐全，花色新颖，行时衣料进货较多，由此赢得顾客的青睐。经三代人掌柜，营业地域甚广，在当地享有盛名。

　　母亲有一个哥哥马邦铧和一个弟弟马邦铉，她是家中唯一的女儿，聪明伶俐，善良美丽，倍受宠爱。我外公去世较早，主要靠外婆持家。我外婆觉得，男孩子读了书要学做生意，将来将祖业传承弘扬。女孩子读书是为了有教养，女孩子要知书达理，要过平和恬淡的生活。若是能学点医学知识，那就能更好地照顾自己。我母亲很孝顺，依着家里的希望读书、学医。她酷爱医学，真心愿意当个医生，果然，如愿成了中医妇科医生。

　　1945 年 10 月，22 岁的马锦明为了广大劳苦大众，为了新中国，放弃了自己喜爱的医生工作，放弃了原本舒适安逸的生活，瞒着母亲和兄弟，从家中偷跑出来，与宋焕英、屈桂芬两闺密以及仲国球在约定的地方见面，四个人一起跑出吴市镇，到了另一小镇北新闸。因担心家里发现后派人出来追回，故白天就躲在农民家里，直到晚上才来到江边，坐上摆渡船，在黑夜中渡过长江，直奔那向往已久的光明之处，去参加中国共产党的队伍新四军。待他们到达苏北时才发现，从吴市镇出来的还有马仁德、华晨、薛尚年。这一天，同乡七位年轻人一起参加了新四军，都被分配到新四军北撤一大队，大队长是仲国鋈。

我外婆发现女儿不见了，到处找不到时，估计到有可能投奔共产党去了。然后，派出马泰和绸布店的马家堂房大侄儿马仁德及店员华晨一起去周边寻找，再三叮嘱务必将马锦明带回去。谁知，他俩不仅未将马锦明带回家，也追随着一起参加了新四军。

我外婆见不到心爱的女儿，常独坐在女儿房间，面对着两书橱的医药书发呆。她不思茶饭，连续失眠，头痛的老毛病又发作了。原本女儿用中草药为她专门配制的头痛粉疗效很好，头疼时服一小包即可缓解。这次不同于以往，头痛粉也失灵了，头疼欲裂，不能见光亮、不能听嘈杂声。那几天又遇下大雨，雨落在房顶上的声音犹如鞭子抽打在她的头顶、脑门、脑勺，头部血管随着心脏猛烈搏动并撕拉，似乎颅内脑压骤升，颅骨将炸裂，恶心呕吐，痛苦不堪，无法忍受。无奈之下，房间窗户用窗帘挡实以遮光线，用旧棉花毯子铺在屋顶瓦上和屋檐上来缓冲雨落声，以减少神经刺激。由女儿的出走而诱发的这场心因性头痛病，几乎要了我外婆的命。

我母亲等初到苏北，正逢入冬，新四军的吃穿住生活条件非常艰苦，常常食不果腹。他们刚刚参加新四军，还不适应部队严格纪律，做了件不符合规矩的事情。我母亲很慷慨地拿出一枚金戒指，放在烧饼店里，随时可去取烧饼。当有机会时，她与几位新战友一起偷偷跑去烧饼店，老板会让他们进入里屋，拿出热乎乎、香喷喷的烧饼，他们美美地吞咽。这是他们几个新兵的秘密，也算是私下开小灶了。

不久，我母亲被分配进入新四军苏中公学分校学习，那时，她改名为徐增。她聪慧好学，很快就成了所在班级（一班）的班长。同年11月加入中国共产党。后又接受财经等专业培训。

我母亲在家是大小姐，从小过惯了较为舒适的、衣食无忧的生活，突然变换到落差较大的艰苦环境中，她一时有点不适应。但是，无论遇到什么样的艰难困苦都阻挡不了她参加革命的决心。她取出从家里带出来的，父母为她定制并刻着"锦明"字样的数枚金戒指、一对金手镯，还有她心爱的派克金笔，这笔是她当妇科医生的第一天我外婆送她的礼物，还取下佩戴在手腕上的翡翠玉镯，倾囊而出，全部捐给了组织，为共同度过艰难岁月贡献了自己的力量。从此，她坚定地跟着共产党走，党指向哪就战斗到哪，愿意为党的事业贡献自己的生命。她从江南去了苏北，从江苏到了山东。曾在中共领导的华中行政办事处、山东省政府实业厅担任会计等工作。

1949 年 4 月上海解放之时，我母亲 26 岁，随解放军华东南下纵队到上海，在上海市军事管制委员会财政经济接管委员会农林处任总会计。

我外婆得知女儿的消息，即派出年轻帅气的小儿子马邦鋐去上海，寻找擅自离家参加革命、多年未能见面的女儿。几经周折，姐弟俩在上海市军管会见面了。姐姐成熟了，弟弟长大了，两人兴奋不已，关上门，席地而坐，问这问那，时而流泪，时而欢笑，聊个没完。

姐弟俩正聊得热烈，被一阵急促的敲门声打断。来人不由分说，将两人分别带到两个房间，同时盘问许多与家庭有关的同样问题，如：你俩多久未见，什么时候、什么状态下分开的，父母的名字生日，家里人口、住址、房子状况，等等。然后将记录一一比对，结果完全一致，来人这才友好地祝贺姐弟俩重逢。

那时上海刚刚解放，百废待兴，各色特务无孔不入，你死我活的阶级斗争随时可能发生。军管会财政经济接管委员会又是要害部门，突然冒出一个老家弟弟来访，说话还要关着门，似乎行为有点诡异，当然会引起组织的注意与怀疑了。况且，这楼里有重要的领导人，还有临时金库，戒备森严。那谨慎、盘问、对质都是必需的程序。

1949 年 9 月，我母亲从上海调到常熟工作，担任常熟市人民政府统计科长，常熟市人民政府计划委员会第二副主任。1955 年，我母亲调至苏州市，担任苏州专员公署税务局副局长、计划委员会物价组负责人，苏州师范附中党支部书记兼校长，苏州市第十一中学党支部书记兼校长。她长期从事金融及教育工作，勤勤恳恳、任劳任怨、吃苦耐劳地为党工作。

解放初期，我父母经苏州地委批准，于 1949 年 12 月结婚。结婚时，父亲就风趣地宣布说，要生六个孩子，三男三女，名字都起好了，叫"为人民立功勋"。惹得大家捧腹不已，笑开了颜！这个玩笑掷地有声，一诺千金。1951 年初长子出生，取名"仲力为"，小名"布布"，即布尔什维克的意思。随后数年，果然如父亲预言的那样，又得了五个子女，正好三男三女，我们兄妹六人的名字各自最后一个字连起来就是"为人民立功勋"。

这是父母的心愿，也是对子女的要求。正如他们愿意为抵抗日本侵略、为解放全中国而抛头颅洒热血，为了建设新中国而全身心地投入工作，无私奉献。他们热爱共产党，胜过爱自己的生命，他们早已将自己的一切都交给了共产党。他们是真正的布尔什维克！

"文化大革命"期间，我母亲任苏州市某中学的书记兼校长，是时常要被批斗的"走资派"，受尽了折磨和摧残，蒙受不白之冤。1968 年 7 月 1 日，我们突然接到造反派的通知说"徐增死了"，说是"自绝于人民，自绝于党，畏罪自杀"。简直是天塌地崩了！我们不信，母亲怎么可能舍得丢下我们三双儿女？那年，我们兄妹最大的 17 岁，最小的 8 岁，我 12 岁。我们大哭着，撕心裂肺，可造反派只是冷冷地说："有什么好哭的，不就是死了个走资派吗？你们要划清界限。"我们坚信，母亲是清白的！ 1978 年 5 月，在我母亲含冤辞世十年后，迟了太久太久的讣告终于发出，组织上给予我母亲平反昭雪，为被迫害致死的党的好干部徐增召开了追悼会，来自全国 20 多个省市数千名亲朋好友聚集苏州，沉痛悼念我母亲，场面十分隆重、感人。

我的新四军女兵母亲已离开我们 51 年了。半个世纪过去了，那悲惨的往事历历在目，记忆犹新，想起仍然心痛不已，泪流满面。每当我思念父母亲时，都会拿出我最喜爱的景德镇瓷杯，放入苏州东山明前碧螺春，用摄氏 90 度的水温，泡上新茶，敬请父母品味。感谢父母给予我们生命，感谢父母养育了我们。借此淡淡的春芽清香，表达浓浓的思念之情。

（原载《档案与建设》2020 年第 1 期）

智勇双全的老战士仲国鋆

沈秋农

抗日战争是中国人民记忆中无法淡忘的历史一页，这一页既有沉重屈辱的非凡痛苦，更有全民抗战的英勇辉煌。在千百万英雄壮士中，就有一位经历丰富、智勇双全的传奇人物——他就是 20 世纪 50 年代初期任常熟县（市）党政主要领导的仲国鋆。

解病痛悬壶济民生　雪国耻从戎救中华

仲国鋆，原名仲国均，1922 年农历三月二十五日出生于常熟吴市金桥村的一个下中农家庭，家有薄田数亩，勉强维持生计。仲家经济虽然拮据，但他的父亲知晓"要出息，先识字"的道理，所以，仲国鋆 6 岁时就被父亲送到学校接受教育。仲国鋆聪慧好学，各门课业很优秀。仲国鋆平时爱吟诗作文，新诗古体，朗朗上口，典故隐喻，信手拈来。他曾拜何市江恒益国药号江月华为师，研学中医。他潜心于此，短短数年，不仅汤头歌诀烂熟于心，望闻问切也得心应手，因此被当地百姓称赞为"小秀才"。学成后，就在吴市家中开设诊所，取名"半半"，寓意"半积阴功，半为自己"。有人不解，仲含笑作答：此乃行医目的，一半为了病人，救死扶伤，治病救人；另一半为了养家糊口，安身立命。仲在其专门印制的处方笺上印有"仁心仁术，贫病不计"字样，以表明其行医信条。不仅如此，仲还以诗写心："敬仰扁鹊张仲景，不信鬼神传福音。感佩华佗葛与孙，匪躬不恋金和银。尊慕神医李时珍，不惧劳苦爱艰辛。先哲传下回春术，黾勉从事我倾心。”由于他医术精到，为人和善，因此虽说开张未久，但在百姓中已有口碑相传。

吴市，地处常熟东北，滨江近海。丁丑事变，侵华日军就是在吴市境内的徐六泾口、高浦口及邻近的白茆口源源登陆，进犯常熟。其时日军烧杀淫掠，横行无忌，百姓流离失所，家破人亡，断壁残垣，随处可见，即便时过一年，吴市百姓依旧生活在惊恐不安之中。这许多亲历亲见，在仲国鋆心灵深处留下极大震撼，也埋下了复仇雪耻的种子。日军在吴市境内登陆处立一石条，上书“登陆大胜，武运长久”，仲一个人去狠劲涂抹，然后写上“血泪深仇，永世难忘”，以表达心中的愤怒。在救命救国孰重孰轻的选择中，他决定投笔从戎。促使他投身抗日洪流的原因还在于当时已在梅李建立常熟人民抗日自卫队第一大队（简称“民抗”）的大队长就是他所熟悉的名医任天石。任天石长仲国鋆 9 岁，世代中医，本人又毕业于中国医学院，行医多年，根基扎实，声誉日隆。因同是杏林中人，故任、仲二人早有交往，既谈岐黄之术，也议救国之道，在仲国鋆心目中任天石是个可以推心置腹的挚友兄长。决心已定，仲在赠送同学杨子欣的诗中吟唱：“若道‘乐业’能兴世，除非画饼可充饥。”“劝君立刻从军去，还我山河写新诗。”

仲国鋆于 1938 年 10 月加入“民抗”，与他一起参加“民抗”的还有四位志同道合的热血青年：唐绍裘、杨子欣、谭月琪、施湘祺。为此，仲还吟诗记实，“我们五人，不辞艰险。投笔从戎，誓上前线。”“参加劲旅，军训为先。精忠报国，相励互勉。”仲国鋆他们被编入“民抗”训练班接受培训，仲被指定为训练班小队长，不久又担任分队副兼小队长。“民抗”训练班不只是进行政治教育，更有紧张的军事训练，甚至战斗行动，让学员在实战中经受锻炼，积累经验。1939 年春节，乘敌匪松懈之际，“民抗”训练班对周泾口土匪李桂生部予以袭击，打死分队长李叔廉，俘获白马庵张慕芳匪部的一个副官。途中与伪军相遇，又给予迎头痛击。由于沦陷后，日军禁放爆竹，但连续几次实战训练的喜悦，使仲国鋆按捺不住心头的激动，“爆竹不闻送旧岁，曙光只见迎新年”，其欣喜之情不言而喻。

1939 年春夏之交，仲国銮参与建立吴（市）徐（市）常备队并任军事指导员，当时没有专职队长，就由仲代行队长职权。组织的培养和仲的自身努力，使他在政治上、军事上都有很大进步。他还担任了何市、归庄、吴市一带的秘密军事情报站的负责人，与陈关林、杨志欣一同建立起董浜、徐市、碧溪、吴市、横塘、何市、归庄、窑镇等地的军事情报交通联络网。情报网受"民抗"参谋长薛惠民领导。在军事斗争中，这个情报网发挥了重要作用。

根据"民抗"司令任天石的部署，仲国銮于 1940 年农历正月初一带领民抗宣传组去常熟城内进行抗日宣传，以振奋民心，震慑敌人。仲打扮成学生，走大路，利用伪绥靖司令徐凤藻的儿子徐兆瑜的关系，提前潜伏到城里，了解日伪动态，指挥和掩护开展活动。其他四个"民抗"战士乔装成渔民，走水路，船停在城外。待天黑之后，宣传组来到西门城门外，用柏油在城墙上刷写"抗日救国"四个大字并写上"新四军民抗宣"的落款，第二天在常熟城里的日伪军一片惊慌。

时隔两天，根据仲的情报，"民抗"战士乔装进城，来到人群热闹处，乘人不备，一位"民抗"队员故意将一个厚厚的信封丢在地上，然后煞有介事地大声喊道："谁的信掉了！"趁人们发愣时，他就从地上捡起来，当众打开，一下抽出十几张传单，故作惊讶地嚷道："快来看啊，是传单！"一时间，众人纷纷争着去抢，而"民抗"队员则趁混乱之机安然脱身。

队员们还假扮渔民，将黄蜡封着的传单塞到鱼肚子里，然后去酒店喝了点酒，满面通红，接着就装着喝醉酒又和别人吵过架的样子挑着担子上街卖鱼，一路上骂骂咧咧、踉踉跄跄，到闹市处干脆将鱼倒在地上任人哄抢。不多会儿，这些宣传抗日、激励斗志的鱼就进了各家各户。

这年春节，新四军进城宣传的事，不断被人谈论着。春节刚过，就有许多青年跑出城去参加"民抗"队伍。促使仲国銮诗兴大发，他以《春雷》为名作诗六首，其中写道："宣传小组渔船扮，巧进虞城卖蟹虾。顿尔传开新消息，春城处处在飞花。""特意留名告众人，峨峨大字写城垣。声声霹雳敌丧胆，威震九州新四军。"新中国成立后，到敌人盘踞的常熟城区做抗日宣传的经历，仲国镂还专门写成回忆录《春城飞花》，收录在《星火燎原》中。

1940 年 5 月，由"民抗"司令任天石亲自发起组建的常熟县医师抗日协会在徐市宣告成立，仲国镂当选为理事。同年 8 月 2 日，常熟县人民抗日自卫会第一次代表大会在吴市杨家泾开幕，会期三天。早在 6 月，根据东路军政委员会和东路特委的部署，常熟人民抗日自卫会进入筹备阶段，李建模、任天石、薛惠民等领导多次邀请包括国民党人士在内的各阶层代表一起认真磋商，将自卫会的性质确定为："它是一个群众团体，在政府不能领导人民抗日的时候，它代表政府执行一切任务，以达到人民的要求。"在自卫会成立大会上，仲国镂等 15 人当选为县抗日自卫会执行委员。也就是在此前后，"民抗"司令任天石、参谋长薛惠民向仲国镂面授机宜，要求他回到吴市重操旧业，明里挂牌行医，暗中从事秘密工作。为了公告周知，造成影响，仲张贴了"择日挂牌，先行应诊"的广告，并设席宴请医药界的同仁、亲友，像模像样地举行了挂牌仪式，原先的"半半诊所"挂上"国医仲国均内外科大方脉"生漆黑底金字招牌，对外墙上所悬挂的玻璃镜框，分三行书写，首行为上款"仲国均先生悬壶之喜"，中间是"仁心仁术"四个大字，落款为"赵启生、黄荣根贺"。赵、黄二人实际是任天石、薛惠民的化名。仲国镂医寓一经开业，每天都有不少人往来进出，显得十分忙碌，其中有些是求医问药的，也有一些来自"民抗"总部各个情报点上来取送情报的，仲还将吴市镇上大春堂定为他对外开方取药的药店，而实际上这里又是仲国镂与"民抗"总部的秘密联络点，苏常太抗日游击根据地吴市地区的交通情报联络站。为了便于开展工作，组织上专门为他物色了一个懂点中医知识的预备党员到大春堂协助行医。仲国镂在回忆当年情景时说：半半诊所除了是搜集和传递情报的联络站外，还是党组织经常开展活动的地方，从 1940 年仲夏开业至岁末，就先后有 10 位同志在这里举行入党宣誓仪式并接受秘工纪律教育。每次活动，都是仲在方笺上抄录入党誓词，宣读后再焚毁。当年"半半诊所"部分医疗用品，经鉴定为革命文物，在苏州革命博物馆"仲国镂（刘寿华）医寓"陈列室中展出。

1940 年 12 月，仲国镂调任何市常备队队长。次年春，仲国镂参加了东路特委培训班，学习党的基本理论知识和党的抗战路线与政策。党训班的学员都是来自基层一线的党员干部，经培训，提升为区委一级的脱产干部，仲也不例外。培训结束不久，他就被任命为雪长区副区长兼警卫连指导员，不久又被任命为区长。这样，仲以行医为掩护的秘工生涯也就告一段落。就在这年初夏时节，仲国鋆为自己20周岁摄影留念并题诗自励："今年二十岁，阅历浅如稚鸟初飞，也好比海舟才解缆系。自看照片心自语：切忌骄气，耿耿无畏为根本，勤奋谦虚常砥砺。"诗为心声，字里行间不难看出仲国鋆的激情与才情，更透出抗日战士的成熟与坚定。

反清乡热血写春秋　谋恢复壮志绘新图

1941年上半年，苏常太抗日游击根据地的形势异常严峻。年初的两个多月时间里，日伪军先后出动"扫荡"21次并加强了经济掠夺。在苏常太地区活动的国民党顽固派又不断制造军事摩擦。新四军时常处于两面应敌的困境中，斗争复杂而紧张。也就在此半年中，日本侵略军与汪伪政府狼狈为奸，对发动大规模"清乡"运动作了密谋策划。日伪对苏南发动的第一期"清乡"运动自7月1日始，共投入兵力18000余人，其中到常熟的兵力有8000人之多，而当时在常熟坚持反"清乡"的新四军和地方武装合在一起不足千人。敌人不但重兵压境，且从军事、政治、经济、文化和强化保甲制度等各个方面多管齐下，心计阴险，手段毒辣，斗争极为残酷。虽然"清乡"与反"清乡"斗争已随着时光流逝而远去，但当年的艰苦卓绝与顽强拼搏对仲国鋆而言可谓刻骨铭心、没齿难忘，他在1981年5月撰写的《苏常太抗日根据地的恢复工作》中写道："日伪对于这次'清乡'，是志在必得的。他们提出了'歼灭新四军，斩草除根'的战斗口号，倚仗了一时优势的兵力，采取分进合击，步步为营，和'搜''追''挤''防'等方法，反复'扫荡'，全面'清剿'，对苏常太抗日根据地的威胁极为严重。"

"以当时常熟抗日根据地中心地区的雪长区为例，全区徐市、董浜等11个农村集镇都建立了敌军的据点，并在渡船桥、张家面店、竹丝弄、时泾、聚魁闸、红沙坝、半路关帝庙、童家浜、鲇鱼口等水陆要道处设立了流动据点，许多村庄上都布置了兵力，在大树或屋顶上建立了 200 多个瞭望台，由此可见其军事网是如何的严密了。"

酷暑七月，不仅毒日灼人，更有日军、和平军、特工、政工团、警察大队的拉网式"围剿"和饥饿、疲劳、疾病的重重折磨。仲国鋆带着由 31 人组成的游击队与敌人作着顽强抗争，昼夜寝食不安，磨难接踵，他们的任务"就是要坚持在苏常太红色'首都'——徐市的周围！"为了这个目标，仅仅七昼夜，游击队就牺牲了六位同志。形势日益严峻险恶，但仲国鋆与战友们誓死坚持斗争的信念坚如磐石，他们采用各种办法，与敌人斗智斗勇，在雪沟塘、白茆塘两岸的棉田和玉米地中，在关帝庙、雪沟庙、尼姑庵、岳庙、观音堂等处都留下了他们不屈的身影，他们不但在徐市、董浜、归市、沈市等地一次次突破敌人的凶残搜捕，还寻找机会镇压了敌特工队长钱阿惠和特务、汪伪军警及助纣为虐的反动乡、保长等数十人，一直坚持到 7 月下旬才奉令从"清乡"区突围。这期间，有的游击队员负伤后被日军放狼狗咬死，有的被捕后被捆绑在汽船后拖死，还有的甚至被剜心切片，31 人的游击队只剩下仲国鋆等四位同志，斗争之残酷惨烈由此可见一斑。经历了生死考验的仲国鋆心潮汹涌，诗一样的语言从心底涌出："这里的每寸土地都留下了我们游击小组的脚印，都洒遍了烈士的鲜血，我们感到自豪。四个人挺着胸膛伫立在河边，心里和清朗的早晨一样，充满了朝气……"

"清乡"期间，敌人为了抓捕仲国鋆，多次到吴市金桥村仲国鋆家中搜查，将仲母亲吊起毒打，威胁要烧房；将 12 岁的仲胞弟仲国球倒浸粪坑，甚至拉到金家桥堍以假枪毙进行恐吓；将出生不久的胞妹惊吓得从桌上摔下，造成终身残疾，但他们都让敌人失望而归。仲国鋆母亲和胞弟的坚强不屈，既保护了仲国鋆和抗日游击队，也充分体现了广大百姓大义凛然的民族气节。

为了牢记这段惊心动魄、可歌可泣的反"清乡"斗争经历，新中国成立后，仲国鋆先是在《常熟县报》发表了《游击小组》为名的革命回忆录，又以《虞山长青》为题发表于 1958 年第 8 期《雨花》杂志，以后又被编入多种书籍，成为开展爱国主义教育的生动教材。

仲国鋈突出"清乡"区后，根据组织指令转移至江（都）高（邮）宝（应）地区，与其他陆续突围至此的同志一起休整待命。1941年冬，在中共苏中区党委和四地委领导下，成立了江南工作委员会（对外称江南办事处），由任天石负责，着手进行苏常太抗日游击根据地恢复工作的准备。1942年春，中共通海工委成立，由任天石（化名赵济民）任通海行署副主任。为了顺利推进苏常太地区的恢复工作，任抽调一批原在苏常太地区的干部作为开展恢复工作的骨干力量，仲国鋈是首批人选之一。为建立渡江南下的前进基点，不久，任天石又亲选仲国鋈（化名吴明）等人去海门大安港开展港口工作。大安港虽然只是海门的一个小港口，但却与常熟的白茆口、高浦口、浒浦口、先生桥口隔江相望，地理位置优越，同时，又因为港口小而不为敌人所注目。仲国鋈等人在大安港的任务，一是加强各方面人士的联系，广交朋友，无论是船民、医生、教师，还是来往于上海、苏北间的商人，从中物色和培养抗日积极分子；二是开展争取地方上汪伪军政头目的工作，团结进步力量，争取中间势力，孤立顽固分子，化阻力为助力；三是做好船民工作，深化感情，建立起绕道上海再转入苏常太地区的秘密交通线。在此期间，仲国鋈先后担任新四军六师江南办事处管理科科长和苏中通海行署工农科科长职务，并一度担任由汤景延任团长的通海抗日自卫团（俗称"汤团"）的"政治教员"兼突击队长。

潜姑苏智勇担重任　囚死狱不屈战魔凶

1942年10月，仲国鋈被中共苏中四地委江南工委任命为苏州县特派员，兼管昆山党的秘密工作，开始了他潜伏于敌占区的秘工生涯。在地下党帮助下，仲国鋈化名刘寿华在苏州城区小王家弄口开设"仁济诊所"，建立了合法立足点。为了便利工作和身份隐蔽，他还以其他化名在阳澄湖畔的唯亭、悬珠等地开设诊所，主要工作是立足苏州，面向农村（苏常昆太的阳澄湖地区），收集情报，联络同志，发展关系。当时的苏州是日伪统治京（南京）沪地区的心脏，日伪"清乡"的大本营，汪伪江苏省会。城内日伪军警宪特的机关林立，省级以上机关就有近百个，仲国鋈潜伏苏州，就如同行走于刀斧丛中，稍有不慎，就有生命之危。但仲国鋈有勇有谋，胆大心细，更加以往积累的斗争经验，使他面对各种艰难险阻都能应付自如。他常以走方郎中的身份来往于苏常昆太的相关乡镇，运用自己掌握的中医知识，把情报中的关键字眼，巧妙地嵌进药方的各味药材名称中。通过地下交通员将用药方书写的情报安全送达党组织手里。仲还时常在当时日伪的报刊上，以医生的名义发表文章，借宣传医学常识来告知他的上线和下线同志，传递信息，开展联系。

为了掩护需要，仲身边常带着《本草从新》《金刚经》《三国演义》之类的书籍，书中就夹藏着密写的文件作隐秘传递。他也抽空浏览《姑胥》一类介绍苏州民俗风情、古迹名胜的书籍，应付敌警盘问。晚上，仲国鋈在诊所昏暗的蜡烛光下，秘密刻写、油印革命传单，经过其他同志的散发，使传单进入寻常百姓家，帮助群众及时了解外界抗日形势的变化发展，在社会最底层燃起抗日救国的星星之火。

1943 年 3 月，薛惠民（化名黄皓）由通海地区到达上海，召集仲国鋈等多位同志举行秘密会议，提出要将原来单一的秘密工作，调整为秘密工作和武装工作相结合的斗争方针，逐步把敌"清乡"区恢复为抗日游击区。会后，仲国鋈陪同徐政（1943 年 9 月，徐任苏常太武装工作队党支部书记兼副大队长）到海门大安港地区以及常熟沿江一带踏勘地形、实地了解敌情并落实了帮助武装小分队偷渡长江的渔船。尤为重要的是，仲将经多年接触、可靠无疑的社会关系一一介绍给徐政，为武工队渡江南来做好准备。1944 年 1 月至 1945 年 3 月，仲国鋈任昆山县特派员并先后兼任昆南特别支部书记和昆东特别支部书记，其工作重点是要将昆山西古乡建成由地下党牢牢掌握，拥有可靠群众基础的隐蔽基地，同时兼管太仓的点线工作，加强收集敌情和做好地方上层人士的统战工作。至 1944 年底，苏常太抗日游击区的恢复工作已胜利完成，武工队由 120 人组成，他们不仅装备齐全，而且已积累了丰富的斗争经验，地理环境熟，群众基础好，再加战术多变，一次又一次粉碎了敌人的"扫荡""清剿"，震慑了敌人，给广大百姓以极大鼓舞，其中也融合了仲国鋈付出的许多艰辛与智慧。面对日益强大的武工队，处在强弩之末的敌人只能陷入恼羞成怒，又无可奈何的窘态之中。

1945 年 3 月，仲国鋈只身一人从昆山来到常熟吴市，向在此秘密养病的苏常太工委书记薛惠民汇报工作并探望病情，但此时薛惠民的肺结核已十分危重，因此仲又根据薛的指示改为向杨增（苏常太工委委员）汇报工作。途经徐市周泾口河小坝时，他被敌人坐探发现而不幸落入敌手。危急之中，仲借抽烟点火之际，将藏在火柴盒背面的昆山县党组织和党员名单吞入腹中，从而保证了昆山以及整个苏常太地下党的安全。很快，仲国鋈被押送至常熟城内日军宪兵司令部，先是扣住手腕腾空吊起殴打一整夜，继而又是上老虎凳，又是灌辣椒水，并用皮鞋踩踏腹部，在仲吐出后再灌……随后再由被老百姓怒称为"常熟之狼"的宪兵队长米村春喜亲自审讯，但仲只说自己是个走村串巷的江湖郎中。日酋又让叛徒指证仲是中共党员，面对指认，仲国鋈坦然承认自己就是抗日游击队长，是共产党员，是中共雪长区区长。他一身正气，无畏无惧，做好了英勇就义的准备。但米村春喜是个阴险狡诈之敌，他对仲国鋈承认的那些职务并无兴趣，因为那都是早就公开的职务，他所感兴趣的是埋藏在仲大脑里的秘密。因此，面对仲慷慨赴死的态度，米村春喜虽气急败坏，又不甘心轻易处死，就将仲囚禁于宪兵司令部的死牢内，继续严刑逼供，企图通过长时间的摧残折磨，迫使仲国鋈就范。仲看穿了敌人的险毒用心，面对威逼利诱，毒刑加身，始终坚贞不屈，守口如瓶。事实证明，由仲负责联络的各地党组织和几十名地下党同志的安全，并未因仲的被捕而受到丝毫损失。狱外，党组织也一直在设法营救他。

1945 年 8 月，中国人民终于迎来了抗日战争的伟大胜利，奄奄一息的仲国鋈被党组织营救出狱，重见光明。抗战胜利后，以凶残著称的宪兵队长米村春喜在上海被逮捕。由于他大肆屠杀抗日志士，血债累累，罪不可救而受到正义审判，1947 年 1 月被绑赴江湾刑场执行死刑，结束了他的罪恶一生。

仲国鋈依据自己的革命经历撰写了纪实文学《特派员》，发表于《上海文学》1962 年第 2 期。作品翔实记述仲以行医为掩护，在敌人心脏地区开展秘密工作的传奇经历。作品发表后深受读者好评，不久便由苏州沪剧团搬上舞台，并相继改编为电影剧本、连环画和长篇评话《江南红》。其中，《江南红》在江浙沪地区长期演出，久盛不衰。仲国鳌的回忆文章还为沪剧《芦荡火种》、京剧《沙家浜》的创作提供了重要素材。

仲国鳌出狱后，被母亲和胞弟接回吴市家中。遍体鳞伤、形销骨立的他一次只能喝半碗米汤，但他凭借顽强的斗争毅力一面为自己治伤养病，一面克服伤痛为上门求医的百姓送诊送药。仅仅两个月，仲国鳌又与家人挥手惜别，以苏常太地区北撤第一大队大队长身份，率领北撤队伍，北渡长江。

次年 6 月，全面内战爆发。仲国鳌根据党组织派遣，再次以行医为掩护，潜回江南，任沙洲县委特派员，继续从事党的秘密工作。临行之际，仲国鳌在靖江黄家市吟诗抒怀："狼烟四起多时疫，悟道行医又整装。百计千方不却步，欣然出境醉南方。"充分表达了他"耿耿无畏为根本"的坚定信念和战斗豪情。

（作者系常熟市关工委副主任兼秘书长，江苏省中国近现代史学会理事）

战士　作家　专家

——仲国鋆的多彩人生

沈伟东

　　还是在 20 世纪 50 年代末至 60 年代中期，笔者目睹和闻听江浙沪的评弹爱好者，踊跃走进书场，兴致颇高地聆听名家开讲长篇评话《江南红》。接着，苏州又出现了争相观看沪剧《特派员》的情景。到了 1962 年，颇有影响的《上海文学》第二期则刊登了小说《特派员》。当时，我还不甚清楚，评话《江南红》、沪剧《特派员》和小说《特派员》，属一个题材，内容相同，仅反映的形式不同而已。到了 70 年代末，我才知道评话、沪剧和小说中所塑造的抗战时期苏常太的那位特派员，其原型就是时任苏州市园林管理处处长仲国鋆。他当年以行医为掩护，战斗在日伪统治的心脏里，英勇机智、惊心动魄地开展党的秘密情报工作。仲国鋆给我留下了深刻印象，成了仰慕的英雄。

　　也许是缘分吧，1980 年我与仲国鋆恰好都供职于苏州市基本建设委员会，他是顾问，我是秘书。就在这两三年的接触交往中，我俩从相识、相知发展成为亦师亦友的忘年交。也就从这时开始，我才知道我熟悉的仲老，原来不仅是一位抗战老战士，且有着多姿多彩的传奇人生。

顽强不屈的战士

仲国鋆出生于常熟贵金塘畔的吴市金桥村（现常熟市碧溪街道三湾村），少小聪明好学，记忆力超强，有"小秀才"之誉称。他从弱冠学医，在家中开设了"半半诊所"，挂着"国医仲国均内外科大方脉"牌匾。由于他热心为乡里服务，一时成了口碑不错的济世悬壶"小郎中"。

1937 年 11 月，日本侵略军在常熟长江畔野猫口一带登陆，烧杀抢掠，生灵涂炭，凶残、暴虐的日军罪行，激起了仲国鋆的满腔仇恨！1938 年10 月，年方 16 岁的仲国鋆，满怀一股爱国热情，毅然投笔从戎。1939 年5 月，奉"常熟人民抗日自卫队"（简称"民抗"）司令任天石之命，沿用"半半诊所"之名，以行医为掩护，在日军的眼皮底下建立了"民抗"司令部第一个情报联络站。接着，"民抗"总部开始建立系统性的军事情报交通联络网，先后在常熟董浜、徐市、碧溪、横塘、何市、归庄、窑镇等地建立情报站。1940 年，在腥风血雨、险恶异常的环境下，仲国鋆就在"半半诊所"里，高举起紧握的拳头，面对墙上自制的中国共产党党旗，庄严地吟读着用毛笔抄写在"国医仲国鋆处方笺"上的入党宣誓，加入了中国共产党。从此，仲国鋆在党的隐蔽战线上，智勇双全地投入战斗。

那时，他常常以"半半诊所"郎中身份为掩护，坐一条小船，明里出诊或接送病人，实为秘密交通，使在苏南活动的新四军与苏北革命根据地建立联络关系。红色交通船把苏北的同志接到这里，藏好枪支再换上便装，拿了"良民证"分散进入敌占区。去苏北根据地的同志，在这里坐小船送至长江边换乘船只过江。在 1939—1945 年五六年间，在日军侵占期间及反"清乡"的残酷斗争中，这条交通线始终是常熟一带新四军最机密、最重要的交通线。

抗日战争和解放战争时期，仲国鋆又受党的派遣，担任中共苏州、昆山、沙洲、太仓等县特派员，潜入江南敌占区，在沙洲后塍以"科发药房"、江阴周庄以"惠星诊所"、苏州城区以"刘寿华医寓""仁济诊所"、苏州郊外唯亭以"悬珠诊所"、角直以"惠澄诊所"、昆山新镇以"柯兆喻内外科诊所"等名号,用多达20多个不同化名,以行医为掩护,与诊所里的地下工作者分别装扮成医护、主仆、夫妻、姐弟等关系,在日伪军、警、宪、特机关林立的刀斧丛中,执行秘密任务,收集了大量情报。

1941年上半年,日伪军先是"扫荡",接着又开始了更为残酷的"清乡",扬言要斩草除根歼灭新四军。苏常太抗日游击区的形势顿时严峻异常。这是7月酷暑炙热的一天,日军、和平军、特工、政工团、警察大队一大群,下乡开展毒辣的"清乡"活动。时任雪长区副区长兼警卫连指导员的仲国錾,带领了31人组成的游击队,在被称为苏常太"红色首都"的徐市周边,进行了英勇顽强的抗争。他们利用熟悉地形的优势,与敌人斗智斗勇,在雪沟塘、白茆塘两岸的棉田和玉米地里,在五六座寺庙等处,留下了艰苦卓绝战斗的身影。就在七天里,有六位同志相继牺牲。他们在徐市、董浜、归市、沈市等地,不但突破了敌人的一次次凶残搜捕,还寻机镇压敌特工队长和特务、汪伪军警及死心塌地投靠敌人的反动乡保长。他们顽强坚持到7月下旬,才奉命从"清乡"区突围。就在仲国錾带领游击队英勇反"清乡"期间,其母亲在家中遭到毒打,12岁的胞弟仲国球被倒浸粪坑,并被用假枪毙相恐吓。仲国錾母亲和弟弟在敌人的威逼面前,坚贞不屈,既保护了仲国錾和游击队员,又表现了人民群众大义凛然的民族气节。

1945年3月,仲国錾匆匆从昆山赶回常熟吴市,原本要向在此养病的苏常太工委书记薛惠民汇报工作,可薛惠民病情严重,要仲国錾赶快去向苏常太工委委员杨增汇报。谁知当仲国錾经徐市周泾口河小坝时,被日伪便衣密探发现。在这千钧一发之际,他迅即将秘藏在火柴盒背后的昆山县党组织和党员名单吞入腹中。密件幸免于难,而仲国錾不幸落入日军魔爪,被押送到常熟县城日军宪兵司令部。在狱中,仲国錾受尽酷刑,但他坚贞不屈,严守秘密,确保了由他负责联系的各地党组织和几十名地下党员的安全。1945年8月抗战胜利,仲国錾才被党组织从死牢中营救出狱。两个月后,仲国錾伤残的身体还未痊愈,即被任命为苏常太地区北撤第一大队大队长,率领部队北渡长江,到了苏北。1946年6月,全面内战爆发,仲国錾受党的委派,又潜回江南，担任沙洲县委特派员，重操旧业，开展党的秘密工作，直到百万雄师渡江，推翻国民党反动统治，建立新中国。常熟解放后，仲国鋆担任了常熟市委书记兼市长。之后的数十年中，仲国鋆一直在苏州地区、苏州市的党政机关任职。

辛勤笔耕的作家

笔者受邀承担本诗文集中有关诗词部分的编辑整理工作。当我翻开仲老初编的诗词稿时，钦佩、叹服的心情不禁油然而生。原来，近300首诗词所创作的年代，多数是在1938年至1946年间。从诗词的内容看，有揭露声讨日军侵略我神圣领土、残酷施暴我华夏儿女罪行的；有反映不甘示弱的英雄人民前赴后继、英勇抗敌的情景的；还有歌颂花卉、借物寄情的……编辑这一首首充满激情、富有战斗气息的诗词，使人如闻当年的战斗气息，感到振奋，倍受教育。

仲老除了留下弥足珍贵的诗词外，还有颇受读者欢迎的革命回忆文章和以他为原型所创作的扣人心弦的文艺作品。这些文章和作品多数是在新中国成立后撰写的。

早在20世纪50年代中期，党组织号召老同志回忆革命经历，撰写革命故事，以教育年青一代。当时正值仲国鋆在常熟、苏州的党政机关和学校等多个部门和单位担任领导工作期间，在紧张忙碌工作的同时，他满怀激情投入写作，取得了丰硕成果。

1957年1月至12月和1958年1月至6月的《常熟市报》，一周三期连载署名谷军、葛军（仲国鋆笔名）的革命回忆录。先后有《一支人民抗日队伍的兴起》《小鬼捉"阎王"》《选代表》《当家作主》《抗日民主政权建立经过》《徐市反击战》《抗日民主政权的经济》《白衣战士戴志芳》《武工队奇袭吴市镇》《捉拿"天晓得"》《红须头 绿须头》《战斗在敌人心脏里》《水上英雄》《林司令的兵》《一个侦察员的生命》《枇杷园突围战》《新桥截击战》《张家浜战斗》《自始至终为人民服务》《北港庙实习战》《游击小组》等20

篇 84 个革命故事。其中《游击小组》,讲述了仲国鋆在日军残酷"清乡"期间,带领 31 位游击队员所进行的英勇顽强、惊心动魄的游击战的故事。这段可歌可泣的故事,曾经改写成《虞山常青》,发表在 1958 年第 8 期的《雨花》杂志上。收录在《星火燎原》第五集中的《春城飞花》,则是对他潜入常熟城开展宣传活动的一段经历的回忆。

20 世纪 60 年代前后,又在《上海文学》《雨花》《萌芽》《少年文艺》等有影响的文艺性刊物上,发表了数十篇纪实性的革命回忆文章。

其间,苏州评弹团对仲国鋆以行医为掩护,在敌人心脏里开展秘密工作的传奇经历,非常有兴趣。经评弹名家潘伯英与杨玉麟、张逸麟等精心创作,完成了长篇评话《江南红》。1960 年,由著名评话艺术家金声伯和唐骏麒、杨玉麟、张逸麟、赵玉昆等五位评话演员演出。评话《江南红》跌宕起伏、惊险异常的剧情,紧紧扣住了听众的心弦。一经开讲,好评如潮,在江浙沪久演不散。在评话《江南红》演出受到热捧后,苏州沪剧团编剧沈华也对仲国鋆这段传奇经历十分感兴趣。沈华曾回忆说:"我在丛竹同志(仲国鋆笔名)的一步三叮咛的匡扶下,激起了一股创作冲动,写出了现代传奇惊险沪剧《特派员》。"据原苏州市沪剧团团长、著名沪剧演员王又琴回忆,这出由丛竹担任顾问、钱千里导演的《特派员》,在 1962 年演出后,出现了市民争相观看的情景,剧场常常爆满。

1962 年,仲国鋆在第二、三期《上海文学》分别发表署名丛竹的两篇纪实小说《特派员》和《脱险》。在这前后,上海和北京的电影制片厂,从不同渠道了解了仲国鋆抗战和解放期间的传奇经历,都与仲国鋆联系并共同创作了多部电影剧本。例如:1959 年左右,仲国鋆与上海天马电影制片厂文学部周郁辉,创作了电影剧本《斗争在继续》(后更名为《针锋相对》)。这一剧本原计划于 1963 年拍摄,由汤化达导演。但由于当时文艺界形势发生了变化,该电影剧本未能如期开拍。

1960 年前后,仲国鋆还与上海天马电影制片厂严励合作编写了《长江的女儿》电影剧本。同年,仲国鋆与八一电影制片厂韩希梁,也创作了《长江常备队》电影剧本。在 60 年代初至"文化大革命"前的时间里,仲国鋆撰写的电影文学剧本还有《斗争就是幸福》等。"文化大革命"后，在紧张的工作之余，勤奋笔耕，又创作了《虎劲主》《杏林翘楚》《群芳庐传奇》《昭雪》电影文学作品。

仲国鋈勤奋写作，一发而不可收，成果丰富，引起文艺界的瞩目。1962年，仲国鋈被吸收为中国作家协会江苏分会会员。当时苏州市作家还是凤毛麟角。有一次笔者在无锡太湖疗养院疗养，巧遇江苏省专业作家滕凤章。他饶有兴趣地向我回忆起当时苏州的八位作家。他说："20世纪60年代初，我和陆文夫都是苏州报社的记者而成为专业作家的；周瘦鹃、范烟桥、程小青三老，是久负盛名的资深老作家；江苏师院中文系主任、古典文学研究专家刘开荣和苏州市一中语文老师杨柳也是作家；还有一位则是很特别的作家，他是老干部仲国鋈，当时任苏州市园林管理处的处长。"听了凤章老师的一番介绍，我不由得对仲老肃然起敬！我想，一位多年从事党的秘密工作的地下工作者、久经考验的新四军老战士，一位新中国成立后长期担任党政部门的领导干部，竟然能成为著名作家！这真是文坛奇迹。

醉心园林的专家

仲国鋈还是一位名副其实的园林专家。

仲国鋈最初接触苏州园林，是在1942年。那时，苏州是江苏省汪伪政府的驻地、日伪"清乡"的大本营。苏州城里日伪军警宪特机关林立，杀机四伏，苏州古城笼罩在白色恐怖之中。其中：拙政园是日本特务机关的总部，天香小筑是汪伪政府江苏省主席李士群的住所，狮子林是日伪军的高级招待所和残害爱国抗日志士的地方。其间，仲国鋈担任中共苏（州）常（熟）太（仓）工委苏州县特派员，在苏州城里小王家弄开设"刘寿华医寓"，利用小有名气的"郎中"等身份为掩护，以为敌特及其家属看病为由，不时机智勇敢地出入过这些园林。不过，当时纵然看好绝佳的园林景致，也是没有时间和雅兴游览欣赏的。

新中国成立后的1955年11月，仲国鋈从常熟县委代理书记兼常熟市委书记、市长任上调苏州。1958 年 8 月,由苏州专区公署办公室主任任上调苏州医学专科学校担任校长。1960 年暑期,他竟然不顾一学期紧张忙碌工作的疲劳,冒着炎热的天气,走街串巷,兴致颇浓地对苏州古典园林的 37 个室内陈设布置进行了踏勘、考察、专访。事隔一年的暑期,他对这次踏勘、考察、专访所得的资料,又作了综合思考分析,并以探求的精神,撰写了《园林陈设学》的大纲和初稿。或许是组织上了解到他爱好园林的因素,所以在苏州医学专科学校撤销停办后,组织上于 1962 年就将他分配到苏州市园林管理处,担任处长、党组书记。这对仲国鋆来说,真是如愿以偿!他怀着愉悦的心情,走马上任。不久,他在《园林陈设学》大纲和初稿的基础上,撰写了《苏州古典园林室内陈设布置》(初稿),接着又通过调研和阅看多种参考资料,完成《园林室内陈设学》试写大纲。其间,还酝酿了撰写研究园林的其他文章。

1966 年,"文化大革命"爆发,仲国鋆受到冲击靠边 10 年。1976 年底,粉碎"四人帮"刚两个月,仲国鋆在还未获得解放、尚未分配工作的情况下,就继续开始研究探讨园林和苏州古城的历史文化了。这时的仲国鋆,以欢悦的心情,用尽心力写下了《可爱的苏州》等八篇文章提纲(初稿):(1)苏州是我国著名的江南水乡——典型的江南水乡城池;(2)苏州是历史悠久的文化古城;(3)苏州是"江南园林甲天下,姑苏园林冠江南"的园林风景城市;(4)苏州是闻名古今中外的旅游胜地(旅游城市);(5)苏州是"丝绸之府"并盛产传统工艺美术品的发达地区;(6)苏州要保持固有的美,提高现在美,发展未来美;(7)保持古树名木,继承乡土树种和发展丰富多彩的苏州植物景观;(8)苏州园林室内布置艺术。

1978 年,组织上让他重回阔别 14 年的苏州市园林管理处工作。当他走马上任,来到在"文化大革命"中被诬为集"封、资、修的大成""为资产阶级服务""复辟资本主义的阵地"的苏州园林系统工作时,真是心情激动,百感交集。他看到所熟悉和挚爱的一座座饱经风霜的园林,有的已被蚕食和占用,个别的甚至荡然无存,伤痕累累,呈现的不再是当年的情景。他感到非常痛心,心情沉重。他所能做的,一方面要对遭受洗劫的园林逐步修缮恢复，一方面极需重视提高园林管理人员业务水平，以适应陆续修缮恢复迎接各方游客的新情况。仲国鋆认为，作为园林管理人员，对苏州这座历史文化名城、风景游览城市，比如它的悠久历史、主要特点和深厚文化，都应该要了解一点。于是，他酝酿并开始了对园林管理人员全面培训的工作。这时，1976 年底所写的《可爱的苏州》八讲提纲，眼下竟然可大派用场了。

经仲国鋆提议，苏州市园林管理处正式决定于 1979 年举办园林干部业务培训班，他亲自主讲。据当时参加培训的同志反映，聆听了仲国鋆的讲座后，除了了解不少历史文化名城、风景游览城市苏州的有关知识外，而且比较系统地学到并掌握了许多园林管理方面的业务知识。大家感到仲老的讲座，有理论有实际，讲得生动，容易记住，对于今后管理好园林、提升园林的品位很有帮助。大家还赞誉道："仲处长竟然能全面讲述苏州和园林管理方面的丰富业务知识，这样的领导真是少见！"

仲国鋆曾有一次兴致颇高地对我说过："我与园林名胜真是有缘分，兴趣浓厚，这是我最大的爱好之一。"我想，这是由于他懂得园林，对园林有了相当研究和深度认识，才会有此缘分，才成了他最大的爱好，才能对园林做一番评价和高度赞誉。

我手头有一份仲国鋆于 1979 年 8 月 10 日，给苏州市园林处及各园林干部、技术人员、职工业务讲座《可爱的苏州》讲稿的第三讲，题目是《苏州素有 "园林风景" 城市之称》。讲稿一开始是这样写的："若问苏州园林有多少美？那真是一言难尽。著名的千诗万画，也仅是反映她点滴的美。我认为，到现在为止，还没有一本尽善尽美的书本来表达她全部的美。景色秀丽的苏州，美不胜收。苏州古典园林，具有独特的风格，有着一种 '古色古香' 特殊可爱的美，是丰富而宝贵的民族文化遗产。" 1990 年 8 月，在仲国鋆撰写的《苏州园林驰誉中外》一文中，开头一段写道："苏州园林是我国十大风景名胜之一。我国园林具有高度的艺术成就和独特风格的园林艺术体系，其精华在江南，重点在苏州。现存的苏州名园是我国古代园林中最具有代表性的一批典范，是苏州的、中国的文化瑰宝，也是全人类共同的文化财富。" 第二段在对我国南北园林作了比较后，对苏州园林作了这样的赞美：

"苏州园林坚持和发扬了南方园林的传统风格。以写意山水园为特色的苏州园林，艺术精湛，典雅古朴，美景四时，成为中外人士向往的游览胜地。"

在我阅读仲国鋆撰写的有关园林的许多文章中，使我感触最为深刻的即是上述考察调研苏州园林室内陈设的问题。他于 1960 年暑期的那次踏勘、考察、专访的苏州园林的 37 个室内陈设布置，从所发现的问题中，引发了他的一番感慨和思考：一是园林室内陈设布置当属于综合艺术，是一门"多项式"系统学问，在学术上应该有其自成的体系理论。二是园林陈设的实践是园林陈设学理论的来源，理论必将又转过来指导实践，在实践中发展理论。基于这样的认识，他认为陈设作为研究园林的一门学科，有必要创立"园林室内陈设学"，要编写提纲，汇集素材，先是提炼成初级的理论，并开展研究，逐渐从低向高地发展，最终形成科学而完整的理论。

《苏州园林室内布置艺术》，是仲国鋆八篇文章中非常重要的一篇。这是仲国鋆还未到园林系统工作时所做的一个课题。1962 年担任苏州市园林管理处处长后，他又撰写了《苏州古典园林室内陈设布置》和《园林室内陈设学》试写大纲。"文化大革命"结束后的 1976 年冬，在他还未"解放"安排工作的情况下，继续撰写了《园林室内布置艺术（提要）》和《古典园林家具陈设》两篇文稿。《园林室内陈设学（提要）》是仲国鋆经过近 30 年的探索研究所试写的。在笔者分别阅看了《园林室内布置艺术（提要）》《园林室内陈设学（提要）》两篇讲稿后感到，《园林室内布置艺术（提要）》，是一篇侧重讲述陈设的范围、具体内容，而《园林室内陈设学（提要）》，实际上不只是仅仅"略有补充修正"，而是一篇"园林室内陈设学"的学术论文，亦可认为是一部仲国鋆所企盼的《园林室内陈设学》著作的雏形。

仲国鋆之所以如此重视园林室内陈设布置艺术这个课题，因为在他看来，园林室内的陈设布置特别是古典园林，其古建筑、古树名木、水域湖石等方面极为重要，它们之间协调配搭、和谐统一，才形成有别于一般风景区的独特风格和无穷魅力。而园林室内陈设布置对于园林来说，应该是园林的最为关键和精华部分，一种专门的艺术，有待深入学术研究的一个重要课题。可以这样认为，仲国鋆几经反复精心撰写的这篇《园林室内陈设学（提要）》，是为了抛砖引玉。因为在他看来，"到现在为止，我还未看到陈设学的全面性、系统性的文章或书籍……诸多单项性专论，所见也极少。"他说："要阐明园林陈设学理论的产生和发展的历史梗概，进行学术研究和编写专著的难度极大，但只要共同努力，必出成果。"他满怀信心，充满期待。

（作者系苏州市政协学习和文史委原主任）

后　记

　　为父亲编选出版一部诗文集，是我们作为子女多年的心愿。在大家的关心支持下，《仲国鎏诗文集》一书终于出版了。这是对父亲百年诞辰的最好告慰，也是对父亲的战友和广大读者期盼的一个最好交代。

　　收在书中的文稿分为五个部分：辑一"烽火记忆"，选编了父亲在20世纪五六十年代和80年代撰写的30余篇革命回忆文章；辑二"英雄礼赞"，收录了父亲根据回忆切身经历，创作并发表在《上海文学》杂志的两篇小说；辑三"岁月吟唱"，选编了父亲从抗日战争年代开始到新中国成立后创作的部分诗词作品；辑四"园林漫笔"，选编了"文化大革命"后父亲重返工作岗位，撰写介绍苏州园林的学术性文章和在园林管理人员培训班的讲稿，以及关于北京钓鱼台国宾馆古钓台景区的修缮建议；辑五"百年纪念"，收录了我们兄妹六人对父母亲的追思与怀念文章和沈秋农、沈伟东两位先生的纪念文章。

　　在这里，要特别感谢著名作家何建明先生为本书作序，并对父亲的革命贡献和作品给予了高度评价。感谢在诗文集从收集文稿到编辑、出版过程中各方面人士和相关单位给予的热情帮助和鼎力支持。

　　由于父亲撰写的革命回忆文章和创作的诗词年代较为久远，所涉人物多数已辞世，尚健在的回忆能力已有困难，故有些情况无法准确核实；有的手写稿则因时间较长，字迹模糊，难以辨别。这些情况，都给编选本书带来不少困难。在编选过程中，我们尽可能保持文稿的历史原貌，但对一些笔误和明显错讹之处，做了必要的修改。

书中"英雄礼赞"部分，只编入《特派员》《脱险》两篇作品，而发表在《收获》《雨花》《萌芽》《少年文艺》等文学刊物上的作品，如《阿水娣》《奇兵》《无影的战斗》《奇袭》《特种部队》等，概未收集到；多部电影文学剧本，如《针锋相对》《长江的女儿》《群芳庐传奇》《红色堡垒》等，因文字量大也无法收入书中。此外，发表在《中国建设》杂志和其他园林学术刊物上的文章，一时也难以收集齐全。这些令编者稍感缺憾，期待今后能有新的收获和补充。

囿于编者能力和水平，书中的谬误差错定然还会存在，敬请各位专家和广大读者批评指正。

仲力为

2022 年 12 月

图书在版编目（CIP）数据

仲国鋆诗文集／仲力为主编. —北京：中国文史出版社，
2022.11

ISBN 978-7-5205-3825-1

I.①仲… Ⅱ.①仲… Ⅲ.①中国文学－当代文学－作品
综合集 Ⅳ.①I217.2

中国版本图书馆CIP数据核字（2022）第189192号

责任编辑：王文运　　　　　装帧设计：杨飞羊　王　琳

出版发行：中国文史出版社

社　　址：北京市海淀区西八里庄路69号　　邮编：100142
电　　话：010－81136606　81136602　81136603（发行部）
传　　真：010－81136655
印　　装：廊坊市海涛印刷有限公司
经　　销：全国新华书店
开　　本：787mm×1092mm　1/16
印　　张：25.5
字　　数：377千字
版　　次：2023年3月北京第1版
印　　次：2023年3月第1次印刷
定　　价：86.00元